R&B

Douglas Adams

Der Elektrische Mönch

DIRK GENTLY'S HOLISTISCHE DETEKTEI

Aus dem Englischen
von Benjamin Schwarz

Rogner & Bernhard
bei Zweitausendeins

Die Originalausgabe erschien unter dem Titel
Dirk Gently's Holistic Detective Agency
bei William Heinemann Ltd., London.

ISBN 3 8077 0226 1

Dieses Buch gibt es nur bei Zweitausendeins
im Versand (Postfach, D-6000 Frankfurt am Main 61) oder
in den Zweitausendeins-Läden in Berlin, Essen,
Frankfurt, Freiburg, Hamburg, Köln,
München, Saarbrücken.

In der Schweiz über buch 2000,
Postfach 89, CH-8910 Affoltern a. A.
In Österreich über den VKA-Buchladen und Versand,
Barnabitengasse 14, Postfach 76, A-1061 Wien.

Für meine Mutter,
der die Geschichte mit dem Pferd so gut gefiel.

1. Kapitel

Diesmal würde es keine Zeugen geben.

Diesmal war nur die tote Erde da, ein Donnerrollen und das Einsetzen des unaufhörlichen leichten Sprühregens aus Nordost, von dem offenbar sehr viele der schicksalschwersten Augenblicke der Welt begleitet sind.

Die Stürme des Vortags und des Tages davor und die Fluten der vergangenen Woche hatten inzwischen nachgelassen. Der Himmel platzte immer noch schier vor Regen, aber in die dichter werdende abendliche Finsternis fiel tatsächlich nichts weiter als dieses trübselige Geniesel.

Ein leichter Wind fegte durch die dunkelnde Ebene, stolperte über die niedrigen Hügel und kariolte durch ein flaches Tal, in dem ein Bauwerk stand, eine Art Turm, ganz allein inmitten eines alptraumartigen Morasts und sehr schief.

Es war ein schwärzlicher Turmstumpf. Er stand da wie ein Magmablock, der aus einer der abscheulicheren Tiefen der Hölle nach oben gestiegen war, und neigte sich in einem sonderbaren Winkel zur Seite, als laste etwas noch viel Schrecklicheres auf ihm als nur sein eigenes beträchtliches Gewicht. Er sah aus wie etwas Totes, etwas seit Ewigkeiten Totes.

Die einzige Bewegung kam von einem Schlammfluß, der sich träge am Grund des Tales an den Turm vorbeiwälzte. Ungefähr eine Meile weiter stürzte der Fluß in eine Schlucht und verschwand unter der Erde.

Aber während der Abend herabsank, wurde sichtbar, daß der Turm doch nicht ganz ohne Leben war. Ein schwaches rotes Licht glimmte nämlich tief in seinem Innern.

Das Licht war gerade nur so eben zu sehen – abgesehen natürlich von der Tatsache, daß niemand da war, der es hätte sehen können, kein Zeuge, diesmal nicht, aber es war trotzdem ein Licht. Alle paar Minuten wurde es ein bißchen stärker und ein bißchen heller, und dann verblaßte es langsam wieder, bis es fast erlosch. Zugleich trieb ein leiser Klagelaut mit dem Wind dahin, steigerte sich zu einer Art Gejammer und verhallte wieder ebenso hoffnungslos.

Zeit verging, dann erschien ein anderes Licht, ein kleineres, bewegliches Licht. Es tauchte nahe am Boden auf und bewegte sich einmal hüpfend um den Turm, wobei es gelegentlich haltmachte. Das Licht und die schattenhafte Gestalt, von der man gerade eben so wahrnehmen konnte, daß sie es trug, verschwanden darauf wieder in dem Turm.

Eine Stunde verging, und als die vorbei war, war die Dunkelheit total. Die Welt schien tot zu sein, die Nacht ein schwarzes Loch.

Und dann erschien das Glimmen in der Nähe der Turmspitze von neuem und nahm diesmal entschlossener an Kraft zu. Schnell erreichte es die Helligkeit, die es vorher gehabt hatte, und brannte dann weiter, heller und heller. Der Klagelaut, der es begleitete, wurde immer lauter und schriller, bis er ein Jammerschrei war. Der Schrei kreischte weiter und weiter, bis er ein blendender Krach und das Licht eine ohrenbetäubende Röte waren.

Und dann hörte auf einen Schlag beides auf.

Eine Millisekunde lang war schweigende Finsternis.

Ein überraschendes, bleiches neues Licht blähte und bauschte sich tief aus dem Morast unter dem Turm hervor. Der Himmel preßte sich zusammen, ein Berg aus Matsch geriet in krampfhafte Zuckungen, Erde und Himmel grölten sich gegenseitig an, es entstand ein schreckliches Rosa, ein plötzliches Grün, ein zögerndes Orange, das die Wolken besudelte, und dann versickerte das Licht, und die Nacht war endlich unergründlich und abscheulich finster. Es gab kein anderes Geräusch mehr als das leise Rieseln von Wasser.

Doch am Morgen erhob sich die Sonne mit ungewohntem Glanz und blitzte auf einen Tag herunter, der wärmer, klarer und heller war oder zu sein schien oder zumindest erschienen wäre, wenn es jemanden gegegeben hätte, dem er irgendwie hätte erscheinen können – ein alles in allem lebendigerer Tag, als man ihn je gekannt hatte. Ein kristallklarer Strom floß durch die Trümmerreste des Tales.

Und Zeit begann ernstlich zu verrinnen.

2. Kapitel

Hoch oben auf einem felsigen Vorgebirge saß ein Elektrischer Mönch auf einem gelangweilten Pferd. Unter seiner groben Kutte hervor blickte der Mönch ungerührt in ein anderes Tal hinunter, mit dem er ein Problem hatte.

Der Tag war heiß, die Sonne stand an dem leeren, dunstigen Himmel und brannte auf die grauen Felsen und das kümmerliche verdorrte Gras herunter. Nichts rührte sich, nicht einmal der Mönch. Der Schwanz des Pferdes bewegte sich ein bißchen und wedelte leicht, womit er versuchte, etwas Luft aufzuwirbeln, aber das war alles. Sonst rührte sich nichts.

Der Elektrische Mönch war ein Gerät zur Arbeitseinsparung wie ein Geschirrspüler oder Videorecorder. Geschirrspüler spülten für einen das langweilige Geschirr und ersparten einem so die Mühe, es selber spülen zu müssen; Videorecorder sahen sich für einen langweilige Fernsehprogramme an und ersparten einem so die Mühe, sie selber ansehen zu müssen; Elektrische Mönche glaubten für einen gewisse Dinge und ersparten einem damit, was allmählich zu einer immer beschwerlicheren Aufgabe wurde, nämlich alle Dinge zu glauben, die zu glauben die Welt von einem erwartete.

Leider hatte sich bei diesem Elektrischen Mönch ein Fehler eingeschlichen, und zwar hatte er begonnen, mehr oder minder wahllos und ziellos alle möglichen Dinge zu glauben. Er fing sogar an, Dinge zu glauben, an die zu glauben den Leuten in Salt Lake City schwerfallen würde. Er hatte natürlich nie etwas von Salt Lake City gehört. Auch hatte er nie was von einer Quingigillion gehört, was über den Daumen gepeilt die Anzahl der Meilen war, die zwischen seinem Tal und dem Großen Salzsee von Utah lagen.

Das Problem, das er mit dem Tal hatte, war: der Mönch glaubte im Augenblick, daß das Tal und alles in dem Tal und um es herum, den Mönch und das Pferd des Mönchs eingeschlossen, einheitlich blaßrosa sei. Das erklärte eine gewisse Schwierigkeit, jedes Ding von jedem anderen Ding zu unterscheiden. Und irgendwas zu tun oder irgendwohin zu reiten, war deshalb unmöglich oder zumindest schwierig und gefährlich. Daher die Reglosigkeit des Mönchs und die Gelangweiltheit des Pferdes, das sich im Laufe der Zeit viele dusselige Dinge hatte gefallen lassen müssen, aber insgeheim das hier für eines der dusseligsten hielt.

Wie lange glaubte der Mönch an diese Dinge?

Tja, wenn es nach dem Mönch ging, ewig. Der Glaube, der Berge versetzt oder sie zumindest entgegen allen zu Gebote stehenden Beweisen für rosa hält, war ein fester, beständiger Glaube, ein mächtiger Fels, gegen den die Welt schleudern konnte, was sie wollte, er hätte trotzdem nicht gewankt. In der Praxis, das wußte das Pferd, währte der Glaube im Durchschnitt ungefähr vierundzwanzig Stunden.

Wie stand's denn nun um dieses Pferd, das offensichtlich Meinungen hatte und Dinge skeptisch betrachtete? Ungewöhnliches Benehmen für ein Pferd, was? Vielleicht sogar ein ungewöhnliches Pferd?

Nein. Obwohl es sicherlich ein hübsches, gut gebautes Exemplar seiner Gattung war, handelte es sich gleichwohl um ein völlig normales Pferd, wie es eine konvergente Entwicklung an vielen Orten hervorgebracht hat, an denen es Leben gibt. Pferde haben immer sehr viel mehr kapiert, als sie sich anmerken ließen. Es ist kaum möglich, tagaus tagein von irgendeinem anderen Geschöpf geritten zu werden, ohne sich eine Meinung darüber zu bilden.

Andererseits ist es durchaus möglich, tagaus tagein auf einem anderen Geschöpf zu sitzen, ohne sich auch nur den leisesten Gedanken darüber zu machen.

Als die ersten Modelle dieser Mönche gebaut wurden, achtete man sehr darauf, daß sie sofort als künstliche Gegenstände zu erkennen waren. Es dürfe nicht die Gefahr bestehen, meinte man, daß sie wie richtige Leute aussähen. Man würde ja auch nicht wollen, daß der Videorecorder sich während des Fernsehens den ganzen Tag auf dem Sofa rumfläzt. Und man würde nicht wollen, daß er in der Nase popelt, Bier trinkt und einen Pizzas holen schickt.

Und so wurden die Mönche mit einem Blick für das Originelle in ihrer Ausführung und für das Praktische in ihren Reitfähigkeiten konstruiert. Das war wichtig. Leute, und natürlich Dinge, sahen auf einem Pferd echter aus. Und so hielt man zwei Beine für angemessener und billiger als die üblicheren Primfaktoren siebzehn, neunzehn oder dreiundzwanzig; die Haut, die man den Mönchen überzog, war rosig statt dunkelrot, zart und weich statt schartig und gezackt. Ihnen wurde auch nur ein einziger Mund und nur eine Nase zugebilligt, aber sie bekamen dafür ein zusätzliches Auge, was summa summarum zwei machte. Wirklich, seltsame Gebilde. Aber wirklich fabelhaft, wenn's darum ging, die absurdesten Dinge zu glauben.

Dieser Mönch hatte zum erstenmal nicht einwandfrei funktioniert, als er eines Tages schlicht und einfach zu viel glauben mußte. Er war aus Versehen mit einem Videorecorder quergeschaltet worden, der elf Fernsehprogramme gleichzeitig sah, und das hatte dazu geführt, daß ihm eine Reihe Unlogik-Schaltkreise durchbrannten. Der Videorecorder hatte sich die Programme natürlich nur anzusehen. Er mußte sie nicht auch noch glauben. Deshalb sind Gebrauchsanweisungen ja auch so wichtig.

Nach einer hektischen Woche, in der der Mönch glaubte, Krieg ist Frieden, gut ist schlecht, der Mond besteht aus Schimmelkäse und Gott hat sehr viel Geld nötig, das man ihm auf ganz bestimmte Konten überweisen muß, glaubte er plötzlich, fünfunddreißig Prozent aller Tische seien Hermaphroditen, danach brach er zusammen. Der Mann aus dem Mönch-Elektroladen sagte, er bräuchte eine völlig neue Grundplatine, wies aber dann darauf hin, daß die neuen verbesserten Mönch-plus-Modelle zweimal so stark seien, die völlig neue Negativpotenz-Großspeichereinrichtung besäßen, die es ihnen erlaube, sechzehn völlig verschiedene und widersprüchliche Ideen gleichzeitig im Gedächtnis zu behalten, ohne daß es zu irgendwelchen irritierenden Systemfehlern komme, daß sie zweimal so schnell und mindestens dreimal so schlagfertig seien und daß man ein ganz neues Modell für weniger Geld bekäme, als die Auswechslung der Grundplatine bei einem alten Modell koste.

Das war's. Peng.

Der defekte Mönch wurde in die Wüste geschickt, wo er glauben konnte, was er wollte, inklusive, daß man ihm übel mitgespielt habe. Er durfte sein Pferd behalten, weil Pferde so billig herzustellen waren.

Eine Reihe von Tagen und Nächten, von denen er je nachdem glaubte, es seien drei, dreiundvierzig und fünfhundertachtundneunzigtausendsiebenhundertdrei gewesen, durchstreifte er die Wüste, setzte sein simples elektrisches Vertrauen in Felsen, Vögel, Wolken und eine Form von Elefantenspargel, die es überhaupt nicht gab, bis er schließlich hier aufkreuzte, auf diesem hohen Felsen, der ein Tal überschaute, das trotz des tiefen inbrünstigen Glaubens des Mönchs nicht rosa war. Nicht einmal ein ganz klein bißchen.

Zeit verging.

3. Kapitel

Zeit verging.

Susan wartete.

Je länger Susan wartete, desto länger unterließ es die Haustürklingel zu läuten. Oder das Telefon. Sie sah auf die Uhr. Sie hatte das Gefühl, jetzt wäre es ungefähr an der Zeit, daß sie mit Recht sauer sein könnte. Sie war natürlich bereits sauer, aber das war sozusagen zu ihrer Zeit gewesen. Mittlerweile befanden sie sich wirklich und wahrhaftig reichlich weit in seiner Zeit, und selbst wenn man Verkehr, Pannen und seine übliche Geistesabwesenheit und Langsamkeit einkalkulierte, waren sie inzwischen mehr als eine halbe Stunde über die Zeit hinaus, die er beharrlich als den allerspätesten Zeitpunkt bezeichnet hatte, zu dem das Haus zu verlassen sie sich irgend leisten könnten, also wäre sie am besten schon fix und fertig angezogen.

Sie versuchte, sich Sorgen darüber zu machen, daß ihm irgendwas Schreckliches zugestoßen sei, glaubte aber keinen Augenblick dran. Ihm passierte nie was Schreckliches, obwohl sie allmählich der Meinung war, es wäre an der Zeit, daß es ihm verdammt nochmal passierte. Wenn ihm nicht bald was Schreckliches passierte, würde sie's vielleicht selber tun.

Da hatte sie eine Idee.

Sauer schmiß sie sich in den Sessel und sah sich im Fernsehen die Nachrichten an. Die Nachrichten machten sie sauer. Sie tippte auf der Fernbedienung herum und sah sich eine

Weile was auf einem anderen Kanal an. Sie wußte nicht, was es war, aber es machte sie ebenfalls sauer.

Vielleicht sollte sie anrufen. Der Teufel sollte sie holen, wenn sie anriefe. Vielleicht würde er, wenn sie anriefe, im selben Augenblick sie anrufen und nicht durchkommen.

Sie weigerte sich zuzugeben, daß sie das eben gedacht hatte.

Der Teufel sollte ihn holen. Wo war er? Wen kümmerte es denn überhaupt, wo er war? Sie jedenfalls nicht.

Dreimal hintereinander hatte er das jetzt gemacht. Dreimal hintereinander war genug. Wütend suchte sie wieder zwischen den Kanälen rum. Sie fand eine Sendung über Computer und ein paar interessante, neue Möglichkeiten, was man alles mit Computern und Musik machen konnte.

Das war die Höhe. Das war wirklich die Höhe. Sie wußte, sie hatte es sich nur Sekunden vorher gesagt, daß es die Höhe sei, aber das war nun wirklich absolut und endgültig der Gipfel.

Sie sprang auf, ging zum Telefon und langte nach einem angesäuerten Filofax. Sie blätterte rasch drin herum und wählte eine Nummer.

»Hallo, Michael? Ja, hier ist Susan. Susan Way. Du hast gesagt, ich soll dich anrufen, wenn ich heute abend frei wäre, und ich habe gesagt, lieber möchte ich tot in einem Straßengraben liegen, erinnerst du dich? Tja, ich stelle plötzlich fest, daß ich frei bin, absolut, vollkommen und durch und durch frei, und ein annehmbarer Straßengraben ist meilenweit nicht in Sicht. Handle, solange du Gelegenheit dazu hast, ist mein Rat an dich. In einer halben Stunde bin ich im Tangiers Club.«

Sie zog sich Schuhe und Mantel an, hielt kurz inne, als ihr einfiel, daß Donnerstag war und sie ein neues, extralanges Band in den Anrufbeantworter einlegen sollte, und war zwei Minuten später zur Haustür hinaus. Als endlich das Telefon klingelte, sagte der Anrufbeantworter freundlich, Susan Way könne in diesem Augenblick nicht ans Telefon kommen, aber wenn der Anrufer eine Nachricht hinterlassen wolle, werde sie so bald wie möglich zurückrufen. Oder auch nicht.

4. Kapitel

Es war ein kalter Novemberabend von der eher altmodischen Sorte.

Der Mond sah bleich und fahl aus, als sollte er in so einer Nacht eigentlich nicht auf sein. Er stieg unwillig auf und hing herum wie ein krankes Gespenst. Matt und verschwommen durch die Feuchtigkeit, die aus den ungesunden Mooren aufstieg, hoben sich als Silhouetten die verschiedenen Türme und Zinnen des St. Cedd's Colleges, Cambridge, dagegen ab, eines geisterhaften, über Jahrhunderte hindurch errichteten Gewimmels von Gebäuden, mittelalterlichen neben viktorianischen, Odeon neben Tudor. Nur in der Art, wie sie durch den Nebel in den Himmel ragten, schienen sie entfernt zueinander zu gehören.

Zwischen ihnen huschten zitternd Gestalten von einem matten Lichtfleck zum nächsten, die Gespenster aus Atemluft zurückließen, die sich hinter ihnen mit der kalten Nacht vermengten.

Es war sieben Uhr. Viele der Gestalten waren zu dem Speisesaal des Colleges unterwegs, der den Ersten Hof vom Zweiten Hof trennte und widerstrebend warmes Licht verströmte. Zwei Gestalten vor allem schienen besonders schlecht zusammenzupassen. Der eine, ein junger Mann, war groß, dünn und knochig; obwohl er in einen schweren, dunklen Mantel gemummelt war, lief er ein bißchen wie ein beleidigter Reiher.

Der andere war klein und rundlich und bewegte sich mit einer linkischen Hast wie eine Reihe älterer Eichhörnchen, die aus einem Sack zu entkommen versuchen. Sein Alter rangierte auf der älteren Seite von absolut unbestimmt. Wenn man auf eine beliebige Zahl tippte, war er wahrscheinlich etwas älter, aber – wie gesagt, man konnte es unmöglich feststellen. Gewiß war sein Gesicht tief gefurcht, und das bißchen Haar, das unter seiner roten, wollenen Schimütze hervorkam, war dünn und weiß und hatte weitgehend ganz eigene Vorstellungen davon, wie es sich zu verteilen gedachte. Auch er war in einen dicken Mantel gehüllt, aber darüber trug er einen sich bauschenden Talar mit völlig ausgeblichenen dunkelroten Paspeln, Kennzeichen seines einzigartigen und eigenartigen akademischen Amtes.

Beim Gehen führte der Ältere ganz allein die Unterhaltung. Er wies auf interessante Punkte am Wege hin, ungeachtet der Tatsache, daß es viel zu dunkel war, um irgend etwas davon zu sehen. Der Jüngere sagte: »Ach ja« und »Wirklich? Wie interessant...« und »So, so, so« und »Du meine Güte.« Sein Kopf nickte feierlich.

Sie betraten den Saal nicht durch den Haupteingang, sondern durch eine kleine Pforte an der Ostseite des Hofes. Sie führte zum Gemeinschaftsraum der Senior Fellows und einem dunkel getäfelten Vorraum, in dem sich die Dozenten versammelten, um in die Hände zu schlagen und »Brrrr«-Geräusche von sich zu geben, ehe sie sich durch ihren eigenen Eingang an den High Table, den Honoratioren- und Professorentisch, begaben.

Sie hatten sich verspätet und legten ihre Mäntel eilig ab. Für den Älteren war das recht kompliziert, weil er erst seinen Professorentalar ausziehen und dann wieder anziehen mußte, nachdem er aus dem Mantel geschlüpft war, dann seine Mütze in die Manteltasche stopfen und dann darüber nachdenken mußte, wo er seinen Schal gelassen hatte, bis ihm zu Bewußtsein kam, daß er ihn gar nicht mitgebracht hatte, während er in seiner Manteltasche nach seinem Taschentuch, dann in seiner anderen Manteltasche nach seiner Brille angelte, die er daraufhin ganz unerwartet in seinen Schal gewickelt fand, den er, wie sich herausstellte, also doch mitgebracht, aber nicht getragen hatte, und das trotz des feuchten und eiskalten Windes, der wie Hexenatem über die Moore geweht kam.

Er schob den jungen Mann vor sich her in den Saal, wo sie die letzten beiden Plätze am High Table einnahmen und den nervös gerunzelten Stirnen und hochgezogenen Augenbrauen wegen der Störung des lateinischen Tischgebets, die sie verursachten, mutig begegneten.

Der Saal war an diesem Abend bis auf den letzten Platz gefüllt. In den kälteren Monaten stand er bei den Studenten stets höher im Kurs. Was ungewöhnlicher war: der Saal war mit Kerzen erleuchtet, wie das jetzt nur noch zu wenigen besonderen Anlässen geschah. Zwei lange, vollbesetzte Tische dehnten sich in die schimmernde Dunkelheit. Bei Kerzenlicht waren die Gesichter der Leute lebendiger, der gedämpfte Klang ihrer Stimmen, das Klirren von Besteck und Gläsern wirkten anregender, und in den dunklen Tiefen der riesigen Halle schienen all die Jahrhunderte, die es dies Gemäuer bereits gab, zugleich versammelt. Der High Table selbst bildete einen Querarm an der Stirnseite und stand ungefähr einen Fuß höher als der Rest. Da es sich um einen Abend mit Gästen handelte, war der Tisch an beiden Seiten besetzt, um den zusätzlich Geladenen Platz zu bieten, und viele der Gäste saßen deshalb mit dem Rücken zum Saal.

»Also, MacDuff junior«, sagte der Professor, als er sich gesetzt hatte und seine Serviette mit einer wedelnden Bewegung öffnete, »erfreut, Sie wiederzusehen, mein Lieber. Froh, daß Sie kommen konnten. Keine Ahnung, wofür das alles hier passiert«, setzte er hinzu und blickte sich verwirrt im Saal um. »All die Kerzen und das Silber und so weiter. Normalerweise heißt das, es gibt ein Festdiner zu Ehren von irgend jemandem oder irgend etwas, woran sich niemand erinnern kann, außer daß es für einen Abend besseres Essen bedeutet.«

Er verstummte, dachte einen Moment lang nach und sagte dann: »Es scheint doch merkwürdig, meinen Sie nicht auch, daß die Qualität des Essens sich reziprok zur Helligkeit der Beleuchtung verändert. Läßt einen überlegen, welche kulinarischen Höhen das Küchenpersonal erklimmen könnte, wenn man es zu lebenslänglicher Finsternis verdonnerte. Könnte einen Versuch wert sein, meine ich. Gibt ein paar Kellergewölbe im College, die dazu benutzt werden könnten. Ich glaube, ich habe Sie mal drin rumgeführt, hmmm? Hübsches Mauerwerk.«

All das geschah zu einer gewissen Erleichterung des Gastes. Es war das erste Zeichen seines Gastgebers, daß dieser überhaupt die leiseste Ahnung hatte, wer er sei. Professor Urban Chronotis, Regius oder Königlicher Professor der Chronologie oder »Reg«, wie er am liebsten genannt wurde, hatte ein Gedächtnis, das er selbst einmal mit der Königin Alexandra Birdwing Butterfly verglichen hatte: lebhaft, anmutig hin und her hüpfend und mittlerweile leider fast gänzlich erloschen.

Als »Reg« ihn vor ein paar Tagen wegen der Einladung angerufen hatte, war es ihm vorgekommen, als sei er außerordentlich begierig, seinen früheren Schüler wiederzusehen, aber als Richard heute abend zu ihm gekommen war, zugegebenermaßen ein bißchen verspätet, da hatte der Professor anscheinend verärgert die Tür aufgerissen, war beim Anblick von Richard erstaunt zusammengezuckt, hatte wissen wollen, ob er irgenwelche Gefühlsprobleme habe, hatte belästigt reagiert, als er sanft daran erinnert wurde, daß es inzwischen zehn Jahre her sei, seit er Richards College-Tutor war, und hatte schließlich eingeräumt, daß Richard sicher zum Abendessen gekommen sei, worauf er, der Professor, begonnen hatte, rasch und weitschweifig über die Geschichte der Collegearchitektur zu reden, ein sicheres Zeichen, daß er mit den Gedanken ganz woanders war.

Reg hatte Richard nie wirklich unterrichtet, er war nur sein College-Tutor gewesen, was kurz hieß, daß er für sein allgemeines Wohlergehen verantwortlich war, ihm sagte, wann die Examen stattfanden, daß er keine Drogen nehmen solle und so weiter. Tatsächlich war nicht ganz klar, falls Reg jemals jemanden in etwas unterrichtet hatte, was das dann, wenn überhaupt, gewesen wäre. Seine Professur war, gelinde gesagt, eine völlig obskure Angelegenheit, und da er sich seiner Vorlesungspflichten durch die einfache und altehrwürdige Methode entledigte, daß er seinen potentiellen Studenten eine erschöpfende Liste von Büchern vorlegte, von denen er mit Sicherheit wußte, daß sie seit dreißig Jahren vergriffen waren, um dann einen Wutanfall zu kriegen, wenn sie sie nicht auftreiben konnten, hatte niemand je den genauen Gegenstand seiner akademischen Disziplin herausbekommen. Er hatte natürlich vor langen Zeiten als Vorsichtsmaßnahme die einzigen vorhandenen Exemplare der Bücher auf seiner Leseliste aus der Universitätsbibliothek und den Collegebüchereien entfernt, so daß er nun viel Zeit hatte, um, tja, um zu tun, was immer das auch war, was er tat.

Weil Richard es stets gelungen war, mit dem alten Kauz einigermaßen gut auszukommen, hatte er eines Tages den Mut gefaßt, ihn zu fragen, was genau der Königliche Lehrstuhl der Chronologie eigentlich sei. Es war einer jener hellen sommerlichen Tage gewesen, an denen die Welt jeden Moment vor Freude zu platzen scheint, schlicht weil sie sie selbst ist, und Reg war in einer für ihn untypischen, sehr mitteilsamen Stimmung gewesen, als sie über die Brücke über den Cam gegangen waren, der die älteren Teile des Colleges von den neueren trennt.

»Eine Sinekure, mein Lieber, eine absolute Sinekure«, hatte er gestrahlt. »Eine kleine Summe Geld für eine sehr kleine, oder vielleicht sollten wir sagen nicht existente Menge Arbeit. Das verschafft mir ständig einen winzigen Vorsprung bei der Scherzfrage, an welchem behaglichen, wenn auch sparsamen Ort man am liebsten sein Leben verbringen möchte.« Er beugte sich über die Brückenbrüstung und machte Richard auf einen ganz bestimmten Backstein aufmerksam, den er interessant fand.

»Aber um welche Art Forschung geht es denn dabei?« hatte Richard weiter gefragt. »Um Geschichte? Physik? Philosophie? Oder was?«

»Nun«, sagte Reg langsam, »da es Sie so interessiert: der Lehrstuhl wurde einst von König Georg III. gegründet, der, wie Sie wissen, eine Reihe amüsanter Grillen pflegte, darunter die Überzeugung, daß einer der Bäume im Großen Park in Windsor in Wirklichkeit Friedrich der Große sei.

Der Lehrstuhl war seine persönliche Gründung, daher ›Regius‹. Zudem seine eigene Idee, was etwas ungewöhnlicher ist.»

Das Sonnenlicht tänzelte am Cam entlang. Leute in Flußkähnen schrien sich beglückt gegenseitig an, sie sollten sich verpissen. Magere Naturwissenschaftler, die, in ihre Zimmer eingesperrt, monatelang damit zugebracht hatten, weiß und fischig zu werden, traten blinzelnd ins Licht. Pärchen, die am Ufer entlangspazierten, erregten sich über die allgemeine Herrlichkeit von alledem dermaßen, daß sie erstmal wieder für eine Stunde nach drinnen verschwinden mußten.

»Der arme, geplagte Kerl«, fuhr Reg fort, »Georg III., meine ich, hatte, wie Sie vielleicht wissen, eine fixe Idee, und das war die Zeit. Stopfte das Schloß mit Uhren voll. Zog sie unablässig auf. Manchmal stand er mitten in der Nacht auf, schlich in seinem Nachthemd im Schloß herum und zog Uhren auf. Es lag ihm sehr viel daran, daß die Zeit immer weiterging, verstehen Sie? Es hatten sich in seinem Leben so viele entsetzliche Dinge ereignet, daß er furchtbare Angst hatte, es könnte sich irgendwas davon noch mal ereignen, wenn man zuließe, daß die Zeit jemals auch nur für einen Augenblick zurückschnappte. Eine sehr verständliche Furcht, besonders wenn man total plemplem ist, wie, das muß ich mit dem allergrößten Mitgefühl für den armen Kerl leider sagen, er es zweifellos war. Er setzte mich, oder vielmehr sollte ich sagen mein Amt, diese Professur ein, verstehen Sie, den Posten, den zu bekleiden ich nun die Ehre habe – was wollte ich sagen? Ah ja. Er gründete diesen, äh, Lehrstuhl der Chronologie, um herausfinden zu lassen, ob es irgendeinen bestimmten Grund dafür gäbe, warum eine Sache *nach* der anderen passiert, und ob es eine Möglichkeit gäbe, das aufzuhalten. Da, wie ich sofort wußte, die Antworten auf die drei Fragen ja, nein und vielleicht waren, erkannte ich, daß ich mir danach für den Rest meiner Laufbahn freinehmen könnte.«

»Und Ihre Vorgänger?«

»Äh, waren völlig der gleichen Ansicht.«

»Aber wer waren sie?«

»Wer waren sie? Tja, hervorragende Köpfe natürlich, hervorragend, einer wie der andere. Erinnern Sie mich daran, daß ich Ihnen irgendwann mal von ihnen erzähle. Sehen Sie diesen Backstein dort? Wordsworth hat mal auf diesen Backstein gekotzt. Bedeutender Mann.«

All das war vor ungefähr zehn Jahren gewesen.

Richard blickte sich in dem gewaltigen Speisesaal um und versuchte festzustellen, ob sich in der Zwischenzeit etwas verändert hatte, und die Antwort war natürlich, absolut gar nichts. Hoch oben in den dunklen Bögen, die im flackernden Kerzenlicht kaum zu sehen waren, hingen die gespenstischen Porträts von Premierministern, Erzbischöfen, politischen Reformern und Dichtern, die alle vielleicht zu ihrer Zeit auf denselben Backstein gekotzt hatten.

»Nun«, sagte Reg in einem lauten vertraulichen Geflüster, als bringe er in einem Nonnenkloster das Thema Brustwarzenperforation aufs Tapet, »ich höre, Sie haben mit einemmal auch sehr viel Erfolg, hmmm?«

»Äh, nun, ja, tatsächlich«, sagte Richard, der darüber so erstaunt war wie jedermann sonst, »ja, das stimmt.«

Rund um den Tisch richteten sich mehrere Blicke starr auf ihn.

»Computer«, hörte er weiter unten am Tisch jemanden herablassend einem Nachbarn zuflüstern. Die starren Blicke erschlafften und wandten sich ab.

»Hervorragend«, sagte Reg. »Freut mich für sie, freut mich sehr.«

»Sagen Sie mir«, fuhr er fort, und es dauerte eine Weile, bis Richard merkte, daß der Professor gar nicht mehr mit ihm sprach, sondern sich nach rechts seinem anderen Nachbarn zugewandt hatte, »wofür ist denn das alles, dieses«, er wedelte mit der Hand vage über die Kerzen und das Collegesilber hinweg, »... Zeug?«

Sein Nachbar, eine ältliche, verschrumpelte Gestalt, drehte sich sehr langsam um und sah ihn an, als sei er sehr erbost darüber, so von den Toten erweckt zu werden.

»Coleridge«, sagte er mit einem dünnen Krächzen, »es ist das Coleridge-Dinner, Sie alter Dummkopf.« Sehr langsam wandte er sich ab, bis sein Blick wieder auf die Stirnwand gerichtet war. Sein Name war Cawley, er war Professor der Archäologie und Anthropologie, und hinter seinem Rücken sagte man oft von ihm, daß er die Archäologie nicht so sehr als ernste akademische Forschung betrachte, sondern eher als eine Gelegenheit, sich wieder mit seiner Kindheit zu beschäftigen.

»Ach, wirklich«, murmelte Reg, »wirklich?« und wandte sich wieder Richard zu. »Es ist das Coleridge-Dinner«, verkündete er wissend. »Coleridge war Mitglied dieses Colleges, verstehen Sie«, setzte er einen Augenblick später hinzu. »Coleridge. Samuel Taylor. Dichter. Ich nehme an, Sie haben von ihm gehört. Das hier ist sein Dinner. Nun ja, natürlich nicht wortwörtlich. Da wär's mittlerweile kalt.« Schweigen. »Hier, nehmen Sie etwas Salz.«

»Äh, vielen Dank, ich glaube, ich warte noch«, sagte Richard verdutzt. Es stand noch kein Essen auf dem Tisch.

»Na los, nehmen Sie schon«, drängte der Professor und hielt ihm den schweren silbernen Salzstreuer hin.

Richard zwinkerte verwirrt, aber mit einem inneren Schulterzucken streckte er die Hand danach aus. Doch in dem Augenblick, als er gezwinkert hatte, war der Salzstreuer verschwunden. Erstaunt fuhr er zurück.

»Gut, was?« sagte Reg, während er den verschwundenen Streuer seinem leichenhaften Nachbarn zur Rechten hinter dem Ohr hervorzog, womit er ein überraschend kleinmädchenhaftes Kichern irgendwoanders am Tisch hervorrief. Reg lächelte schelmisch. »Sehr irritierende Angewohnheit, ich weiß. Auf meiner Liste der Dinge, die ich aufgeben will, steht's an dritter Stelle hinter dem Rauchen und den Ärzten.«

Tja, da gab es also noch etwas, das sich nicht verändert hatte. Manche Leute popeln in der Nase, andere verprügeln regelmäßig alte Damen auf der Straße. Regs Laster war harmlos, wenn auch sonderbar – er war verrückt nach kindlichen Zaubertricks. Richard erinnerte sich, als er zum erstenmal mit einem Problem zu Reg gegangen war – es war bloß die übliche Angst gewesen, die Studenten ab und zu befällt, besonders wenn sie Referate zu schreiben haben, aber damals war sie ihm wie eine düstere, böse Last vorgekommen. Reg hatte dagesessen und Richards Gefühlsergüssen mit dem tiefem Stirnruzeln gespannter Aufmerksamkeit gelauscht. Als er endlich fertig war, sann Reg ernsthaft nach, strich sich viele Male übers Kinn, beugte sich schließlich vor und sah ihm in die Augen.

»Ich vermute, Ihr Problem ist«, sagte er, »daß Sie zu viele Büroklammern in der Nase haben.«

Richard starrte ihn an.

»Gestatten Sie, daß ich's Ihnen demonstriere«, sagte Reg, lehnte sich über den Schreibtisch und zog Richard eine Kette aus elf Büroklammern und einen kleinen Gummischwan aus der Nase.

»Aha, der wahre Übeltäter«, sagte er und hielt den Schwan in die Höhe. »Sie schleichen sich in Haferflockenpaketen ein, verstehen Sie, und verursachen endlose Scherereien. Nun, ich bin froh, daß wir diesen kleinen Plausch hatten, mein Lieber. Bitte seien sie ganz ungezwungen und stören Sie mich ruhig wieder, wenn sie noch mal so ein Problem haben.«

Selbstverständlich hatte Richard das nie mehr.

Richard blickte sich am Tisch um und versuchte festzustellen, ob noch jemand da war, den er aus seiner Zeit am College kannte.

Zwei Plätze weiter links saß der Professor, der Richards Studienleiter in Englisch gewesen war und keinerlei Anzeichen erkennen ließ, daß er ihn wiedererkannte. Das überraschte auch kaum, weil Richard seine drei Jahre am College damit zugebracht hatte, ihm beharrlich aus dem Weg zu gehen, oft sogar mit dem Trick, daß er sich einen Bart wachsen ließ und so tat, als sei er jemand anderer.

Daneben saß ein Mann, dessen Identität zu erkennen Richard nie gelungen war. Und das hatte auch niemand sonst geschafft. Er war mager und wühlmausartig und hatte die allerungeheuerlichste lange, knochige Nase, die man sich denken kann – sie war wirklich sehr, sehr lang und knochig. Tatsächlich sah sie dem umstrittenen Kiel sehr ähnlich, mit dessen Hilfe die Australier 1983 den America's Cup gewonnen hatten, und über diese Ähnlichkeit war damals viel geredet worden, natürlich nicht dem Mann ins Gesicht. Niemand hatte ihm jemals was ins Gesicht gesagt.

Niemand. Jemals.

Jeder, der ihm zum erstenmal begegnete, war über seine Nase viel zu entsetzt und verlegen, um reden zu können, und das zweitemal war's wegen des ersten Mals noch schlimmer und so weiter. Jahre waren mittlerweile vergangen, siebzehn im ganzen. Die ganze Zeit war er nur von Schweigen umgeben. Im Speisesaal war es bei den Collegedienern lange üblich gewesen, links und rechts von ihm eine Salz-Pfeffer-Senf-Menage hinzustellen, weil ihn niemand bitten konnte, sie mal rüberzureichen, und jemanden auf der anderen Seite von ihm zu bitten, war nicht nur ungezogen, es war vollkommen unmöglich, weil seine Nase im Weg war.

Die andere Merkwürdigkeit an ihm waren eine Reihe von Bewegungen, die er machte und den ganzen Abend über regelmäßig wiederholte. Sie bestanden daraus, daß er mit jedem Finger der linken Hand der Reihe nach auf den Tisch trommelte, und dann mit einem Finger der rechten Hand. Dann tippte er ab und zu mit irgendeinem anderen Körperteil dagegen, einem Knöchel, einem Ellbogen oder einem Knie. Wenn er wegen des Essens damit aufhören mußte, begann er, mit jedem Auge einzeln zu zwinkern und gelegentlich mit dem Kopf zu nicken. Kein Mensch hatte es natürlich jemals gewagt, ihn zu fragen, warum er das machte, obwohl alle vor Neugier platzten.

Richard konnte nicht sehen, wer auf der anderen Seite neben ihm saß.

In der anderen Richtung, hinter Regs leichenhaftem Nachbarn, saß Watkin, der Altphilologe, ein Mann von erschrekkender Trockenheit und Wunderlichkeit. Seine schweren, randlosen Brillengläser waren beinahe massive Glaswürfel, in denen seine Augen ein unabhängiges Leben zu führen schienen wie Goldfische. Seine Nase war ziemlich gerade und normal, aber darunter trug er denselben Bart wie Clint Eastwood. Seine Augen schwammen um den Tisch herum, während er sich aussuchte, an wen er diesen Abend das Wort richten würde. Er hatte überlegt, daß seine Beute einer von den Gästen sein könnte, nämlich der neu ernannte Chef des Dritten Radioprogramms der BBC, der ihm gegenüber saß – aber leider hatten ihn sich schon der Musikdirektor des Colleges und ein Philosophieprofessor gekrallt. Die beiden setzten dem gepeinigten Mann gerade auseinander, daß der Begriff »zu viel Mozart«, eine vernünftige Definition dieser drei Worte vorausgesetzt, ein in sich widersprüchlicher Ausdruck sei, und daß jeder Satz, der eine solche Wendung enthalte, dadurch sinnlos werde und folglich nicht als Teil eines Arguments zugunsten irgendeiner bestimmten Programmplanung geltend gemacht werden könne. Der arme Kerl begann bereits, sein Besteck viel zu fest zu umklammern. Seine Augen sausten verzweifelt und nach Rettung suchend herum, begingen aber den Fehler, sich an die von Watkin zu heften.

»Guten Abend«, sagte Watkin charmant lächelnd, nickte überaus freundlich und ließ dann seinen Blick sich gläsern auf seinen Teller mit der eben angelangten Suppe senken, von wo er sich nicht mehr ablenken lassen würde. Noch nicht. Laß den Kerl ruhig ein bißchen zappeln. Er wollte, daß ihm die Rettung mindestens ein gutes halbes Dutzend ansehnlich honorierter Radiovorträge einbrächte.

Hinter Watkin entdeckte Richard plötzlich die Quelle des Kleinmädchenkicherns, das Regs Zaubertrick quittiert hatte. Erstaunlicherweise handelte es sich um ein kleines Mädchen. Sie war ungefähr acht Jahre alt, hatte blondes Haar und wirkte ziemlich niedergeschlagen. Sie saß da und trat ab und zu mürrisch gegen das Tischbein.

»Wer ist das?« fragte Richard Reg erstaunt.

»Wer ist was?« fragte Reg Richard erstaunt.

Richard zeigte verstohlen in ihre Richtung. »Das Mädchen«, flüsterte er, »das kleine, kleine Mädchen. Ist sie etwa irgendein neuer Mathematikprofessor?«

Reg spähte zu ihr hinüber. »Wissen Sie«, sagte er verwundert, »ich habe nicht die blasseste Ahnung. Ist mir noch nie passiert. Wie ungewöhnlich.«

In diesem Moment wurde das Problem durch den Mann von der BBC gelöst, der sich plötzlich aus dem logischen Halbnelson, in den ihn seine Nachbarn gezwängt hatten, herauswand und das Mädchen anfuhr, weil es gegen den Tisch trat. Sie hörte auf, gegen den Tisch zu treten, und trat mit verdoppelter Energie in die Luft. Er sagte zu ihr, sie solle versuchen, sich ein bißchen zu vergnügen, und da trat sie ihn. Auf diese Weise fiel ein kurzer Freudenschimmer auf ihren niedergedrückten Abend, doch der währte nicht lange. Ihr Vater teilte dem Tisch kurz und eingehend seine Ansichten über Babysitter mit, die Leute im Stich lassen, aber niemand wußte mit dem Thema viel anzufangen.

»Eine größeres Buxtehudeprogramm«, nahm der Musikdirektor den Faden wieder auf, »ist natürlich zweifellos längst überfällig. Ich bin sicher, Sie werden diese Situation bei der erstbesten Gelegenheit mit Freuden bereinigen.«

»Oh, äh, ja«, erwiderte der Vater des Mädchens und verschüttete seine Suppe, »äh, das heißt... er ist doch nicht derselbe wie Gluck, nicht wahr?«

Das kleine Mädchen trat wieder gegen das Tischbein. Als ihr Vater sie streng ansah, legte sie den Kopf zur Seite und stellte ihm leise eine Frage.

»Jetzt nicht«, beharrte er so leise wie möglich.

»Wann dann?«

»Später. Vielleicht. Später, mal sehen.«

Sie ließ sich mürrisch gegen die Lehne zurückplumpsen. »Immer sagst du später«, maulte sie.

»Armes Kind«, flüsterte Reg. »An diesem Tisch sitzt kein Professor, der sich innerlich nicht genauso verhielte. Ah, vielen Dank.« Ihre Suppe kam und lenkte ihn und Richard ab.

»Also, erzählen Sie mal«, sagte Reg, nachdem sie beide ein

paar Löffelvoll gegessen hatten und voneinander unabhängig zu dem Schluß gelangt waren, daß es sich um keine Geschmacksekstase handelte, »was Sie so gemacht haben, mein Lieber. Hat was mit Computern zu tun, wie ich höre, und auch was mit Musik. Ich dachte, Sie studierten Englisch, als Sie hier waren – wenn auch sicherlich nur in Ihrer Freizeit.« Er sah Richard über den Rand seines Suppenlöffels bedeutungsvoll an. »Aber warten Sie mal«, fiel er sich ins Wort, ehe Richard zu sprechen Gelegenheit hatte, »erinnere ich mich nicht vage daran, daß Sie irgend sowas wie einen Computer hatten, als Sie hier waren? Wann war das? 1977?«

»Naja, was wir 1977 einen Computer nannten, war eher so was wie ein elektrischer Abakus, aber...«

»Oh, bitte, machen Sie den Abakus nicht schlecht«, sagte Reg. »In erfahrenen Händen ist er ein sehr raffiniertes Rechengerät. Außerdem benötigt er keinen Strom, kann aus allen Dingen hergestellt werden, die man bei der Hand hat, und macht nicht mitten in einer wichtigen Arbeit piep.«

»Dann wäre ein elektrischer besonders sinnlos«, sagte Richard.

»Wohl wahr«, räumte Reg ein.

»Es gab wirklich nicht viel, was diese Maschine machen konnte, was man nicht selber in der halben Zeit mit sehr viel weniger Anstrengung machen konnte«, sagte Richard, »aber andererseits war sie sehr zweckmäßig, weil sie so ein langsamer und dummer Schüler war.«

Reg sah ihn spöttisch an.

»Ich hatte keine Ahnung, daß sie offenbar so selten waren«, sagte er. »Wenn ich von hier, wo ich sitze, mit Brotkügelchen schmeiße, würde ich mindestens ein Dutzend Besitzer treffen.«

»Sicherlich. Aber sehen Sie's mal so. Was ist denn wirklich der Grund, warum man versucht, jemandem irgend etwas beizubringen?«

Auf diese Frage schien sich rechts und links am Tisch ein gleichgesinntes Beifallsgemurmel zu erheben.

Richard fuhr fort. »Ich meine, wenn man wirklich etwas begreifen möchte, ist der beste Weg der, daß man versucht, es jemand anderem zu erklären. Das zwingt einen, sich im eigenen Kopf darüber klar zu werden. Und je langsamer und dümmer der Schüler ist, desto weiter muß man das Problem in immer einfachere Gedanken unterteilen. Und das ist eigentlich das Grundprinzip des Programmierens. Wenn man einen komplizierten Gedanken in kleine Schrittchen gegliedert hat, mit denen sogar eine dumme Maschine umgehen kann, hat man bestimmt selber etwas davon begriffen. Normalerweise lernt der Lehrer mehr als der Schüler. Ist das nicht so?«

»Es wäre schwierig, viel weniger als meine Schüler zu lernen«, kam ein tiefes Brummen von irgendwo am Tisch, »ohne mich einer Lobotomie zu unterziehen.«

»Ich mühte mich jedenfalls damals ganze Tage damit ab, meine Referate auf diesem 16K-Apparat zu schreiben, für die ich auf einer Schreibmaschine ein paar Stunden gebraucht hätte. Aber was mich daran reizte, war der Versuch, der Maschine genau zu erklären, was ich von ihr wollte. Ich schrieb mir im Grunde mein eigenes Textprogramm in BASIC. Ein simpler Such- und Austauschbefehl nahm ungefähr drei Stunden in Anspruch.«

»Ich weiß im Moment gar nicht, haben Sie eigentlich überhaupt jemals irgendwelche Referate fertig bekommen?«

»Nun ja, eigentlich nicht. Keine richtigen Referate, aber die Gründe dafür waren absolut faszinierend. Zum Beispiel entdeckte ich, daß...«

Er unterbrach sich und lachte vor sich hin.

»Ich spielte auch Keyboards in einer Rockgruppe. Natürlich«, fügte er hinzu, »half das nicht viel.«

»Ach, das habe ich gar nicht gewußt«, sagte Reg. »Ihre Vergangenheit enthält dunklere Partien, als ich für möglich gehalten hätte. Eine Eigenschaft, möchte ich anmerken, die sie mit dieser Suppe teilt.« Er wischte sich den Mund sehr sorgfältig mit seiner Serviette. »Ich muß irgendwann mal ein ernstes Wort mit der Küchenmannschaft reden. Ich würde gerne sichergehen, daß sie die rechten Dinge behalten und die richtigen wegwerfen. So. Eine Rockgruppe, sagen Sie. Tja, ja, ja. Großer Gott.«

»Ja«, sagte Richard. »Wir nannten uns ›Die Ziemlich Gute Band‹, was wir in Wirklichkeit nicht waren. Unser Ziel war es, die Beatles der frühen Achtziger zu werden, aber wir erhielten einen viel besseren finanziellen und juristischen Rat, als ihn die Beatles je bekamen, und der lautete im wesentlichen: ›Macht euch keine Sorge!‹ Und das taten wir dann auch nicht. Ich ging aus Cambridge weg und hungerte drei Jahre.«

»Aber habe ich Sie in der Zeit nicht mal zufällig getroffen«, sagte Reg, »und Sie behaupteten, Sie verdienten sehr viel Geld?«

»Als Straßenfeger, ja. Es lag furchtbar viel Dreck auf den Straßen. Mehr als genug, hatte ich das Gefühl, um für ein ganzes Leben zu reichen. Aber ich wurde gefeuert, weil ich meinen Dreck einem anderen Straßenfeger auf den Weg fegte.«

Reg schüttelte den Kopf. »Der falsche Beruf für Sie, da bin ich sicher. Es gibt genug Beschäftigungen, wo so ein Verhalten rasche Beförderung garantieren würde.«

»Ich habe einige Berufe durchprobiert – aber keiner hat mich besonders beeindruckt. Und ich blieb auch in keinem sehr lange, weil ich immer zu müde war, um ihn richtig auszuüben. Man fand mich schlafend über Hühnerställen oder Aktenschränken zusammengesunken – je nachdem, was in dem Job zu tun war. Ich hatte halt die ganze Nacht am Computer gewacht, verstehen Sie, um ihm beizubringen, ›Alle meine Entchen‹ zu spielen. Das war ein wichtiges Ziel für mich.«

»Sicher«, stimmte Reg zu. »Vielen Dank«, sagte er zu dem Collegediener, der den halb geleerten Suppenteller vor ihm wegnahm, »vielen herzlichen Dank. ›Alle meine Entchen‹, wie? Gut. Gut. Aber zweifellos ist Ihnen das schließlich gelungen, und das erklärt Ihre augenblickliche Berühmtheit. Ja?«

»Naja, es hängt ein bißchen mehr dran als bloß das.«

»Das habe ich befürchtet. Aber schade, daß Sie das Ding nicht mitgebracht haben. Es könnte die arme junge Dame ein wenig aufmuntern, die im Augenblick unsere langweilige, bärbeißige Gesellschaft über sich ergehen lassen muß. Ein paar Takte von ›Alle meine Entchen‹ würden wahrscheinlich viel dazu beitragen, ihre Laune zu heben.« Er beugte sich nach vorn, um an seinen beiden Nachbarn zur Rechten vorbei zu dem Mädchen hinüberzusehen, das immer noch mißgelaunt auf seinem Stuhl hing.

»Hallo«, sagte er.

Sie blickte erstaunt auf, dann senkte sie schüchtern den Blick und baumelte wieder mit ihren Beinen.

»Was findest du schlimmer«, fragte Reg, »die Suppe oder unsere Gesellschaft?«

Sie ließ ein kleines, widerwilliges Lachen hören und zuckte, noch immer mit niedergeschlagenem Blick, mit den Schultern.

»Ich finde es klug von dir, daß du dich in diesem Stadium noch nicht festlegst«, fuhr Reg fort. »Ich persönlich, ich warte, bis ich die Karotten sehe, ehe ich irgendein Urteil fälle. Sie kochen schon seit dem Wochenende, aber ich fürchte, es reicht vielleicht immer noch nicht. Das einzige, was eventuell noch schlechter ist als die Karotten, das ist Watkin. Er ist der Mann mit der komischen Brille, der zwischen uns sitzt. Ich heiße übrigens Reg. Komm rüber und trete mich, falls dir danach ist.«

Das Mädchen kicherte und schaute zu Watkin hoch, der

sich aufrichtete und einen erschreckend hoffnungslosen Versuch unternahm, freundlich zu lächeln.

»*Na*, kleines Mädchen«, sagte er säuerlich zu ihr, und sie mußte verzweifelt dagegen ankämpfen, nicht wegen seiner Brille herauszuplatzen. Es kam so keine große Unterhaltung zustande, aber das Mädchen hatte einen Verbündeten und fing an, ein winzigkleines bißchen Spaß zu haben. Ihr Vater schenkte ihr ein erleichtertes Lächeln.

Reg wandte sich wieder Richard zu, der plötzlich fragte: »Haben Sie eigentlich keine Familie?«

»Äh... nein«, sagte Reg leise. »Aber erzählen Sie weiter. Nach ›Alle meine Entchen‹, was kam dann?«

»Also, um es kurz zu machen, Reg, ich landete schließlich bei WayForward Technologies...«

»Ah ja, der berühmte Mr. Way. Erzählen Sie mal, wie ist er eigentlich?«

Richard ärgerte sich immer ein bißchen über diese Frage, wahrscheinlich weil sie ihm so oft gestellt wurde.

»Besser und schlechter, als in den Zeitungen über ihn geschrieben wird. Ich mag ihn sehr, wirklich. Wie jeder gehetzte Mensch kann er manchmal etwas anstrengend sein, aber ich kenne ihn schon seit den allerfrühesten Zeiten der Firma, als weder sein noch mein Name einen Pfifferling wert waren. Er ist prima. Es ist nur so, daß es besser ist, wenn man ihm nicht seine Telefonnummer überläßt, es sei denn, man besitzt einen Anrufbeantworter im Industrieformat.«

»Was? Wieso denn das?«

»Tja, er ist einer von den Menschen, die nur denken können, wenn sie reden. Wenn er irgendwelche Ideen hat, muß er sie jemandem ausführlich erzählen, ganz egal, wer zuhört. Oder wenn die Leute persönlich nicht zur Verfügung stehen, was immer häufiger der Fall ist, tun's auch ihre Anrufbeantworter. Er ruft sie einfach an und redet mit ihnen. Er hat eine Sekretärin, deren einzige Aufgabe darin besteht, die Tonbänder bei den Leuten einzusammeln, die er angerufen haben könnte, sie zu übertragen, zu ordnen und ihm am nächsten Tag redigiert in einer blauen Mappe zu überreichen.«

»In einer blauen, eh?«

»Fragen Sie mich, warum er nicht einfach ein Bandgerät benutzt«, sagte Richard mit einem Achselzucken.

Reg dachte darüber nach. »Ich nehme an, er benutzt kein Bandgerät, weil er nicht gerne mit sich selber redet«, sagte er. »Das ist doch logisch. Gewissermaßen.«

Er nahm eine Portion des soeben servierten *porc au poivre* und kaute eine Weile darauf herum, ehe er Messer und Gabel wieder für einen Moment sanft beiseite legte.

»Und was«, sagte er schließlich, »ist bei alledem die Rolle von MacDuff junior?«

»Tja, Gordon hat mir den Auftrag erteilt, ein größeres Programm für den Apple Macintosh zu schreiben. Finanzstatistiken, Buchhaltung, all so was, leistungsstark, einfach zu benutzen, viel Grafik. Ich fragte ihn, was genau er alles *drin* haben wollte, und er sagte nur: ›Alles. Ich will für diesen Apparat das Top-Produkt an Geschäftssoftware, ein Programm mit Pauken und Trompeten.‹ Und da ich ziemlich exzentrisch bin, nahm ich ihn beim Wort.

Verstehen Sie, ein Zahlenschema kann alles darstellen, was man möchte, es kann dazu benutzt werden, eine Oberfläche kartografisch zu erfassen oder irgendwelche Bewegungsprozesse abzustimmen – und so weiter. Und alle Rechenschaftsberichte von Firmen sind letzten Endes nichts weiter als ein Zahlenschema. Ich setzte mich also hin und schrieb ein Programm, das alle diese Zahlen nimmt und damit macht, was man will. Wenn man einfach eine Balkengrafik haben will, macht es aus ihnen eine Balkengrafik, wenn man sie als Tortendiagramm oder als Kurve dargestellt haben möchte, macht es aus ihnen ein Tortendiagramm oder eine Kurve. Wenn man haben will, daß tanzende Mädchen aus dem Tortendiagramm hüpfen, um die Aufmerksamkeit von den Zahlen abzulenken, die eigentlich in dem Tortendiagramm dargestellt werden, dann macht das Programm auch das. Oder Sie können Ihre Zahlen zum Beispiel in einen Schwarm Möwen verwandeln, und an der Formation, in der sie fliegen, und der Art, in der jede Möwe mit ihren Flügeln schlägt, läßt sich die Leistung jeder einzelnen Abteilung Ihrer Firma ablesen. Phantastisch, wenn man bewegliche Firmenembleme herstellen möchte, die wirklich was *bedeuten*.

Aber die verrückteste Idee von allen ist, daß, wenn man seine Firmenrechenschaftsberichte als ein Musikstück dargestellt haben möchte, das Programm auch das machen kann. Nun ja, ich hielt es für verrückt. Die Geschäftswelt geriet darüber vor Begeisterung schier aus dem Häuschen.«

Reg betrachtete ihn ernst über ein Karottenstück hinweg, das er vor sich anmutig auf seiner Gabel balancierte, unterbrach ihn aber nicht.

»Verstehen Sie, jeder Aspekt eines Musikstücks kann als eine Reihe von Zahlenschemata ausgedrückt werden«, schwärmte Richard. »Zahlen können die Höhe von Tönen ausdrücken, die Länge von Tönen, Strukturen aus Höhen und Längen...«

»Sie meinen Melodien«, sagte Reg. Die Karotte hatte sich immer noch nicht bewegt.

Richard grinste. »Melodien wäre ein sehr gutes Wort dafür. Ich muß mir das merken.«

»Es würde Ihnen helfen, sich einfacher auszudrücken.« Reg legte die Karotte ungekostet auf den Teller zurück. »Und dieses Programm war also ein voller Erfolg?« fragte er.

»Bei uns in England nicht so sehr. Die jährlichen Rechenschaftsberichte der meisten britischen Firmen hörten sich an wie der Trauermarsch aus *Saul*, aber in Japan flogen sie drauf wie ein Rudel Vampire. Es ergab massenweise lustige Firmenhymnen, die munter losgingen, aber wenn man kritisch sein wollte, würde man wahrscheinlich sagen, daß sie gegen Ende dazu neigten, ein bißchen laut und quiekig zu werden. Brachte sensationelle Umsätze in den Staaten, was geschäftlich die Hauptsache war. Was mich inzwischen aber am meisten interessiert, ist, was passiert, wenn man die Rechenschaftsberichte ganz raus läßt. Wenn man die Zahlen, die darstellen, wie Schwalbenflügel flattern, direkt in Musik umsetzt. Was würde man dann hören? Nicht das Klingeln von Ladenkassen, meint Gordon.«

»Faszinierend«, sagte Reg, »sehr faszinierend«, und steckte sich die Karotte endlich in den Mund. Er wandte sich ab und beugte sich nach vorn, um mit seiner neuen Freundin zu sprechen.

»Watkin zieht den kürzeren«, verkündete er. »Die Karotten haben einen neuen Negativrekord erreicht. Entschuldigen Sie, Watkin, aber so gräßlich Sie auch sind, die Karotten haben, so leid es mir tut, nicht ihresgleichen.«

Das Mädchen kicherte unbefangener als das letztemal und lächelte ihn an. Watkin versuchte, das Ganze mit Humor zu nehmen, aber als seine Augen zu Reg hinüberschwammen, sah man deutlich, daß er mehr daran gewöhnt war, Leute in Verlegenheit zu bringen, als selber in Verlegenheit gebracht zu werden.

»Bitte, Daddy, darf ich jetzt?« Mit ihrem neugefaßen, wenngleich schwachen Zutrauen hatte das Mädchen auch eine Stimme bekommen.

»Später«, beharrte ihr Vater.

»Jetzt ist doch schon später, ich hab's genau gecheckt.«

»Nun ja...« Er zögerte und war verloren.

»Wir sind in Griechenland gewesen«, erzählte das Mädchen mit leiser, schüchterner Stimme.

»Ach, wirklich«, sagte Watkin mit einem leichten Nicken. »So, so. Irgendwo besonderes, oder einfach Griechenland ganz allgemein?«

»Patmos«, sagte sie entschlossen. »Es war schön. Ich glaube, Patmos ist der schönste Ort auf der ganzen Welt. Nur daß die Fähre nie kam, wenn es hieß, sie kommt. Nie, nie. Ich hab's genau gecheckt. Wir haben unseren Flug verpaßt, aber das war mir egal.«

»Ah, Patmos, ich verstehe«, sagte Watkin, den die Mitteilung sichtlich wachrüttelte. »Nun ja, eines mußt du verstehen, junge Dame, daß nämlich die Griechen, nicht zufrieden damit, daß sie die Kultur der Antike beherrscht haben, auch verantwortlich sind für das bedeutendste, manche würden sagen, das einzige Werk wahrer schöpferischer Phantasie, das in diesem Jahrhundert hervorgebracht wurde. Ich spreche natürlich von den griechischen Schiffsfahrplänen. Ein Werk sublimster Dichtung. Jeder, der im Ägäischen Meer herumgereist ist, wird das bestätigen. Hmm, ja. Ich denke, ja.«

Sie sah ihn mit gerunzelter Stirn an.

»Ich habe einen alten Topf gefunden«, sagte sie.

»Wahrscheinlich nichts wert«, unterbrach ihr Vater hastig. »Sie wissen ja, wie das ist. Jeder, der zum erstenmal nach Griechenland fährt, meint, er hat einen alten Topf gefunden, stimmt's? Ha ha.«

Es wurde allgemein genickt. Es stimmte. Es war irritierend, aber wahr.

»Ich habe ihn im Hafen gefunden«, sagte sie, »im Wasser. Als wir auf die verdammte Fähre warteten.«

»Sarah! Ich hab' dir doch gesagt...«

»Ich wiederhole ja nur, wie du sie genannt hast. Und schlimmer. Du hast sie mit Wörtern bezeichnet, von denen ich gar nicht wußte, daß du sie kennst. Jedenfalls dachte ich, wenn hier alle angeblich so klug sind, dann könnte mir auch jemand sagen, ob das Ding echt altgriechisch ist oder nicht. Ich glaube, es ist *sehr* alt. Zeigst du's ihnen bitte, Daddy?«

Ihr Vater zuckte verzweifelt die Schultern und angelte unter seinem Stuhl herum.

»Wußtest du, meine junge Dame«, sagte Watkin zu ihr, »daß die Apokalypse auf Patmos geschrieben wurde? Das wurde sie wirklich. Vom heiligen Johannes, wie man weiß. Für mich zeigt sie deutlich, daß sie geschrieben wurde, als der Verfasser auf eine Fähre wartete. Oh ja, ich denke doch. Sie beginnt, nicht wahr, in dieser Verträumtheit, in die man gerät, wenn man Zeit totschlägt, sich langweilt, nicht wahr, sich einfach Geschichten ausdenkt, und dann erhebt sie sich allmählich zu einer Art Siedepunkt halluzinatorischer Verzweiflung. Ich finde das sehr vielsagend. Vielleicht solltest du einen Aufsatz darüber schreiben.« Er nickte ihr zu.

Sie sah ihn an, als sei er verrückt.

»Also, hier ist er«, sagte ihr Vater und knallte das Ding auf den Tisch. »Bloß ein Töpfchen, wie Sie sehen. Sie ist erst sechs«, setzte er mit einem gereizten Lächeln hinzu, »stimmt's, Schätzchen?«

»Sieben«, sagte Sarah.

Der Topf war ziemlich klein, ungefähr fünfzehn Zentimeter hoch und an seiner breitesten Stelle etwa zwölf Zentimeter im Durchmesser. Sein Bauch war fast kugelrund, und ein enger Hals ragte ungefähr einen Zoll daraus hervor. Der Hals und etwa die Hälfte der Oberfläche waren mit festgebackenem Lehm verkrustet, aber die Partien des Topfes, die man sehen konnte, hatten eine grobe, rötliche Haut.

Sarah nahm ihn und drückte ihn dem Professor in die Hand, der rechts von ihr saß.

»Sie sehen so klug aus«, sagte sie. »Sagen Sie mir, was Sie denken.«

Der Dozent nahm ihn und drehte ihn mit leicht hochnäsigem Gesicht in seinen Händen. »Ich bin sicher, wenn du den Dreck am Boden wegkratzt«, ließ er geistreich verlauten, »dann stünde wahrscheinlich ›Made in Birmingham‹ drauf.«

»So alt, was?« sagte Sarahs Vater und lachte krampfhaft. »Lange her, seit da irgendwas hergestellt wurde.«

»Jedenfalls«, sagte der Professor, »nicht mein Fachgebiet. Ich bin Molekularbiologe. Möchte noch jemand einen Blick drauf werfen?«

Auf diese Frage erfolgte zwar nicht gerade ein wildes Begeisterungsgeschrei, aber der Topf wurde trotzdem am anderen Ende des Tisches flüchtig von Hand zu Hand weitergereicht. Er wurde durch dicke Linsen angeglotzt, durch Horngestelle bestiert, über Halbmonde hinweg betrachtet und von jemandem angeblinzelt, der die Brille in seinem anderen Anzug vergessen hatte, der, wie er nur zu sehr befürchtete, inzwischen den Weg zur Reinigung angetreten hatte. Niemand wußte offenbar, wie alt der Topf sei, oder machte sich sehr viel daraus. Das Gesicht des kleinen Mädchens wurde wieder länger.

»Ein mieser Verein«, sagte Reg zu Richard. Er griff zu einem silbernen Salzstreuer und hielt ihn in die Höhe.

»Liebe junge Freundin«, sagte er, indem er sich nach vorn beugte und sich an sie wandte.

»Nein, nicht schon wieder, Sie alter Narr«, murmelte der alte Archäologe Cawley, lehnte sich zurück und legte seine Hände über die Ohren.

»Liebe junge Freundin«, wiederholte Reg, »betrachte diesen schlichten silbernen Salzstreuer. Betrachte diese schlichte Mütze.«

»Du hast ja gar keine Mütze«, sagte das Mädchen schmollend.

»Oh«, sagte Reg, »einen Augenblick bitte«, ging hinaus und holte seine rote Wollmütze.

»Betrachte«, sagte er noch mal, »diesen schlichten silbernen Salzstreuer. Betrachte diese schlichte Wollmütze. Ich lege den Salzstreuer in die Mütze, so, und reiche dir die Mütze. Der nächste Teil des Tricks, liebes Fräulein... ist deine Sache.«

Er reichte ihr die Mütze, vorbei an den beiden zwischen

ihnen sitzenden Cawley und Watkin. Sie nahm die Mütze und schaute hinein.

»Wo ist er denn hin?« fragte sie und starrte in die Mütze.

»Er ist dort, wo du ihn hingetan hast«, sagte Reg.

»Oh«, sagte Sarah, »ich verstehe... das war nicht sehr gut.«

Reg zuckte die Achseln. »Ein bescheidener Trick, aber er macht mir immer wieder Spaß«, sagte er und wandte sich von neuem Richard zu. »Nun, worüber haben wir gerade geredet?«

Richard sah ihn mit leisem Schrecken an. Er wußte, daß der Professor immer schon zu plötzlichen und erratischen Stimmungswechseln neigte, aber es war, als wäre von einer Sekunde zur anderen alle Wärme aus ihm gewichen. Er zeigte jetzt denselben geistesabwesenden Gesichtsausdruck, den Richard an ihm wahrgenommen hatte, als er am Abend, offenbar völlig unerwartet, vor seiner Haustür angekommen war. Reg schien Richards Betroffenheit zu spüren und brachte rasch ein Lächeln zustande.

»Mein lieber Freund!« sagte er. »Mein lieber Freund! Mein lieber, lieber Freund! Was habe ich gerade gesagt?«

»Äh, Sie sagten eben: ›Mein lieber Freund.‹«

»Ja, aber ich habe das sichere Gefühl, es war eine Einleitung zu etwas. Eine Art kurze Tokkata über das Thema, was für ein reizender Kerl Sie sind, ehe ich zum Hauptgegenstand meiner Darlegungen kommen wollte, deren Thema ich im Augenblick vergessen habe. Sie haben keine Idee, was ich gerade sagen wollte?«

»Nein.«

»Oh. Naja, eigentlich sollte mich das freuen. Wenn jeder genau wüßte, was ich gerade sagen wollte, hätte es ja keinen Sinn, es dann noch zu sagen, nicht wahr? Na, wie geht es denn dem Töpfchen unserer jungen Freundin?«

Es war bei Watkin angekommen, der erklärte, er sei kein Fachmann auf dem Gebiet, was die alten Griechen für sich als

Trinkgerät hergestellt, sondern nur darin, was sie darüber geschrieben hätten. Er sagte, Cawley sei der einzige, dessen Wissen und Erfahrung sie sich alle beugen sollten, und versuchte, ihm den Topf zu reichen.

»Ich sagte«, wiederholte er, »Ihrem Wissen und Ihrer Erfahrung sollten wir uns beugen. Oh, nun nehmen Sie doch um Himmels willen die Hände von ihren Ohren und schauen Sie sich das Ding mal an.«

Sanft, aber beherzt zog er Cawleys rechte Hand von dessen Ohr weg, erklärte ihm noch mal die Situation und überreichte ihm den Topf. Cawley unterwarf ihn einer flüchtigen, aber deutlich fachmännischen Überprüfung.

»Ja«, sagte er, »ungefähr zweihundert Jahre alt, würde ich meinen. Sehr primitiv. Sehr plumpes Beispiel seiner Art. Selbstverständlich vollkommen wertlos.«

Er stellte ihn mit Nachdruck auf den Tisch und starrte nach oben in die Sängerempore, die ihn aus irgendeinem Grund zu ärgern schien.

Die Wirkung auf Sarah trat augenblicklich ein. Ohnehin schon entmutigt, wurde sie durch die Worte vollkommen deprimiert. Sie biß sich auf die Lippen, ließ sich gegen die Stuhllehne plumpsen und fühlte sich von neuem total deplaziert und kindisch. Ihr Vater warf ihr einen warnenden Blick von wegen schlechtem Benehmen zu, dann entschuldigte er sich noch einmal ihretwegen.

»Tja, Buxtehude«, fuhr er eilig fort, »ja, der gute alte Buxtehude. Wir werden mal sehen, was wir da machen können. Sagen Sie mir...«

»Junges Fräulein«, unterbrach eine Stimme, heiser vor Erstaunen, »du bist zweifellos eine Zauberin und Taschenspielerin von verblüffenden Fähigkeiten!«

Alle Augen wandten sich Reg zu, dem alten Blender. Er hatte den Topf in der Hand und betrachtete ihn mit sprachloser Verwunderung. Langsam wanderte sein Blick zu dem kleinen Mädchen, als begreife er zum erstenmal die Macht eines gefürchteten Gegners.

»Ich verbeuge mich vor dir«, flüsterte er, »und bitte dich, so unwürdig ich auch bin, in Gegenwart solch einer Macht wie deiner das Wort zu ergreifen, um die Erlaubnis, dir zu einem der schönsten Meisterstücke der Zauberkunst zu gratulieren, deren Zeuge zu sein ich die Ehre hatte!«

Sarah starrte ihn mit aufgerissenen Augen an.

»Darf ich den Leuten hier zeigen, was du fertiggebracht hast?« fragte er ernst.

Sie nickte kaum merklich, und er nahm ihren zuvor kostbaren, jetzt leider völlig in Mißkredit gebrachten Topf und setzte ihn mit einem heftigen Schlag auf den Tisch.

Er zerbrach in zwei unregelmäßige Teile, und der festgebackene Ton, der ihn umhüllt hatte, fiel in gezackten Scherben auf die Tischplatte. Ein Teil des Topfes fiel zur Seite, während der Rest stehen blieb.

Sarahs Augen starrten auf den fleckigen und angelaufenen, aber deutlich wiederzuerkennenden silbernen College-Salzstreuer, der aufrecht in den Trümmern des Topfes klemmte.

»Dummer alter Narr«, murmelte Cawley.

Nachdem sich das allgemeine Gelästere und Geschimpfe über diesen billigen Wohnzimmertrick gelegt hatte – das in keiner Weise den Respekt in Sarahs Augen mildern konnte –, wandte sich Reg an Richard und sagte obenhin: »Wer war eigentlich damals dieser Freund von Ihnen, als Sie hier waren? Sehen Sie ihn noch manchmal? Bursche mit einem komischen osteuropäischen Namen. Svlad irgendwas. Svlad Cjelli. Erinnern Sie sich an den Jungen?«

Richard sah ihn einen Moment lang ausdruckslos an.

»Svlad?« fragte er. »Ach, Sie meinen Dirk. Dirk Cjelli. Nein. Ich hatte nie Kontakt mit ihm. Ich bin ihm ein paarmal zufällig auf der Straße begegnet, aber das ist auch alles. Ich glaube, er legt sich hin und wieder einen anderen Namen zu. Warum fragen Sie?«

5. Kapitel

Hoch oben auf seinem felsigen Vorgebirge saß der Elektrische Mönch immer noch auf seinem Pferd, das still und ohne zu Klagen allmählich sauer wurde. Unter seiner groben Kutte hervor blickte er ungerührt in das Tal hinunter, mit dem er ein Problem hatte, aber das Problem war neu und abscheulich für den Mönch, denn es war dies: Zweifel.

Er litt nie lange daran, aber wenn er's tat, nagte der Zweifel an den Grundfesten seiner Existenz.

Der Tag war heiß; die Sonne stand an dem leeren, dunstigen Himmel und brannte auf die grauen Felsen und das kümmerliche verdorrte Gras herunter. Nichts rührte sich, nicht einmal der Mönch. Aber sonderbare Dinge begannen in seinem Hirn zu brodeln, wie sie es hin und wieder taten, wenn ein Datenteilchen fehlgelenkt wurde, während es den Input-Puffer passierte.

Aber dann begann der Mönch zu glauben, unruhig und nervös zunächst, doch dann mit der mächtigen, sengenden weißen Flamme des Glaubens, die alle seine früheren Glaubensbekenntnisse umstürzte, den dusseligen Glauben, daß das Tal rosa sei, inklusive – und er begann zu glauben, daß irgendwo da unten in dem Tal, etwa eine Meile von der Stelle entfernt, wo er saß, sich in Kürze eine mysteriöse Tür in eine seltsame, ferne Welt öffnen werde, eine Tür, durch die er hindurchreiten könne. Eine erstaunliche Vorstellung.

Erstaunlicherweise aber hatte er in diesem einen Fall absolut recht.

Das Pferd spürte, daß irgendwas in der Luft lag.

Es spitzte die Ohren und schüttelte leise den Kopf. Es war in eine Art Trance verfallen, weil es so lange immerfort auf denselben Felsklumpen gestarrt hatte, und war bald selber soweit, daß es der Vorstellung verfiel, alles sei rosa. Es schüttelte den Kopf etwas heftiger.

Ein leichtes Zucken an den Zügeln, ein Tritt des Mönchs mit den Hacken, und sie setzten sich in Bewegung und bahnten sich vorsichtig ihren Weg den felsigen Abhang hinunter. Der Weg war schwierig. Vieles war loser Schiefer – loser braungrauer Schiefer, auf dem sich hin und wieder eine braune oder grüne Pflanze an ihre unsichere Existenz klammerte. Der Mönch bemerkte das ohne jede Verwirrung. Er war jetzt ein älterer, weiserer Mönch und hatte allen Kinderkram hinter sich. Rosa Täler, hermaphroditische Tische, all das waren natürliche Stadien, durch die man auf dem Weg zur wahren Erleuchtung hindurch mußte.

Die Sonne brannte erbarmungslos auf sie herunter. Der Mönch wischte sich den Schweiß und Staub vom Gesicht und machte kurz Rast, wobei er sich zu dem Hals des Pferdes vorbeugte. Er äugte durch den flirrenden Hitzeschleier auf einen gewaltigen Felsen hinab, der auf der Sohle des Tales aus dem Boden ragte. Dort, hinter diesem Felsen, lag der Punkt, an dem, wie der Mönche meinte, oder vielmehr bis ins Mark seiner Existenz leidenschaftlich glaubte, die Tür erscheinen werde. Er versuchte, näher hinzusehen, aber die Einzelheiten der Aussicht schwammen wirr durcheinander in der heißen, aufsteigenden Luft.

Als er sich auf seinem Sattel wieder geradesetzte und eben das Pferd vorwärtstreiben wollte, bemerkte er plötzlich etwas ganz Merkwürdiges.

An einer nahegelegenen, ziemlich ebenen Felswand, und zwar so nahe, daß der Mönch verwundert war, daß er's nicht schon vorher bemerkt hatte, befand sich ein riesiges Bild. Das Bild war plump gezeichnet, wenn auch nicht ohne eine gewisse Eleganz in der Linienführung, und schien sehr alt zu sein, möglicherweise wirklich sehr, sehr alt. Es war verblichen, abgebröckelt und fragmentarisch, und man konnte kaum mit einiger Sicherheit entscheiden, was es darstellte. Der Mönch ritt näher an das Bild heran. Es sah wie eine primitive Jagdszene aus.

Die vielen dunkelroten, mehrgliedrigen Wesen waren deutlich frühgeschichtliche Jäger. Sie trugen plumpe Speere und setzten erbarmungslos einem gehörnten und gepanzerten Geschöpf nach, das bei der Jagd offenbar bereits verwundet worden war. Die Farben waren mittlerweile so schwach, daß sie fast nicht mehr zu erkennen waren. Im Grunde war das einzige, was deutlich zu sehen war, das Weiß der Zähne der Jäger, das mit einer Helligkeit leuchtete, deren Strahlkraft durch den Verlauf der sicherlich wohl vielen Tausende von Jahren völlig ungemindert geblieben war. Ja, sie ließen sogar die Zähne des Mönchs in einem trüben Licht erscheinen, und er hatte sie sich doch erst diesen Morgen geputzt.

Der Mönch hatte Bilder wie dieses schon früher gesehen, aber nur auf Abbildungen oder im Fernsehen, nie im wirklichen Leben. Man fand sie gewöhnlich in Höhlen, wo sie vor den Elementen geschützt waren, sonst würden sie nicht überdauert haben.

Der Mönch sah sich die unmittelbare Umgebung der Felswand genauer an und stellte fest, daß, wenn das Bild sich auch in keiner richtigen Höhle befand, es doch durch einen gewaltigen Felsüberhang abgeschirmt und vor Wind und Regen gut geschützt war. Trotzdem seltsam, daß es sich so lange erhalten hatte. Noch seltsamer, daß es offensichtlich noch nicht entdeckt worden war. Felsbilder wie dieses waren allesamt berühmt und allgemein bekannt, aber dieses war keines, das er irgendwann schon mal gesehen hatte.

Vielleicht war das ein aufsehenerregender historischer Fund, den er hier gemacht hatte. Vielleicht würde er, wenn er in die Stadt zurückkehrte und die Entdeckung meldete, wieder mit Freuden aufgenommen, bekäme eine neue Grundplatine und dürfe glauben – glauben – ja, was denn glauben? Er hielt inne, zwinkerte mit den Augen und schüttelte den Kopf, um einen vorübergehenden Systemfehler zu beheben.

Er erteilte sich eine schroffe Zurechtweisung.

Er glaubte an eine Tür. Er mußte diese Tür finden. Die Tür war der Weg zu... zu...

DIE TÜR war DER WEG.

Gut.

Großbuchstaben waren immer die beste Art, mit Dingen fertig zu werden, auf die man keine gute Antwort wußte.

Brüsk zerrte er den Kopf des Pferdes herum und trieb es weiter talwärts. Nach einigen weiteren Minuten geschickten Lavierens erreichten sie die Talsohle, und der Mönch entdeckte zu seiner momentanen Verwirrung, daß die feine Staubschicht, die sich auf der braunen, dürren Erde abgelagert hatte, tatsächlich von einem blaßbräunlichen Rosa war, besonders an den Ufern des trägen, morastigen Rinnsals, was alles war, was in der heißen Jahreszeit von dem Fluß übrigblieb, der durch das Tal strömte, wenn die Regenfälle einsetzten. Er stieg ab und bückte sich, um den rosa Staub zu befühlen und durch seine Finger rinnen zu lassen. Er war sehr fein und weich und fühlte sich angenehm an, als er ihn sich auf die Haut strich. Er hatte dieselbe Farbe wie sie, vielleicht etwas blasser.

Das Pferd sah ihn an. Ihm wurde klar, ein bißchen verspätet vielleicht, daß das Pferd wahnsinnigen Durst haben müsse. Er selbst hatte auch wahnsinnigen Durst, hatte aber versucht, nicht dran zu denken. Er schnallte die Wasserflasche vom Sattel los. Sie war jammervoll leicht. Er schraubte sie auf und trank einen kräftigen Schluck. Dann goß er ein wenig in seine hohle Hand und hielt sie dem Pferd hin, das kurz und gierig daraus schlürfte.

Das Pferd sah ihn wieder an.

Der Mönch schüttelte traurig den Kopf, schraubte die Flasche wieder zu und hängte sie an ihren Platz zurück. Er wußte in dem kleinen Teil seines Gehirns, in dem er konkrete und logische Informationen sammelte, daß er mit dem Wasser nicht mehr lange hinkommen werde, und ohne es sie auch nicht.

Es war nur sein Glaube, der ihn hochhielt, im Augenblick sein Glaube an DIE TÜR.

Er klopfte sich den rosa Staub von der groben Kutte, dann stand er da und blickte zu der Felsenklippe hinüber, die keine hundert Meter entfernt war. Er blickte nicht ohne ein leichtes, winziges Zittern hinüber. Obgleich der größere Teil seines Inneren in seinem ewigen und unerschütterlichen Glauben ruhte, daß hinter dem Felsen eine Tür und diese TÜR der WEG sei, konnten doch winzige Teile seines Hirns, die über die Wasserflasche Bescheid wußten, nicht umhin, sich an frühere Enttäuschungen zu erinnern, und sandten einen sehr leisen, aber schrillen Warnton aus.

Wenn er sich dazu entschlösse, nicht zu der TÜR zu gehen, dann könnte er ewig weiter an sie glauben. Sie bliebe der Richtpunkt seines Lebens (so wenig auch davon noch übrig war, sagte der Teil seines Gehirns, der über die Wasserflasche Bescheid wußte).

Wenn er andererseits hinginge, um der TÜR seine Ehrfurcht zu erweisen, und sie wäre gar nicht da... was dann?

Das Pferd wieherte ungeduldig.

Die Antwort war natürlich sehr einfach. Er besaß eine ganze Serie von Schaltkreisen, die genau für dieses Problem zuständig waren, ja im Grunde war das der eigentliche Kern seiner Funktion. Er würde weiter daran glauben, ganz egal, wie die Tatsachen auch aussähen, denn welchen Sinn hätte sonst der Glauben?

DIE TÜR wäre da, auch wenn sie gar nicht da wäre.

Er riß sich zusammen. DIE TÜR würde dort sein, und er mußte jetzt hingehen, denn DIE TÜR war DER WEG.

Statt wieder auf sein Pferd zu steigen, führte er es. DER WEG war nur ein kurzer Weg, und er wollte in Demut vor DIE TÜR treten.

Er ging mutig und aufrecht und mit feierlicher Langsamkeit. Er näherte sich dem Felsen. Er erreichte ihn. Er bog um die Ecke. Er guckte.

DIE TÜR war da.

Das Pferd, das muß gesagt werden, war ziemlich erstaunt.

Der Mönch fiel vor Ehrfurcht und Verblüffung auf seine Knie. Er war dermaßen darauf gefaßt gewesen, mit der Enttäuschung fertig zu werden, die normalerweise sein Schicksal war, obwohl er das nie zugeben würde, daß er auf das hier überhaupt nicht vorbereitet war. Er starrte DIE TÜR in purer, sprachloser Systemverwirrung an.

Es handelte sich um eine Tür, wie er noch keine gesehen hatte. Alle Türen, die er kannte, waren große, stahlarmierte Ungetüme, und zwar wegen all der Videorecorder und Geschirrspüler, die dahinter verwahrt wurden, und natürlich all die teuren Elektrischen Mönche, die gebraucht wurden, um an all das zu glauben. Die hier war schlicht, hölzern und klein, ungefähr von seiner Größe. Eine Tür im Mönchsformat, weiß gestrichen, mit einem einzigen, leicht verbeulten Messingknopf auf einer Seite, etwas unter halber Höhe. Sie saß einfach in der Felswand, ohne eine Erklärung, woher sie komme oder wozu sie gut sei.

Kaum wissend, was er wagte, rappelte sich der arme, verdutzte Mönch wieder hoch und ging, sein Pferd am Zügel führend, ängstlich darauf zu. Er streckte die Hand aus und berührte sie. Er erschrak dermaßen, als keine Alarmglocken losschrillten, daß er einen Satz zurück machte. Er berührte sie noch mal, diesmal etwas fester.

Er ließ seine Hand langsam auf den Knopf sinken – wieder

kein Alarm. Er wartete, um ganz sicher zu sein, dann drehte er ihn sehr, sehr vorsichtig herum. Er spürte, wie ein Mechanismus klickte. Er hielt den Atem an. Nichts. Er zog die Tür auf sich zu, und sie kam ihm ohne weiteres entgegen. Er blickte ins Innere, aber da drinnen war es so düster im Gegensatz zu der Wüstensonne draußen, daß er nichts sehen konnte. Schließlich trat er, fast tot vor Staunen, ein und zog das Pferd hinter sich her nach drinnen.

Eine Gestalt, die außer Sichtweite hinter dem nächsten Felsen gesessen hatte, hörte ein paar Minuten später damit auf, sich Staub ins Gesicht zu reiben, erhob sich, streckte ihre Glieder und ging zurück zu der Tür, während sie sich die Kleider abklopfte.

6. Kapitel

»In Xanadu schuf Kubla Khan
Einst einen Prachtbau, hoch und hehr:«

Der Vorleser gehörte deutlich der Denkschule an, die der Meinung ist, daß ein Gefühl für den Ernst oder die Größe eines Gedichts am besten vermittelt wird, wenn es in einem albernen Singsang vorgetragen wird. Er schraubte die Stimme in die höchsten Höhen und ließ sie dann auf die Worte niedersausen, daß man den Eindruck hatte, sie duckten sich und flüchteten sich in Sicherheit.

»Wo Alph, der heilge Fluß, einst rann
Durch unzählbare Schluchten, dann
In sonnenloses Meer.»

Richard lehnte sich behaglich in seinem Stuhl zurück. Die Worte waren ihm sehr, sehr vertraut, wie es bei jedem Englischstudenten des St. Cedd's Colleges gar nicht anders sein konnte, und sie strömten mühelos in sein Inneres.

Die Beziehung des Colleges zu Coleridge wurde wirklich sehr ernst genommen, und das trotz des Mannes allseits bekannter Vorliebe für gewisse Entspannungs-Pharmazeutika, unter deren Einfluß dieses, sein bedeutendstes Werk, in einem Traum verfaßt worden war.

Das ganze Originalmanuskript befand sich im sicheren Gewahrsam der Collegebibliothek, und eben hieraus wurde zu den regelmäßig wiederkehrenden Anlässen des Coleridge-Dinners das Gedicht vorgelesen.

»Zehn Meilen Fruchtlands auf und ab
Bald Turm und Mauer rings umgab:
Gärten gabs hier, von Bächen rings durchwallt,
Drin blühte mancher weihrauchträchtge Baum;
Und Wälder gab es, wie Gebirg uralt,
Die bargen sonnenstrahlend grünen Raum.«

Richard fragte sich, wie lange es dauern würde. Er schielte seitwärts zu seinem früheren Studienleiter hinüber und fühlte sich durch die massive Entschlossenheit von dessen Vorlesepose gestört. Die leiernde Stimme irritierte ihn zunächst, aber nach einer Weile begann sie ihn einzulullen, und er sah einem Wachsrinnsal zu, das langsam über den Rand einer Kerze sickerte, die inzwischen herabgebrannt war und ihr tröpfelndes Licht auf das Gemetzel des Essens warf.

»Doch oh! der tiefe Abgrund dort, sich neigend
Im Grün, bis wo das Zederndickicht schauert!
Bezirk der Wildnis! heilig, zaubrisch, schweigend,
Wie nur ein Ort, auf dem, im Monde reigend,
Laut eine Frau um den Geliebten trauert!«

Die wenigen Schlucke Rotwein, die er sich im Laufe des Essens gestattet hatte, durchströmten warm seine Adern, und bald begannen seine Gedanken zu wandern, und durch Regs zuvor während des Essens geäußerte Frage darauf gebracht, überlegte er, was eigentlich in letzter Zeit aus ihm geworden sei, seinem ehemaligen... ja, war Freund das richtige Wort? Er schien eher eine Folge ungewöhnlicher Ereignisse als ein Mensch zu sein. Die Vorstellung, daß er tatsächlich Freunde haben könne, erschien als solche nicht so unwahrscheinlich, eher wie eine Art Unvereinbarkeit von Begriffen, wie die Idee, die Suezkrise sei wegen eines Korinthenbrötchens ausgebrochen.

Svlad Cjelli. Allseits als Dirk bekannt, obwohl wiederum »allseits bekannt« kaum richtig war. Verschrien, das bestimmt; gesucht, endlosen Spekulationen ausgesetzt, auch das war richtig. Aber allseits bekannt? Nur in dem Sinne, wie ein schwerer Unfall auf der Autobahn allseits bekannt sein könnte – alle fahren langsamer, um sich die Sache ausführlich anzusehen, aber keiner fährt zu nahe an die Flammen heran. Berüchtigt kam dem schon näher. Svlad Cjelli, berüchtigterweise als Dirk bekannt.

Er war dicker als der Durchschnittsstudent und trug mehr Hüte. Das heißt, es gab nur den einen Hut, den er üblicherweise trug, aber er trug ihn mit einer Hingabe, die bei einem so jungen Menschen selten war. Der Hut war dunkelrot und rund, hatte eine sehr flache Krempe und schien sich wie auf Kardanringen zu bewegen, die stets und ständig seine vollkommene Waagerechte garantierten, ganz gleich, wie sein Besitzer auch den Kopf drehte. Als Hut war er ein eher bemerkenswertes als ein durchweg gelungenes Accessoir menschlicher Verschönerung. Er wäre eine elegante Zierde gewesen, flott, formvollendet und schmeichelhaft, wenn der Träger eine kleine Nachttischlampe gewesen wäre, aber nicht andersrum.

Ihn umkreisten Leute, die durch die Geschichten über ihn angezogen wurden, die er stets bestritt, aber was der Ursprung all dieser Geschichten sein mochte, wenn nicht seine eigenen Dementis, war nie ganz klar.

Die Geschichten drehten sich um die übersinnlichen Kräfte, die er von der Familie seiner Mutter geerbt hatte, die, wie er behauptete, im vornehmeren Teil von Transsylvanien gelebt hatte. Das heißt, er stellte niemals eine derartige Behauptung auf und sagte, das sei der allerlächerlichste Blödsinn. Er bestritt energisch, daß es überhaupt Vampire irgendwelcher Art in seiner Familie gebe, und drohte, jeden zu verklagen, der solche böswilligen Märchen herumerzähle, aber er lief dennoch sehr gern in einem weiten, schlappigen Ledermantel herum und hatte in seinem Zimmer einen von diesen Apparaten stehen, die angeblich kranke Rücken kurieren helfen, wenn man sich kopfüber dran aufhängt. Er ließ es zu, daß Leute ihn zu allen möglichen Stunden des Tages an diesem Apparat hängend vorfanden, vor allem aber des Nachts, und das ausdrücklich, so daß er energisch bestreiten konnte, daß es auch nur das geringste bißchen zu bedeuten habe.

Mithilfe einer raffinierten Serie strategisch aufgestellter Dementis über die aufregendsten und exotischsten Dinge gelang es ihm, die Legende in die Welt zu setzen, er sei ein übersinnlicher, mystischer, telepathischer, weltentrückter, hellseherischer, psychosaxischer Vampir.

Was bedeutete »psychosaxisch«?

Es war sein eigenes Wort, und er bestritt energisch, daß es irgend etwas bedeute.

»Und diesem Abgrund, tosend ungezügelt,
Als ging des Erdballs Herzschlag hier beflügelt,
Entrang ein mächtiger Quell sich hier und da;
Und wo er jählings seinen Pfad ersah,
Gabs Steingewirbel...«

Dirk war auch ewig pleite gewesen. Das sollte sich ändern.

Sein Zimmergenosse war es, der das in Gang setzte, ein

leichtgläubiger Bursche namens Mander, der, wenn die Wahrheit herausgekommen wäre, wahrscheinlich von Dirk ausdrücklich wegen seiner Gutgläubigkeit dazu ausgesucht worden war.

Steve Mander bemerkte, daß Dirk jedesmal, wenn er betrunken ins Bett ging, im Schlaf redete. Nicht nur das, sondern die Dinge, über die er im Schlaf redete, waren Sachen wie »Die Öffnung von Handelswegen nach murmel murmel plapper war der Wendepunkt in der Ausdehnung des Reiches in der schnarch laber murmel. Äußern Sie sich dazu!«

»...wie ein Hagelschlag,
Wie Weizenspreu, gedroschen Tag um Tag:«

Als das zum erstenmal passierte, setzte Steve Mander sich kerzengerade in seinem Bett auf. Es war kurz vor den Vorprüfungen im zweiten Jahr, und was Dirk gerade gesagt, beziehungweise verständlich gemurmelt hatte, klang auffallend wie eine sehr wahrscheinliche Prüfungsfrage in Wirtschaftsgeschichte.

Mander erhob sich leise, ging hinüber an Dirks Bett und lauschte angestrengt, aber außer einem völlig zusammenhanglosem Gemurmel über Schleswig-Holstein und den preußisch-französischen Krieg, über welch letzteren Dirk zumeist das Wort in sein Kopfkissen richtete, erfuhr er nichts weiter.

Die Neuigkeit jedoch verbreitete sich – still, unter der Hand und wie ein Lauffeuer.

»Und in dem felsgen Tosen jäh und immer
Sah man des heiligen Flusses flüchtigen Schimmer.«

Die nächsten Monate stellte Dirk fest, daß er in einem fort wie ein Fürst bewirtet wurde in der Hoffnung, er werde die kommende Nacht sehr tief schlafen und im Traum noch ein paar Examensfragen verraten. Bemerkenswerterweise hatte es den Anschein, je besser er beköstigt wurde und je feiner der Jahrgang des Weins war, den er zu trinken bekam, desto weniger hatte er die Neigung, mit dem Gesicht im Kopfkissen zu schlafen.

Sein System war also, daß er seine angeblichen Gaben ausbeutete, ohne jemals ausdrücklich zu behaupten, er besitze sie. Im Gegenteil, er reagierte auf Geschichten über seine mutmaßlichen Kräfte mit offener Skepsis, ja Feindseligkeit.

»Fünf Meilen stürmte labyrinthschen Laufes
Durch Wald, Tal, Höhlgewirr der heilge Fluß,
Dann warf er sich in brausendem Erguß
In tote Meerflut brackigen Getraufes:
Und Kubla aus dem Braus zu Ohren stieg
Urväterstimmenraunen, kündend Krieg!«

Dirk war auch, wie er bestritt, ein Hellhörer. Manchmal summte er im Schlaf Melodien, von denen sich zwei Wochen später herausstellte, daß sie für irgend jemanden ein Hit waren. Aber wirklich zu schwierig, um Kapital draus zu schlagen.

Tatsächlich hatte er nur immer knapp das Notwendigste an Nachforschungen betrieben, um diese Legenden aufrecht zu erhalten. Er war faul, und im Grunde tat er nichts anderes, als daß er die glühende Leichtgläubigkeit der Leute für sich arbeiten ließ. Seine Faulheit war fundamental – wenn seine angeblich übersinnlichen Fähigkeiten im einzelnen beschrieben oder exakt gewesen wären, dann hätten die Leute vielleicht gezweifelt und nach anderen Erklärungen Ausschau gehalten. Je verschwommender und doppeldeutiger andererseits seine »Voraussagen« waren, desto mehr konnte das Wunschdenken der Leute den Mangel an Glaubwürdigkeit ausgleichen.

Dirk machte nie viel Wesens davon – zumindest erweckte er den Anschein. Der Nutzen für ihn als Student, fortwährend auf Kosten anderer fürstlich bewirtet zu werden, war in Wirklichkeit beträchtlicher, als irgend jemand erwartet hätte, es sei denn, sie hätten sich hingesetzt und mal die Summen zusammengerechnet. Und natürlich behauptete er nie – vielmehr bestritt er es entschieden –, daß irgend etwas davon auch nur im entferntesten wahr sei.

Er war deshalb hervorragend in der Lage, eine sehr hübsche und pikante kleine Gaunerei zu begehen, als die Zeit der Abschlußprüfungen gekommen war.

»Der Strahlenbau warf seinen Schatten
Schwankend auf die Wasser hell;
Hallend über Berg und Matten
Scholl Getön aus Höhl und Quell.
Ein Wunder wars, gewirkt aus Kunst und Fleiß,
Ein schimmernd Bauwerk – mit Gewölb aus Eis!«

»Du meine Güte...!« Reg schien plötzlich erschrocken aus dem kleinen Nickerchen hochzufahren, in das er durch den Wein und das Vorlesen sanft geglitten war, und blickte mit sprachlosem Erstaunen in die Runde, aber nichts hatte sich verändert. Coleridges Worte tönten durch die warme, zufriedene Stille, die sich über die große Halle gesenkt hatte. Nach einem weiteren raschen Stirnrunzeln ließ Reg sich von neuem in ein Schlümmerchen sinken, diesmal jedoch in ein etwas wachsameres.

»Ein Mädchen mit der Harfe. Bild,
Das ich dereinst im Traume sah:
Es war ein abessinisch Kind,
Die Saiten rührte sie geschwind
Und sang vom Berge Abora.«

Dirk ließ sich dazu überreden, unter Hypnose eine feste Voraussage zu machen, welche Fragen bei der Prüfung in diesem Sommer gestellt werden würden.

Er selber brachte die Idee zuerst auf, indem er genau erklärte, was er nie und unter keinen Umständen zu tun bereit sei, obwohl er das in vieler Hinsicht gerne täte, nur um die Möglichkeit zu haben, seine angeblichen und heftig dementierten Fähigkeiten zu widerlegen.

Und aufgrund dieser sorgfältig vorbereiteten Argumente stimmte er endlich der Sache zu – nur weil sie ein für allemal die ganze dumme – furchtbar, ermüdend dumme –Angelegenheit aus der Welt schaffen würde. Er würde seine Voraussagen unter geeigneter Aufsicht mittels automatischer Schreibweise machen, und sie würden dann in einen Umschlag eingesiegelt und bis nach den Examen auf der Bank hinterlegt werden. Dann würde man sie öffnen und nachsehen, wie exakt sie gewesen seien – *nach* den Prüfungen.

Ihm wurden, keineswegs überraschend, ziemlich stattliche Bestechungssummen von einer ziemlich stattlichen Anzahl Leuten geboten, damit er sie die Voraussagen, die er aufgeschrieben hatte, sehen ließe, aber er war absolut schockiert von dieser Vorstellung. Das, sagte er, wäre *unredlich* ...

»Könnt ich in mir erneuern
Das Harfenspiel, den Sang,
Solch tiefes Glück würd mich befeuern,
Daß ich singend laut und lang
In Lüften schüfe den Palast,
Den Prachtbau! Das Gewölb aus Eis!«

Kurze Zeit später dann konnte man Dirk überall in der Stadt sowas wie eine beunruhigte und ernste Miene zur Schau tragen sehen. Zuerst tat er Fragen darüber, was ihn denn quäle, mit einer Handbewegung ab, schließlich aber deutete er an, daß sich seine Mutter irgendeiner entsetzlich teuren Zahnbehandlung unterziehen müsse, die aus Gründen, die zu erörtern er sich weigerte, heimlich durchgeführt werden müsse, nur sei das Geld nicht da.

Von diesem Punkt aus erwies sich der Weg abwärts bis zur Annahme von Spenden für die angeblichen Arztkosten seiner Mutter als Gegenleistung für ein paar rasche Blicke auf seine Prüfungsvoraussagen als genügend steil und glatt, so daß er ihn ohne viel Getue hinunterrutschen konnte.

Dann sickerte des weiteren durch, daß der einzige Zahnarzt, der diese mysteriöse Operation durchführen konnte, ein mittlerweile in Malibu wohnender osteuropäischer Chirurg sei, was das Niveau der notwendigen Spenden ziemlich abrupt in die Höhe klettern ließ.

Er bestritt natürlich immer noch, daß seine Fähigkeiten das seien, wozu man sie hochgejubelt hatte, ja er bestritt, daß es sie überhaupt gebe, und beteuerte, daß er sich nie und nimmer auf die Sache eingelassen hätte, wenn es nicht darum ginge, die ganze Geschichte zu entkräften – und da andere Leute auf ihre eigene Gefahr an seine Fähigkeiten glaubten, was er persönlich nicht tue, gebe er ihnen außerdem insoweit nach, daß er sie die Operation seiner anbetungswürdigen Mutter bezahlen lasse.

Aus dieser Situation konnte er nur als Sieger hervorgehen.

Jedenfalls dachte er das.

»Und alle Lauscher sähn die Pracht,
Und alle schrien: Gebt acht! Gebt acht!
Sein glühend Aug, der Haare Fracht!«

Die Prüfungsfragen, die Dirk unter Hypnose mittels automatischer Schreibweise zu Papier brachte, hatte er sich in Wirklichkeit mit demselben Minimum an Nachforschungen angeeignet, die jeder Student, der sich einem Examen unterzieht, machen würde, indem er sich frühere Prüfungsarbeiten eingehend ansieht, um festzustellen, was, wenn überhaupt, an Gesetzmäßigkeiten dabei zum Vorschein kommt, und intelligente Mutmaßungen darüber anzustellen, was vielleicht drankommen könnte. Er war ziemlich sicher (wie das jeder wäre), daß er eine Trefferzahl erreichen würde, die genügend hoch wäre, um die Gutgläubigen zufriedenzustellen, und genügend niedrig, damit die ganze Unternehmung vollkommen unschuldig aussähe.

Was sie ja auch war.

Was ihn total vom Stuhl haute und einen Eklat verursachte, der damit endete, daß er in einer Grünen Minna aus Cambridge weggebracht wurde, war die Tatsache, daß alle Prüfungsfragen, die er verkaufte, sich als dieselben Aufgaben erwiesen, die tatsächlich gestellt wurden.

Exakt. Wort für Wort. Bis aufs letzte Komma.

»Schließt dreimal rings um ihn den Kreis,
Und schließt die Augen scheu, entsetzt,
Denn ihn hat Honigtau genetzt,
Und er trank Milch vom Paradeis...«

Und das, abgesehen von einem Wirbel sensationeller Zeitungsberichte, die ihn als Betrüger entlarvten, ihn darauf als den wahren Jakob in die Welt hinausposaunten, so daß sie ihn in einer zweiten Runde noch mal als Betrüger hinstellen und dann wieder als den wahren Jakob preisen konnten, bis sie die Sache langweilte und sie eine hübsche, knackige Billardspielerin auftrieben, die sie statt seiner schikanierten, war alles.

In den Jahren seither war Richard Dirk hin und wieder zufällig begegnet und normalerweise mit diesem vorsichtigen Halblächeln gegrüßt worden, das gerne wissen möchte, ob man denkt, es schuldet einem Geld, ehe es strahlend zu einem Lächeln erblüht, das hofft, man wird ihm welches leihen. Dirks regelmäßige Namenswechsel ließen in Richard den Verdacht aufkommen, daß er nicht der einzige sei, der diese Behandlung erfuhr.

Er empfand heftiges Bedauern darüber, daß jemand, der innerhalb der engen Grenzen einer Universitätsgemeinschaft so strahlend und lebendig gewirkt hatte, im normalen Tageslicht offenbar so viel an Glanz verlor. Und er wunderte sich darüber, daß Reg so plötzlich und aus heiterem Himmel nach ihm gefragt hatte, und das, wie ihm schien, auf allzu legere und beiläufige Art und Weise.

Er schaute wieder um sich, auf seinen leise schnarchenden Nachbarn Reg, auf die kleine Sarah, die in schweigende Aufmerksamkeit versunken war, auf den langgestreckten, in düster schimmerndes Licht getauchten Saal, auf die Porträts der alten Premierminister und Dichter, die hoch oben im Dunkeln hingen, wobei nur hier und da ein kleiner Funken Kerzenlicht von ihren Zähnen widerstrahlte, auf den Studienleiter in Englisch, der dastand und mit seiner Vortragsstimme das Gedicht vorlas, auf das Buch »Kubla Khan«, das der Studienleiter in Englisch in der Hand hielt, und schließlich – verstohlen – auf seine Uhr. Er lehnte sich wieder zurück.

Die Stimme tönte weiter und trug den zweiten und alles in allem noch sonderbareren Teil des Gedichts vor...

7. Kapitel

Es war der Abend des letzten Tages in Gordon Ways Leben, und er fragte sich, ob der Regen wohl über das Wochenende ausbleiben werde. Die Wettervorhersage hatte wechselhaft gesagt – eine neblige Nacht heute nacht, gefolgt von sonnigen, aber kalten Tagen am Freitag und Samstag, mit vielleicht ein paar vereinzelten Schauern gegen Sonntagabend, wenn alle wieder in die Stadt zurückfuhren.

Alle, das heißt, bis auf Gordon Way.

Die Wettervorhersage hatte das natürlich nicht erwähnt, das war nicht die Aufgabe der Wettervorhersage, aber dann war sein Horoskop auch ganz schön irreführend gewesen. Es hatte von einer ungewöhnlich starken Planetentätigkeit in seinem Sternzeichen gesprochen, ihn gedrängt, zwischen dem zu unterscheiden, was er meine haben zu müssen, und dem, was er wirklich brauche, und ihm nahegelegt, seelische oder Arbeitsprobleme mit Entschlossenheit und äußerster Ehrlichkeit anzupacken, aber es hatte unerklärlicherweise zu erwähnen unterlassen, daß er, ehe der Tag zu Ende wäre, tot sei.

Er fuhr in der Nähe von Cambridge von der Autobahn und hielt an einer kleinen Tankstelle, um Benzin nachzufüllen, wo er einen Augenblick im Wagen sitzen blieb, um von seinem Autotelefon aus einen Anruf zu beenden.

»Okay, paß auf, ich ruf dich morgen wieder an«, sagte er, »oder vielleicht auch heute abend später. Oder ruf mich an. Ich müßte in einer halben Stunde draußen im Landhaus sein. Ja, ich weiß, wie wichtig dir das Projekt ist. In Ordnung, ich weiß, wie wichtig es ist, Punkt. Du willst es, ich will es. Natürlich will ich. Und ich sage ja auch nicht, daß wir es nicht weiter unterstützen. Ich sage nur, es ist teuer, und wir sollten die ganze Geschichte mit Entschlossenheit und äußerster Ehrlichkeit angehen. Hör zu, warum kommst du nicht zum Landhaus raus und wir sprechen die Sache durch. Okay, yeah, ja, ich weiß. Ich verstehe. Gut, denk drüber nach, Kate. Wir sprechen uns später. Bye.«

Er legte auf und blieb noch einen Moment in seinem Wagen sitzen.

Es war ein großer Wagen. Es war ein großer silbergrauer Mercedes von der Sorte, wie er in Reklamefilmen benutzt wird, und nicht bloß in Reklamefilmen für Mercedes. Gordon Way, Susans Bruder, Arbeitgeber von Richard MacDuff, war ein reicher Mann, der Gründer und Eigentümer von WayForward Technologies II. WayForward Technologies I war natürlich pleite gegangen, und zwar aus den üblichen

Gründen, und hatte sein ganzes erstes Vermögen mitgehen lassen.

Zum Glück war es ihm gelungen, noch eins zu machen.

Der »übliche Grund« war, daß er in der Computer-Hardware-Branche gewesen war, als jeder Zwölfjährige im Land plötzlich die Nase voll gehabt hatte von den Kisten, die piep machen. Sein zweites Vermögen hatte er dagegen mit Software gemacht. Aufgrund von zwei großen Software-Programmen, von denen das eine *Anthem* hieß (das andere, wesentlich einträglichere, hatte nie das Licht des Tages erblickt), war WFT II die einzige britische Software-Firma, die mit größeren amerikanischen Firmen wie Microsoft oder Lotus im selben Satz genannt werden konnte. Der Satz würde wahrscheinlich etwa lauten: »WayForward Technologies hat im Gegensatz zu größeren amerikanischen Firmen wie Microsoft oder Lotus...«, aber ein Anfang war gemacht. WayForward war im Gespräch. Und er war der Besitzer.

Er schob ein Tonband in den Schlitz der Stereoanlage. Sie schluckte es mit einem leisen, sittsamen Klicken, und ein, zwei Sekunden später entströmte Ravels *Bolero* acht perfekt aufeinander abgestimmten Lautsprechern mit feinmaschigen, mattschwarzen Abdeckungen. Die Stereowirkung war so sauber und plastisch, daß man fast die ganze Eisfläche spüren konnte. Er klopfte leicht mit den Fingern gegen das gepolsterte Steuerrad. Er sah auf das Armaturenbrett. Geschmackvoll erleuchtete Zahlen und winzige, makellose Lämpchen blickten matt zu ihm zurück. Nach einer Weile bemerkte er plötzlich, daß es eine Selbstbedienungs-Tankstelle war, und stieg aus, um zu tanken.

Das dauerte ein, zwei Minuten. Er stand da, den Tankstutzen in der Hand, und stampfte in der kalten Nachtluft mit den Füßen, dann ging er rüber in den kleinen schmuddeligen Kiosk, bezahlte das Benzin, erinnerte sich daran, daß er ein paar Landkarten von der Gegend kaufen wollte, und dann plauschte er ein paar Minuten lang mit dem Kassierer begeistert über die Richtungen, die die Computerindustrie im kommenden Jahr wahrscheinlich einschlagen werde, wobei er darauf hinwies, daß Simultanprocessing den Schlüssel zu wirklich anschaulicher Rentabilitäts-Software liefern würde, aber auch entschieden bezweifelte, ob die Erforschung künstlicher Intelligenz *per se*, insbesondere die Erforschung künstlicher Intelligenz, basierend auf der der ProLog-Sprache, wirklich imstande sei, in naher Zukunft irgendwelche ernst zu nehmenden, wirtschaftlich lebensfähigen Produkte hervorzubringen, zumindest was das Office-Desk-Top-Environment betreffe, ein Thema, das den Kassierer nicht im geringsten fesselte.

»Der Mann wollte einfach quatschen«, erzählte er später der Polizei. »Mann, ich hätte zehn Minuten aufs Klo gehen können, und er hätte das alles der Ladenkasse erzählt. Wenn ich fünfzehn Minuten weggeblieben wär, wäre auch die Ladenkasse abgehauen. Yeah, ich bin sicher, daß er das ist«, setzte er hinzu, als ihm ein Foto von Gordon Way gezeigt wurde. »Ich war bloß zuerst nicht sicher, weil er auf dem Foto den Mund zu hat.«

»Und Sie sind absolut sicher, daß Sie sonst nichts Verdächtiges bemerkt haben?« bohrte der Polizist nach. »Nichts, was Ihnen irgendwie komisch vorgekommen ist?«

»Nein, wie ich schon sagte, er war ein ganz normaler Kunde an einem normalen Abend, der genau wie jeder andere Abend war.«

Der Polizist starrte ihn verdutzt an. »Nur um noch mal nachzufragen«, fuhr er dann fort, »wenn ich plötzlich so machen würde...« – er verdrehte schielend die Augen, streckte die Zunge seitlich zum Mund heraus und tanzte auf und ab, wobei er sich die Finger in die Ohren schraubte – »würde Ihnen daran was auffallen?«

»Naja, äh, doch«, sagte der Kassierer und trat nervös einen

Schritt zurück. »Ich würde meinen, Sie wären total plemplem.«

»Gut«, sagte der Polizist und steckte sein Notizbuch ein. »Es ist ja nur, daß verschiedene Leute manchmal verschiedene Vorstellungen von ›komisch‹ haben, Sie verstehen, Sir. Wenn gestern abend ein ganz normaler Abend wie jeder andere Abend auch war, dann bin ich ein Pickel am Hintern der Tante der Marquise von Queensbury. Ein Protokoll setzen wir später auf, Sir. Danke für Ihre Auskünfte.«

Das alles sollte später passieren.

An diesem Abend steckte Gordon die Landkarten in die Tasche und schlenderte zu seinem Auto zurück. Der Wagen stand unter den Lampen im Nebel, war mit einer feinperligen Schicht matter Feuchtigkeit überzogen und sah aus wie – tja, er sah aus wie ein wahnsinnig teurer Mercedes-Benz. Gordon ertappte sich nur eben eine Millisekunde lang dabei, daß er sich wünschte, so was müßte man haben, aber mittlerweile setzte er sich ziemlich gekonnt speziell gegen diesen Gedankengang zur Wehr, der bloß dazu führte, daß man im Kreis herum dachte, und der einen niedergeschlagen und verwirrt zurückließ.

Er tätschelte den Wagen voll Besitzerstolz, ging dann um ihn herum, bemerkte, daß der Kofferraum nicht richtig geschlossen war und drückte ihn zu. Er schloß sich mit einem schönen, satten Plonk. Na, das war die ganze Sache doch wert, oder? Ein schönes, sattes Plonk wie das hier. Altüberkommene Werte namens Qualität und gutes Handwerk. Er hatte ein Dutzend Dinge im Kopf, über die er mit Susan reden mußte, stieg ein und drückte auf den Selbstwählcode seines Telefons, sobald der Wagen wieder zurück auf die Straße schnurrte.

»...wenn Sie eine Nachricht hinterlassen wollen, werde ich so bald wie möglich zurückrufen. Oder auch nicht.«

Piep.

»Oh, Susan, hi, hier ist Gordon«, sagte er und balancierte den Hörer ungeschickt auf seiner Schulter. »Eben auf dem Weg zum Landhaus. Es ist, äh, Donnerstagabend, und es ist, äh... 8 Uhr 47. Bißchen neblig auf den Straßen. Hör zu, ich habe dieses Wochenende Leute aus den Staaten da, um über den Vertrieb von *Anthem* Version 2.00 zu diskutieren, wie man die Werbung ankurbelt und so weiter, und sieh mal, du weißt, ich bitte dich nicht gern um solche Sachen, aber du weißt, ich tu's trotzdem jedesmal, also paß auf.

Ich möchte nur wissen, ob Richard an der Sache arbeitet. Ich meine, *wirklich* dran ist. Ich kann ihn fragen, und er antwortet: Na, sicher, es läuft prima, aber die halbe Zeit – Scheiße, dieser LKW hatte aber helle Scheinwerfer, keiner von den verfluchten LKW-Fahrern blendet richtig ab, es ist ein Wunder, wenn ich nicht tot im Straßengraben lande, das wäre was, findest du nicht auch, wenn man seine berühmten letzten Worte auf jemandes Anrufbeantworter hinterließe, es gibt keinen Grund, warum LKWs keine automatischen, lichtempfindlichen Abblendschalter haben. Hör zu, kannst du mir einen Zettel hinlegen, daß ich Susan sage – nicht dir natürlich, der Sekretärin Susan im Büro – daß ich ihr sage, sie soll in meinem Namen einen Brief an den Burschen im Umweltministerium schicken, daß wir das technische Knowhow liefern können, wenn er für das entsprechende Gesetz sorgt? Es kommt dem Wohl der Allgemeinheit zugute, und er schuldet mir sowieso noch 'ne Gefälligkeit, außerdem was nutzt es, einen Verdienstorden zu haben, wenn man so einen kleinen Arsch nicht treten kann? Du kannst erzählen, daß ich das ganze Wochenende mit Amerikanern konferiert habe.

Das erinnert mich, du lieber Gott, ich hoffe, ich habe dran gedacht, die Flinten einzupacken. Was haben diese Amerikaner bloß, daß sie immer so drauf versessen sind, meine Kaninchen abzuknallen? Ich habe ihnen ein paar Landkarten gekauft, in der Hoffnung, daß ich sie dazu überreden kann, lange, gesunde Spaziergänge zu unternehmen, und davon abbringe, Kaninchen zu schießen. Die armen Geschöpfe tun mir richtig leid. Ich denke, ich sollte eins von diesen Schildern bei mir auf den Rasen stellen, wenn die Amerikaner kommen, du weißt, wie sie sie in Beverly Hills haben, auf denen ›Es wird sofort geschossen‹ steht.

Leg bitte Susan einen Zettel hin, daß sie ein ›Es wird sofort geschossen‹-Schild besorgt, unten mit einem spitzen Eisendorn in der richtigen Länge dran, damit Kaninchen das Schild lesen können. Ich meine die Sekretärin Susan im Büro, nicht dich natürlich.

Wo war ich stehengeblieben?

Ach ja. Richard und *Anthem* 2.00. Susan, das Ding muß in zwei Wochen in den Beta-Test. Er erzählt mir, es läuft prima. Aber jedesmal, wenn ich ihn sehe, hat er ein sich drehendes Sofa auf seinem Monitor. Er sagt, das sei wichtig, aber ich sehe nichts weiter als ein Möbelstück. Leute, die wollen, daß ihre Rechenschaftsberichte ihnen was vorsingen, kaufen kein sich drehendes Sofa. Ich meine auch, er sollte zur gegenwärtigen Zeit nicht mehr die Erosionsstrukturen des Himalaya in ein Flötenquintett verwandeln.

Und was das betrifft, was Kate da im Schilde führt, Susan: ich kann nicht verhehlen, daß ich mir Sorgen um die Gehälter und die Computerzeit mache, die das auffrißt. Um wichtige langfristige Forschung und Entwicklung geht es ja vielleicht, aber es besteht auch die Möglichkeit, nur eine Möglichkeit, sage ich, aber dennoch eine Möglichkeit, der wir es um unsertwillen schuldig sind, daß wir sie genau berechnen und erkunden, nämlich die, daß es sich um eine Niete handelt. Komisch, ich höre ein Geräusch aus dem Kofferraum, ich meine, ich hätte ihn eben erst richtig zugemacht.

Jedenfalls, die Hauptsache ist Richard. Und der springende Punkt ist, daß es nur einen einzigen Menschen gibt, der wirklich in der Lage ist rauszubekommen, ob er mit dieser wichtigen Arbeit fertig wird, oder ob er bloß träumt, und dieser einzige Mensch ist, es tut mir leid, Susan.

Also du, heißt das, nicht die Sekretärin Susan im Büro.

Kannst du also, ich frag dich das nicht gern, wirklich nicht, aber kannst du dafür sorgen, daß er sich an seine Arbeit macht? Kannst du ihm klarmachen, wie wichtig sie ist? Sorge nur dafür, daß er kapiert, daß WayForward Technologies eigentlich ein expandierendes Wirtschaftsunternehmen ist und kein Abenteuerspielplatz für Querköpfe. Das ist das Problem mit Querköpfen – sie haben eine phantastische Idee, die tatsächlich funktioniert, und dann erwarten sie, daß du sie jahrelang weiter finanzierst, während sie dasitzen und die Topografie ihres Nabels berechnen. Tut mir leid, ich muß mal halten und den Kofferraum richtig zumachen. Dauert nur 'n Moment.«

Er legte den Telefonhörer auf den Sitz neben sich, fuhr den Wagen an den grasbewachsenen Seitenstreifen und stieg aus. Als er zum Kofferraum herumging, öffnete der sich, eine Gestalt erhob sich daraus, schoß ihn aus den beiden Läufen einer Jagdflinte durch die Brust und kümmerte sich dann um ihre eigenen Angelegenheiten.

Gordon Ways Erstaunen darüber, plötzlich erschossen zu werden, war nichts im Vergleich zu seinem Erstaunen darüber, was dann passierte.

8. Kapitel

»Kommen Sie rein, mein Lieber, kommen Sie.«

Die Tür zu Regs Zimmerflucht im College befand sich an einer langen hölzernen Wendeltreppe in der Ecke des Zweiten Hofes und war nicht gut beleuchtet, das heißt, sie war ausgezeichnet beleuchtet, wenn das Licht funktionierte, aber das Licht funktionierte nicht, deshalb war die Tür nicht gut beleuchtet, und sie war obendrein verschlossen. Reg hatte Schwierigkeiten, den Schlüssel aus einem Bund herauszusuchen, das aussah wie etwas, das ein tüchtiger Ninja-Krieger hätte durch einen Baumstamm fetzen können.

Die Zimmer in den älteren Teilen des Colleges hatten Doppeltüren wie Luftschleusen, und wie Luftschleusen waren sie knifflig zu öffnen. Die äußere Tür war eine massive Platte aus grau gestrichener Eiche, an der nichts weiter zu bemerken war als ein schmaler Schlitz für Briefe und ein Sicherheitsschloß, zu dem Reg endlich den Schlüssel fand.

Er schloß auf und öffnete sie. Dahinter befand sich eine normale weiß-paneelierte Tür mit einem normalen Messingdrehknopf.

»Kommen Sie rein, kommen Sie rein«, wiederholte Reg, während er diese Tür aufmachte und nach dem Lichtschalter suchte. Einen Moment lang warf nur die heruntergebrannte Glut eines Feuers in dem steinernen Kamin geisterhafte rote Schatten, die im Zimmer herumtanzten, aber dann überflutete das elektrische Licht alles und zerstörte den Zauber. Reg zögerte einen Augenblick merkwürdig angespannt auf der Schwelle, als wolle er sich von etwas überzeugen, ehe er hineinging, dann aber eilte er zumindest mit dem äußeren Anschein von Fröhlichkeit hinein.

Es war ein großer, getäfelter Raum, den eine Sammlung liebenswert abgenutzter Möbel recht behaglich anfüllte. An der hinteren Wand stand ein großer, abgeschabter alter Mahagonitisch mit dicken, häßlichen Beinen, der mit Büchern, Akten, Broschüren und schwankenden Stapeln Papier beladen war. Auf seinem eigenen Fleckchen stand auf diesem Schreibtisch, wie Richard amüsiert bemerkte, tatsächlich ein abgegriffener alter Abakus.

Ein kleiner Regency-Schreibtisch stand gleich daneben, der ziemlich wertvoll hätte sein können, wäre er nicht so schlecht behandelt worden, dazu zwei elegante georgianische Stühle, ein ungeheurer viktorianischer Bücherschrank und so weiter. Es war mit einem Wort ein Professorenzimmer. Es hingen die einem Professor entsprechenden gerahmten Landkarten und Stiche an den Wänden, es lag ein fadenscheiniger, ausgeblichener Professorenteppich auf dem Boden, und es sah aus, als hätte sich darin jahrzehntelang nur wenig verändert, was wahrscheinlich der Fall war, weil ein Professor darin wohnte.

Zwei Türen führten an jedem Ende der gegenüberliegenden Wand nach draußen, und Richard wußte von früheren Besuchen, daß eine in ein Arbeitszimmer ging, das wie eine kleinere und konzentriertere Version dieses Zimmers aussah – noch größere Bücherhaufen, noch höhere Papierstapel in noch unmittelbarerer Gefahr umzukippen, Möbel, die, ganz egal, wie alt und wertvoll, über und über mit Myriaden von Ringen heißer Tee- oder Kaffeetassen überzogen waren, auf denen in vielen Fällen wahrscheinlich immer noch dieselben Tassen standen.

Die andere Tür führte in eine kleine, recht bescheiden eingerichtete Küche und zu einer gewendelten Innentreppe, an deren oberem Ende das Schlafzimmer und das Bad des Professors lagen.

»Versuchen Sie, es sich auf dem Sofa bequem zu machen«, forderte Reg auf, der gastfreundlich herumfuhrwerkte. »Ich weiß nicht, ob Ihnen das gelingen wird. Ich habe immer das Gefühl, es ist mit alten Lappen und Bestecken vollgestopft.« Er blickte ernst zu Richard rüber. »Haben Sie ein gutes Sofa?« fragte er.

»Hm, ja.« Richard lachte. Ihn amüsierte die Albernheit dieser Frage.

»Aha«, sagte Reg würdevoll. »Tja, vielleicht erzählen Sie mir mal, woher Sie's haben. Ich habe endlose Scherereien damit, wirklich endlos. Mein ganzes Leben lang habe ich kein bequemes Sofa aufgetrieben. Wie haben Sie denn Ihres gefunden?« Er stieß mit leicht erstaunter Miene auf ein kleines Silbertablett, das er übersehen hatte, auf dem eine Karaffe mit Port und drei Gläser standen.

»Tja, es ist komisch, daß Sie das fragen«, sagte Richard. »Ich habe noch nie drauf gesessen.«

»Sehr klug«, beteuerte Reg mit ernstem Gesicht, »sehr, sehr klug.« Er führte ein Palaver, das dem vorigen glich, mit seinem Mantel und seiner Mütze.

»Nicht daß ich es nicht gern täte«, sagte Richard. »Es ist nur so, daß es auf der Hälfte einer langen Treppe, die zu meiner Wohnung führt, festklemmt. Soviel ich herausbekommen habe, haben die Lieferfahrer es ein Stück die Treppe hochgeschafft, kamen nicht weiter, drehten es in alle möglichen Richtungen, kriegten es nicht weiter und stellten dann merkwürdigerweise fest, daß sie es auch nicht wieder nach unten bekamen. Aber eigentlich ist das doch unmöglich.«

»Komisch«, stimmte Reg zu. »Irreversiblen mathematischen Berechnungen über Sofas bin ich ganz bestimmt noch nie begegnet. Könnte ein neues Fach sein. Haben Sie mal mit einem Spezialisten auf dem Gebiet der Stereometrie gesprochen?«

»Ich habe was viel besseres gemacht. Ich holte mir einen Nachbarjungen, der den Zauberwürfel früher in siebzehn Sekunden schaffte. Er setzte sich auf eine Treppenstufe und starrte über eine Stunde lang das Sofa an, dann erklärte er es für unwiderruflich eingeklemmt. Zugegeben, inzwischen ist er ein paar Jahre älter und hinter die Sache mit den Mädchen gekommen, aber es hat mich doch verblüfft.«

»Sprechen Sie weiter, mein Lieber, es interessiert mich sehr, aber sagen Sie mir vorher, ob ich Ihnen irgend etwas bringen kann. Vielleicht Port? Oder Brandy? Der Port ist, glaube ich, der bessere Tip, vom College im Jahre 1934 eingelagert, einem der besten Jahrgänge, die man meiner Meinung nach finden kann, und andererseits habe ich im Augenblick gar keinen Brandy. Oder Kaffee? Vielleicht noch etwas Wein? Ich habe einen hervorragenden Margaux, für den ich schon seit längerem einen Vorwand suche, um ihn endlich aufzumachen, allerdings sollte er natürlich eine oder zwei Stunden offen stehen, was nichts heißen soll, ich könnte ja... nein«, sagte er hastig, »wahrscheinlich besser, sich nicht heute abend über den Margaux herzumachen.«

»Tee wäre wirklich ganz nach meinem Geschmack«, sagte Richard, »wenn Sie welchen haben.«

Reg zog die Augenbrauen in die Höhe. »Sind Sie sicher?«

»Ich muß ja noch mit dem Auto nach Hause.«

»Stimmt. Dann ziehe ich mich ein paar Minuten in die Küche zurück. Aber erzählen Sie bitte weiter, ich höre Sie trotzdem. Erzählen Sie mir weiter von Ihrem Sofa, und fühlen Sie sich völlig frei, inzwischen auf meinem Platz zu nehmen. Klemmt es dort schon lange?«

»Ach, erst seit etwa drei Wochen«, sagte Richard und setzte sich. »Ich könnte es ja auch zersägen und wegschmeißen, aber ich kann einfach nicht glauben, daß es keine logische Antwort gibt. Und es brachte mich auch auf den Gedanken – es wäre doch wirklich nützlich, wenn man weiß, bevor man ein Möbelstück kauft, ob es wirklich die Treppe rauf oder um die Ecke geht. Deshalb habe ich das Problem dreidimensional auf meinem Computer nachgestellt – und bis jetzt sagt er nur, unmöglich.«

»Er sagt was?« rief Reg, der den Wasserkessel füllte, über das Geräusch hinweg.

»Daß es nicht geht. Ich habe ihm gesagt, er soll die notwendigen Schritte berechnen, damit man das Sofa wieder herausbekommt, und er hat gesagt, es gäbe keine. Ich sagte: ›Was?‹ und er sagte, es gäbe keine. Und dann bat ich ihn, und das ist das wirkliche Rätsel an der Geschichte, die notwendigen Schritte zu berechnen, um erstmal das Sofa in seine jetzige

Lage zu bringen, und er teilte mir mit, es könne gar nicht da hingekommen sein. Nicht ohne grundlegende Umgestaltung der Wände. Also ist jetzt entweder was falsch an der Grundstruktur des Materials in meinen Wänden, oder«, setzte er seufzend hinzu, »an dem Programm ist was verkehrt. Was würden Sie raten?«

»Sind Sie verheiratet?« rief Reg.

»Was? Ach, ich verstehe, was Sie meinen. Ein Sofa, das einen Monat auf der Treppe festsitzt. Also, nein, in dem Sinne nicht verheiratet, aber ja, es gibt ein ganz bestimmtes Mädchen, mit dem ich nicht verheiratet bin.«

»Wie ist sie? Was macht sie?«

»Sie ist Cellistin von Beruf. Ich muß zugeben, daß das Sofa ein wenig ein Thema war. Tatsächlich ist sie wieder in ihre eigene Wohnung gezogen, bis ich die Sache gelöst habe. Sie, naja...«

Plötzlich war er traurig und stand auf, wanderte ziellos in dem Raum herum und blieb schließlich vor dem verlöschenden Feuer stehen. Er stocherte ein bißchen darin herum und warf ein paar Scheite drauf, um so vielleicht der Kälte in dem Zimmer zu begegnen.

»Sie ist Gordons Schwester«, setzte er schließlich hinzu. »Aber sie sind sehr verschieden. Ich glaube nicht, daß sie Computer sehr toll findet. Und sie kann seine Einstellung zu Geld nicht leiden. Ich meine, ich verüble ihr das wirklich ganz und gar nicht, und sie kennt nicht mal die Hälfte davon.«

»Welche Hälfte kennt sie denn nicht?«

Richard seufzte.

»Tja«, sagte er, »das hat was mit dem Projekt zu tun, das die Software-Produktion der Firma zum erstenmal einträglich machte. Es hieß *Reason*, und auf seine Weise war es sensationell.«

»Worum ging's?«

»Naja, es war 'ne Art back-to-front-Programm. Es ist komisch, wieviele der besten Ideen einfach eine alte von hinten nach vorn umgekrempelte Idee sind. Verstehen Sie, es sind bereits etliche Programme geschrieben worden, die einem helfen, zu Lösungen zu kommen, indem man alle zweckdienlichen Fakten richtig ordnet und analysiert, so daß sie dann wie von selbst auf die richtige Lösung deuten. Der Haken daran ist, daß die Lösung, auf die alle richtig geordneten und analysierten Fakten deuten, nicht unbedingt die Lösung ist, die man haben will.«

»Jaaaaa...«, hörte er Regs Stimme aus der Küche.

»Also, Gordons wunderbarer Einfall war, ein Programm zu entwickeln, das es einem erlaubte, schon vorher genau anzugeben, zu welcher Lösung man gelangen möchte, und ihm erst dann alle Fakten einzugeben. Die Aufgabe des Programms, die es mit absoluter Leichtigkeit zu lösen vermochte, war schlicht die, plausible Reihen logisch klingender Schritte zu vollziehen, um die Voraussetzungen mit der Schlußfolgerung zu verbinden.

Und ich muß sagen, es funktionierte prächtig. Gordon konnte sich fast sofort einen Porsche kaufen, obwohl er vollkommen pleite und ein saumäßiger Fahrer war. Selbst sein Bankmann fand an seinen Argumenten nichts auszusetzen. Auch als Gordon den Wagen drei Wochen später zu Schrott fuhr.«

»Großer Gott. Und hat sich das Programm gut verkauft?«

»Nein. Wir haben nie auch nur ein Stück verkauft.«

»Sie erstaunen mich. Für mich klingt die Sache nach einem großen Knüller.«

»War sie auch«, sagte Richard langsam. »Das ganze Programm wurde mit Sack und Pack vom Pentagon aufgekauft. Durch das Geschäft erhielt WayForward ein sehr gesundes finanzielles Fundament. Sein moralisches Fundament dagegen ist etwas, wofür ich meine Hand nicht ins Feuer legen möchte. Ich habe neulich eine ganze Reihe der Argumente analysiert, die zugunsten des Star Wars-Projekts vorgebracht werden, und wenn man weiß, wonach man suchen muß, ist das Algorithmenschema völlig klar.

Und zwar dermaßen klar, daß, wenn ich einen Blick auf die amerikanische Verteidigungspolitik der letzten paar Jahre werfe, ich glaube, ziemlich sicher sagen zu können, daß die US Navy die 2.00-Version des Programms benutzt, während die Air Force aus irgendeinem Grund nur die Beta-Test-Version von 1.5 besitzt. Komisch, wirklich.«

»Haben Sie eine Kopie davon?«

»Natürlich nicht«, sagte Richard, »ich möchte nichts damit zu tun haben. Und als das Pentagon alles kaufte, kaufte es wirklich alles. Jedes Codeschnipselchen, jede Diskette, jedes Notizbuch. Ich war froh, als wir's los waren. Falls wir's wirklich los sind. Ich beschäftige mich jetzt nur mit meinen eigenen Projekten.«

Er stocherte wieder in dem Feuer herum und überlegte, was er hier eigentlich tue, wo er doch so viel Arbeit hatte. Gordon lag ihm ständig in den Ohren, die neue Superversion von *Anthem* fertigzustellen, damit sie aus Macintosh II Vorteile ziehen konnten, und er war damit ziemlich im Rückstand. Und was das geplante Modul anging, mit dem einlaufende Informationen über den Dow Jones-Aktienindex in Echtzeit in MIDI-Daten umgesetzt werden sollten, so hatte er damit nur einen Spaß machen wollen, aber Gordon war über die Idee natürlich völlig ausgeflippt und bestand auf ihrer Ausführung. Auch das sollte eigentlich schon fertig sein und war's nicht. Plötzlich wußte er genau, warum er hier war.

Nun, es war ein angenehmer Abend gewesen, auch wenn er nicht erkennen konnte, warum Reg so sehr erpicht drauf war, ihn wiederzusehen. Er nahm ein paar Bücher vom Tisch, der offensichtlich zugleich als Eßtisch diente, denn obwohl die Bücherstapel so aussahen, als lägen sie schon Wochen da,

bewies das Fehlen von Staub unmittelbar um sie herum, daß sie erst vor kurzem bewegt worden waren.
Vielleicht, dachte er, kann das Bedürfnis nach einem freundlichen Plausch mit jemand anderem so dringend werden wie alle anderen Bedürfnisse, wenn man in einer so abgeschlossenen Gemeinschaft lebt, wie es ein Cambridger College auch heute noch war. Er war ein liebenswerter alter Kauz, aber während des Abendessens war Richard klar geworden, daß viele von seinen Kollegen fanden, seine überspannten Einfälle bildeten eher eine schwerverdauliche Dauerdiät – zumal sie selber so viele hatten, gegen die sie ankämpfen mußten. Ein Gedanke an Susan nagte an ihm, aber daran war er gewöhnt. Er blätterte in den beiden Büchern herum, zu denen er gegriffen hatte.

Das eine, ein älteres, war ein Bericht über die Geistererscheinungen im Pfarrhaus von Borley, dem verwunschensten Haus in England. Der Rücken des Buches fiel langsam auseinander, und die Fototafeln waren so grau und unscharf, daß man praktisch nichts mehr darauf erkennen konnte. Ein Bild, von dem er meinte, es sei ein sehr geglückter (oder betrügerischer) Schnappschuß von einer Geistererscheinung, stellte sich, als er die Unterschrift studierte, als ein Porträt des Verfassers heraus.

Das andere Buch war neuer und aufgrund eines komischen Zufalls ein Reiseführer durch die griechischen Inseln. Als er gedankenverloren darin herumblätterte, fiel ein Stück Papier heraus.

»Earl Grey oder Lapsang Souchong?« rief Reg aus der Küche. »Oder Darjeeling? Oder Pekoe-Spitzen? Sind sowieso alles Beutel, tut mir leid. Und alle nicht sehr frisch.«

»Darjeeling wäre prima«, antwortete Richard, der sich bückte, um das Stück Papier aufzuheben.

»Milch?« rief Reg.

»Äh, bitte.«

»Ein Stück oder zwei?«

»Eins bitte.«

Richard schob das Papierchen in das Buch zurück, wobei er bemerkte, daß eine eilig hingekitzelte Notiz darauf stand. Die Notiz lautete komischerweise: »Betrachte diesen schlichten silbernen Salzstreuer. Betrachte diese schlichte Mütze.«

»Zucker?«

»Äh, was?« fragte Richard verdutzt. Er legte das Buch schnell wieder auf den Stapel.

»Bloß ein kleiner Scherz von mir«, sagte Reg munter, »um zu sehen, ob mir die Leute zuhören.« Er tauchte strahlend aus der Küche auf, ein kleines Tablett mit zwei Tassen in der Hand, das er plötzlich zu Boden warf. Der Tee schwappte über den Teppich. Eine der Tassen zerbrach, und die andere hüpfte unter den Tisch. Reg lehnte sich mit weißem Gesicht und stierem Blick gegen den Türrahmen.

Starr glitt eine kurze Spanne Zeit vorbei, in der Richard zu erschrocken war, um zu reagieren, dann machte er einen linkischen Satz nach vorn, um zu helfen. Aber der alte Herr entschuldigte sich bereits und bot ihm an, ihm eine neue Tasse aufzugießen. Richard half ihm zum Sofa.

»Geht's Ihnen gut?« fragte er hilflos. »Soll ich einen Arzt holen?«

Reg beruhigte ihn mit einer Handbewegung. »Alles in Ordnung«, beteuerte er, »mir geht's ganz fabelhaft. Dachte, ich höre, tja, ein Geräusch, das mich erschreckte. Aber es war nichts. Bloß zu viel Dampf vom Tee eingeatmet, denke ich. Lassen Sie mich einfach zu Atem kommen. Ich denke, ein bißchen, äh, Port wird mir wunderbar auf die Beine helfen. Tut mir furchtbar leid, ich wollte sie nicht erschrecken.« Er fuchtelte in Richtung Portkaraffe. Richard goß rasch ein Gläschen ein und reichte es ihm.

»Was denn für ein Geräusch?« fragte er und überlegte, was um alles auf der Welt ihn so erschrecken könnte.

In dem Moment hörte man eine Treppe höher sich etwas bewegen und ungeheuer schwer atmen.

»Das da...«, flüsterte Reg. Das Glas Port lag zersplittert zu seinen Füßen. Oben stampfte offenbar jemand mit den Füßen auf.

»Haben Sie es gehört?«

»Äh, ja.«

Das schien den alten Herrn zu beruhigen.

Richard blickte ängstlich hinauf an die Zimmerdecke. »Ist jemand da oben?« fragte er und hatte das Gefühl, das sei eine schwache Frage, aber eine, die gestellt werden mußte.

»Nein«, sagte Reg mit leiser Stimme, die Richard durch die Angst entsetzte, die in ihr mitschwang, »keiner. Niemand, der dort sein sollte.«

»Dann...«

Reg rappelte sich schwankend hoch, doch plötzlich strahlte er eine wilde Entschlossenheit aus.

»Ich muß da rauf«, sagte er ruhig. »Ich muß. Bitte warten Sie hier auf mich.«

»Hören Sie, worum handelt es sich?« fragte Richard, der zwischen Reg und der Tür stand. »Was ist es, ein Einbrecher? Hören Sie zu, ich gehe da rauf. Ich bin sicher, es ist nichts, es ist bloß der Wind oder sowas.« Richard wußte nicht, warum er das sagte. Es war zweifellos nicht der Wind oder auch nur irgendwas ähnliches wie der Wind, denn es war zwar vorstellbar, daß der Wind heftige Atemgeräusche machte, aber er würde kaum so mit den Füßen stampfen.

»Nein«, sagte der alte Herr und schob ihn höflich aber bestimmt beiseite, »ich muß es tun.«

Richard folgte ihm ratlos durch die Tür in den kleinen Flur, hinter dem die winzige Küche lag. Eine dunkle Holztreppe führte von hier nach oben; die Stufen wirkten schadhaft und ausgetreten.

Reg schaltete eine Lampe an. Es war eine trübe Birne, die

nackt am oberen Ende der Treppe hing, und er blickte mit grimmiger Besorgnis zu ihr hinauf.

»Warten Sie hier«, sagte er, und stieg zwei Stufen nach oben. Dann drehte er sich um und sah Richard mit einem Blick voll tiefstem Ernst an.

»Es tut mir leid«, sagte er, »daß Sie in etwas hineingezogen worden sind, das... die schwierigere Seite meines Lebens darstellt. Aber jetzt sind Sie davon mit betroffen, so bedauerlich das auch sein mag, und deshalb muß ich Sie um etwas bitten. Ich weiß nicht, was mich dort oben erwartet, ich weiß es nicht genau. Ich weiß nicht, ob es etwas ist, das ich dummerweise selbst mit meinen Hobbys... heraufbeschworen habe, oder ob es etwas ist, dem ich unschuldig zum Opfer gefallen bin. Wenn es ersteres ist, dann habe ich daran nur mir die Schuld zuzuschreiben, denn ich bin wie ein Arzt, der das Rauchen nicht lassen kann, oder vielleicht noch schlimmer, wie ein Umweltschützer, der nicht auf sein Auto verzichten kann – falls letzteres, hoffe ich nicht, daß es Ihnen so geht.

Was ich Sie bitten möchte, ist dies. Wenn ich die Treppe hier wieder runterkomme, immer natürlich vorausgesetzt, ich komme wieder – falls Ihnen dann mein Verhalten in irgendeiner Weise seltsam vorkommt, wenn ich nicht ganz bei Sinnen zu sein scheine, dann müssen Sie sich auf mich stürzen und mich zu Boden werfen. Verstehen Sie? Sie müssen mich daran hindern, irgend etwas zu tun, was ich zu tun versuchen könnte.«

»Aber wie erkenne ich das?« fragte Richard skeptisch. »Verzeihung, so sollte es nicht klingen, aber ich weiß nicht, was...«

»Sie werden's schon wissen«, sagte Reg. »Warten Sie nun bitte in dem großen Zimmer auf mich. Und schließen Sie die Tür.«

Verwirrt den Kopf schüttelnd ging Richard zurück und tat, worum Reg ihn gebeten hatte. Allein in dem großen unaufgeräumten Zimmer, lauschte er den Schritten des Professors, der eine nach der anderen die Stufen hochging.

Er erklomm sie mit großer Bedächtigkeit, es hörte sich an wie das Ticken einer großen, langsamen Uhr.

Richard hörte ihn den oberen Treppenabsatz erreichen. Dort blieb er ruhig stehen. Sekunden vergingen, vielleicht zehn, vielleicht zwanzig. Dann hörte man wieder das schwere Stampfen und Atmen, das den Professor zuvor so entsetzt hatte.

Richard schlich rasch zur Tür hinüber, machte sie aber nicht auf. Die Kälte in dem Zimmer bedrückte und belästigte ihn. Er schüttelte den Kopf, um das Gefühl vielleicht abzuschütteln, dann hielt er den Atem an, als die Schritte sich langsam wieder in Bewegung setzen, die zwei Meter des Treppenabsatzes entlanggingen und dann wieder innehielten.

Nur wenige Sekunden darauf hörte Richard das lange, langsame Quietschen einer Tür, die Zentimeter für Zentimeter geöffnet wurde, ein vorsichtiger Zentimeter nach dem anderen, bis sie schließlich bestimmt sperrangelweit offen stand.

Lange, lange schien nichts weiter zu passieren.

Dann ging die Tür endlich wieder ganz langsam zu.

Die Schritte überquerten den Treppenabsatz und hielten von neuem an. Richard zog sich leise ein wenig von der Tür zurück, die er fest im Auge behielt. Die Schritte begannen wieder ganz langsam, bedächtig und leise die Treppe herabzukommen, bis sie schließlich unten anlangten. Nach ein paar weiteren Sekunden begann sich die Türklinke zu bewegen. Die Tür ging auf, und Reg trat ruhig ein.

»Es ist alles in Ordnung, es steht bloß ein Pferd im Badezimmer«, sagte er gelassen.

Richard stürzte sich auf ihn und warf ihn zu Boden.

»Nein«, keuchte Reg, »nein, gehen Sie von mir runter, lassen Sie mich los, ich bin völlig in Ordnung, verdammt nochmal. Es ist bloß ein Pferd, ein ganz normales Pferd.« Er schüttelte Richard ohne große Schwierigkeiten ab, setzte sich schnaufend und keuchend auf und fuhr sich mit den Händen durch sein schütteres Haar. Argwöhnisch, aber in großer und immer größer werdender Verlegenheit, stand Richard über ihn gebeugt. Er trat zurück und ließ Reg aufstehen und sich auf einen Stuhl setzen.

»Nur ein Pferd«, sagte Reg, »aber, äh, danke, daß Sie mich beim Wort genommen haben.« Er klopfte sich ab.

»Ein Pferd«, wiederholte Richard.

»Ja«, sagte Reg.

Richard ging hinaus, blickte die Treppe nach oben und kam wieder zurück.

»Ein *Pferd*?« fragte er nochmal.

»Ja, genau«, sagte der Professor. »Warten Sie –« er trat zu Richard, der eben wieder hinausgehen wollte, um nachzusehen – »Es gibt mehr Ding' im Himmel und auf Erden... Aber dauern wird es nicht lang.«

Richard starrte ihn ungläubig an. »Sie sagen, es steht ein Pferd in Ihrem Badezimmer, und Ihnen fällt nichts weiter ein, als dazustehen und Shakespeare zu zitieren?«

Der Professor sah ihn verdutzt an.

»Hören Sie«, sagte er, »es tut mir leid, wenn ich... Sie vorhin beunruhigt habe, es war nur ein leichter Anfall. Diese Dinge passieren, mein Lieber, regen Sie sich deswegen nicht auf. Du meine Güte, ich habe schon merkwürdigere Dinge erlebt. Viele. Viel merkwürdigere. Es ist ja bloß ein Pferd, du lieber Gott. Später gehe ich rauf und lasse es raus. Machen Sie sich bitte keine Sorgen. Und nun bringen wir unsere Lebensgeister mit etwas Port wieder in Schwung.«

»Aber... wie ist es da reingekommen?«

»Na, das Badezimmerfenster steht offen. Wahrscheinlich ist es da hereingekommen.«

Richard sah ihn, nicht zum erstenmal und sicher nicht zum letztenmal, mit Augen an, die vor Argwohn sehr schmal waren.

»Sie machen es mit Absicht, nicht wahr?« fragte er.

»Ich mache was, mein lieber Freund?«

»Ich glaube nicht, daß ein Pferd in Ihrem Badezimmer steht«, sagte Richard plötzlich. »Ich weiß nicht, was dort ist, ich weiß nicht, was Sie hier treiben, ich weiß nicht, was ich von dem ganzen Abend halten soll, aber ich glaube nicht, daß in Ihrem Badezimmer ein Pferd steht.« Er wischte alle weiteren Proteste Regs beiseite und ging nach oben.

Das Badezimmer war nicht groß.

Die Wände waren mit altem eichenen Faltwerk getäfelt, das angesichts des Alters und der Eigenart des Gebäudes höchstwahrscheinlich unbezahlbar war, dagegen waren die Armaturen sachlich und durchschnittlich.

Es lag altes, abgetretenes, schwarzweiß gewürfeltes Linoleum auf dem Fußboden, eine kleine primitive Badewanne stand da, schön sauber, aber mit sehr alten Flecken und angeschlagenen Stellen in der Emaille, dazu ein kleines, primitives Waschbecken mit Zahnbürste und Zahnpaste in einem Duralex-Becher neben den Hähnen. Auf das wahrscheinlich unbezahlbare Paneel war über dem Waschbecken ein metallenes Badezimmerschränkchen mit Spiegelfront geschraubt. Es sah aus, als sei es schon viele Male überstrichen worden, und der Spiegel war an den Rändern von der Kondensfeuchtigkeit fleckig geworden. Über der Toilette hing ein altmodischer gußeiserner Wasserkasten mit Kette. Ein alter cremefarben angestrichener Schrank stand in der Ecke, daneben ein alter, brauner Wiener Caféhausstuhl, auf dem ein paar säuberlich zusammengefaltete, aber fadenscheinige kleine Handtücher lagen. Außerdem stand ein großes Pferd in dem Raum und nahm den größten Teil davon ein.

Richard starrte es an, und es starrte irgendwie taxierend zu ihm zurück. Richard schwankte leicht. Das Pferd stand völlig unbeweglich. Nach einer Weile blickte es zu dem Schrank hinüber. Es schien, wenn nicht zufrieden, so doch sich zumindest völlig damit abgefunden zu haben, daß es da stand, wo es stand, bis es woanders hingestellt würde. Es schien auch... ja, wie erschien es?

Es badete im Licht des Mondscheins, der durch das Fenster fiel. Das Fenster war offen, aber klein und obendrein im zweiten Stock, weshalb die Vorstellung, das Pferd sei auf diesem Wege hereingekommen, absolut bizarr war.

Irgendwas war seltsam an dem Pferd, aber er konnte nicht sagen, was. Schön, eins war natürlich wirklich sehr seltsam daran, und das war, daß es in einem College-Badezimmer stand. Vielleicht war das auch alles.

Er streckte recht zaghaft die Hand aus, um dem Wesen den Hals zu tätscheln. Es fühlte sich normal an – fest, glatt, in guter Verfassung. Die Wirkung des Mondlichts auf seinem Fell war ein bißchen verwirrend, aber alles sieht bei Mondlicht etwas merkwürdig aus. Das Pferd schüttelte leicht die Mähne, als er es berührte, schien aber sonst nicht allzuviel dagegen zu haben.

Nachdem Richard es so erfolgreich getätschelt hatte, streichelte er es ein paarmal und kraulte es sanft unter dem Maul. Dann sah er, daß in der anderen Ecke noch eine zweite Tür in das Badezimmer führte. Er ging vorsichtig um das Pferd herum und näherte sich der Tür. Er trat rückwärts an sie heran und stieß sie zaghaft auf.

Sie führte in das Schlafzimmer des Professors, einen kleinen, mit Büchern und Schuhen und einem schmalen Bett vollgestopften Raum. Auch dieses Zimmer hatte noch eine zweite Tür, die wieder auf den Treppenabsatz hinausging.

Richard bemerkte, daß der Boden des Treppenabsatzes, wie bereits die Treppe, frisch abgetreten und zerkratzt war, und diese Kerben bestärkten ihn in der Idee, daß das Pferd irgendwie die Treppe hinaufgeschoben worden war. Er hätte es sehr ungern selber tun müssen, und noch weniger gern wäre er das Pferd gewesen und hätte es mit sich geschehen lassen, doch irgendwie möglich war es schon.

Aber warum? Er warf einen letzten Blick auf das Pferd, das ihm einen letzten Blick zuwarf, dann ging er wieder nach unten.

»Ich gebe mich geschlagen«, sagte er. »In Ihrem Badezimmer steht ein Pferd, und ich möchte nun doch einen kleinen Port.«

Er goß etwas für sich ein, dann für Reg, der mit leerem Glas schweigend das Feuer betrachtete.

»Ich hatte ja sowieso drei Gläser bereitgestellt«, sagte Reg im Plauderton. »Ich habe mich vorhin gefragt, warum, und jetzt fällt's mir wieder ein.

Sie fragten, ob Sie eine Freundin mitbringen dürften, aber offensichtlich haben Sie's nicht getan. Wegen des Sofas zweifellos. Machen Sie sich nichts draus, sowas kommt vor. Brrr, nicht zuviel, sonst läuft's noch über.«

Alle Pferdefragen verflüchtigten sich jäh aus Richards Kopf.

»Habe ich das?« fragte er.

»Aber ja. Ich erinnere mich jetzt wieder. Sie riefen mich noch mal an und fragten, ob es recht sei, wie mir jetzt wieder einfällt. Ich sagte, ich wäre entzückt, und das hatte ich auch wirklich vor. Ich an Ihrer Stelle würde das Ding zersägen. Opfern Sie Ihr Glück nicht einem Sofa. Aber vielleicht ist sie auch zu dem Schluß gekommen, ein Abend mit Ihrem alten Tutor würde entsetzlich langweilig werden, und entschied sich für die kurzweiligere Idee, sich lieber die Haare zu waschen. Du liebe Güte, ich weiß, was ich getan hätte. Es ist nur das fehlende Haar, was mich dieser Tage zwingt, so hektische Geselligkeit zu suchen.«

Nun war Richard mit dem weißen Gesicht und dem stieren Blick an der Reihe.

Ja, er hatte angenommen, Susan würde nicht mitkommen wollen.

Ja, er hatte zu ihr gesagt, es würde schrecklich langweilig werden. Aber sie hatte darauf bestanden mitzukommen, weil es die einzige Möglichkeit für sie sei, ein paar Minuten lang sein Gesicht nicht im Lichtschein eines Computerbildschirms zu sehen, und er hatte sich bereit erklärt und alles arrangiert, daß er sie nun doch mitbrächte.

Nur hatte er es vollkommen vergessen. Er hatte sie nicht abgeholt.

Er sagte: »Darf ich bitte mal Ihr Telefon benutzen?«

9. Kapitel

Gordon Way lag am Boden und wußte nicht, was er tun sollte.

Er war tot. Darüber schien es kaum Zweifel zu geben. In seiner Brust war ein gräßliches Loch, aber das Blut, das daraus hervorgesprudelt war, war jetzt zu einem Tröpfeln versiegt. Sonst war an seinem Brustkorb keine Bewegung wahrzunehmen, wie übrigens auch an keinem anderen Körperteil von ihm.

Er blickte nach oben und von einer Seite zur anderen, und da wurde ihm klar, daß, ganz gleich, welcher Teil von ihm sich bewegte, es kein Teil seines Körpers war.

Der Nebel wälzte sich langsam über ihn hinweg und erklärte nichts. Ein, zwei Meter von ihm entfernt lag seine Flinte im Gras und rauchte still vor sich hin.

Er lag da wie jemand, der um vier Uhr morgens wachliegt und seine Gedanken nicht zur Ruhe bringen kann, aber nicht weiß, was er mit ihnen anfangen soll. Er bemerkte, daß er eben so etwas wie einen Schock erlitten hatte, was seine Unfähigkeit, klar zu denken, erklären mochte, aber nicht seine Fähigkeit, überhaupt noch zu denken.

In der großen Diskussion, die jahrhundertelang darüber getobt hat, was, wenn überhaupt, mit einem nach dem Tode geschieht, sei's nun Himmel, Hölle, Fegefeuer oder das bare Nichts, ist eines nie bestritten worden – daß man nämlich die Antwort spätestens dann erfährt, wenn man tot ist.

Gordon Way war tot, aber er hatte nicht die leiseste Ahnung, was er damit anfangen sollte. Es war eine Situation, in der er noch nie gewesen war.

Er setzte sich auf. Der Körper, der sich aufsetzte, erschien ihm so real wie der Körper, der allmählich kälter werdend immer noch am Boden lag und seine Blutwärme in Dampfschwaden abgab, die sich mit dem Dunst der kühlen Nachtluft vermischten.

Er wagte sich ein bißchen weiter und versuchte, langsam, erstaunt und unsicher aufzustehen. Der Boden schien ihn zu tragen, er hielt seinem Gewicht stand. Aber andererseits hatte er natürlich wohl gar kein Gewicht, dem standzuhalten war. Als er sich bückte und den Boden berührte, fühlte er nichts als eine Art entfernten, gummiartigen Widerstand, wie man ihn spürt, wenn man mit eingeschlafenem Arm etwas aufzuheben versucht. Sein Arm war eingeschlafen. Seine Beine ebenfalls, und sein anderer Arm und sein ganzer Körper und der Kopf.

Sein Körper war tot. Er konnte nicht sagen, warum sein Geist es nicht war.

Er stand in einer Art starrem, schlaflosem Schrecken da, während der Nebel sich langsam durch ihn hindurchwälzte.

Er schaute hinunter auf das Ich, das gräßliche, erstaunt blickende Ich-Dings, das still und zerfetzt am Boden lag, und bekam fast eine Gänsehaut. Oder vielmehr hätte er gern eine Haut gehabt, die eine Gänsehaut bekommen konnte. Er wünschte sich eine Haut. Er wünschte sich einen Körper. Beides hatte er nicht.

Seinem Mund entrang sich ein plötzlicher Entsetzensschrei, der nicht zu hören war und nirgendwohin ging. Er zitterte und fühlte nichts.

Musik und eine Pfütze Licht sickerten aus seinem Wagen. Er ging darauf zu. Er versuchte, entschlossen zu gehen, aber es war ein schwaches und kraftloses Gehen, unsicher und, naja, unkörperlich. Der Boden unter seinen Füßen fühlte sich sehr weich an.

Die Wagentür an der Fahrerseite war noch offen, so wie er sie zurückgelassen hatte, als er rausgesprungen war, um sich in der Annahme, es dauere höchstens zwei Sekunden, um den Kofferraumdeckel zu kümmern.

Das alles war jetzt zwei Minuten her, als er noch am Leben war. Als er ein Mensch war. Als er gedacht hatte, er springe gleich wieder rein und fahre weiter. Vor zwei Minuten und einem ganzen Leben.

Das war doch irre, oder? dachte er plötzlich.

Er ging um die Tür herum und bückte sich, um in den Außenspiegel zu schauen.

Er sah genau wie er selber aus, wenn auch wie er selber nach einem furchtbaren Schrecken, was zu erwarten war, aber das war er, das war normal. Es mußte sich um etwas handeln, was er sich bloß vorstellte, irgend so etwas wie ein schrecklicher Wachtraum.

Plötzlich kam ihm ein Gedanke, und er versuchte, auf den Rückspiegel zu hauchen.

Nichts. Nicht ein einziges Tröpfchen bildete sich. Einen Arzt würde das zufriedenstellen, so machten sie's immer im Fernsehen – wenn der Spiegel nicht beschlug, war kein Atem da. Vielleicht, dachte er ängstlich bei sich, vielleicht hatte das etwas damit zu tun, daß die Außenspiegel beheizt waren. Hatte sein Wagen denn nicht beheizte Außenspiegel? Hatte sich der Autoverkäufer nicht ellenlang darüber ausgelassen, daß dieses beheizt, jenes elektrisch und was anderes servogelenkt sei? Vielleicht waren es digitale Außenspiegel. Das war's. Digitale, beheizte, servogelenkte, computergesteuerte, atemresistente Außenspiegel...

Er war mitten dabei, wurde ihm klar, kompletten Blödsinn zu denken. Er drehte sich langsam um und blickte wieder voller Besorgnis auf den Körper, der hinter ihm mit halb weggeschossener Brust auf der Erde lag. Das würde einen Arzt ganz sicher zufriedenstellen. Der Anblick war schon ziemlich erschreckend, wenn es sich um den Körper von jemand anderem handelte, aber sein eigener...

Er war tot. Tot... tot... Er versuchte, dem Wort in seinem Inneren einen dramatischen Klang zu verleihen, aber das klappte nicht. Er war kein Film-Soundtrack, er war nur einfach tot.

Während er noch in fasziniertem Entsetzen auf seinen Körper starrte, quälte ihn allmählich der Ausdruck eselhafter Dämlichkeit auf dessen Gesicht.

Der Ausdruck war natürlich vollkommen begreiflich. Es war eben ein Gesichtsausdruck, wie ihn wohl jeder haben dürfte, der gerade mit seiner eigenen Jagdflinte von jemandem erschossen wird, der sich im Kofferraum seines Wagens versteckt hat, aber trotzdem gefiel ihm der Gedanke nicht, daß jemand ihn fände, wenn er so guckte.

Er kniete sich neben sein Gesicht, in der Hoffnung, er könne seinen Zügen den Anschein von Würde oder zumindest rudimentärer Intelligenz verleihen.

Das erwies sich als geradezu unglaublich schwierig. Er versuchte, die Haut zu kneten, diese ekelhaft vertraute Haut, aber irgendwie kriegte er weder sie noch überhaupt irgend etwas richtig in den Griff. Es war, wie wenn man mit eingeschlafenen Händen versucht, Knetgummi zu formen, nur daß er mit den Händen nicht von der Form abrutschte, sondern durch sie hindurch. In diesem Fall rutschte er mit der Hand durch sein Gesicht.

Ekelerfülltes Grauen und Wut durchfuhren ihn über seine pure verdammte verfluchte Unfähigkeit, und zu seiner Bestürzung stellte er plötzlich fest, daß er seinen toten Körper mit festem, zornigen Griff beutelte und schüttelte. Er taumelte in verblüfftem Entsetzen zurück. Alles, was er zustande gebracht hatte, war, daß er dem geistlos dämlichen Blick der Leiche einen verzerrten Mund und einen Schielblick hinzugefügt hatte. Und leuchtende blaue Flecken am Genick.

Ein Schluchzen überkam ihn, und diesmal schien es einen Laut zu erzeugen, ein seltsames Heulen aus dem tiefsten Innern dessen, was immer das auch war, wozu er geworden war. Die Hände vors Gesicht gepreßt, taumelte er rückwärts zu seinem Wagen und warf sich auf den Sitz. Der Sitz nahm ihn nachlässig und distanziert auf, wie eine Tante, die mit den letzten fünfzehn Jahren deines Lebens nicht einverstanden ist und dir deshalb nur den allerbilligsten Sherry eingießt, sich aber weigert, dir ins Auge zu blicken.

Konnte er nicht zu einem Arzt gehen?

Um der Absurdität dieses Gedankens nicht ins Gesicht sehen zu müssen, kämpfte er mit dem Steuerrad herum, aber seine Hände rutschten durch es hindurch. Er versuchte, sich mit dem Hebel des Automatikgetriebes abzumühen, was damit endete, daß er wütend dagegenschlug, weil er nicht in der Lage war, ihn richtig zu packen und einzulegen.

Das Stereogerät spielte immer noch leichte Orchestermusik ins Telefon, das die ganze Zeit auf dem Beifahrersitz gelegen und geduldig zugehört hatte. Er starrte es an und bemerkte mit immer fieberhafterer Erregung, daß er noch immer mit Susans Anrufbeantworter verbunden war. Dieser Apparat war von der Sorte, die einfach läuft und läuft, bis man auflegt. Er stand mit der Welt noch in Kontakt.

Verzweifelt versuchte er, den Hörer in die Hand zu nehmen, grapschte herum, ließ ihn sich entgleiten und war am Ende gezwungen, sich zu der Sprechmuschel hinunterzubeugen. »Susan!« schrie er hinein, und seine Stimme war ein heiseres, fernes Jammern im Wind. »Susan, hilf mir! Hilf mir, um Gottes willen. Susan, ich bin tot... ich bin tot... ich bin tot und... weiß nicht, was ich machen soll...« Vor Verzweiflung schluchzend brach er wieder zusammen und versuchte, sich an das Telefon zu klammern wie ein Baby, das sich zum Trost an seine Bettdecke klammert.

»Hilf mir, Susan...«, rief er wieder.

»*Piep*«, sagte das Telefon.

Er blickte wieder nach unten, dorthin, wo er sich dagegen schmiegte. Schließlich hatte er es doch geschafft, auf irgendwas zu drücken. Es war ihm gelungen, den Knopf zu drükken, mit dem man die Leitung unterbrach. Fieberhaft versuchte er, das Ding nochmal zu packen, aber es schlüpfte ihm beharrlich durch die Finger und lag schließlich bewegungslos auf dem Sitz. Er konnte es nicht anfassen. Er konnte die Knöpfe nicht drücken. Wütend fetzte er es gegen die Windschutzscheibe. Darauf reagierte es, okay. Es flog gegen die Windschutzscheibe, sauste zurück und durch ihn hindurch, prallte vom Sitz ab und blieb reglos auf dem Kardantunnel liegen, allen seinen weiteren Berührungsversuchen gegenüber unzugänglich.

Mehrere Minuten blieb er so sitzen und nickte langsam mit dem Kopf, während sich sein Entsetzen in blankes Elend verwandelte.

Ein paar Autos fuhren vorbei, bemerkten aber wohl nichts Seltsames – einen Wagen, der am Straßenrand hielt. Beim raschen Vorbeifahren in der Nacht erfaßten ihre Scheinwerfer wahrscheinlich den Leichnam nicht, der hinter dem Wagen im Grase lag. Ganz sicher bemerkten sie nicht, daß ein Geist darin saß, der leise vor sich hinweinte.

Er wußte nicht, wie lange er schon so dasaß. Er war sich der vergehenden Zeit kaum bewußt, nur daß sie offenbar nicht schnell verging. Es gab kaum einen äußeren Anhalt, um das Vergehen der Zeit festzustellen. Ihm war nicht kalt. Tatsächlich konnte er sich kaum noch erinnern, was kalt bedeutete oder wie es sich anfühlte, er wußte bloß, daß es etwas war, das er in diesem Augenblick eigentlich hätte fühlen müssen.

Schließlich löste er sich aus seinem mitleiderregenden Gehocke. Er würde etwas unternehmen müssen, wenn er auch nicht wußte, was. Vielleicht sollte er versuchen, zu seinem Landhaus zu kommen, wenn er auch nicht wußte, was er tun sollte, wenn er dort wäre. Er brauchte einfach irgend etwas, um das er sich bemühen mußte. Er mußte es unbedingt durch die Nacht bis dorthin schaffen.

Er nahm sich zusammen und glitt aus dem Wagen, wobei er mit dem Fuß und dem Knie ohne weiteres durch einen Teil des Türrahmens streifte. Er ging nochmal zu seiner Leiche, um einen Blick darauf zu werfen, aber sie war nicht da.

Als wenn die Nacht nicht schon genügend Schrecken hervorgebracht hätte. Er zuckte entsetzt zurück und starrte auf die feuchte Vertiefung im Gras.

Sein Leichnam war nicht da.

10. Kapitel

Richard verabschiedete sich so eilig, wie es die Höflichkeit nur zuließ.

Er sagte, vielen Dank, und was für ein herrlicher Abend es gewesen sei, und daß Reg jederzeit, wenn er nach London komme, er es ihn, Richard, wissen lassen solle, und ob es etwas gebe, worin er ihm wegen des Pferdes behilflich sein könne. Nein? Na, dann sei's ja in Ordnung, wenn er so sicher sei, und nochmals vielen Dank.

Er blieb noch ein, zwei Augenblicke, nachdem die Tür sich endgültig geschlossen hatte, davor stehen und dachte nach.

In der kurzen Zeit, in der das Licht aus Regs Zimmer auf den Treppenabsatz des Haupttreppenhauses gefallen war, hatte er bemerkt, daß dort auf den Dielen nicht die kleinsten Kratzer zu sehen waren. Es war doch sonderbar, wenn das Pferd nur die Dielen in Regs Wohnung abgetreten haben sollte.

Tja, es erschien alles sehr sonderbar, Punkt. Aber es gab neben dem immer höher werdenden Stapel an Ungereimtheiten noch einen seltsamen Umstand. Und das hatte ein erholsamer Abend fernab aller Arbeit sein sollen.

Einer plötzlichen Eingebung folgend klopfte er an die Tür gegenüber von Regs. Es dauerte so lange, bis sich etwas rührte, daß Richard es schon aufgab und sich zum Gehen wandte, als er endlich hörte, wie sich die Tür ächzend öffnete.

Er schrak leicht zusammen, als er sah, daß, wer wie ein kleiner argwöhnischer Vogel seinen stechenden Blick zu ihm emporrichtete, niemand anderer als der Dozent mit der Rennjachtkielnase war.

»Äh, Verzeihung«, sagte Richard schroff, »aber, äh, haben Sie vielleicht heute abend ein Pferd diese Treppe hier raufkommen sehen oder hören?«

Der Mann stellte das zwanghafte Zucken seiner Finger ein. Er neigte den Kopf leicht zur Seite, und dann mußte er sich offenbar auf eine lange Entdeckungsreise durch sein Inneres begeben, um nach einer Stimme zu suchen, die, als er sie fand, sich als dünn und leise erwies.

Er sagte: »Das ist das erste Wort, das jemand seit siebzehn Jahren, drei Monaten, zwei Tagen, fünf Stunden, neunzehn Minuten und zwanzig Sekunden zu mir gesagt hat. Ich hab's gezählt.«

Er machte die Tür leise wieder zu.

Richard rannte bereits durch den Zweiten Hof.

Im Ersten Hof zwang er sich zur Ruhe und schraubte seine Geschwindigkeit auf Schrittempo runter.

Die kühle Nachtluft kratzte in seiner Lunge, und es gab keinen Grund zu rennen. Mit Susan hatte er nicht sprechen können, weil Regs Telefon nicht funktionierte, und das war ein weiterer Punkt gewesen, in dem Reg sonderbar wortkarg reagiert hatte. Zumindest ließ der Umstand eine rationale Erklärung zu. Wahrscheinlich hatte er die Telefonrechnung nicht bezahlt.

Richard wollte gerade auf die Straße hinaustreten, als er beschloß, rasch bei der Pförtnerloge vorbeizuschauen, die in dem hohen Toreingang des Colleges versteckt lag. Es war ein kleiner verschlagartiger Kasten voller Schlüssel, Benachrichtigungen und einem winzigen elektrischen Heizstrahler. Im Hintergrund plapperte ein Radio vor sich hin.

»Entschuldigen Sie«, sagte er zu dem hochgewachsenen Mann im dunklen Anzug, der mit verschränkten Armen hinter dem Tresen stand. »Ich...«

»Ja, Mr. MacDuff, was kann ich für Sie tun?«

In seinem augenblicklichen Gemütszustand wäre es Richard schwergefallen, sich an seinen eigenen Namen zu erinnern, und er war einen Moment lang verblüfft. Aber Collegepförtner sind für ihre Fähigkeit, solche Gedächtnisleistungen zu vollbringen, berühmt, ebenso für ihre Neigung, beim allergeringsten Anlaß damit anzugeben.

»Gibt es«, sagte Richard, »irgendwo im College ein Pferd – von dem Sie wissen? Ich meine, Sie wüßten's doch, wenn sich im College ein Pferd befände, nicht wahr?«

Der Pförtner zuckte mit keiner Wimper.

»Nein, Sir, und ja, Sir. Kann ich Ihnen mit noch etwas behilflich sein, Mr. MacDuff, Sir?«

»Äh, nein«, sagte Richard und trommelte ein paarmal mit

den Fingern auf den Tresen. »Nein. Danke. Vielen Dank für Ihre Hilfe. Nett, Sie mal wiederzusehen, äh... Bob«, riet er. »Gute Nacht dann.«

Und ging.

Der Pförtner blieb mit verschränkten Armen vollkommen reglos stehen, er schüttelte nur ein ganz klein wenig den Kopf.

»Hier ist etwas Kaffee für dich, Bill«, sagte ein anderer Pförtner, ein kleiner, drahtiger, der mit einer dampfenden Tasse aus irgendeinem inneren Heiligtum auftauchte. »Wird heute nacht wohl 'n bißchen kälter?«

»Denke schon, Fred. Danke«, sagte Bill und griff zu der Tasse. Er nahm einen kleinen Schluck. »Du kannst über die Leute sagen, was du willst, sie bleiben so drollig, wie sie sind. Der Kerl hier eben fragte, ob wir 'n Pferd im College hätten.«

»Ach ja?« Fred nippte an seinem Kaffee und ließ sich den Dampf in die Augen steigen. »Vorhin war ein Bursche hier drin. Sowas wie 'n merkwürdiger ausländischer Priester. Kapierte zuerst kein Wort von dem, was er sagte. Aber er schien schon zufrieden zu sein, daß er am Feuer stehen und die Nachrichten im Radio hören durfte.«

»Ausländer, eh?«

»Schließlich sagte ich zu ihm, na, schießen Sie mal los. Stand genauso wie jetzt vor meinem Feuer. Plötzlich sagt er, ob er das wirklich tun sollte? Losschießen? Ich sagte mit meiner besten Bogart-Stimme: ›Besser, Sie glauben's, Sportsfreund.‹«

»Wirklich? Hörte sich für mich eher wie Jimmy Cagney an.«

»Nein, das ist meine Bogart-Stimme. Das hier ist meine Jimmy Cagney-Stimme: ›Besser, Sie glauben's, Sportsfreund.‹« Bill sah ihn mit gerunzelter Stirn an. »Das ist deine Jimmy Cagney-Stimme? Ich dachte immer, das wäre deine Kenneth McKellar-Stimme.«

»Du hörst nicht richtig zu, Bill, du hast nicht das Ohr dafür. Das hier ist Kenneth McKellar: ›Oh, Sie nehmen die Hauptstraße, und ich nehme die Fußstraße...‹«

»Aha, verstehe. Ich dachte aber an den schottischen Kenneth McKellar. Also, was hat diese Priestertype dann gesagt, Fred?«

»Ach, der guckte mir nur fest in die Augen, Bill, und sagte in dieser ulkigen...«

»Schenk dir den Akzent, Fred, erzähl mir bloß, was er gesagt hat, wenn's das Zuhören lohnt.«

»Er sagte nur, er glaubte mir.«

»Aha. Also keine sehr interessante Geschichte, Fred.«

»Ja, vielleicht nicht. Ich erwähne sie bloß, weil er auch sagte, er hätte sein Pferd in einem Badezimmer abgestellt, und ob ich mal nachsehen könnte, ob alles in Ordnung wär.«

11. Kapitel

Gordon Way schwebte traurig die dunkle Straße entlang, oder vielmehr, er versuchte zu schweben.

Er war der Meinung, als Geist – wozu er, wie er sich selber eingestehen mußte, geworden war – sollte er schweben können. Er wußte ziemlich wenig über Geister, aber er war der Ansicht, wenn man schon einer war, dann sollte es doch gewisse Entschädigungen dafür geben, daß man keinen physischen Leib mehr durch die Gegend zu schleppen hatte, und dazu sollte eigentlich die Fähigkeit gehören, einfach zu schweben.

Aber nein, es hatte den Anschein, daß er jeden einzelnen Schritt des Weges würde laufen müssen.

Er wollte versuchen, sich bis zu seinem Haus durchzuschlagen. Er wußte nicht, was er machen würde, wenn er dort wäre, aber selbst Geister müssen die Nacht ja irgendwo verbringen, und er hatte das Gefühl, eine vertraute Umgebung könnte da helfen. Was helfen, wußte er nicht. Wenigstens hatte er durch den Fußmarsch ein Ziel, und er würde sich eben ein neues ausdenken müssen, wenn er angekommen wäre.

Verzweifelt schleppte er sich von einem Laternenpfahl zum nächsten und blieb bei jedem stehen, um seine Einzelteile ins Auge zu fassen.

Er wurde so allmählich zweifellos ein bißchen geisterhaft.

Manchmal löste er sich fast zu nichts auf und schien wenig mehr als ein im Nebel tanzender Schatten, ein Traum seiner selbst, der sich einfach verflüchtigen und verschwinden konnte. Dann schien er wieder fast körperlich und real zu sein. Ein-, zweimal versuchte er, sich gegen einen Laternenpfahl zu lehnen, und fiel einfach durch ihn hindurch, wenn er nicht aufpaßte.

Schließlich und mit großem Widerstreben begann er seine Gedanken auf das zu lenken, was passiert war. Komisch, dieses Widerstreben. Eigentlich wollte er nicht darüber nachdenken. Psychologen meinen, daß der Verstand oft Erinnerungen an traumatische Erlebnisse zu unterdrücken versucht, und das, dachte er, war wahrscheinlich bei ihm der Fall. Schließlich, wenn eine seltsame Gestalt, die aus dem Kofferraum des eigenen Wagens springt und einen totschießt, nicht als traumatisches Erlebnis zählt, wüßte er gerne, was denn dann.

Er schleppte sich müde weiter.

Er versuchte sich die Gestalt wieder in Erinnerung zu rufen, aber es war, wie wenn man einen schmerzenden Zahn anbohrt, und er dachte an andere Dinge.

War zum Beispiel sein Testament auf dem neuesten Stand? Er konnte sich nicht erinnern und machte sich im Geiste eine Notiz, daß er morgen seinen Anwalt anrufen würde, dann machte er sich im Geist eine andere Notiz, nämlich daß er damit aufhören müsse, sich im Geist solche Notizen zu machen.

Wie würde seine Firma ohne ihn weiterleben? Keine der möglichen Antworten behagte ihm.

Was war mit seiner Todesanzeige? Das war ein Gedanke, der ihn bis in die Knochen frösteln ließ, ganz egal, wo sie sie auch hingebracht hatten. Würde er sie zu Gesicht bekommen? Was würde drin stehen? Sie würden ihm besser eine lobende Besprechung zuteil werden lassen, diese Mistkerle. Berichten, was er alles getan hatte. Ganz allein und ohne fremde Hilfe die britische Software-Industrie gerettet: gewaltige Exporte, Spenden zu wohltätigen Zwecken, Forschungsstipendien, Atlantiküberquerung in einem U-Boot mit Solarantrieb (gescheitert, aber ein nützlicher Versuch) – alle möglichen Dinge. Die Pentagon-Geschichte würden sie besser nicht wieder hervorkramen, oder er würde ihnen seinen Anwalt auf den Hals hetzen. Er machte sich im Geiste eine Notiz, ihn am Morgen anzuru...

Nein.

Sowieso: Kann ein Toter denn wegen Verleumdung klagen? Nur sein Anwalt wüßte das, und er würde nicht imstande sein, ihn am Morgen anzurufen. Mit einem Gefühl, als überlaufe ihn kaltes Grauen, wurde ihm klar, daß von allen Dingen, die er im Land der Lebenden zurückgelassen hatte, das Telefon ihm am meisten fehlen werde, und dann wandte er seine Gedanken entschlossen darauf zurück, wo sie nicht hinwollten.

Die Gestalt.

Es schien ihm, als sei diese Gestalt fast so etwas wie eine Erscheinung des Todes selbst gewesen, oder spielte ihm seine Phantasie irgendwelche Streiche? Träumte er, daß es eine mit einer Mönchskutte bekleidete Gestalt gewesen war? Aber was sollte irgendeine Gestalt, ob in Mönchskutte oder einfach salopp gekleidet, im Kofferraum seines Wagens suchen?

In dem Moment zischte auf der Straße ein Wagen an ihm vorbei, verschwand in der Nacht und nahm die kleine Oase aus Licht mit. Er dachte sehnsüchtig an die warme, ledergepolsterte, vollklimatisierte Behaglichkeit seines Wagens, den er hinter sich auf der Straße hatte stehen lassen, und ein plötzlicher und außergewöhnlicher Gedanke durchfuhr ihn.

Bestand irgendeine Möglichkeit, daß er ein Auto anhielt? Konnte ihn denn tatsächlich jemand sehen? Wie würde dieser Jemand reagieren, wenn er's könnte? Nun, es gab nur eine Möglichkeit, das rauszufinden.

Von hinten hörte er aus der Ferne ein anderes Auto herankommen, drehte sich um und wandte ihm das Gesicht zu. Die beiden verschwommenen Lichtflecken näherten sich durch den Nebel, Gordon biß seine Geisterzähne fest zusammen und streckte den Lichtern seinen Daumen entgegen.

Der Wagen flitzte achtlos vorbei.

Nichts.

Wütend machte er ein unscharfes V-Zeichen hinter den sich entfernenden roten Rücklichtern her und bemerkte, weil er mitten durch seinen eigenen erhobenen Arm hindurchblickte, daß er wohl im Moment nicht gerade sehr gut zu sehen war. Ob er sich vielleicht mit etwas Willensanstrengung sichtbarer machen konnte, wenn er das wollte? Er kniff konzentriert die Augen zu, dann wurde ihm klar, daß er seine Augen würde aufmachen müssen, um das Ergebnis einzuschätzen. Er versuchte es nochmal und strengte seinen Geist an, so sehr er konnte, aber die Resultate waren unbefriedigend.

Es schien zwar irgendwie ansatzweise ein kleines Leuchten aufzukommen, aber er konnte es nicht aufrechterhalten, und es erlosch fast sofort wieder, so sehr er auch für psychischen Druck sorgte. Er würde das Timing sehr genau beachten müssen, wenn er wollte, daß man seine Anwesenheit sah oder wenigstens spürte.

Ein anderer Wagen kam rasch von hinten näher. Wieder

drehte er sich um, streckte den Daumen aus, wartete den richtigen Moment ab und wünschte sich mit aller Macht, sichtbar zu sein.

Der Wagen machte einen kleinen Schlenker, dann setzte er seinen Weg fort, allerdings ein bißchen langsamer. Na, das war doch schon was. Was konnte er sonst noch tun? Er würde sich erst mal unter einen Laternenpfahl stellen und üben. Den nächsten Wagen kriegte er ganz sicher.

12. Kapitel

»...wenn Sie eine Nachricht hinterlassen wollen, werde ich so bald wie möglich zurückrufen. Oder auch nicht.«

Piep.

»Schiete. Verdammt. Warte einen Moment. Verflucht. Hör zu... äh...«

Klick.

Richard schob das Telefon wieder auf die Gabel und setzte seinen Wagen zwanzig Meter zurück, um noch einmal einen Blick auf den Wegweiser an der Kreuzung zu werfen, an dem er gerade im Nebel vorbeigeflitzt war. Aus dem Cambridger Einbahnstraßensystem hatte er sich auf die übliche Methode herausgeschält, indem er immer schneller und schneller im Kreis herum gefahren war, bis er eine Art Fliehgeschwindigkeit erreicht hatte und unvermittelt und ziellos in irgendeine Richtung davongesaust war, die er jetzt zu identifizieren und zu korrigieren versuchte.

Als er an der Kreuzung angekommen war, versuchte er die Angaben auf dem Wegweiser mit den Angaben auf der Landkarte in Übereinstimmung zu bringen. Aber das war nicht möglich. Die Straßenkreuzung war auf der Landkarte mit voller Absicht auf einem Blattübergang eingezeichnet, und der Wegweiser drehte sich heimtückisch im Wind. Sein Instinkt sagte ihm, daß er sich in die falsche Richtung bewegte, aber er wollte nicht den ganzen Weg wieder zurückfahren, den er gekommen war, aus Angst, er könnte von neuem in den Gravitationsstrudel des Cambridger Verkehrssystems zurückgesaugt werden.

Er bog deshalb nach links ab, in der Hoffnung, in dieser Richtung mehr Glück zu haben, aber nach einer Weile verlor er die Nerven und bog versuchsweise rechts ab, dann riskierte er zur Erkundung nochmal einen Abstecher nach links und hatte sich nach noch ein paar von diesen Manövern rettungslos verirrt.

Er fluchte vor sich hin und drehte die Heizung im Wagen an. Wenn er sich darauf konzentriert hätte, wo er hinfuhr, anstatt zu versuchen, gleichzeitig zu steuern und zu telefonieren, sagte er sich, dann wüßte er jetzt wenigstens, wo er war. Eigentlich hatte er gar nicht gern Telefon in seinem Wagen, er empfand das als Belästigung und Störung. Aber Gordon hatte drauf bestanden, und er bezahlte ja auch dafür.

Er seufzte aufgebracht, setzte den schwarzen Saab zurück und wendete. Dabei wäre er fast in jemanden hineingefahren, der eine Leiche auf einen Acker schleifte. Zumindest erschien es seinem überreizten Hirn eine Sekunde so, aber in Wirklichkeit handelte es sich wahrscheinlich um einen Bauern aus der Gegend mit einem Sack mit irgendwas Nahrhaftem auf dem Rücken, aber was er damit in einer Nacht wie dieser machte, konnte man bloß vermuten. Als seine Scheinwerfer nochmal herumschwangen, erfaßten sie einen Moment lang die Silhouette der Gestalt, die mit dem Sack auf dem Rücken über den Acker davonstapfte.

»Besser er als ich«, dachte Richard grimmig und fuhr weiter.

Wenige Minuten später kam er an eine Kreuzung mit etwas, das ein bißchen mehr nach Hauptstraße aussah, bog beinahe rechts in sie ein und drehte dann doch das Steuer nach links. Einen Wegweiser gab es nicht.

Er drückte wieder auf die Knöpfe seines Telefons.

»... werde ich so bald wie möglich zurückrufen. Oder auch nicht.«

Piep.

»Susan, ich bin's, Richard. Wo soll ich anfangen? Was für ein Durcheinander. Hör zu, es tut mir leid, leid, leid. Ich habe alles furchtbar vermasselt, und es ist meine Schuld. Und hör zu, egal, was es kostet, die Scharte wieder auszuwetzen, ich tu's, feierliches Versprechen...«

Er hatte irgendwie das Gefühl, das sei nicht der richtige Ton gegenüber einem Anrufbeantworter, aber er machte stur weiter.

»Ehrlich, wir können wegfahren, eine Woche Ferien machen, oder auch nur dies Wochenende, wenn du magst. Wirklich, dies Wochenende. Wir fahren irgendwohin in die Sonne. Ist mir egal, wieviel Druck Gordon mir zu machen versucht, und du kennst die Sorte Druck, die er aufbieten kann, er ist schließlich dein Bruder. Ich werde einfach... äh, naja, es könnte ja auch nächstes Wochenende sein. Verdammt, verdammt, verdammt. Tatsache ist halt, daß ich wirklich versprochen habe, das Ding, nein, paß auf, es ist ganz egal. Wir tun's einfach. Es interessiert mich nicht, ob ich *Anthem* für Comdex fertig habe. Davon geht die Welt nicht unter. Wir fahren. Gordon muß halt mit Anlauf über das Hindernis wegspringen – Gaaarghhhh!«

Richard machte einen wilden Schlenker, um dem Geist Gordon Ways auszuweichen, der plötzlich in seinem Scheinwerferlicht auftauchte und mit Anlauf auf ihn zusprang.

Er stieg auf die Bremse, kam ins Schleudern, versuchte sich daran zu erinnern, was man tun mußte, wenn man plötzlich ins Schleudern kam, er wußte, gesehen hatte er's in irgendeiner Fernsehsendung über Autofahren, die er vor Jahren mal gesehen hatte, wie hieß denn noch gleich die Sendung? Großer Gott, er konnte sich nicht mal an den Titel der Sendung erinnern, ganz zu schweigen – ah ja, es hatte geheißen, man darf nicht auf die Bremse steigen. Das war's. Die Welt drehte sich mit langsamer und entsetzlicher Wucht um ihn herum, als der Wagen über die Straße kreiselte, wirbelte, gegen den Randstreifen bumste, dann herumschlidderte und schaukelnd entgegen der Fahrtrichtung zum Stehen kam. Er sank keuchend auf das Steuerrad.

Er hob das Telefon auf, wo er es hatte fallen lassen.

»Susan«, keuchte er, »ich ruf wieder an«, und hängte ein.

Er blickte auf.

Im vollen Licht seiner Scheinwerfer stand die Geistererscheinung Gordon Ways, die mit gräßlichem Entsetzen im Auge durch die Windschutzscheibe direkt zu ihm hereinsah, langsam die Hand hob und auf ihn zeigte.

Er wußte nicht genau, wie lange er einfach so dagesessen hatte. Die Geistererscheinung hatte sich innerhalb weniger Sekunden in nichts aufgelöst, aber Richard saß wahrscheinlich nicht länger als eine Minute einfach da und zitterte, bis plötzliches Bremsengequietsche und grelle Lichter ihn aufrüttelten.

Er schüttelte den Kopf. Er hatte, bemerkte er, auf der Straße entgegen der Fahrtrichtung angehalten. Der Wagen, der eben fast Stoßstange an Stoßstange mit seinem Wagen quietschend und abrupt zum Stehen gekommen war, war ein Polizeiwagen. Er holte zwei-, dreimal tief Luft, stieg dann steif und zitternd aus, richtete sich auf und blickte einem Polizeibeamten entgegen, der, eine Silhouette vor den Scheinwerfern des Polizeiwagens, langsam auf ihn zukam.

Der Beamte sah ihn von oben bis unten an.

»Äh, tut mir leid, Herr Wachtmeister«, sagte Richard mit soviel Gelassenheit, wie er in seine Stimme hineinkneten konnte. »Ich, äh, bin ins Schleudern geraten. Die Straßen sind rutschig, und ich, äh... bin ins Schleudern geraten. Ich habe mich gedreht. Wie Sie sehen, stehe ich, äh, stehe ich verkehrt rum.« Er gestikulierte zu seinem Wagen hinüber, um zu zeigen, wie herum er stand.

»Würden Sie mir bitte erzählen, warum genau Sie ins Schleudern gekommen sind, Sir?« Der Polizeibeamte sah ihm fest ins Auge, während er sein Notizbuch hervorholte.

»Nun ja, wie ich bereits sagte«, erläuterte Richard, »die Straßen sind wegen des Nebels rutschig, und, naja, um ganz ehrlich zu sein«, sagte er plötzlich zu seiner Überraschung, trotz aller Versuche, sich daran zu hindern, »ich fuhr hier gerade so lang, da hatte ich plötzlich den Eindruck, mein Chef wirft sich vor meinen Wagen.«

Der Polizist sah ihn gleichmütig an.

»Schuldkomplex, Herr Wachtmeister«, setzte Richard mit der Andeutung eines Lächelns hinzu, »Sie wissen ja, wie das ist. Ich überlegte gerade, ob ich mir das Wochenende frei nehmen soll.«

Der Polizeibeamte schien zu zögern, hin und her gerissen zwischen Mitgefühl und Argwohn. Seine Augen wurden etwas schmaler, ließen sich aber nicht beirren.

»Was getrunken, Sir?«

»Ja«, sagte Richard mit einem raschen Seufzer, »aber sehr wenig. Höchstens zwei Gläser Wein. Äh... und ein kleines Gläschen Port. Allerhöchstens. Es war wirklich bloß fehlende Konzentration. Ist alles wieder in Ordnung.«

»Name?«

Richard nannte ihm seinen Namen und die Adresse. Der Polizist schrieb alles sauber und ordentlich in sein Notizbuch, guckte dann auf die Zulassungsnummer des Wagens und schrieb auch sie auf.

»Und wer ist Ihr Arbeitgeber, Sir?«

»Er heißt Way. Gordon Way.«

»Ah«, sagte der Polizist und zog die Augenbrauen in die Höhe, »der Computerfritze.«

»Äh, ja, das ist richtig. Ich entwickele Software für die Firma. WayForward Technologies II.«

»Wir haben einen von Ihren Computern unten im Revier«, sagte der Beamte. »Teufel soll mich holen, wenn ich ihn in Gang kriege.«

»Oh«, sagte Richard müde, »welches Modell haben Sie denn?«

»Es heißt, glaube ich, Quark II.«

»Oh, dann ist es ganz einfach«, sagte Richard erleichtert. »Das funktioniert nicht. Hat es nie getan. Das Ding ist riesiger Mist.«

»Komisches Ding, Sir, das habe ich schon immer gesagt«, meinte der Polizist. »Paar von den Kollegen waren anderer Meinung.«

»Also, Sie haben absolut recht, Herr Wachtmeister. Das Ding ist hoffnungslos. Es ist der Hauptgrund, weshalb die erste Firma pleite ging. Ich schlage vor, Sie benutzen es als großen Briefbeschwerer.«

»Naja, das täte ich nicht gern, Sir«, beharrte der Polizist. »Da würde ja die Tür sperrangelweit offen stehen.«

»Wie meinen Sie, Herr Wachtmeister?« fragte Richard.

»Ich benutze es, damit die Tür zu bleibt, Sir. In dieser Jah reszeit zieht's da unten in unserm Revier bestialisch. Im Sommer hauen wir es natürlich Verdächtigen um die Ohren.«

Er klappte sein Buch zu und stopfte es sich in die Tasche.

»Mein Rat an Sie, Sir, fahren Sie hübsch langsam nach Hause. Schließen Sie den Wagen ein und saufen Sie sich am Wochenende die Hucke voll. Ich finde, das ist die einzige Möglichkeit. Passen Sie jetzt schön auf sich auf.«

Er ging zurück zu seinem Auto, kurbelte das Fenster runter und sah zu, wie Richard seinen Wagen herummanövrierte und in die Nacht davonfuhr, ehe er selber weiterbrauste.

Richard schöpfte tief Atem, fuhr seelenruhig nach London zurück, schloß seelenruhig seine Wohnung auf, stieg seelenruhig über das Sofa weg, setzte sich, goß sich einen steifen Brandy ein und begann schließlich, ernsthaft zu zittern.

Es gab drei Dinge, derentwegen er zitterte.

Da war der simple körperliche Schock über seinen Beinahe-Unfall, was einen immer viel mehr aufwühlt, als man meint. Der Körper ersäuft in Adrenalin, was dann im Organismus herumhängt und gammelig wird.

Dann war da der Grund, weshalb er ins Schleudern geraten war – die merkwürdige Erscheinung Gordons, der sich ihm in dem Moment vor den Wagen geworfen hatte. Mann oh Mann. Richard nahm einen Schluck Brandy in den Mund und gugelte damit. Er stellte das Glas wieder hin.

Es war allgemein bekannt, daß Gordon eines der reichsten Naturvorkommen der Welt an moralischer Miesmacherei war und daß er einem jeden Morgen eine Tonne davon frisch vor die Tür kippen konnte, nur hatte Richard nicht mitgekriegt, daß er sich in einem derart skandalösen Maße davon hatte einkriegen lassen.

Er griff wieder zu seinem Glas, ging nach oben und drückte die Tür zu seinem Arbeitszimmer auf, wozu gehörte, daß er einen Stapel *BYTE*-Magazine beiseiteschieben mußte, der dagegen gesunken war. Er stieß sie mit dem Fuß weg und ging bis ans Ende des großen Raumes. Eine Menge Glas an dieser Seite des Zimmers ließ Ausblicke über einen großen Teil Nord-Londons zu, von dem der Nebel sich jetzt zurückzog. St. Paul leuchtete in der dunklen Ferne, und er schaute einige Augenblicke hinüber, aber die Kathedrale tat sonst nichts Besonderes. Nach den Ereignissen des Abends empfand er das als angenehme Überraschung.

Am anderen Ende des Zimmers standen ein paar lange Tische, die unter – nach der letzten Zählung – sechs Macintosh-Computern begraben waren. In der Mitte stand der Mac II.

Auf dessen Bildschirm drehte sich eine rote Gittergrafik seines Sofas langsam in einer blauen Gittergrafik seines engen Treppenhauses, komplett mit Treppengeländer, Heizkörper, Sicherungskasten und natürlich der blöden Windung auf der halben Treppe.

Das Sofa begann sich in eine Richtung zu drehen, stieß gegen ein Hindernis, kantete sich in eine andere Ebene, stieß wieder gegen ein Hindernis, drehte sich um eine dritte Achse, bis es wieder gestoppt wurde, und dann machte es die Schritte in einer anderen Reihefolge von neuem durch. Man mußte den Ablauf nicht sehr lange beobachten, um zu sehen, daß er sich wiederholte.

Das Sofa saß eindeutig fest.

Drei weitere Macs waren über lange Kabelgewirre mit einer ruppigen Ansammlung von Synthesizern verbunden – einem Emulator II+HD Sampler, einem Gerüst mit TX-Modulen, einem Prophet VS, einem Roland JX 10, einem Korg DW 8000, einem Octapad, einem linkshändigen Synth-Axe MIDI-Gitarrenregler und sogar mit einem alten Drumcomputer, der in der Ecke aufgestapelt war und Staub ansammelte – ziemlich viel Krempel. Es stand da auch ein kaum benutzter Cassettenrecorder: die ganze Musik wurde statt auf Band in den Computern auf Sequenzdateien gespeichert.

Er ließ sich auf einen Sessel vor einem der Macs plumpsen, um zu sehen, was der, wenn überhaupt, machte. Er zeigte ein »unbetiteltes« *Excel*-Kalkulationsschema, und er fragte sich, warum.

Er speicherte es weg und sah mal nach, ob er sich selber irgendwelche Notizen hinterlassen hatte, wobei er schnell dahinter kam, daß das Kalkulationsschema ein paar von den Daten enthielt, die er früher abgelegt hatte, nachdem er die On-line-Datenbanken *World Reporter* und *Knowledge* nach Fakten über Schwalben abgesucht hatte.

Er verfügte jetzt über Zahlen, die ihr Wanderverhalten,

ihre Flügelformen, ihre aerodynamischen Eigenschaften im Profil und bei Turbulenzen detailliert bezifferten, dazu irgendwelche rudimentären Angaben über die Muster, die ein Schwarm im Flug bilden konnte, aber bis jetzt hatte er nur die allervageste Vorstellung davon, wie er sie alle zusammen elektronisch zu Musik machen sollte.

Weil er heute abend viel zu müde war, um besonders schöpferisch zu denken, suchte er sich aus dem Kalkulationsschema willkürlich einen ganzen Schwung Zahlen heraus, kopierte sie, stopfte sie in sein eigenes Umwandlungsprogramm, das die Zahlen nach seinen eigenen experimentellen Algorithmen aufteilte, filterte und manipulierte, fütterte die umgewandelte Datei in *Performer*, ein starkes Sequenzprogramm, ein und überspielte das Ergebnis durch beliebige MIDI-Kanäle zu allen Synthesizern, die im Moment zufällig angeschaltet waren.

Das Resultat war ein kurzer Ausbruch scheußlichster Kakophonien, und er stoppte das Ganze.

Er ließ das Umwandlungsprogramm nochmal durchlaufen, aber diesmal wies er es an, die Tonwerte nach G-dur zwangszuprojizieren. Das war ein Kniff, auf den er am Ende unbedingt verzichten wollte, weil er ihn für einen Schwindel hielt. Falls es irgendeine Grundlage für seinen unerschütterlichen Glauben gab, daß die Rhythmen und Harmonien der Musik, die für ihn höchst befriedigend waren, in den Rhythmen und Harmonien natürlicher Phänomene gefunden oder zumindest aus ihnen abgeleitet werden konnten, dann sollten sich befriedigende Ausführungs- und Intonationsformen auch natürlich ergeben und nicht erzwungen werden müssen.

Im Moment erzwang er sie aber.

Das Ergebnis war ein kurzer Ausbruch scheußlichster Kakophonien in G-dur.

Soviel zu willkürlichen Abkürzungen.

Die erste Aufgabe war relativ leicht und bestünde darin, einfach die Wellenform aufzuzeichnen, die von der Flügelspitze einer fliegenden Schwalbe beschrieben wird, und diese Wellenform dann in die Synthesizer einzugeben. Auf die Weise käme er zu einem einzigen Ton, was ein guter Anfang wäre, und länger als das Wochenende sollte er dafür nicht brauchen.

Es sei denn natürlich, daß er kein Wochenende dafür zur Verfügung hätte, weil er irgendwie und irgendwann im Laufe des nächsten Jahres oder »Monats«, wie Gordon das immer nannte, die Version 2 von *Anthem* vom Tisch kriegen mußte.

Was Richard unausweichlich auf das dritte brachte, weswegen er zitterte.

Es bestand absolut keine Möglichkeit, sich dieses oder das nächste Wochenende freizunehmen, um das Versprechen zu erfüllen, das er Susans Anrufbeantworter gegeben hatte. Und das würde, wenn es das Debakel dieses Abends nicht schon getan hatte, das unwiderrufliche Ende bedeuten.

Aber so war's. Die Sache war passiert. Man kann mit einer Mitteilung auf dem Anrufbeantworter von jemand anderem nichts weiter tun, als den Dingen ihren Lauf zu lassen. Es war passiert. Es war nicht ungeschehen zu machen.

Ein komischer Gedanke schoß ihm plötzlich durch den Kopf. Er überrumpelte ihn ziemlich, aber er konnte wirklich nicht erkennen, was falsch dran war.

13. Kapitel

Ein Fernglas sucht die nächtliche Londoner Silhouette ab, träge, neugierig, schnüffelnd. Ein kurzer Blick dahin, ein Blick dorthin, einfach um nachzusehen, was geschieht, irgend etwas Interessantes, irgend etwas Nützliches.

Das Fernglas konzentriert sich, von einer leichten Bewegung angelockt, auf die Rückseite eines einzelnen Hauses. Einer dieser großen spätviktorianischen Villen, jetzt wahrscheinlich Etagenwohnungen. Jede Menge schwarze eiserne Abflußrohre. Mülltonnen aus grünem Plastik. Aber dunkel. Nein, nichts.

Das Fernglas wandert gerade weiter, als es wieder eine leichte Bewegung im Mondlicht wahrnimmt. Das Fernglas stellt sich ein ganz klein wenig schärfer und versucht, ein Detail zu finden, eine scharfe Kante, einen leichten Kontrast in der Dunkelheit. Der Nebel hat sich mittlerweile gelichtet, und die Dunkelheit glitzert. Das Glas stellt sich noch ein kleines, kleines bißchen schärfer.

Da ist es. Irgend etwas, zweifellos. Diesmal nur etwas höher, vielleicht einen halben, vielleicht einen Meter. Das Fernglas konzentriert sich auf den Punkt und entspannt sich – ruhig sucht es nach dem scharfen Rand, sucht es nach dem Detail. Da. Das Fernglas konzentriert sich wieder – es hat sein Orientierungszeichen gefunden, das breitbeinig zwischen einem Fensterbrett und einem Abflußrohr hängt.

Es ist eine dunkle Gestalt, die, flach gegen die Wand gepreßt, nach unten blickt und nach einem neuen Halt für den Fuß sucht, nach oben blickt, um nach einem Sims zu suchen. Das Fernglas späht aufmerksam.

Die Gestalt gehört einem großen, schlanken Mann. Seine Kleidung ist der Unternehmung angemessen, dunkle Hose, dunkler Pullover, aber seine Bewegungen sind ungeschickt und eckig. Nervös. Interessant.

Das Fernglas wartet und überlegt, überlegt und bildet sich ein Urteil.

Der Mann ist deutlich ein blutiger Laie.

Sieh dir sein Gefummel an. Sieh dir seine Ungeschicktheit an. Seine Füße rutschen auf dem Abflußrohr aus, seine Hände erreichen nicht das Sims. Beinahe fällt er. Er wartet und schöpft Atem. Einen Moment lang klettert er wieder nach unten, scheint das aber noch schwieriger zu finden.

Er angelt wieder nach dem Sims, und diesmal erreicht er es. Sein Fuß schnellt hervor, um einen Halt zu finden, und verfehlt das Rohr beinahe. Hätte sehr eklig werden können, wirklich sehr eklig.

Doch jetzt ist der Weg einfacher, und der Mann kommt besser voran. Er steigt auf ein anderes Rohr hinüber, erreicht ein Fenstersims im dritten Stock, flirtet kurz mit dem Tod, als er mühsam auf es zukriecht, und macht den Kardinalfehler und blickt nach unten. Er schwankt kurz und lehnt sich benommen zurück. Er schirmt die Augen ab und späht ins Fenster, um zu kontrollieren, ob das Zimmer dunkel ist, dann macht er sich daran, das Fenster zu öffnen.

Eines der Dinge, in denen der Laie sich vom Profi unterscheidet, ist, daß dies der Augenblick ist, wo der Laie denkt, es wäre eine gute Idee gewesen, wenn er was mitgebracht hätte, womit er das Fenster aufbrechen könnte. Zum Glück für diesen Laien ist der Wohnungsinhaber ebenfalls ein Laie, und das Schiebefenster gleitet widerstrebend auf. Der Kletterer kriecht ziemlich erleichtert hinein.

Er sollte zu seiner eigenen Sicherheit eingelocht werden, denkt das Fernglas. Eine Hand streckt sich nach dem Telefon aus. An dem Fenster blickt ein Gesicht noch mal nach draußen und wird einen Moment lang vom Mondlicht erfaßt, dann taucht es wieder nach drinnen, um in seiner Beschäftigung fortzufahren.

Die Hand schwebt ein, zwei Momente lang über dem Telefon, während das Fernglas wartet und überlegt, überlegt und sich ein Urteil bildet. Doch dann greift die Hand nach dem Londoner Straßenplan von A-Z.

Es tritt eine lange, geschäftige Pause ein, dann noch ein bißchen gespannte Arbeit für das Fernglas, und schließlich greift die Hand wieder nach dem Telefon, hebt ab und wählt.

14. Kapitel

Susans Wohnung war klein, aber geräumig, was ein Trick war, überlegte Richard angespannt, als er das Licht anknipste, den nur Frauen zuwege brachten.

Es war natürlich nicht diese Beobachtung, die ihn so anspannte – den Gedanken hatte er schon viele Male vorher gehabt. Eigentlich jedesmal, wenn er in ihrer Wohnung gewesen war. Er staunte jedesmal darüber, normalerweise, weil er gerade aus seiner eigenen Wohnung kam, die viermal so groß und lausig eng war. Er war gerade aus seiner eigenen Wohnung gekommen, nur auf einem ziemlich ungewöhnlichen Weg, und genau das war es, was seine übliche Beobachtung ungewöhnlich anspannte.

Trotz der Nachtkühle schwitzte er.

Er sah noch mal aus dem Fenster, drehte sich um und schlich auf Zehenspitzen durch das Zimmer auf die Stelle zu, wo das Telefon und der Anrufbeantworter auf ihrem eigenen kleinen Tischchen standen.

Es gab keinen Grund, sagte er sich, auf Zehenspitzen zu schleichen. Susan war nicht da. Er wüßte nur wirklich allzu gern, wo sie war – genauso wie sie, sagte er sich, wahrscheinlich nur allzu gerne gewußt hätte, wo er am frühen Abend gewesen war.

Er bemerkte, daß er immer noch auf Zehenspitzen ging. Er schlug sich aufs Bein, damit er damit aufhörte, machte es aber trotzdem weiter.

Die Außenwand hochzuklettern war grauenhaft gewesen.

Er wischte sich die Stirn mit dem Ärmel seines ältesten und schmutzigsten Pullovers. Es war ein ekelhafter Augenblick eingetreten, in dem sein Leben vor seinen Augen blitzartig vorbeigezogen war, aber er war viel zu sehr mit dem Runterfallen beschäftig gewesen und hatte alle guten Stellen verpaßt. Viele von den guten Stellen drehten sich um Susan, wurde ihm klar. Susan oder Computer. Niemals Susan *und* Computer – das waren weitgehend die schlechten Stellen gewesen. Weshalb er ja hier war, sagte er sich. Er schien gutes Zureden nötig zu haben und sagte es sich noch einmal.

Er blickte auf seine Uhr. Elf Uhr fünfundvierzig.

Ihm kam der Gedanke, daß er sich erst einmal die nassen, schmutzigen Hände waschen sollte, ehe er irgend etwas anfaßte. Nicht wegen der Polizei, sondern wegen Susans entsetzlicher Reinemachefrau. Die würde es merken.

Er ging ins Bad, drehte am Lichtschalter, wischte ihn ab, und starrte dann in dem hellen, neonbeleuchteten Spiegel in sein eigenes verdutztes Gesicht, während er sich Wasser über die Hände laufen ließ. Einen Augenblick lang dachte er an das flackernde, warme Kerzenlicht des Coleridge-Dinners, und die Bilder davon stiegen aus der blassen, fernen Vergangenheit des frühen Abends auf. Da war das Leben noch einfach und sorglos gewesen. Der Wein, die Unterhaltung, einfache Zaubertricks. Er stellte sich Sarahs rundes, blasses Gesichtchen vor, die vor Erstaunen aufgerissenen Augen. Er wusch sich das Gesicht.

Er dachte:

> *»...Gebt acht! Gebt acht!*
> *Sein glühend Aug, der Haare Fracht!«*

Er kämmte sich sein Haar. Er dachte auch an die Bilder, die hoch über ihren Köpfen im Dunkeln gehangen hatten. Er putzte sich die Zähne. Das leise Summen des Neonlichts holte ihn in die Gegenwart zurück, und plötzlich fiel ihm mit Entsetzen wieder ein, daß er hier in seiner Eigenschaft als Einbrecher war.

Etwas zwang ihn, sich im Spiegel direkt ins Gesicht zu sehen, dann schüttelte er den Kopf, um ihn wieder klar zu bekommen.

Wann würde Susan zurück sein? Das hinge natürlich davon ab, was sie tat. Er trocknete sich rasch die Hände und ging zurück zu dem Anrufbeantworter. Er drückte auf die Knöpfe, und sein Gewissen drückte auf ihn zurück. Das Band spulte sich, wie es schien, eine Ewigkeit zurück, und mit einem Schrecken wurde ihm klar, daß es wahrscheinlich daran lag, daß Gordon in voller Fahrt gewesen war.

Er hatte natürlich nicht daran gedacht, daß außer seiner eigenen noch andere Mitteilungen auf dem Band wären, und sich anderer Leute Telefonmitteilungen anzuhören, lief aufs selbe hinaus, wie ihre Post zu öffnen.

Er hielt sich noch einmal vor Augen, daß er nichts weiter versuchte, als einen Fehler auszubügeln, den er gemacht hatte, ehe er irgendeinen irreparablen Schaden anrichtete. Er würde nur die allerwinzigsten Stückchen anspielen, bis er seine eigene Stimme fände. Das wäre nicht allzu schlimm, und er würde auch nicht hören können, was gesagt wurde.

Innerlich knurrte er, knirschte mit den Zähnen und stach so heftig auf den Abspielknopf ein, daß er ihn verfehlte und aus Versehen die Cassette auswarf. Er legte sie wieder ein und drückte vorsichtiger auf den Abspielknopf.

Piep.

»Oh, Susan, hi, hier ist Gordon«, sagte der Anrufbeantworter. »Eben auf dem Weg zum Landhaus. Es ist, äh...« Er spulte ein paar Sekunden vor. »...nur wissen, ob Richard an der Sache arbeitet. Ich meine, *wirklich* dran...« Richard preßte grimmig seinen Mund zusammen und drückte auf Schnellen Vorlauf. Ihm war das wirklich zuwider, daß Gordon über Susan Druck auf ihn auszuüben versuchte, was Gordon immer entschieden abstritt. Richard konnte es Susan nicht übelnehmen, daß sie über seine Arbeit manchmal wütend wurde, wenn so was passierte.

Klick.

»...geschossen‹ steht. Leg bitte Susan einen Zettel hin, daß sie ein ›Es wird sofort geschossen‹-Schild besorgt, unten mit einem spitzen Eisendorn in der richtigen Länge dran, damit Kaninchen das Schild lesen können.«

»*Was?*« murmelte Richard leise vor sich hin, und sein Finger zögerte einen Augenblick über der Schnellen-Vorlauf-Taste.

Er hatte das Gefühl, Gordon wünsche sich verzweifelt, wie Howard Hughes zu sein, und wenn er nicht hoffen konnte, jemals auch nur entfernt so reich zu werden, so konnte er doch zumindest versuchen, doppelt so exzentrisch zu sein. Eine Maßnahme. Eine deutliche Maßnahme.

»Ich meine die Sekretärin Susan im Büro, nicht dich natürlich«, fuhr Gordons Stimme im Anrufbeantworter fort. »Wo war ich stehengeblieben? Ach ja. Richard und *Anthem* 2.00. Susan, das Ding muß in zwei Wochen in den Beta...« Richard hieb schmallippig auf den Schnellen Vorlauf.

»... Punkt ist, daß es nur einen einzigen Menschen gibt, der wirklich in der Lage ist rauszubekommen, ob er mit dieser wichtigen Arbeit fertig wird, oder ob er bloß träumt, und dieser einzige Mensch...« Wieder drückte er wütend auf die Taste. Er hatte vorgehabt, sich nichts davon anzuhören, und nun wurde er auch noch wütend über das, was er hörte. Er sollte wirklich einfach damit aufhören. Na schön, nur noch einen Versuch.

Als er wieder horchte, vernahm er nur Musik. Komisch. Er spulte ein Stück vor, und immer noch kam Musik. Warum rief wohl jemand an, um einem Anrufbeantworter Musik vorzuspielen? fragte er sich.

Das Telefon klingelte. Er hielt das Band an und hob ab, worauf er den Hörer wie einen Zitteraal fast wieder fallen ließ, als ihm klar war, was er tat. Er hielt das Telefon an sein Ohr und wagte kaum zu atmen.

»Regel Eins bei Einbrüchen«, sagte eine Stimme. »Geh nie ans Telefon, wenn du mitten in der Arbeit bist. Wie willst du dich denn melden, Herrgott nochmal?«

Richard erstarrte. Es dauerte ein paar Sekunden, bis er wußte, wo er seine Stimme hingetan hatte.

»Wer ist dort?« fragte er schließlich flüsternd.

»Regel Zwei«, fuhr die Stimme fort. »Vorbereitung. Bringe die richtigen Werkzeuge mit. Handschuhe. Versuche, den leisesten Schimmer einer Idee davon zu haben, was du vorhast, ehe du mitten in der Nacht von Fensterbrettern herunterbaumelst.

Regel Drei. *Niemals* Regel Zwei außer acht lassen.»

»Wer ist dort?« rief Richard wieder.

Die Stimme blieb gelassen. »Nachbarschaftswachdienst«, sagte sie. »Wenn du mal aus dem Hinterfenster guckst, siehst du...«

Richard nahm das Telefon, eilte hinüber ans Fenster und sah hinaus. Ein Blitz in der Ferne erschreckte ihn.

»Regel Vier. Halte dich nie dort auf, wo du fotografiert werden kannst.

Regel Fünf... Hörst du mir zu, MacDuff?«

»Was? Ja...«, sagte Richard verblüfft. »Woher kennen Sie mich?«

»Regel Fünf. Gib *nie* deinen Namen an.«

Richard stand schweigend da und atmete heftig.

»Ich halte einen kleinen Lehrgang ab«, sagte die Stimme, »wenn du interessiert bist...«

Richard sagte keinen Ton.

»Du lernst bereits«, fuhr die Stimme fort, »langsam, aber du lernst. Wenn du rasch lerntest, hättest du mittlerweile längst aufgelegt. Aber du bist neugierig – und unfähig –, deshalb legst du nicht auf. Ich halte zufällig keinen Lehrgang für Einbrecherneulinge ab, so verlockend der Gedanke auch ist. Ich bin sicher, es gäbe Stipendien.

Aber wenn ich so einen Lehrgang abhielte, würde ich dich gratis aufnehmen, denn auch ich bin neugierig. Neugierig darauf, warum Mr. Richard MacDuff, der, wie ich höre, jetzt ein wohlhabender junger Mann ist, etwas in der Computerindustrie, glaube ich, es plötzlich nötig haben sollte, auf Wohnungseinbrüche zurückzugreifen.«

»Wer –?«

»Ich ziehe also ein paar kleine Erkundigungen ein, rufe die Auskunft an und stelle fest, daß die Wohnung, in die er gerade einbricht, einer Miss S. Way gehört. Ich weiß, daß Mr. Richard MacDuffs Chef der berühmte Mr. G. Way ist, und frage mich, ob sie rein zufällig irgendwie miteinander verwandt sein könnten.«

»Wer –?«

»Du sprichst mit Svlad, allgemein als ›Dirk‹ Cjelli bekannt, der momentan unter dem Namen Gently firmiert, und das aus Gründen, die aufzuzählen in diesem Augenblick müßig wäre. Ich wünsche dir einen guten Abend. Wenn du mehr wissen willst, bin ich in zehn Minuten im Pizza Express in der Upper Street. Bring ein bißchen Geld mit.«

»Dirk?« rief Richard. »Du… Willst du mich etwa erpressen?«

»Nein, du Dummkopf, nur für die Pizzen.« Man hörte ein Klicken. Dirk Gently hatte aufgelegt.

Richard stand eine Weile wie versteinert da, wischte sich noch einmal die Stirn und legte den Hörer vorsichtig auf, als wäre er ein verletzter Hamster. Sein Gehirn fing an, leise zu summen und am Daumen zu lutschen. Viele, viele kleine Synapsen tief unter seiner Großhirnrinde faßten sich bei den Händen und begannen herumzutanzen und Kinderlieder zu singen. Er schüttelte den Kopf, um sie vielleicht daran zu hindern, dann setzte er sich schnell wieder vor den Anrufbeantworter.

Er kämpfte mit sich, ob er den Abspielknopf noch mal drücken sollte oder nicht, und dann machte er es einfach, ehe er zu einem Entschluß gekommen war. Kaum vier Sekunden leichter Orchestermusik waren sanft vorbeigeströmt, als man draußen in der Diele einen Schlüssel sich kratzend im Schloß drehen hörte.

Voller Panik drückte Richard auf den Auswerf-Knopf, ließ die Cassette herausspringen, rammte sie sich in seine Jeanstasche und legte von dem Stapel frischer Cassetten, die neben dem Apparat lagen, eine ein. Neben seinem Anrufbeantworter zu Hause lag auch so ein Stapel. Susan aus dem Büro sorgte dafür – die arme, geduldige Susan aus dem Büro. Er mußte irgendwann mal daran denken, am Morgen Mitleid für sie zu empfinden, wenn er die Zeit und Sammlung dafür hatte.

Plötzlich und ohne selber zu bemerken, daß er's tat, besann er sich anders. Blitzschnell holte er die Ersatzcassette wieder aus dem Apparat, legte die, die er eben an sich genommen hatte, an ihren Platz zurück, drückte auf den Rückspulknopf und machte einen Hechtsprung aufs Sofa, wo er innerhalb der zwei Sekunden, bis die Tür aufgehen würde, eine nonchalante und gewinnende Haltung einzunehmen versuchte. Einer Eingebung folgend steckte er die linke Hand hinter den Rücken, wo sie sich als nützlich erweisen konnte.

Er versuchte eben, seiner Miene einen Ausdruck zu verleihen, der sich zu gleichen Teilen aus Zerknirschung, Munterkeit und erotischem Charme zusammensetzte, als die Tür aufging und Michael Milton-Innerwoakes hereinkam.

Alles stand still.

Draußen hörte der Wind auf. Eulen hielten mitten im Fluge inne. Naja, vielleicht taten sie's, vielleicht auch nicht, jedenfalls suchte sich die Zentralheizung diesen Augenblick aus, um ihre Tätigkeit einzustellen, vielleicht außerstande, mit der übernatürlichen Kälte fertigzuwerden, die plötzlich durch das Zimmer fegte.

»Was machst du denn hier, Mittwoch?« fragte Richard. Er stand von dem Sofa auf, als bringe ihn der Zorn zum Schweben.

Michael Milton-Innerwoakes war ein hochgewachsener Mann mit traurigem Gesicht, der einigen Leuten als Michael Mittwoch-in-ner-Woche bekannt war, bis wann er üblicherweise alles zu erledigen versprach. Er trug einen Anzug, der hervorragend geschnitten war, als sein Vater, der selige Lord Magna, ihn vor vierzig Jahren erworben hatte.

Michael Milton-Innerwoakes stand sehr weit oben auf der kleinen, aber erlesenen Liste von Leuten, die Richard durch und durch verabscheute.

Er verabscheute ihn, weil er den Gedanken, daß jemand, der nicht nur privilegiert war, sondern sich auch noch selbst leidtat, weil er meinte, die Welt begreife im Grunde die Probleme privilegierter Menschen nicht, außerordentlich anstößig fand. Michael andererseits verabscheute Richard aus dem ziemlich einfachen Grunde, daß Richard ihn verabscheute und kein Geheimnis draus machte.

Michael warf einen langsamen und kummervollen Blick nach draußen in die Diele, durch die Susan näherkam. Als sie Richard sah, blieb sie stehen. Sie legte ihre Handtasche weg, nahm den Schal ab, knöpfte ihren Mantel auf, schlüpfte aus ihm heraus, reichte ihn Michael, ging hinüber zu Richard und knallte ihm eine.

»Darauf habe ich den ganzen Abend gespart«, sagte sie wütend. »Und versuche bloß nicht so zu tun, als verstecktest du hinter deinem Rücken einen Strauß Blumen, den du mitzubringen vergessen hast. Diesen Gag hast du schon letztesmal probiert.« Sie drehte sich um und schritt davon.

»Es ist ein Karton Konfekt, den ich diesmal vergessen habe«, sagte Richard niedergeschlagen und streckte seine leeren Hände nach ihrem sich entfernenden Rücken aus. »Ich bin außen die ganze Mauer ohne ihn hochgeklettert. Kam ich mir blöd vor, als ich hier drin war.«

»Nicht sehr komisch«, sagte Susan. Sie huschte in die Küche, und es hörte sich an, als mahle sie Kaffee mit ihren bloßen Händen. Für jemanden, der immer so nett und sanft und zart wirkte, hatte sie ein Wahnsinnstemperament.

»Das stimmt«, sagte Richard, der Michael völlig ignorierte. »Ich hätte mich fast umgebracht.«

»Ich werde nichts dagegen unternehmen«, sagte Susan in der Küche. »Wenn du was Großes, Spitzes an den Kopf haben willst, warum kommst du dann nicht her und machst dich lächerlich?«

»Ich nehme an, es wäre zwecklos, wenn ich jetzt sagte, es tut mir leid«, rief Richard.

»Kannst du wetten«, sagte Susan, die aus der Küche wieder zurückgehuscht kam. Sie sah ihn mit blitzenden Augen an und stampfte sogar richtig mit dem Fuß auf.

»Ehrlich, Richard«, sagte sie, »wahrscheinlich willst du mir erzählen, du hättest es wieder vergessen. Wie kannst du die Frechheit besitzen, mit zwei Armen, zwei Beinen und einem Kopf dazustehen, als wärst du ein Mensch? Das ist ein Benehmen, dessen sich ein Amöbenruhranfall schämen würde. Ich wette, selbst die niedrigste Form eines Amöbenruhranfalls kreuzt ab und zu mal bei seiner Freundin auf, um mit ihr schnell einen kleinen Durchmarsch über die Mageninnenwand zu unternehmen. Na, ich hoffe, du hattest einen miserablen Abend.«

»Hatte ich«, sagte Richard. »Dir hätte es nicht gefallen. Es stand ein Pferd im Badezimmer, und du weißt ja, wie du sowas haßt.«

»Ach, Michael«, sagte Susan kurz angebunden, »steh bloß nicht so rum wie ein zusammenfallender Pudding. Vielen Dank für das Abendessen und das Konzert, du warst sehr nett, und ich habe mir den ganzen Abend mit großer Freude deine Probleme angehört, weil sie so eine hübsche Abwechslung zu meinen waren. Aber ich denke, es ist das beste, ich suche eben schnell nach deinem Buch und schmeiße dich raus. Ich habe ein bißchen ernstliches Gehopse und Getobe zu erledigen, und ich weiß, wie das deine zarten Nerven angreift.«

Sie nahm ihm ihren Mantel ab und hängte ihn auf. Solange er ihn gehalten hatte, hatte es geschienen, als sei er von dieser Aufgabe vollkommen in Anspruch genommen und gegen alles andere blind. Ohne ihn wirkte er ein wenig verloren und nackt und als müsse er sich erst wieder im Leben zurechtfinden. Er wandte seine großen, schweren Augen Richard zu.

»Richard«, sagte er, »ich, äh, habe deinen Artikel in... in *Fathom* gelesen. Über Musik und, äh...«

»...fraktale Landschaft«, sagte Richard kurz. Er hatte keine Lust, mit Michael zu reden, und vor allem wollte er in kein Gespräch über Michaels jämmerliche Zeitschrift hineingezogen werden. Oder vielmehr über die Zeitschrift, die *früher* mal Michael gehörte.

Das genau war der Aspekt des Gesprächs, in den er nicht hineingezogen werden wollte.

»Äh, ja. Sehr interessant natürlich«, sagte Michael mit seiner seidenweichen, übermäßig abgerundeten Stimme. »Gebirgsformen und Baumformen und alles mögliche. Recycelte Algen.«

»Rekursive Algorithmen.«

»Ja, natürlich. Sehr interessant. Aber so falsch, so furchtbar falsch. Für diese Zeitschrift, meine ich. Es handelt sich ja schließlich um *Kunst*kritik. Ich hätte sowas natürlich nie zugelassen. Ross hat sie total heruntergewirtschaftet. Total. Er wird gehen müssen. Das *muß* er. Er hat überhaupt kein Gespür und ist ein Dieb.«

»Er ist kein Dieb, Mittwoch, das ist völlig absurd«, schnauzte Richard, der trotz aller Entschlossenheit, es nicht passieren zu lassen, sich augenblicklich hineinziehen ließ. »Er hatte nicht das geringste damit zu tun, daß du rausgeschmissen wurdest. Das war allein dein blöder Fehler, und du...«

Es wurde angespannt Atem geholt.

»Richard«, sagte Michael mit seiner sanftesten, gelassensten Stimme – sich mit ihm zu streiten war, als wenn man sich in Fallschirmseide verhedderte –, »ich glaube, du begreifst nicht, wie wichtig...«

»Michael«, sagte Susan freundlich, aber bestimmt, und hielt die Tür auf. Michael Milton-Innerwoakes nickte schwach und schien zu schrumpfen.

»Dein Buch«, setzte Susan hinzu und hielt ihm ein schmales, ziemlich angejahrtes Buch über die Kirchenarchitektur der Grafschaft Kent hin. Er nahm es, murmelte irgendwelche vagen Dankeschöns, blickte sich einen Moment lang um, als bemerke er plötzlich was ziemlich Seltsames, raffte sich dann wieder zusammen, nickte zum Abschied und verschwand.

Richard hatte gar nicht wahrgenommen, wie sehr er sich verkrampft hatte, bis Michael ging und er sich plötzlich entspannen konnte. Er hatte sich schon immer über die nachsichtige Schwäche geärgert, die Susan für Michael hatte, auch wenn sie sie zu verbergen versuchte, indem sie immer wahnsinnig ruppig zu ihm war. Vielleicht sogar deshalb.

»Susan, was soll ich dir sagen...?« begann er lahm.

»Du könntest zu allererst mal ›Autsch‹ sagen. Selbst diese Genugtuung hast du mir nicht gegönnt, als ich dir eine geklebt habe, und ich dachte schon, es wäre ziemlich derb gewesen. Gott, ist das kalt hier drin. Wieso ist denn das Fenster sperrangelweit offen?«

Sie ging es zumachen.

»Ich hab's dir doch erzählt. So bin ich reingekommen«, sagte Richard.

Er hörte sich ganz so an, als wolle er erreichen, daß sie sich überrascht zu ihm umdrehte.

»Wirklich«, sagte er, »wie in der Schokoladenreklame, nur daß ich das Konfekt vergessen habe...« Er zuckte schüchtern die Achseln.

Sie starrte ihn verwundert an.

»Was um alles auf der Welt hat dich denn geritten, daß du das gemacht hast?« fragte sie. Sie steckte den Kopf zum Fenster hinaus und schaute nach unten. »Du hättest dir den Hals brechen können«, sagte sie, als sie sich zu ihm umdrehte.

»Hm, äh, ja...«, sagte er. »Es schien nur der einzige Weg... ich weiß nicht.« Er fing sich wieder. »Du hast deinen Schlüssel wiederhaben wollen, erinnerst du dich?«

»Ja. Ich hatte genug davon, daß du immer kamst und meine Speisekammer plündertest, wenn du keine Lust hattest, selber was einzukaufen. Richard, bist du wirklich die Außenwand hochgeklettert?«

»Naja, ich wollte hier sein, wenn du nach Hause kommst.«

Sie schüttelte verdutzt den Kopf. »Es wäre sehr viel besser gewesen, wenn du hier gewesen wärst, als ich wegging. Trägst du deshalb diese dreckigen alten Klamotten?«

»Ja. Aber du denkst doch nicht etwa, daß ich so zum Dinner in St. Cedd's gegangen bin?«

»Tja, ich weiß nicht mehr, was du als vernünftiges Verhalten ansiehst.« Sie seufzte und kramte in einer kleinen Schublade herum. »Hier«, sagte sie, »wenn's dir das Leben rettet«, und reichte ihm ein paar Schlüssel an einem Ring. »Ich bin zu müde, um noch wütend zu sein. Ein Abend mit Michaels Gerede hat mir das ausgetrieben.«

»Hmm, ich werde nie begreifen, warum du dich mit ihm zufriedengibst«, sagte Richard und ging den Kaffee holen.

»Ich weiß, du magst ihn nicht, aber er ist sehr nett und kann auf seine traurige Art bezaubernd sein. Normalerweise ist es sehr erholsam, wenn man mit einem dermaßen egozentrischen Menschen zusammen ist, denn er stellt einem keine Fragen. Aber er ist von der Idee besessen, daß ich wegen seiner Zeitschrift etwas unternehmen kann. Das kann ich natürlich nicht. So funktioniert das Leben nicht. Aber er tut mir wirklich leid.«

»Mir nicht. Er hat es sein ganzes Leben sehr, sehr leicht gehabt. Er hat's immer noch sehr, sehr leicht. Man hat ihm bloß sein Spielzeug weggenommen, das ist alles. Das ist ja wohl kaum ungerecht, oder?«

»Es ist nicht die Frage, ob es gerecht ist oder nicht. Er tut mir leid, weil er unglücklich ist.«

»Naja, natürlich ist er unglücklich. Al Ross hat aus *Fathom* eine wirklich witzige, intelligente Zeitschrift gemacht, die plötzlich jeder lesen will. Vorher war sie nur ein stümperhaftes Sammelsurium. Ihre einzige wahre Aufgabe war, daß Michael alle Leute, die er wollte, zum Essen einladen und ihnen Honig ums Maul streichen konnte unter dem Vorwand, daß sie vielleicht mal ein kleines Artikelchen schreiben würden. Er hat kaum jemals eine Nummer zustande gebracht. Das ganze Unternehmen war ein Schwindel. Er hat sich selber damit gehätschelt. Ich finde das wirklich weder bezaubernd noch einnehmend. Entschuldigung, ich rede unausgesetzt darüber und wollte es gar nicht.«

Susan zuckte verlegen die Schultern.

»Ich glaube, du übertreibst«, sagte sie, »ich denke aber, ich werde ihm aus dem Weg gehen, wenn er nicht lockerläßt, daß ich was tue, was ich einfach nicht tun kann. Das ist mir zu anstrengend. Na, hör zu, jedenfalls bin ich froh, daß du einen schrecklichen Abend hattest. Ich möchte darüber reden, was wir dieses Wochenende machen wollten.«

»Ah«, sagte Richard, »tja...«

»Oh, am besten höre ich erst mal die Anrufe ab.«

Sie ging an ihm vorbei zu dem Anrufbeantworter, spielte die ersten paar Sekunden von Gordons Anruf ab und ließ plötzlich die Cassette herausspringen.

»Ich kann mich nicht damit abgeben«, sagte sie und reichte sie ihm. »Könntest du sie einfach morgen direkt Susan im Büro geben? Spar ihr einen Weg. Wenn irgendwas Wichtiges drauf ist, kann sie's mir ja sagen.«

Richard machte ein verständnisloses Gesicht, sagte: »Äh, ja«, und steckte das Band in die Tasche, während er vor Schreck über die plötzliche Rettung zu zittern begann.

»Und sowieso, das Wochenende –«, sagte Susan und setzte sich auf das Sofa.

Richard fuhr sich mit der Hand über die Stirn. »Susan, ich...«

»Es tut mir leid, ich muß arbeiten. Nicola ist krank, und ich muß am Freitag in einer Woche im Wigmore für sie einspringen. Wir spielen was von Vivaldi und was von Mozart, das ich nicht allzu gut kenne, und das bedeutet am Wochenende leider zusätzlich viel Üben. Tut mir leid.«

»Also, wie sich's so trifft«, sagte Richard, »habe ich auch zu tun.« Er setzte sich neben sie.

»Ich weiß. Gordon liegt mir in den Ohren, daß ich dich drängen soll. Ich wollte, er täte es nicht. Es geht mich nichts an und bringt mich in eine unangenehme Lage. Ich hab's satt, von Leuten unter Druck gesetzt zu werden, Richard. Wenigstens du machst das nicht.«

Sie trank einen kleinen Schluck von ihrem Kaffee.

»Aber ich bin sicher«, setzte sie hinzu, »es liegt eine Art Grauzone zwischen dem Umstand, unter Druck gesetzt, und dem, völlig vergessen zu werden, die ich ganz gerne mal näher erforschen würde. Nimm mich in die Arme.«

Er nahm sie in seine Arme und fühlte, daß er unmäßig und unverdientermaßen glücklich war. Eine Stunde später ging er und stellte fest, daß das Pizza Express zu war.

Unterdessen begab sich Michael Milton-Innerwoakes zurück zu seinem Haus in Chelsea. Im Fond des Taxis sitzend betrachtete er mit leerem Blick die Straßen und trommelte in einem langsamen, gedankenverlorenen Rhythmus leise mit den Fingern gegen die Scheibe.

Rap tap tap a rap tap a rap a tap.

Er war einer von diesen gefährlichen Leuten, die sanft, molluskenhaft und kuhartig sind, vorausgesetzt, sie haben, was sie wollen. Und weil er immer alles gehabt hatte, was er wollte, und damit offenbar leicht zufriedenzustellen war, war niemandem je der Gedanke gekommen, er könne irgendwas anderes sein als sanft, molluskenhaft und kuhartig. Man mußte durch viele sanfte, molluskenhafte Schichten vorstoßen, um eine Schicht zu finden, die nicht nachgab, wenn man drauf drückte. Das war die Schicht, die zu schützen alle die sanften, molluskenhaften Schichten da waren.

Michael Milton-Innerwoakes war der jüngere Sohn von Lord Magna, einem Verleger, Zeitungsbesitzer und mehr als nachsichtigem Vater, unter dessen Schutzschirm es für Michael ein Vergnügen gewesen war, seine eigene kleine Zeitschrift bei imponierenden Verlusten herauszugeben. Lord Magna hatte über den allmählichen, aber würdevollen und hoch angesehenen Niedergang des Verlagsimperiums geherrscht, das einmal von seinem Vater, dem ersten Lord Magna, gegründet worden war.

Michael fuhr fort, leicht mit den Knöcheln gegen das Glas zu trommeln.

A rap tap a rap a tap.

Er erinnerte sich an den entsetzlichen, furchtbaren Tag, an dem sein Vater einen tödlichen Stromschlag erlitten hatte, als er einen Stecker reparierte, und seine Mutter, seine *Mutter*, die Firma übernahm. Sie übernahm sie nicht nur, sondern begann sie mit völlig unerwarteter Verve und Entschlossenheit zu führen. Sie durchforschte die Firma mit einem sehr scharfem Blick darauf, wie sie geleitet oder vielmehr geleichtert worden war, wie sie es ausdrückte, und machte sich schließlich sogar daran, ein Auge auf die Bilanzen von Michaels Zeitschrift zu werfen.

Tap tap tap.

Nun wußte Michael gerade genug über die geschäftliche

Seite der Dinge, um zu wissen, wie die Zahlen eigentlich aussehen müßten, und seinem Vater hatte er einfach versichert, genauso sähen sie aus.

»Kann nicht zulassen, daß dieser Job bloß eine Sinekure ist, das mußt du einsehen, alter Freund, du mußt auf eigenen Füßen stehen, wie sähe das denn sonst aus, was?« pflegte sein Vater zu sagen, und Michael nickte dann immer ernst und begann sich die Zahlen für den nächsten Monat aus den Fingern zu saugen, oder wann das auch wäre, wenn er seine nächste Nummer zustande brächte.

Seine Mutter aber war nicht so nachsichtig. Nicht ums Verrecken.

Michael nannte seine Mutter gewöhnlich eine alte Streitaxt, aber wenn sie wirklich mit einer Streitaxt zu vergleichen war, dann nur mit einer kostbar gearbeiteten, wunderbar ausbalancierten Streitaxt mit wenigen geschmackvollen und zierlichen Gravuren, die unmittelbar vor ihrer glänzenden, rasiermesserscharfen Schneide aufhörten. Ein Hieb mit so einem Werkzeug, und man würde nicht einmal merken, daß man getroffen wurde, bis man etwas später versucht, auf die Uhr zu sehen, und feststellt, daß der Arm nicht mehr dran ist.

Sie hatte geduldig – oder zumindest mit dem Anschein von Geduld – die ganze Zeit in den Kulissen gewartet, war eine hingebungsvoll-zärtliche Ehefrau, eine liebevolle, doch strenge Mutter gewesen. Nun hatte sie jemand – um noch mal für einen Augenblick das Bild zu wechseln – aus ihrem Futteral genommen, und alles flitzte in Deckung.

Inklusive Michael.

Es war ihr fester Glaube, daß Michael, den sie im stillen anbetete, im vollsten und schlimmsten Sinne des Wortes verdorben worden war, und sie war entschlossen, dem in diesem Spätstadium ein Ende zu setzen.

Sie brauchte nicht länger als ein paar Minuten, um zu sehen, daß er die Zahlen jeden Monat schlicht gefälscht hatte, und daß die Zeitschrift, wenn Michael mit ihr herumspielte und ständig gewaltige Restaurantrechnungen, Taxikosten und Mitarbeitergehälter auflaufen ließ, die er schelmisch erfundenen Summen gegenüberstellte, Unmassen Geld kostete. Das Ganze war einfach irgendwo in den gigantischen Bilanzen von Magna House versickert.

Darauf hatte sie Michael zu sich gebeten.

Tap tap a rap a tappa.

»Wie möchtest du von mir behandelt werden«, sagte sie, »als mein Sohn oder als der Herausgeber einer meiner Zeitschriften? Beides tue ich mit großer Freude.«

»Deine Zeitschriften? Nun ja, ich bin dein Sohn, aber ich verstehe nicht...«

»Ganz recht. Michael, ich möchte, daß du dir mal diese Zahlen ansiehst«, sagte sie munter und reichte ihm ein Blatt mit einem Computerausdruck. »Die auf der linken Seite zeigen die tatsächlichen Einnahmen und Ausgaben von *Fathom*, die auf der rechten Seite sind deine Zahlen. Fällt dir irgendwas daran auf?«

»Mutter, ich kann das erklären, ich –«

»Gut«, sagte Lady Magna zuckersüß, »darüber bin ich sehr froh.«

Sie nahm das Blatt Papier wieder an sich. »Also. Hast du irgendeine Meinung dazu, wie die Zeitschrift in Zukunft geführt werden sollte?«

»Ja, ganz entschieden. Eine sehr feste. Ich –«

»Gut«, sagte Lady Magna mit einem strahlenden Lächeln. »Nun, das ist ja dann alles durchaus zufriedenstellend.«

»Möchtest du sie denn nicht hören?«

»Nein, ist schon in Ordnung, Liebling. Ich nehme lediglich mit Freuden zur Kenntnis, daß du etwas dazu beitragen kannst, die Angelegenheit vollständig aufzuklären. Ich bin sicher, der neue Besitzer von *Fathom* wird es sich gern anhören, egal, was es ist.«

»Was?« sagte Michael wie vom Schlag gerührt. »Du meinst, du wirst *Fathom* tatsächlich verkaufen?«

»Nein. Ich meine, ich habe sie schon verkauft. Habe leider nicht viel dafür bekommen. Ein Pfund plus das Versprechen, daß du für die nächsten drei Nummern als Herausgeber bleiben darfst, danach ist es dem Gutdünken des neuen Besitzers überlassen.«

Michael starrte sie mit aufgerissenen Augen an.

»Na, nun komm«, sagte seine Mutter versöhnlich, »unter den bisherigen Bedingungen konnten wir doch kaum weitermachen, oder? Du warst stets mit deinem Vater einer Meinung, daß der Job für dich keine Sinekure sein solle. Und da es mir sehr schwer fiele, dir deine Geschichten entweder zu glauben oder ihnen Widerstand entgegenzusetzen, meinte ich, ich reichte das Problem lieber an jemanden weiter, mit dem du ein sachlicheres Verhältnis haben könntest. So, jetzt habe ich eine andere Verabredung, Michael.«

»Ja, aber... wem hast du sie denn verkauft?« stammelte Michael.

»Gordon Way.«

»Gordon Way! Aber um Himmels willen, Mutter, er ist –«

»Er ist sehr darauf bedacht, als Kunstförderer betrachtet zu werden. Und ich denke, ich meine wirklich als Förderer. Ich bin sicher, du wirst großartig mit ihm auskommen, Liebling. So, wenn du nichts dagegen hast –«

Michael wich nicht vom Fleck.

»So etwas Empörendes habe ich mein Lebtag noch nicht gehört! Ich –«

»Weißt du, genau das hat Mr. Way auch gesagt, als ich ihm die Zahlen hier zeigte und dann verlangte, daß du für drei Nummern als Herausgeber behalten werden solltest.«

Michael schnaufte vor Entrüstung, wurde rot und drohte mit dem Finger, aber es fiel ihm nichts mehr ein, was er sagen konnte. Nur noch: »Welchen Unterschied zu alledem hätte es denn gemacht, wenn ich gesagt hätte, behandle mich als Herausgeber einer deiner Zeitschriften?«

»Nun, Liebling«, sagte Lady Magna mit ihrem liebreizendsten Lächeln, »ich hätte dich natürlich Mr. Milton-Innerwoakes genannt. Und ich würde dir jetzt nicht sagen, zieh mal deine Schleife grade«, setzte sie mit einer winzigkleinen Bewegung unter ihrem Kinn hinzu.

Rap tap tap rap tap tap.

»Nummer siebzehn, nicht, Meister?«

»Äh... was?« sagte Michael und schüttelte den Kopf.

»Siebzehn war's, sagten Sie, stimmt's?« sagte der Taxifahrer. »Wir sind nämlich da.«

»Oh. Oh ja, danke«, sagte Michael. Er stieg aus und kramte in den Taschen nach Geld.

»Tap tap tap, eh?«

»Was?« sagte Michael und zahlte.

»Tap tap tap«, sagte der Taxifahrer, »den ganzen verdammten Weg bis hierher. Sie quält wohl was, eh, Meister?«

»Kümmern Sie sich um Ihre eigenen verdammten Angelegenheiten«, schnauzte Michael wütend.

»Wenn Sie meinen, Chef. Dachte bloß, sie drehen vielleicht noch durch oder sowas«, sagte der Chauffeur und fuhr davon.

Michael betrat das Haus, begab sich durch die kalte Diele in das Eßzimmer, schaltete das Deckenlicht an und goß sich aus der Karaffe einen Brandy ein. Er schlüpfte aus seinem Mantel, warf ihn auf den großen Eßtisch aus Mahagoni, zog sich einen Stuhl ans Fenster, nahm Platz und klammerte sich an seinen Drink und seinen Groll.

Tap tap tap, trommelte er ans Fenster.

Mürrisch und widerstrebend war er die vereinbarten drei Monate als Herausgeber geblieben und dann ohne großes Tamtam entlassen worden. Ein neuer Herausgeber wurde gefunden, ein gewisser A. K. Ross, der jung, besessen und ehrgeizig war und aus der Zeitschrift schnell eine strahlende Erfolgsgeschichte machte. Seitdem war Michael ohne Aussichten und Schutz gewesen. Für ihn gab es nichts mehr.

Er trommelte wieder gegen das Fenster und blickte, wie er das öfter tat, auf die kleine Tischlampe, die auf dem Fensterbrett stand. Es war eine ziemlich häßliche und gewöhnliche kleine Lampe, und das einzige an ihr, was regelmäßig seine Aufmersamkeit auf sich zog, war die Tatsache, daß es die Lampe war, die seinem Vater den tödlichen Stromschlag versetzt hatte, und genau an diesem Platz hatte er gesessen. Der alte Knabe war so ein Dummkopf in allen technischen Dingen gewesen. Michael sah ihn geradezu vor sich, wie er mit äußerster Konzentration durch seine Halbmondbrille spähte und an seinem Schnurrbart saugte, während er die komplizierten Geheimnisse eines Elektrosteckers zu enträtseln suchte. Er hatte ihn, schien es, in die Wand gesteckt, ohne vorher die Abdeckung wieder dranzuschrauben, und dann versucht, die Sicherung *in situ* auszuwechseln. Davon hatte er den Schlag abbekommen, der sein bereits wackeliges Herz verstummen ließ.

So ein simpler, simpler Fehler, dachte Michael, wie ihn jeder hätte machen können, jeder, aber die Folgen waren katastrophal. Absolut katastrophal. Der Tod seines Vaters, sein Untergang, der Aufstieg dieses entsetzlichen Ross und seiner schrecklich erfolgreichen Zeitschrift und...

Tap tap tap.

Er blickte auf das Fenster, auf sein Spiegelbild darin und auf die dunklen Schatten der Büsche dahinter. Er schaute wieder auf die Lampe. Es war genau derselbe Gegenstand, es war genau derselbe Platz, und der Fehler war so einfach gewesen. Einfach zu begehen, einfach zu vermeiden.

Das einzige, was ihn von diesem einfachen Augenblick trennte, war die unsichtbare Barriere der Monate, die inzwischen vergangen waren.

Eine plötzliche, seltsame Ruhe bemächtigte sich seiner, als hätte sich in seinem Inneren mit einemmal etwas entschieden.

Tap tap tap.

Fathom gehörte ihm. Die Zeitschrift hatte gar kein Erfolg sein *sollen*, sie war sein Leben. Sein Leben hatte man ihm genommen, und das erforderte eine Antwort.

Tap tap tap klirrr.

Er war selber erstaunt, als er plötzlich mit der Hand durch die Scheibe fuhr und sich ziemlich arg schnitt.

15. Kapitel

Einige der weniger angenehmen Aspekte des Totseins begannen Gordon Way allmählich zu dämmern, als er vor seinem »kleinen« Landhaus stand.

Es war nach jedermanns Maßstäben wirklich ein ziemlich großes Landhaus, aber er hatte schon immer ein Häuschen auf dem Lande haben wollen, und als die Zeit kam, daß er sich endlich eins kaufen konnte, und er entdeckte, daß ihm eine ganze Menge mehr Geld zur Verfügung stand, als er je zu besitzen im Ernst für möglich gehalten hätte, kaufte er sich ein großes altes Pfarrhaus und nannte es sein Häuschen auf dem Lande trotz der sieben Schlafzimmer und der vier Morgen feuchten Cambridgeshire-Landes drumherum. Das half wenig, ihn bei den Leuten beliebt zu machen, die nur kleine Landhäuschen hatten, aber wenn Gordon Way es gestattet hätte, seine Aktivitäten sich daran orientieren zu lassen, was ihn bei Leuten beliebt machte, wäre er nicht Gordon Way gewesen. Er war natürlich nicht mehr Gordon Way. Er war der Geist von Gordon Way.

In seiner Tasche hatte er die Geister von Gordon Ways Schlüsseln.

Diese Entdeckung war es, die ihn seinen unsichtbaren Schritt einen Moment lang verhalten ließ. Der Gedanke, einfach durch Wände zu spazieren, erfüllte ihn offen gesagt mit Abscheu. Das war etwas, dem er die ganze Nacht angestrengt aus dem Wege zu gehen versucht hatte. Vielmehr hatte er darum gekämpft, jeden Gegenstand, den er berührte, anzupacken und festzuhalten, um ihn, und damit auch sich, körperlich greifbar erscheinen zu lassen. Sein Haus, sein eigenes Haus auf eine andere Art betreten zu sollen, als der, die Haustür aufzuschließen und in Eigentümerpose den Schritt hineinzusetzen, erfüllte ihn mit rasender Verlegenheit.

Er wünschte sich, als er es anstarrte, das Haus sei kein so ausgepichtes Beispiel viktorianischer Gotik, und das Mondlicht spiele nicht so kalt auf seinen schmalen Giebelfenstern und den abschreckenden Türmen. Als er es kaufte, hatte er – törichterweise – gewitzelt, daß es so aussehe, als spuke es bestimmt darin, nicht ahnend, daß es eines Tages der Fall und wer der Geist sein würde.

Ein Gefühl der Entmutigung beschlich ihn, als er lautlos den Fahrweg entlangwanderte, der von den drohend aufragenden Silhouetten der Eiben gesäumt war, die viel älter als das Pfarrhaus selbst waren. Es war ihm ein störender Gedanke, daß jemand anderer Angst haben könnte, so einen Fahrweg in so einer Nacht entlangzugehen, aus Furcht, er könnte jemandem wie ihm begegnen.

Hinter einer Wand aus Eiben zu seiner Linken stand die dunkle Masse der alten, jetzt langsam verfallenden Kirche, die nur im Wechsel mit den anderen Kirchen der Nachbardörfer benutzt wurde und der ein Pfarrer vorstand, der von der Fahrradfahrt hierher immer außer Atem und durch die wenigen Leute entmutigt war, die auf ihn warteten, wenn er ankam. Hinter dem Kirchturm hing das kalte Auge des Mondes.

Der flüchtige Eindruck einer Bewegung schien plötzlich seinen Blick zu bannen, als habe sich eine Gestalt in den Büschen am Haus gerührt, aber es war, sagte er sich, nur seine Phantasie, die durch die Anstrengung, tot zu sein, überreizt war. Was gab es hier schon, wovor er sich fürchten sollte?

Er lief weiter, um den Seitenflügel des Pfarrhauses herum zur Eingangstür, die tief im Innern ihres düsteren, efeuumrankten Vorbaus versteckt war. Zu seiner Verblüffung bemerkte er plötzlich, daß Licht aus dem Haus drang. Elektrisches Licht und das schwache Flackern eines Kaminfeuers.

Es dauerte ein, zwei Augenblicke, bis ihm klar wurde, daß er natürlich für den Abend erwartet wurde, wenn auch kaum in seiner gegenwärtigen Gestalt. Mrs. Bennett, die alte Haushälterin, würde gekommen sein, um das Bett zu machen, das Feuer anzuzünden und ihm ein leichtes Abendessen hinzustellen. Auch der Fernseher würde laufen, vor allem, damit er ihn nach dem Eintreten ungeduldig ausmachen konnte.

Seine Schritte unterließen es, auf dem Kies zu knirschen, als er näherkam. Er wußte zwar, daß er an der Tür scheitern würde, dennoch konnte er nicht anders, als erst einmal zu ihr zu gehen und zu probieren, ob er sie öffnen könnte, und erst dann, in den Schatten des Vorbaus geduckt, würde er die Augen zumachen und sich verschämt durch die Tür gleiten lassen. Er ging zu der Tür und blieb stehen.

Sie war offen.

Nur zwei Zentimeter, aber sie war offen. Seine Seele zitterte ängstlich-überrascht. Wie konnte sie nur offen stehen? Mrs. Bennett war in solchen Dingen doch immer so gewissenhaft. Einen Augenblick blieb er unsicher stehen, dann stemmte er sich mühsam gegen die Tür. Unter dem bißchen Druck, den er gegen sie zustande brachte, schwang sie langsam und widerwillig auf, wobei ihre Angeln protestierend ächzten. Er schritt hindurch und glitt in die mit Steinplatten ausgelegte Eingangshalle. Eine breite Treppe führte ins Dunkle hinauf, aber die Türen, die von der Diele abgingen, waren alle zu.

Die nächstgelegene Tür führte in den Salon, in dem das Feuer brannte und aus dem er gedämpft die Autoverfolgungsjagden des Spätfilms hören konnte. Vergeblich mühte er sich ein, zwei Minuten mit dem glänzenden Messingdrehknopf ab, doch schließlich mußte er seine demütigende Niederlage eingestehen und warf sich in plötzlicher Wut mit aller Kraft gegen die Tür – und durch sie hindurch.

Der Raum war ein Abbild wohltuender Wohnlichkeit. Er taumelte voller Schwung hinein und war außerstande, sich daran zu hindern, weiter durch einen kleinen Beistelltisch zu schweben, auf dem dicke Sandwiches und eine Thermosflasche mit heißem Kaffee standen, dann durch einen großen Polstersessel hindurch ins Kaminfeuer, und durch die dicke, heiße Ziegelwand in das dunkle, kalte Eßzimmer dahinter.

Die Verbindungstür zurück in den Salon war ebenfalls geschlossen. Gordon befingerte sie empfindungslos, dann nahm er, sich ins Unvermeidliche schickend, seinen Mut zusammen und glitt ruhig und vorsichtig durch sie hindurch in den Salon zurück, wobei er zum erstenmal die prächtige innere Maserung des Holzes wahrnahm.

Die Gemütlichkeit des Raumes war fast zuviel für Gordon, und er wanderte gedankenverloren darin herum, außerstande, sich hinzusetzen und sich von der warmen Lebendigkeit des Kaminfeuers durchstrahlen zu lassen. Ihn konnte es nicht wärmen.

Was, überlegte er, machten Geister eigentlich die ganze Nacht?

Er setzte sich nervös hin und sah fern. Aber bald trieben die Autoverfolgungsjagden friedlich ihrem Ende entgegen, und es blieb nichts weiter als grauer Schnee und weißes Rauschen, das er einfach nicht ausschalten konnte.

Er stellte fest, daß er zu tief in den Sessel gesunken war, und kam mit Teilen davon durcheinander, als er sich wieder nach oben schob und zog. Er versuchte, sich einen Spaß draus zu machen, mitten in einem Tisch zu stehen, aber das trug wenig dazu bei, eine Stimmung zu heben, die von Verzweiflung ausgehend unerbittlich abwärts rutschte.

Vielleicht sollte er schlafen.

Vielleicht.

Er fühlte weder Müdigkeit noch Schläfrigkeit, nur eine schreckliche Sehnsucht, alles zu vergessen. Er ging durch die geschlossene Tür in die dunkle Eingangshalle zurück, von der die breite, schwere Treppe zu den großen, düsteren Schlafzimmern hinaufführte.

Die trottete er empfindungslos nach oben.

Es war umsonst, das wußte er. Wenn man die Tür zu einem Schlafzimmer nicht aufmachen kann, kann man auch nicht in dem Bett schlafen. Er ließ sich durch die Tür gleiten und schwebte auf das Bett, von dem er wußte, daß es kalt war, obgleich er es nicht fühlte. Der Mond brachte es offenbar nicht fertig, ihn in Ruhe zu lassen, und schien ihm voll ins Gesicht, während er mit weit geöffneten Augen ohne jede Empfindung dalag, außerstande jetzt, sich noch zu erinnern, was Schlaf war oder wie man das machte.

Das Grauen der Leere legte sich auf ihn, das Grauen, auf immer und ewig morgens um vier wachzuliegen.

Er konnte nirgendwohin, hatte nichts zu tun, wenn er dort hinkam, und niemanden, zu dem er gehen und den er wecken konnte, der über seinen Anblick nicht äußerst entsetzt wäre. Der schlimmste Augenblick war der gewesen, als er Richard auf der Straße gesehen hatte, Richards erstarrtes, weißes Gesicht in der Windschutzscheibe. Wieder sah er sein Gesicht und das der bleichen Gestalt neben ihm.

Das war es gewesen, was das letzte Fünkchen Wärme aus ihm herausgeschüttelt hatte, das dunkel in seiner Erinnerung hing, die ihm sagte, das alles sei bloß ein vorübergehendes Problem. In der Nacht war es sicher schrecklich, aber am Morgen, wenn er Leute sehen und mit allem ins reine kommen konnte, wäre es wieder in Ordnung. Er spielte in seinen Gedanken mit der Erinnerung an diesen Moment und konnte ihn nicht loslassen.

Er hatte Richard gesehen, und Richard, das wußte er, hatte ihn gesehen.

Nichts würde wieder in Ordnung sein.

Wenn er sich nachts so mies fühlte, huschte er sonst immer mal schnell nach unten, um nachzusehen, was im Kühlschrank war, und das tat er jetzt. Das wäre lustiger als sein mondbeschienenes Schlafzimmer. Er würde in der Küche herumhängen und die Nacht totschlagen.

Er rutschte am und teilweise durchs Geländer nach unten, schwebte ohne weiteres Nachdenken durch die Küchentür und wandte dann ungefähr fünf Minuten lang seine ganze Konzentration und Energie darauf, das Licht anzukriegen.

Das schenkte ihm ein echtes Erfolgsgefühl, und er beschloß, es mit einem Bier zu feiern.

Nach ein, zwei Minuten, als er wiederholt mit einer Dose Fosters herumjongliert und sie hatte fallen lassen, gab er's auf. Er hatte nicht die leiseste Vorstellung, wie er es fertigbringen könnte, einen Ringverschluß zu öffnen, und außerdem war das Zeug mittlerweile völlig durchgeschüttelt – und was sollte er damit auch anfangen, selbst wenn er die Dose aufbekam?

Er hatte keinen Körper mehr, in dem er es behalten konnte. Er schleuderte die Dose von sich, und sie zog sich eilig unter einen Schrank zurück.

Er begann etwas an sich zu bemerken, nämlich wie seine Fähigkeit, etwas zu ergreifen, in einem langsamen Rhythmus wuchs und wieder abnahm, wie das auch seine Sichtbarkeit tat.

Dieser Rhythmus war allerdings unregelmäßig, oder vielleicht war es bloß so, daß seine Auswirkungen manchmal deutlicher als andermal waren. Auch das schien sich in einem langsameren Rhythmus zu ändern. Gerade im Augenblick kam es ihm so vor, als nähmen seine Kräfte zu.

In einem plötzlichen Tätigkeitsrausch versuchte er mal auszuprobieren, wieviele Dinge in der Küche er bewegen oder benutzen oder sonstwie in Gang bringen könne.

Er riß Schränke auf, zerrte Schubladen heraus und verstreute Bestecke über den Boden. Er entlockte der Küchenmaschine ein kurzes Surren, er schmiß die elektrische Kaffeemühle um, ohne sie zum Laufen zu bringen, er machte das Gas am Herd an, konnte es dann aber nicht anzünden, er mißhandelte ein Brot mit einem Tranchiermesser. Er versuchte, sich Brotstücke in den Mund zu stecken, aber sie fielen einfach durch seinen Mund hindurch auf den Boden. Eine Maus erschien, huschte aber wieder weg, wobei ihr das Fell vor Angst zu Berge stand. Schließlich hörte er auf und setzte sich an den Küchentisch, gefühlsmäßig ausgelaugt, aber körperlich ohne jede Empfindung.

Wie, fragte er sich, würden die Leute auf seinen Tod reagieren?

Wer würde am traurigsten darüber sein, daß er gestorben war?

Eine Zeitlang würden sie entsetzt sein, dann traurig, und dann würden sie sich daran gewöhnen, und er wäre eine immer blasser werdende Erinnerung, während die Leute ihr Leben ohne ihn weiterlebten und meinten, er sei dahin gegangen, wo die Leute nun mal hingehen. Das war ein Gedanke, der ihn mit eisigster Furcht erfüllte.

Er war nicht gegangen. Er war noch da.

Er saß einem Schrank gegenüber, den er bislang nicht hatte öffnen können, weil der Türverschluß zu stramm ging, und das ärgerte ihn. Er hantierte ungeschickt mit einer Dose Tomaten herum, dann ging er nochmal zu dem großen Schrank hinüber und traktierte den Verschluß mit der Dose. Die Tür sprang auf, und seine abhanden gekommene, blutverschmierte Leiche fiel grauenerregend mit dem Gesicht voran heraus.

Gordon hatte sich bis zu diesem Moment nicht klargemacht, daß ein Gespenst in Ohnmacht fallen kann.

Jetzt wurde es ihm klar, und er tat es.

Ein paar Stunden später erwachte er von dem Lärm seines explodierenden Gasherds.

16. Kapitel

Am folgenden Morgen wachte Richard zweimal auf.

Das erste Mal glaubte er, er habe sich geirrt und drehte sich für wenige unruhige Minuten auf die andere Seite. Das zweite Mal setzte er sich mit einem Ruck auf, denn plötzlich drängten die Ereignisse der vergangenen Nacht wieder auf ihn ein.

Er ging nach unten und nahm ein schlechtgelauntes und unruhiges Frühstück zu sich, bei dem alles schiefging. Er verbrannte den Toast, verschüttete den Kaffee und stellte fest, daß er zwar am Tag zuvor hatte Marmelade kaufen wollen, es aber nicht getan hatte. Er betrachtete seinen lahmen Versuch, sich was Eßbares zuzuführen, und dachte, vielleicht könnte er sich wenigstens die Zeit nehmen, Susan am Abend zu einem tollen Essen auszuführen und sie so für gestern abend zu entschädigen.

Wenn er sie dazu überreden konnte.

Es gab ein Restaurant, von dem Gordon lang und breit geschwärmt und das er ihnen ans Herz gelegt hatte. Gordon wußte bei Restaurants ziemlich gut Bescheid – sicherlich verbrachte er genügend Zeit in ihnen. Richard saß da und tippte einige Minuten mit einem Bleistift gegen seine Zähne, dann ging er in sein Arbeitszimmer hinauf und fischte unter einem Stapel Computerzeitschriften ein Telefonbuch hervor.

L'Esprit d'Escalier.

Er rief in dem Restaurant an und versuchte einen Tisch zu bestellen, aber als er sagte, für wann er ihn haben wolle, schien das leichte Heiterkeit zu erregen. »Ah, non, M'sieur«, sagte der Geschäftsführer, »ich bedaure, das ist unmöglich. Im Augenblick muß man Vorbestellungen mindesten drei Wochen im voraus machen. Pardon, M'sieur.«

Richard staunte, daß es Leute gab, die wirklich schon drei Wochen im voraus wußten, was sie machen wollten, dankte dem Geschäftsführer und legte auf. Na, dann vielleicht halt wieder eine Pizza. Dieser Gedanke brachte ihn auf die Verabredung, die er am Abend zuvor nicht hatte einhalten können, und nach einer Weile wurde er neugierig und langte noch einmal nach dem Telefonbuch.

Gentleman...

Gentles...

Gentry.

Es gab absolut keinen Gently. Keinen einzigen. Er fand die anderen Telefonbücher, bis auf das für S-Z, das seine Reinemachefrau beharrlich wegwarf, aus Gründen, die er bis jetzt noch nicht rausgekriegt hatte.

Es gab ohne Zweifel keinen Cjelli oder irgend sowas. Es gab keinen Jently, keinen Dgently, keinen Djently, keinen Dzently, auch nichts entfernt Ähnliches. Er dachte an Tjently, Tsently oder Tzently und probierte es bei der Telefonauskunft, aber die war nicht da. Er saß da, tippte wieder mit einem Bleistift gegen seine Zähne und beobachtete, wie sich sein Sofa langsam auf seinem Computerbildschirm drehte. Wie sonderbar es doch war, daß nur wenige Stunden zuvor Reg mit solcher Eindringlichkeit nach Dirk gefragt hatte.

Wenn man wirklich jemanden finden wollte, wie nähme man das in Angriff, was würde man tun?

Er versuchte die Polizei anzurufen, aber die war auch nicht da. Na, das war's dann wohl. Er hatte für den Augenblick alles getan, was er konnte, außer einen Privatdetektiv zu engagieren, und er hatte bessere Möglichkeiten, seine Zeit und sein Geld zu verplempern. Dirk würde er irgendwann wieder zufällig begegnen, wie er das ja ungefähr alle paar Jahre tat.

Es fiel ihm sowieso schwer zu glauben, daß es sowas wie Privatdetektive gab.

Was waren das für Leute? Wie sahen sie aus, wo arbeiteten sie?

Was für einen Schlips würde man tragen, wenn man Privatdetektiv wäre? Wahrscheinlich müßte es genau die Sorte Schlipse sein, von denen die Leute nicht erwarteten, daß Privatdetektive sie trügen. Man stelle sich vor, so ein Problem zu klären, wenn man gerade aufgestanden ist!

Bloß aus reiner Neugier, und weil die einzige Alternative dazu war, sich an das *Anthem*-Programm zu setzen, blätterte er plötzlich in den Gelben Seiten herum.

Privatdetektive – siehe Detekteien.

In so einem soliden, nüchternen Zusammenhang wirkten die Wörter fast drollig. Er blätterte in dem Buch zurück. Drogerien, Drachen, Dolmetscher, Diskjockeys, Detekteien...

In dem Moment klingelte das Telefon und er meldete sich ein bißchen kurz angebunden. Er mochte es nicht, unterbrochen zu werden.

»Irgendwas nicht in Ordnung, Richard?«

»Oh, hi, Kate, 'tschuldige, nein. Ich war... mit meinen Gedanken woanders.«

Kate Anselm war eine andere Starprogrammiererin bei WayForward Technologies. Sie arbeitete an einem langfristigen Projekt über Künstliche Intelligenz, so einem Ding, das sich wie ein absurdes Hirngespinst anhörte, bis man sie darüber reden hörte. Gordon mußte sie ziemlich regelmäßig darüber reden hören, teils weil er wegen der Summen, die es kostete, nervös war, teils weil, naja, es wenig Zweifel gab, daß Gordon Kate sowieso gern reden hörte.

»Ich wollte dich nicht stören«, sagte sie. »Es ist nur, daß ich andauernd versuche, Gordon zu erreichen, und kriege ihn nicht. Er meldet sich weder in London noch im Landhaus, nicht in seinem Wagen und auch nicht über den Pieper. Es ist nur so, daß für jemanden so Kontaktwütigen wie Gordon es ein bißchen merkwürdig ist. Weißt du, ob er Telefon in seinem Isoliertank hat? Sicher.«

»Ich habe ihn seit gestern nicht gesprochen«, sagte Richard. Plötzlich fiel ihm das Band wieder ein, das er aus Susans Anrufbeantworter genommen hatte, und hoffte zu Gott, daß es nichts Wichtigeres in Gordons Anruf gebe als das Gequatsche über Kaninchen. Er sagte: »Ich weiß, daß er ins Landhaus fahren wollte. Äh, ich weiß nicht, wo er ist. Hast du mal versucht –« Richard konnte sich nicht denken, wo man's sonst noch versuchen konnte – »...äh. Großer Gott.«

»Richard?«

»Wie merkwürdig...«

»Richard, was ist denn los?«

»Nichts, Kate. Äh, ich habe nur gerade was ganz Erstaunliches gelesen.«

»Wirklich? Was liest du denn gerade?«

»Tja, das Telefonbuch, tatsächlich...«

»Wirklich? Da muß ich gleich los und mir auch eins besorgen. Sind die Filmrechte schon vergeben?«

»Hör zu, entschuldige, Kate, kann ich zurückrufen? Ich weiß nicht, wo Gordon im Augenblick ist, und –«

»Mach dir keine Sorgen. Ich weiß, wie es ist, wenn man's nicht erwarten kann, endlich umzublättern. Sie spannen einen immer bis ganz zum Schluß auf die Folter, stimmt's? Da muß Zbigniew dahinterstecken. Ich wünsche dir ein schönes Wochenende.« Sie legte auf.

Auch Richard legte auf und starrte auf die gerahmte Anzeige, die er in den Gelben Seiten vor sich liegen hatte.

DIRK GENTLY'S
HOLISTISCHE DETEKTEI
Wir klären das *ganze* Verbrechen auf
Wir finden die *ganze* Person
Rufen Sie heute an,
und Ihr Problem wird *ganz* gelöst
Unsere Spezialität:
entlaufene Katzen und verwickelte Scheidungen
33a Peckender St., London N1, 01–354 9112

Die Peckender Street war nur wenige Minuten zu Fuß entfernt. Richard schrieb sich die Adresse auf, zog seinen Mantel an und trabte die Treppe runter, wobei er kurz stehenblieb, um nochmal rasch das Sofa zu inspizieren. Es müsse, dachte er, etwas schrecklich Naheliegendes sein, das er einfach übersah. Das Sofa saß in einer leichten Windung des langen, schmalen Treppenhauses fest. An dieser Stelle befand sich statt der Stufen ein Treppenabsatz von ein paar Metern Länge, der in seiner Position mit dem Absatz direkt unter Richards Wohnung übereinstimmte. Doch seine Untersuchung brachte keine neuen Erkenntnisse, und er kletterte schließlich über das Sofa weg und trat aus der Haustür.

In Islington kann man kaum mit einem Backstein schmeißen, ohne drei Antiquitätenläden, einen Grundstücksmakler und ein Buchgeschäft zu treffen.

Auch wenn man sie nicht wirklich trifft, löst man sicher ihre Alarmanlagen aus, die nicht vor Ablauf des Wochenendes wieder abgestellt würden. Ein Polizeiwagen trieb sein übliches Scooterspielchen die Upper Street hinab und kam quietschend gleich neben ihm zum Stehen. Richard überquerte hinter dem Wagen die Straße.

Der Tag war kalt und hell, was ihm gefiel. Er spazierte über das obere Ende von Islington Green, wo die Wermutbrüder immer krankenhausreif geschlagen werden, vorbei am Grundstück der alten Collins Music Hall, die niedergebrannt worden war, und durch die Camden Passage, wo regelmäßig amerikanische Touristen beraubt werden. Er schlenderte eine Weile zwischen den Antiquitätenläden herum und sah sich ein Paar Ohrringe an, von denen er meinte, Susan könnten sie gefallen, er war sich aber nicht sicher. Dann war er sich nicht sicher, ob sie ihm gefielen, kam völlig durcheinander und gab's auf. Er schaute bei einem Buchladen hinein und kaufte einem plötzlichen Impuls folgend eine Anthologie der Gedichte Coleridges, weil sie einfach so dalag.

Von hier aus schlängelte er sich durch die gewundenen Seitenstraßen, kam über den Kanal, an den Häusern des sozialen Wohnungsbaus vorbei, die den Kanal säumten, und über eine Reihe immer kleinerer Plätze, bis er schließlich die Pekkender Street erreichte, die, wie sich herausstellte, eine ganze Ecke weiter weg war, als er gedacht hatte.

Es war so eine Straße, in der am Wochenende sabbernd Bauspekulanten in großen Jaguars herumkurven. Sie war mit Läden, deren Pacht auslief, viktorianischer Industriearchitektur und einer kurzen, verfallenden, spät-georgianischen Häuserreihe angefüllt, die es allesamt kaum erwarten konnten, abgerissen zu werden, damit an ihrer Stelle massive, neue Betonkästen in die Höhe schießen konnten. Immobilienmakler durchstreiften die Gegend in hungrigen Rudeln und beäugten sich argwöhnisch, ihre Schreibblocks im Anschlag.

Die Nummer 33, die er schließlich säuberlich zwischen die Nummern 37 und 45 eingeklemmt fand, war in einem erbärmlichen Erhaltungszustand, aber nicht schlechter als das meiste übrige.

Das Erdgeschoß wurde von einem verstaubten Reisebüro eingenommen, dessen Fenster eingeschlagen waren und dessen ausgeblichene BOAC-Plakate inzwischen möglicherweise einen ziemlichen Wert darstellten. Die Tür neben dem Laden war leuchtendrot gestrichen, nicht schön, aber wenigstens kürzlich. An einem Klingelknopf neben der Tür stand in sauber geschriebenen Druckbuchstaben: »Dominique, Französischstunden, 3me Etage.«

Das Auffallendste an der Tür aber war das gewagte, genau in ihrer Mitte befestigte glänzende Messingschild, in das die Worte **DIRK GENTLY'S HOLISTISCHE DETEKTEI** graviert waren.

Sonst nichts. Es sah nagelneu aus – sogar die Schrauben, die es hielten, glänzten noch.

Die Tür öffnete sich, als Richard dagegen drückte, und er spähte hinein.

Er erblickte einen kurzen, staubigen Flur, der wenig mehr als die Treppe enthielt, die von hier nach oben führte. Eine Tür im Hintergrund des Hausflurs zeigte kaum Anzeichen, in den vergangenen Jahren mal geöffnet worden zu sein, denn es lagen Haufen alter Metallregale, ein Aquarium und die Trümmer eines Fahrrads davor aufgestapelt. Alles andere, die Wände, der Fußboden, die Treppe selbst und was von der Hintertür erreichbar war, hatte man mal grau angestrichen, um es billig ein wenig herauszuputzen, aber inzwischen war alles furchtbar abgenutzt, und kleine Pilzkappen sprossen aus einem feuchten Fleck nahe der Decke.

Der Lärm sich zankender Stimmen drang zu ihm, und als er langsam die Treppe hochging, konnte er den Krach von zwei völlig getrennten, aber hitzigen Streitigkeiten unterscheiden, die irgendwo über ihm im Gange waren.

Die eine endete abrupt – oder zumindest die Hälfte davon –, als ein wütender, fetter Mann polternd die Treppe herunterkam, während er sich den Kragen seines Regenmantels geradezog. Die andere Hälfte des Streits setzte sich in einem Sturzbach aus gekränktem Französisch hoch über ihnen fort. Der Mann schob sich an Richard vorbei, sagte: »Spar dir dein Geld, Kumpel, is 'ne totale Niete«, und verschwand nach draußen in den kühlen Morgen.

Der andere Streit klang gedämpfter. Als Richard den ersten Flur erreichte, knallte irgendwo eine Tür zu und setzte auch diesem Streit ein Ende. Er guckte durch die nächste offene Tür.

Sie führte in ein kleines Vorzimmer. Die andere, innere Tür, die davon abging, war fest geschlossen. Ein ziemlich junges Mädchen mit pummeligem Gesicht in einem billigen blauen Mantel zog Make-up-Utensilien und Kleenexkartons aus ihrer Schreibtischschublade und warf sie in ihre Handtasche.

»Ist das hier das Detektivbüro?« fragte Richard sie vorsichtig.

Das Mädchen nickte, wobei sie an ihren Lippen nagte und den Kopf gesenkt hielt.

»Und ist Mr. Gently da?«

»Vielleicht«, sagte sie und warf ihr Haar in den Nacken, das zu lockig war, um es richtig in den Nacken zu werfen, »aber vielleicht auch nicht. Ich bin nicht in der Position, es Ihnen zu sagen. Es ist nicht mein Bier, zu wissen, wo er sich aufhält. Wo er sich aufhält, das ist ab sofort allein seine Angelegenheit.« Sie fischte ihr letztes Fläschchen Nagellack hervor und versuchte, die Schublade zuzuschmeißen. Ein dickes Buch, das aufrecht in der Schublade stand, verhinderte, daß sie zuging. Sie versuchte nochmal, die Schublade zuzuwerfen – ohne Erfolg. Sie nahm das Buch, riß ein Bündel Seiten heraus und stellte es zurück. Diesmal gelang es ihr mit Leichtigkeit, die Schublade zuzuknallen.

»Sind Sie seine Sekretärin?« fragte Richard.

»Ich bin seine ehemalige Sekretärin, und das möchte ich auch bleiben«, sagte sie und klappte ihre Tasche entschlossen zu. »Wenn er sein Geld lieber für dusselige teure Messingschilder ausgeben möchte, anstatt mich zu bezahlen, dann soll er das. Aber ich bleibe nicht, um mir das gefallen zu lassen, vielen herzlichen Dank. Gut fürs Geschäft, so ein Quatsch. Das Telefon richtig zu bedienen, ist gut fürs Geschäft, und ich möchte mal sehen, wie sein tolles Messingschild das anstellt. Wenn Sie mich bitte entschuldigen, würde ich jetzt gerne hinausstürmen.«

Richard trat zur Seite, und sie stürmte hinaus.

»Viel Glück auf den Weg!« rief eine Stimme von drinnen aus dem Büro. Ein Telefon klingelte und wurde sofort abgenommen.

»Ja?« antwortete die Stimme drinnen in dem Büro gereizt. Das Mädchen kam wegen ihres Schals zurückgehuscht, aber leise, damit ihr Ex-Chef sie nicht hörte. Dann war sie endgültig weg.

»Ja, Dirk Gently's Holistische Detektei. Wie können wir Ihnen behilflich sein?«

Der Französisch-Sturzbach von oben war versiegt. Eine Art gespannter Ruhe senkte sich herab.

Drinnen sagte die Stimme: »Das stimmt, Mrs. Sunderland, verwickelte Scheidungen sind unsere Spezialität.«

Eine Pause trat ein.

»Ja, dankeschön, Mrs. Sunderland, so verwickelt nun auch wieder nicht.« Das Telefon wurde aufgelegt, um sogleich vom Klingeln eines anderen abgelöst zu werden.

Richard blickte sich in dem gräßlichen kleinen Büro um. Es stand sehr wenig darin. Ein zerschrammter Schreibtisch aus furnierten Spanplatten, ein alter grauer Aktenschrank und ein dunkelgrüner Papierkorb aus Blech. An der Wand hing ein Duran Duran-Poster, auf das jemand mit dickem roten Filzstift »Nehmen Sie das ab« gekritzelt hatte.

Darunter war mit anderer Schrift gekritzelt: »Nein.«

Darunter war wieder mit der ersten Schrift geschrieben: »Ich bestehe darauf, daß Sie das abnehmen.«

Darunter war mit der zweiten Schrift geschrieben: »Mach ich nicht!«

Darunter: »Sie sind entlassen.«

Darunter: »Prima!«

Und dabei schien es geblieben zu sein.

Er klopfte an die zweite Tür, erhielt aber keine Antwort. Statt dessen fuhr die Stimme fort: »Ich bin sehr froh, daß Sie mich das fragen, Mrs. Rawlinson. Der Begriff ›holistisch‹ bezieht sich auf meine Überzeugung, daß wir es bei allem, worum es hier geht, mit der grundsätzlichen Verflechtung aller Dinge untereinander zu tun haben. Ich gebe mich nicht mit solchen Kleinigkeiten wie Fingerabdruckpuder, Klatsch, Taschenwollmäusen und albernen Fußspuren ab. Für mich ist die Lösung für jedes Problem im Muster und Gewebe des Ganzen ablesbar. Die Beziehungen zwischen Ursache und Wirkung sind oft sehr viel feiner und komplizierter, als wir mit unserem groben Verständnis der Naturgesetze instinktiv annehmen, Mrs. Rawlinson.

Ich will Ihnen ein Beispiel nennen. Wenn Sie mit Zahnschmerzen zu einem Akupunkteur gehen, sticht er Ihnen die Nadel in den Oberschenkel. Wissen Sie, warum er das tut, Mrs. Rawlinson?

Nein, ich weiß es auch nicht, Mrs. Rawlinson, aber das werden wir schon rauskriegen. Ein Vergnügen, mit Ihnen gesprochen zu haben, Mrs. Rawlinson. Auf Wiedersehen.»

Ein anderes Telefon klingelte, als er dieses auflegte.

Richard stieß die Tür auf und guckte hinein.

Es war genau derselbe Svlad oder Dirk Cjelli. Ein bißchen runder um die Taille, ein bißchen schlaffer und röter um die Augen und den Hals, aber es war im Grunde noch immer dasselbe Gesicht, an dessen grimmiges Lächeln er sich sehr lebhaft erinnerte, als dessen Besitzer vor acht Jahren hinten in eine der Grünen Minnas der Gendarmerie von Cambridgeshire gestiegen war.

Er trug einen schweren, alten hellbraunen Anzug, der aussah, als sei er in einer fernen und besseren Vergangenheit ausgiebig zu Ausflügen in die Brombeeren getragen worden, ein rotkariertes Hemd, dem es total mißlang, zu dem Anzug zu passen, und eine grüngestreifte Krawatte, die sich weigerte, mit beiden zu sympathisieren. Er trug auch eine dicke Brille mit Metallgestell, die möglicherweise wenigstens zum Teil seinen Kleidergeschmack erklärte.

»Ah, Mrs. Bluthall, wie höchst erbaulich, von Ihnen zu hören«, sagte er gerade. »Ich war so betrübt, als ich hörte, daß Miss Tiddles nicht mehr unter uns ist. Das ist wirklich eine schreckliche Nachricht. Und doch, und doch... Sollten wir's denn der düsteren Verzweiflung gestatten, vor uns den helleren Glanz des Lichtes zu verbergen, in dem Ihre gebenedeite Katze nun für immer weilt?

Ich denke nein. Hören Sie! Ich meine, eben jetzt Miss Tiddles miauen zu hören. Sie ruft nach Ihnen, Mrs. Bluthall. Sie sagt, sie ist wunschlos glücklich, sie ruht in Frieden. Sie sagt, sie wird noch friedlicher ruhen, wenn Sie die eine oder andere Rechnung bezahlt haben. Erinnert Sie das nicht an etwas, Mrs. Bluthall? Wenn ich recht überlege, meine ich, ich selber hätte Ihnen eine vor drei Monaten geschickt. Ich frage mich, ob es wohl die ist, die Miss Tiddles' ewige Ruhe stört.«

Dirk winkte Richard mit einer forschen Bewegung herein und gab ihm durch Zeichen zu verstehen, er solle ihm das zerknüllte Päckchen französische Zigaretten reichen, das eben außerhalb seiner Reichweite lag.

»Sonntagabend also, Mrs. Bluthall, Sonntagabend um halb neun. Die Adresse kennen Sie. Ja, ich bin sicher, Miss Tiddles wird erscheinen, wie ganz sicher auch Ihr Scheckbuch. Bis dann, Mrs. Bluthall, bis dann.«

Ein anderes Telefon klingelte bereits wieder, als er Mrs. Bluthall loswurde. Er griff danach und zündete sich gleichzeitig seine verkrumpelte Zigarette an.

»Ah, Mrs. Sauskind«, gab er der Anruferin zur Antwort,

»meine älteste und, wenn ich das so sagen darf, wertvollste Klientin. Ihnen einen guten Tag, Mrs. Sauskind, guten Tag. Leider bislang noch kein Lebenszeichen vom kleinen Roderich, es tut mir leid, aber die Suche wird noch verstärkt, sobald sie sich ihrem, wie ich überzeugt bin, Endstadium nähert, und ich bin zuversichtlich, daß in nur wenigen Tagen von heute an gerechnet wir den kleinen Schlingel anmutig miauend für immer in ihre Arme zurückgeben werden, ah ja, die Rechnung, ich überlegte gerade, ob Sie die wohl erhalten haben.« Dirks zerknüllte Zigarette erwies sich als zu zerknüllt zum Rauchen, deshalb klemmte er sich das Telefon auf die Schulter und fingerte in dem Päckchen nach einer anderen, aber es war leer.

Er kramte auf dem Schreibtisch nach einem Stück Papier und einem Bleistiftstummel und schrieb etwas auf, was er Richard rüberschob.

»Ja, Mrs. Sauskind«, versicherte er dem Telefon, »ich höre Ihnen mit äußerster Aufmerksamkeit zu.«

Auf dem Zettel stand: »Sag Sekretärin, soll Zig. holen.«

»Ja«, redete Dirk weiter in das Telefon, »aber wie ich Ihnen über die sieben Jahre unserer Bekanntschaft zu erklären mich bemüht habe, Mrs. Sauskind, neige ich in dieser Sache zur Quantenmechanik. Meine Theorie ist, daß Ihre Katze sich nicht verlaufen hat, sondern daß ihre Wellenform vorübergehend zusammengebrochen ist und wiederhergestellt werden muß. Schrödinger. Planck. Und so weiter.«

Richard schrieb auf den Zettel: »Du hast keine Sekretärin«, und schob ihn zurück.

Dirk besah sich ihn eine Weile, schrieb »Verflucht und zugenäht« auf das Papier und schob es wieder zu Richard hinüber.

»Da stimme ich Ihnen zu, Mrs. Sauskind«, fuhr Dirk fröhlich fort, »daß neunzehn Jahre ein, sagen wir mal, bemerkenswertes Alter für eine Katze ist, doch dürfen wir uns die

Freiheit nehmen zu glauben, daß ein Kater wie Roderich es nicht erreicht hat?

Und sollten wir ihn nun im Herbst seiner Jahre seinem Schicksal überlassen? Dies ist jetzt sicherlich die Zeit, in der er den Trost unserer nie ermüdenden Nachforschungen am nötigsten braucht. Dies ist die Zeit, da wir unsere Anstrengungen verdoppeln sollten, und mit Ihrer Erlaubnis, Mrs. Sauskind, werde ich genau das tun. Stellen Sie sich vor, Mrs. Sauskind, wie Sie ihm vor die Augen treten sollten, wenn Sie ihm nicht diesen schlichten Dienst erwiesen hätten.«

Richard spielte mit dem Zettel herum, zuckte innerlich die Schultern, schrieb »Ich gehe welche holen« drauf und schob ihn noch einmal zurück.

Dirk schüttelte mahnend den Kopf, dann schrieb er hin: »Kann ich unmöglich verlangen, wäre sehr nett.« Sobald Richard das gelesen hatte, zog Dirk den Zettel zurück und setzte hinzu: »Laß dir von Sekretärin Geld geben.«

Richard blickte gedankenverloren auf das Papier, nahm den Bleistift machte ein Häkchen an die Stelle, wo er vorher »Du hast keine Sekretärin« hingeschrieben hatte.

Er schob den Zettel über den Tisch wieder zu Dirk rüber, der kaum einen Blick drauf warf und nur ein Häkchen an den Satz machte: »Kann ich unmöglich verlangen, wäre sehr nett.«

»Nun ja, vielleicht«, wandte sich Dirk wieder Mrs. Sauskind zu, »könnten Sie einfach mal die Posten der Rechnung durchgehen, die Ihnen Schwierigkeiten bereiten. Nur die wesentlichen Posten.«

Richard ging hinaus.

Als er die Treppe hinunterlief, kam er an einem hoffnungsvollen jungen Menschen mit einer Jeansjacke und kurzgeschnittenen Haaren vorbei, der ängstlich das Treppenhaus hinaufspähte.

»Gut, Kumpel?« fragte er Richard.

»Toll«, murmelte Richard, »einfach toll.«

Er fand einen Zeitungsladen in der Nähe und kaufte zwei Päckchen Disque Bleu für Dirk und die neueste Nummer der *Personal Computer World*, die ein Foto von Gordon Way auf der Titelseite hatte.

»Schade um ihn, nicht?« sagte der Zeitungshändler.

»Wie? Oh, äh... ja«, sagte Richard. Er hatte selber oft den gleichen Gedanken, aber er war erstaunt, mit seinen Gefühlen auf ein so breites Echo zu stoßen. Er nahm noch einen *Guardian* mit, zahlte und ging.

Dirk war noch immer am Telefon, die Füße auf dem Tisch, als Richard zurückkam, und man sah deutlich, daß ihn seine Verhandlungen ermüdeten.

»Ja, die Kosten waren, nun ja, kostspielig auf den Bahamas. Mrs. Sauskind, es liegt in der Natur von Kosten, daß sie das sind. Deswegen heißen sie ja so.« Er nahm die Zigarettenpäckchen entgegen, schien enttäuscht, daß es nur zwei waren, hob aber kurz die Augenbrauen zu Richard, um ihm für den Gefallen zu danken, dann winkte er ihn zu einem Stuhl hinüber.

Die Geräusche eines teilweise auf französisch geführten Streits drangen aus dem darüber gelegenen Stockwerk zu ihnen herunter.

»Natürlich werde ich Ihnen nochmal erklären, warum die Reise zu den Bahamas so überaus wichtig war«, sagte Dirk Gently besänftigend. »Nichts könnte mir größere Freude machen. Ich glaube, wie Sie wissen, Mrs. Sauskind, an die grundsätzliche Verflechtung aller Dinge untereinander. Dann habe ich die Vektoren der Verflechtung aller Dinge untereinander ermittelt und trianguliert und bis zu einem Strand auf den Bahamas verfolgt, den ich deshalb im Laufe meiner Ermittlungen von Zeit zu Zeit aufsuchen muß. Ich wünschte, es wäre nicht so, denn leider bin ich sowohl gegen

Sonne als auch gegen Rumpunsch allergisch, aber wir haben ja alle unser Kreuz zu tragen, nicht wahr, Mrs. Sauskind?«

Aus dem Telefon schien ein Plätschern zu dringen.

»Sie stimmen mich traurig, Mrs. Sauskind. Ich wollte, ich brächte es übers Herz, Ihnen zu sagen, daß ich ihre Skepsis dankbar und aufmunternd finde, aber das kann ich beim besten Willen auf der Welt nicht. Sie ermüdet mich, Mrs. Sauskind, erschöpft mich. Ich glaube, sie finden darüber einen Posten auf der Rechnung. Warten Sie mal.«

Er griff zu einem flauen Durchschlag, der neben ihm lag.

»›Vektoren der Verflechtung aller Dinge untereinander ermitteln und triangulieren – einhundertfünfzig Pfund.‹ Darüber haben wir gesprochen.

›Verfolgen derselben bis Strand auf Bahamas, Reise und Unterbringung.‹ Schlappe fünfzehnhundert. Die Unterbringung war natürlich von bedrückender Bescheidenheit.

Ah ja, hier haben wir's. ›Weiterkämpfen trotz ermüdender Skepsis von seiten Klientin, Drinks – dreihundertsiebenundzwanzig Pfund fünfzig.‹

Ich wollte, ich müßte derartige Forderungen nicht stellen, Mrs. Sauskind, ich wünschte, die Veranlassung dazu ergäbe sich nicht in einem fort. Nicht an meine Methoden zu glauben, macht mir die Arbeit nur schwerer, Mrs. Sauskind, und somit bedauerlicherweise auch teurer.«

Oben wurde im Augenblick der Streitlärm hitziger. Die französische Stimme schien kurz vor einem hysterischen Anfall zu sein.

»Ich stimme Ihnen zu, Mrs. Sauskind«, fuhr Dirk fort, »daß die Kosten der Nachforschungen sich ein wenig von der ursprünglichen Schätzung entfernt haben, aber ich bin sicher, daß Sie Ihrerseits mir zustimmen werden, daß eine Arbeit, die sieben Jahre braucht, selbstverständlich schwieriger sein muß als eine, die an einem Nachmittag zu schaffen ist, und demzufolge auch höher berechnet werden muß. Ich muß meine Einschätzung über die Schwierigkeit der Aufgabe ständig revidieren angesichts dessen, als wie schwierig sie sich bisher erwiesen hat.«

Das Plätschern aus dem Telefon wurde hektischer.

»Meine liebe Mrs. Sauskind – oder darf ich Joyce zu Ihnen sagen? Na gut. Meine liebe Mrs. Sauskind, lassen Sie mich Ihnen folgendes sagen. Machen Sie sich wegen der Rechnung keine Sorgen, lassen Sie sich von ihr nicht beunruhigen oder aus der Fassung bringen. Lassen Sie sie nicht, ich bitte Sie, zu einem Quell der Angst für Sie werden. Beißen Sie einfach die Zähne zusammen und bezahlen Sie sie.«

Er nahm die Füße vom Tisch und beugte sich nach vorn über den Schreibtisch, während er den Hörer unerbittlich Zentimeter für Zentimeter zurück in Richtung Gabel bewegte.

»Wie stets das allergrößte Vergnügen, mit Ihnen zu sprechen, Mrs. Sauskind. Für jetzt auf Wiedersehen.«

Endlich legte er den Hörer auf, nahm ihn noch mal hoch und warf ihn in den Papierkorb.

»Mein lieber Richard MacDuff«, sagte er, zog einen großen flachen Karton unter seinem Schreibtisch hervor und schob ihn über den Tisch zu Richard hinüber, »deine Pizza.«

Richard fuhr erstaunt zurück.

»Äh, nein danke«, sagte er. »Ich habe schon gefrühstückt. Bitte. Nimm du sie.«

Dirk zuckte die Achseln. »Ich habe ihnen gesagt, du kommst nach dem Wochenende vorbei und bezahlst«, sagte er. »Willkommen übrigens in meinem Büro.«

Er deutete mit einer vagen Kreisbewegung auf das schmuddelige Drumherum.

»Das Licht funktioniert«, sagte er und zeigte auf das Fenster, »die Schwerkraft funktioniert«, sagte er und ließ einen Bleistift zu Boden fallen. »Auf alles andere müssen wir's ankommen lassen.«

Richard räusperte sich. »Was«, sagte er, »ist das hier?«

»Was ist was?«

»Das hier«, rief Richard, »das Ganze. Du hast, scheint's, eine Holistische Detektei, und ich weiß nicht einmal, was das ist.«

»Ich biete einen Service, der einzigartig auf der Welt ist«, sagte Dirk. »Der Begriff ›holistisch‹ bezieht sich auf meine Überzeugung, daß wir es bei allem, worum es hier geht, mit der grundsätzlichen Verflechtung aller –«

»Ja, das habe ich schon gehört«, sagte Richard. »Ich muß sagen, es klang ein bißchen nach einem Vorwand, leichtgläubige alte Damen auszunehmen.«

»Auszunehmen?« fragte Dirk. »Naja, so wäre es vielleicht, wenn ich irgendwann mal bezahlt würde, aber ich versichere dir, mein lieber Richard, dazu besteht offensichtlich auch nicht die geringste Gefahr. Ich lebe in einem Zustand, den man als hoffnungsvoll bezeichnet – ich gebe die Hoffnung nicht auf. Ich hoffe auf faszinierende, einträgliche Fälle, meine Sekretärin hofft, daß ich sie bezahle, ihr Vermieter hofft, daß sie mit der Miete rüberkommt, das Elektrizitätswerk hofft, daß er die Stromrechnung begleicht, und so weiter. Ich halte das für eine herrlich optimisische Art zu leben.

In der Zwischenzeit schenke ich vielen bezaubernden und verrückten alten Damen etwas, worüber sie sich zum Glück aufregen, und garantiere damit ihren Katzen praktisch die Freiheit. Habe ich, frage ich dich – und ich stelle die Frage für dich, weil ich weiß, daß du weißt, ich hasse es, unterbrochen zu werden –, habe ich einen einzigen Fall, der auch nur das winzigste Teilchen meines Intellekts beschäftigt, der, wie du mir kaum zu erklären brauchst, erstaunlich ist? Nein. Aber verzweifle ich deswegen? Bin ich niedergeschlagen? Ja. Bis«, setzte er hinzu, »heute.«

»Oh, schön, das freut mich«, sagte Richard, »aber was sollte der Quatsch über Katzen und Quantenmechanik?«

Seufzend klappte Dirk mit einem einzigen Ruck seiner geübten Finger den Deckel der Pizza auf. Geradezu traurig betrachtete er das kalte runde Ding, dann riß er sich ein großes Stück davon ab. Pepperoni- und Anchovisstückchen verteilten sich über seinen Schreibtisch.

»Ich bin sicher, Richard«, sagte er, »dir ist der Begriff ›Schrödingers Katze‹ bekannt«, und stopfte sich den größeren Teil des Pizzastücks in den Mund.

»Natürlich«, sagte Richard. »Naja, ziemlich bekannt.«

»Worum geht's?« sagte Dirk mit vollem Mund.

Richard rutschte nervös auf seinem Platz herum. »Sie ist ein Beispiel«, sagte er, »für das Prinzip, daß auf einem Quantenniveau alle Vorgänge von Wahrscheinlichkeiten bestimmt sind...«

»Auf einem Quantenniveau, und darum auf allen«, unterbrach Dirk. »Allerdings ist auf jedem Niveau, das höher als das subatomare ist, die Gesamtwirkung dieser Wahrscheinlichkeiten im Normalverlauf der Vorgänge ununterscheidbar von der Wirkung unumstößlicher und fester physikalischer Gesetze. Fahre fort.«

Er steckte sich noch mehr kalte Pizza ins Gesicht.

Richard dachte, in Dirks Gesicht sei wirklich schon allzu viel hineingesteckt worden. Teils dadurch, teils durch die Mengen, die er redete, herrschte fast Dauerbetrieb in seinem Mund. Seine Ohren dagegen blieben bei einer normalen Unterhaltung fast völlig unbenutzt.

Richard kam der Gedanke, wenn Lamarck recht hätte und man nähme in Dirks Verhalten über mehrere Generationen ein durchgehendes Prinzip an, dann bestünde die Aussicht, daß schließlich eine radikale Umorganisation im Innern des menschlichen Schädels einträte.

Richard fuhr fort: »Nicht nur sind die Vorgänge auf einem Quantenniveau durch Wahrscheinlichkeiten bestimmt, sondern diese Wahrscheinlichkeiten lösen sich auch solange nicht in Vorgänge auf, bis sie gemessen werden. Oder um eine Formulierung zu benutzen, die ich dich eben in einem ziemlich bizarren Zusammenhang verwenden hörte, der Akt des Messens bringt die Wahrscheinlichkeits-Wellenform zum Zusammenbrechen. Bis zu diesem Punkt bestehen alle möglichen Handlungsweisen, die einem, sagen wir mal, Elektron offenstehen, als Wahrscheinlichkeits-Wellenformen gleichzeitig nebeneinander. Nichts ist entschieden. Bis es gemessen wird.«

Dirk nickte. »Mehr oder weniger«, sagte er und nahm noch einen Happen. »Aber was ist mit der Katze?«

Richard kam zu dem Schluß, es gebe nur eine Möglichkeit, nicht zusehen zu müssen, wie Dirk sich durch den ganzen Rest der Pizza durchfräße, und die war, selber den Rest zu essen. Er rollte ihn zusammen und knabberte andeutungsweise an dessen Ende. Die Pizza war ziemlich gut. Er biß noch einmal ab. Dirk beobachtete das überrascht und erschrocken.

»Also«, sagte Richard, »die Idee hinter Schrödingers Katze war, daß man sich eine Möglichkeit vorzustellen versuchte, in der die Auswirkungen eines wahrscheinlichen Verhaltens auf einem Quantenniveau auch auf einer makroskopischen Ebene nachvollziehbar wären. Oder sagen wir mal: auf einer alltäglichen Ebene.«

»Ja, sagen wir das mal«, meinte Dirk, der dem Rest der Pizza einen verzweifelten Blick hinterherschickte. Richard biß nochmal ab und redete fröhlich weiter.

»Man stelle sich also vor, man nimmt eine Katze und setzt sie in eine Kiste, die man dicht verschließen kann. In die Kiste tut man außerdem einen kleinen Brocken radioaktives Material und ein Fläschchen Giftgas. Man richtet alles so ein, daß innerhalb einer bestimmten Zeitspanne die Chance genau fünfzig zu fünfzig steht, daß in dem radioaktiven Stoff ein Atom zerfällt und ein Elektron aussendet. Wenn es zerfällt, setzt es das Gas frei und tötet die Katze. Wenn nicht, bleibt die Katze am Leben. Fünfzig zu fünfzig. Abhängig von der fünfzig zu fünfzig stehenden Möglichkeit, daß ein einzelnes Atom zerfällt.

Der springende Punkt, so wie ich ihn sehe, ist folgender: da der Zerfall eines einzelnen Atoms ein Vorfall auf einem Quantenniveau ist, der weder auf die eine noch auf die andere Weise zu analysieren ist, solange er nicht beobachtet wurde, und da man die Beobachtung erst machen kann, wenn man die Kiste öffnet und nachsieht, ob die Katze noch lebt oder tot ist, ergibt sich daraus eine recht ungewöhnliche Konsequenz.

Bis man die Kiste öffnet, befindet sich die Katze selbst in einem unbestimmten Zustand. Die Möglichkeit, daß sie noch lebt, und die Möglichkeit, daß sie tot ist, sind zwei verschiedene Wellenformen, die sich in der Kiste überlagern. Schrödinger kam auf diesen Gedanken, um zu illustrieren, was ihm an der Quantentheorie absurd erschien.«

Dirk stand auf und latschte zum Fenster hinüber, wahrscheinlich weniger wegen der kümmerlichen Aussicht, die es auf ein altes Lagerhaus bot, in dem ein alternativer Schauspieler seine ungeheuren Honorare, die er für Bierreklamen bezog, in Luxuswohnungen verwandelte, als wegen der fehlenden Aussicht, die es auf das letzte verschwindende Stück Pizza bot.

»Genau«, sagte Dirk, »bravo!«

»Aber was hat das alles mit diesem – diesem Detektivbüro zu tun?«

»Ach, das. Also, ein paar Wissenschaftler führten einmal so ein Experiment durch, aber als sie die Kiste aufmachten, war die Katze weder am Leben noch tot, sondern sie war einfach nicht da, und sie riefen mich, um sie zu suchen. Es gelang mir herauszubekommen, daß gar nichts sehr Dramatisches geschehen war. Die Katze hatte es bloß satt gehabt, immer wieder in eine Kiste gesperrt und gelegentlich vergast zu werden, und hatte die erstbeste Gelegenheit ergriffen, sich durchs Fenster abzusetzen. Für mich war es die Arbeit von einer Minute, ein Schälchen Milch an das Fenster zu stellen und mit Lockstimme ›Berenice‹ zu rufen – die Katze hieß nämlich Berenice, verstehst du –«

»Halt, Moment mal –«, sagte Richard.

» – und wenig später war die Katze wieder da. Eine ganz simple Geschichte, aber auf gewisse Kreise machte sie offenbar gehörig Eindruck, und bald führte eins zum anderen, wie das so ist, und alles gipfelte schließlich in der blühenden Karriere, die du vor dir siehst.«

»Moment mal, Moment mal«, beharrte Richard und schlug mit der Hand auf den Tisch.

»Ja?« fragte Dirk harmlos.

»Also, was redest du da eigentlich, Dirk?«

»Hast du Probleme mit dem, was ich dir erzählt habe?«

»Mann, ich weiß kaum wo ich anfangen soll«, protestierte Richard. »Okay. Du hast gesagt, ein paar Leute hätten das Experiment durchgeführt. Das ist doch Unsinn. Schrödingers Katze ist kein richtiges Experiment. Sie ist nur ein Denkmodell, damit man über die Idee diskutieren kann. Man tut das nicht wirklich.«

Dirk betrachtete ihn mit merkwürdiger Aufmerksamkeit.

»Ach, tatsächlich?« sagte er schließlich. »Und warum nicht?«

»Naja, es gibt nichts dran zu experimentieren. Der ganze Zweck dieser Idee ist, darüber nachzudenken, was geschieht, ehe man seine Beobachtungen macht. Man kann nicht wissen, was in der Kiste passiert, ohne daß man nachsieht, und im selben Moment, wo man nachsieht, bricht das Wellenbündel zusammen und die Wahrscheinlichkeiten lösen sich auf. Damit fällt man sich selber in den Arm. Es ist völlig sinnlos.«

»Was das angeht, hast du natürlich vollkommen recht«, erwiderte Dirk, der sich wieder auf seinen Stuhl setzte. Er holte eine Zigarette aus dem Päckchen, tippte damit mehrere Male auf den Schreibtisch, lehnte sich dann nach vorn und streckte Richard den Filter entgegen.

»Aber überleg mal«, fuhr er fort. »Angenommen, du führtest ein Medium, jemanden mit hellseherischen Fähigkeiten in das Experiment ein – jemanden, der, ohne die Kiste zu öffnen, genau voraussagen kann, in welchem Zustand sich die Katze befindet. Jemanden, der vielleicht ein geradezu gespenstisches Mitgefühl mit Katzen hat. Was dann? Könnte uns das nicht zusätzliche Aufschlüsse über das Problem der Quantenphysik liefern?«

»Wollten sie das tun?«

»Das haben sie getan.«

»Dirk, das ist *kompletter Blödsinn*.«

Dirk zog provozierend die Augenbrauen hoch.

»Okay, in Ordnung«, sagte Richard und hielt die geöffneten Hände in die Höhe, »gehen wir die Sache einfach ganz bis zum Ende durch. Selbst wenn ich akzeptierte – was ich keine Sekunde lang tue –, daß es irgendeine Grundlage für die Hellseherei gibt, sie würde nichts an der fundamentalen Nichtausführbarkeit des Experiments ändern. Wie ich bereits sagte, die ganze Geschichte dreht sich darum, was in der Kiste passiert, ehe man es sich ansieht. Es ist egal, wie man es sich ansieht, ob man mit seinen Augen in die Kiste guckt oder – naja, mit dem Geist, wenn du so willst. Wenn die Hellseherei funktioniert, dann ist sie bloß eine andere Art, in die Kiste zu gucken, und wenn nicht, dann ist es natürlich sowieso unerheblich.«

»Das könnte selbstverständlich von der Einstellung abhängen, die man zur Hellseherei hat...«

»Ach ja? Und welche Einstellung hast du zur Hellseherei? Das würde ich wirklich sehr gern wissen, angesichts deiner Geschichte.«

Dirk tippte mit der Zigarette wieder auf den Schreibtisch und blickte Richard mit zusammengekniffenen Augen an.

Es trat ein langes, tiefes Schweigen ein, das nur durch weit entferntes Geschrei auf französisch gestört wurde.

»Ich habe die Einstellung, die ich schon immer dazu hatte«, sagte Dirk schließlich.

»Und die wäre?«

»Daß ich kein Hellseher bin.«

»Tatsächlich«, sagte Richard. »Und was war mit den Examensfragen?«

Dirk Gentlys Blick verfinsterte sich bei der Erwähnung dieses Themas.

»Ein Zufall«, sagte er mit leiser, ungehaltener Stimme, »ein merkwürdiger und bedrückender Zufall, aber nichtsdestoweniger ein Zufall. Einer, könnte ich hinzufügen, der mir eine beträchtliche Zeit im Gefängnis eingebracht hat. Zufälle können schrecklich und gefährlich sein.«

Dirk warf Richard wieder einen seiner langen, abschätzenden Blicke zu.

»Ich beobachte dich die ganze Zeit genau«, sagte er. »Für einen Mann in deiner Lage scheinst du äußerst gelassen zu sein.«

Das hielt Richard für eine sonderbare Bemerkung, und er versuchte einen Augenblick lang, klug daraus zu werden. Dann ging ihm ein Licht auf, und das war ein unangenehmes Licht.

»Du meine Güte«, sagte er, »er hat sich nicht auch noch an dich rangemacht, oder?«

Diese Bemerkung schien nun wiederum Dirk vor ein Rätsel zu stellen.

»Wer hat sich nicht an mich rangemacht?« fragte er.

»Gordon. Nein, offenbar nicht. Gordon Way. Er hat die Angewohnheit, daß er andere Leute dazu zu bringen versucht, Druck auf mich auszuüben, damit ich mit dem weiterkomme, was er für eine wichtige Arbeit hält. Ich dachte einen Moment – ach, vergiß es. Aber was hast du wirklich gemeint?«

»Aha. Gordon Way *hat* die Angewohnheit, oder?«

»Ja. Ich mag sie nicht. Warum?«

Dirk sah Richard lange und fest an, während er mit dem Bleistift auf den Schreibstisch tippte.

Dann lehnte er sich auf seinem Stuhl zurück und sagte folgendes: »Die Leiche Gordon Ways wurde heute früh vor Morgengrauen gefunden. Er wurde erschossen und erwürgt, und dann ist sein Haus angezündet worden. Die Polizei hat die Theorie, daß er eigentlich nicht in dem Haus erschossen wurde, weil dort keine Schrotkugeln gefunden wurden, abgesehen von denen in der Leiche.

Aber Schrot wurde in der Nähe von Mr. Ways Mercedes 500 SEC entdeckt, der ungefähr drei Meilen von seinem Haus entfernt verlassen aufgefunden wurde. Das legt den Gedanken nahe, daß die Leiche nach dem Mord transportiert wurde. Außerdem ist der Arzt, der den Leichnam untersucht hat, der Meinung, daß Mr. Way tatsächlich gewürgt wurde, nachdem er erschossen worden war, was auf eine gewisse Verwirrung im Geist des Mörders schließen läßt.

Aufgrund eines verblüffenden Zufalls hatte die Polizei, scheint's, letzte Nacht Gelegenheit, einen sehr konfus wirkenden Herrn zu interviewen, der sagte, er leide an so etwas wie einem Schuldkomplex, weil er gerade seinen Chef überfahren habe.

Dieser Mann war ein gewisser Mr. Richard MacDuff, und sein Arbeitgeber der verstorbene Mr. Gordon Way. Des weiteren wurde darauf hingewiesen, daß Mr. Richard MacDuff eine der beiden Personen ist, die höchstwahrscheinlich einen Nutzen aus Mr. Ways Tod ziehen, weil WayForward Technologies fast sicher zumindest teilweise in seine Hände übergeht. Die andere Person ist seine einzige lebende Verwandte, Miss

Susan Way, in deren Wohnung man Mr. Richard MacDuff in der vergangenen Nacht hat einbrechen sehen. Dieses Detail kennt die Polizei natürlich nicht. Auch wird sie es, wenn wir es verhindern können, nicht erfahren. Aber jede Beziehung zwischen den beiden wird natürlich genauestens unter die Lupe genommen werden. In den Nachrichten im Radio heißt es, daß die Polizei dringend nach Mr. MacDuff sucht, von dem sie glaubt, daß er ihr bei ihren Ermittlungen behilflich sein kann, aber der Tonfall verrät, daß er zweifellos bis über den Hals in der Patsche sitzt.

Meine Gebührenordnung sieht folgendermaßen aus: zweihundert Pfund pro Tag, plus Spesen. Über die Spesen wird nicht diskutiert, und sie machen manchmal auf Leute Eindruck, die diese Dinge nicht als was Nebensächliches ansehen. Sie sind alle notwendig und, wie schon gesagt, kein Gegenstand von Diskussionen. Bin ich engagiert?»

»Entschuldige«, sagte Richard und nickte leicht mit dem Kopf, »würdest du nochmal von vorn anfangen?«

17. Kapitel

Der Elektrische Mönch wußte kaum noch, was er glauben sollte. Er hatte die letzten paar Stunden eine verwirrende Anzahl von Glaubenssystemen durchgemacht, von denen es den meisten nicht gelungen war, ihm den langfristigen geistigen Trost zu spenden, auf dessen ewige Suche er verbindlich programmiert war.

Er hatte die Nase voll. Offen gesagt. Und war müde. Und mutlos.

Und außerdem, was ihn überraschte, vermißte er ziemlich sein Pferd. Ein langweiliges und unterwürfiges Geschöpf, klar, und als solches kaum wert, daß sich um es jemand sorgte, dessen Geist auf ewig dazu bestimmt war, sich mit höheren Dingen als dem Verstand eines simplen Pferdes zu befassen, aber dennoch vermißte er es.

Er wollte auf ihm sitzen. Er wollte es tätscheln. Er wollte das Gefühl haben, daß es ihn nicht begriff.

Er fragte sich, wo es wohl sei.

Er ließ verzweifelt die Beine von dem Ast des Baumes herunterhängen, auf dem er die Nacht verbracht hatte. Er war einem unglaublich verrückten Traum gefolgt, war hinaufgestiegen, dann steckengeblieben und hatte bis zum Morgen dort oben warten müssen.

Aber auch jetzt, bei Tageslicht, war er nicht sicher, wie er wieder runterkäme. Einen Moment lang war er gefährlich nahe dran zu glauben, er könne fliegen, aber ein Schnelldenk-Fehlerverhinderungs-Code schaltete sich ein und sagte ihm, er solle nicht so blöd sein.

Aber es war ein Problem.

Welches glühende Glaubensfeuer ihn auch geführt, ihn in den magischen Stunden der Nacht durch die Äste des Baumes auf Hoffnungsschwingen beflügelt aufwärts geleitet hatte, es hatte ihm nicht gleichzeitig auch Instruktionen gegeben, wie er wieder runterkäme, wenn dieser brennende, glühende nächtliche Glaube, wie viel zu viele seiner Art, ihn am Morgen verlassen hätte.

Und da er gerade von brennenden, glühenden Dingen sprach – oder vielmehr an sie dachte: es hatte in den frühen Morgenstunden nicht weit weg was ziemlich Großes Brennendes und Glühendes gegeben.

Es lag, dachte er, in der Richtung, aus der er gekommen war, als ihn ein tiefer geistiger Drang zu diesem ungemütlich hohen, aber sonst peinlich normalen Baum gezogen hatte. Er hatte unbedingt gehen und das Feuer anbeten, sich ewig seinem heiligen Leuchten anheimgeben wollen, aber während er sich noch hoffnungslos mühte, sich durch die Zweige einen

Weg nach unten zu bahnen, waren Feuerwehren angekommen und hatten das göttliche Strahlen gelöscht, und so war auch das ein völlig nutzloser Glaube gewesen.

Die Sonne war mittlerweile schon Stunden am Himmel, und obwohl er die Zeit so gut wie nur möglich genutzt hatte, indem er an Wolken geglaubt, an Zweige geglaubt, an eine ganz spezielle Form fliegender Käfer geglaubt hatte, glaubte er nun, daß er die Nase voll habe, und war außerdem absolut überzeugt, daß er allmählich Hunger bekam.

Er wünschte, er hätte vorsichtshalber aus dem Haus was zu essen mitgenommen, in dem er in der Nacht gewesen war und in das er seine gebenedeite Last zur Beisetzung in dem geheiligten Besenschrank geschleppt hatte, aber er war in der Gewalt seiner reinen Leidenschaft geblieben und hatte geglaubt, daß solche schnöden Dinge wie Essen ohne Bedeutung seien und daß der Baum schon dafür sorgen werde.

Schön, er hatte dafür gesorgt.

Er hatte für Zweige gesorgt.

Mönche aßen keine Zweige.

Wirklich, wenn er jetzt richtig drüber nachdachte, wurde ihm ein bißchen mulmig bei manchen Dingen, die er in der vergangenen Nacht geglaubt hatte, und einige von den Ergebnissen fand er ein bißchen verwirrend. Er hatte ganz klar die Anweisung erhalten »loszuschießen« und sich sonderbarerweise zu gehorchen genötigt gefühlt, aber vielleicht hatte er einen Fehler gemacht, als er so voreilig nach einer Anweisung handelte, die ihm in einer Sprache erteilt wurde, die er erst zwei Minute zuvor erlernt hatte. Zweifellos war die Reaktion der Person, auf die er losgeschossen hatte, ziemlich extrem gewesen.

Wenn in seiner eigenen Welt auf Leute derart losgeschossen wurde, kamen sie die Woche drauf in einer anderen Episode wieder, aber er glaubte nicht, daß diese Person das täte.

Ein Windstoß fegte durch den Baum und brachte ihn

schwindelerregend ins Schwanken. Er kletterte ein kleines Stück nach unten. Das erste Stück war einigermaßen einfach, weil die Äste alle ziemlich dicht beieinander waren. Das letzte Stück war es, das wie ein unüberwindliches Hindernis erschien – ein jäher Absturz, der ihm innerlich ernsten Schaden oder Brüche zufügen und ihn von neuem dazu bringen konnte, mit einemmal an Dinge zu glauben, die allen Ernstes merkwürdig waren.

Das Geräusch von Stimmen drüben auf der anderen Seite der Wiese zog plötzlich seine Aufmerksamkeit auf sich. Ein Lastwagen hatte am Straßenrand gehalten. Einen Augenblick guckte er genau hin, aber er sah nichts Spezielles, woran er glauben konnte, und so kehrte er zu seiner Innenschau zurück.

Er hatte, erinnerte er sich, in der letzten Nacht einen merkwürdigen Funktionsbefehl erhalten, wie ihm noch nie einer untergekommen war, aber er hatte das Gefühl, es könnte sowas sein, was er mal hatte Gewissensbisse nennen hören. Ihm war alles andere als behaglich gewesen wegen der Art, wie die Person, auf die er geschossen hatte, dagelegen hatte, und nachdem er zuerst das Weite gesucht, war er wieder zurückgekehrt, um nochmal nachzusehen. Die Person hatte ganz entschieden einen Ausdruck im Gesicht, der darauf hindeutete, daß irgendwas nicht in Ordnung war, daß dies nicht ins Programm paßte. Der Mönch fürchtete, daß er ihr den Abend kräftig verdorben haben könnte.

Trotzdem, überlegte er, solange man tat, woran man fest glaubte, war das die Hauptsache.

Das nächste, woran er fest glaubte, war, wenn er dieser Person schon den Abend verdorben habe, dann sollte er sie wenigstens zu ihrem Haus schaffen, und eine rasche Suche in ihren Taschen hatte eine Adresse, einige Landkarten und Schlüssel zu Tage gefördert. Der Weg war mühsam gewesen, aber sein Glaube hatte ihn unterwegs aufrecht gehalten.

Das Wort »Badezimmer« schwebte unerwartet über die Wiese.

Er blickte wieder auf und zu dem Lastwagen auf der anderen Seite hinüber. Er sah einen Mann in dunkelblauer Uniform, der einem Mann in ruppigen Arbeitsklamottem irgendwas erklärte, der etwas verärgert darüber schien, was immer es auch war. Die Worte »bis wir den Besitzer ausfindig machen« und »total bekloppt natürlich« kamen mit dem Wind herübergeweht. Der Mann in Arbeitskleidung war offensichtlich bereit, die Umstände gelten zu lassen, wenn auch widerwillig.

Einige Momente später wurde von der Ladefläche des Lastwagens ein Pferd auf die Wiese geführt. Der Mönch zwinkerte mit den Augen. Seine Schaltkreise zitterten und schwankten vor Überraschung. Endlich gab's wieder etwas, woran er glauben konnte, ein wirklich wundersames Ereignis, ein Lohn zumindest für seinen grenzenlosen, wenn auch ziemlich wahllosen Glaubenseifer.

Das Pferd trottete in einer geduldigen, klaglosen Gangart los. Es war längst daran gewöhnt, zu sein, wo man es hintat, aber diesmal hatte es das Gefühl, es war ihm nicht egal. Das hier, dachte es, war eine angenehme Wiese. Hier gab es Gras. Hier gab es eine Hecke, die es sich ansehen würde. Hier gab es genügend Platz, so daß es später einen Trab einlegen konnte, falls es den Drang dazu verspürte. Die Menschen fuhren weg und überließen es seinen eigenen Neigungen, denen es sich sehr gern überlassen fühlte. Es legte einen kleinen Paßgang ein, und dann hörte es einfach aus Spaß an der Freude wieder mit dem Paßgang auf. Es konnte tun, was ihm gefiel.

Was für ein Vergnügen.

Was für ein großes und ungewohntes Vergnügen.

Es überblickte gemächlich die ganze Wiese und dann beschloß es, sich Pläne für einen schönen, erholsamen Tag zurechtzulegen. Ein kleiner Trab später, dachte es, vielleicht so um drei. Danach ein bißchen Ruhen drüben an der Ostseite der Wiese, wo das Gras üppiger war. Dort sah es ganz nach der geeigneten Stelle aus, wo man über das Abendessen nachdenken konnte.

Das Mittagessen, meinte es, könnte dagegen vielleicht am Südende der Wiese eingenommen werden, wo ein kleiner Bach floß. Mittagessen am Bache, du meine Güte. Das war ein Glück.

Ihm gefiel auch der Gedanke recht gut, eine halbe Stunde damit zu verbringen, abwechselnd mal ein Stückchen nach links und dann ein Stückchen nach rechts zu trotten, und das aus keinem erkennbaren Grund. Es wußte nicht, ob die Zeit zwischen zwei und drei am besten damit zu verbringen wäre, den Schwanz hin und her schwirren zu lassen oder über Dinge nachzugrübeln.

Natürlich konnte es immer beides tun, wenn es das wollte, und den kleinen Trab ein bißchen später einlegen. Und gerade hatte es etwas erspäht, das wie eine hübsche Hecke aussah, über die hinweg man Dinge beobachten konnte, und damit würde es sich mit Leichtigkeit ein, zwei angenehme Stündchen vor Tisch vertreiben können.

Wunderbar.

Ein großartiger Plan.

Und das beste daran war, daß, nachdem das Pferd ihn sich zurechtgelegt hatte, es ihn nun vollkommen und total ignorieren konnte. Es trottete statt dessen zu einem gemütlichen Plätzchen unter dem einzigen Baum auf der Wiese.

Aus dessen Zweigen fiel der Elektrische Mönch auf den Rücken des Pferdes mit einem Schrei, der verdächtig nach »Geronimo« klang.

18. Kapitel

Dirk Gently wiederholte noch mal kurz die wichtigsten Fakten, während Richard MacDuffs Welt langsam und geräuschlos in ein dunkles, eiskaltes Meer stürzte, von dem er nicht mal gewußt hatte, daß es nur Zentimeter unter seinen Füßen auf ihn wartete. Als Dirk zum zweitenmal geendet hatte, wurde es still im Raum, und Richard blickte ihm starr ins Gesicht.

»Woher hast du das?« fragte Richard schließlich.

»Aus dem Radio«, sagte Dirk mit leichtem Schulterzucken, »wenigstens die Hauptpunkte. Es ist natürlich überall in den Nachrichten gebracht worden. Die Einzelheiten? Naja, diskrete Nachforschungen bei Kontaktleuten hier und da. Es gibt ein, zwei Leute bei der Cambridger Polizei, mit denen ich aus Gründen, an die du dich vielleicht erinnern wirst, bekannt geworden bin.

»Ich weiß nicht mal, ob ich dir glauben darf«, sagte Richard ruhig. »Kann ich mal telefonieren?«

Dirk holte höflich einen Telefonhörer aus dem Papierkorb und reichte ihn ihm. Richard wählte Susans Nummer.

Das Telefon wurde fast augenblicklich abgenommen, und eine verängstigte Stimme sagte: »Hallo?«

»Susan, hier ist Ri –«

»Richard! Wo bist du? Um Gottes willen, wo bist du denn? Geht es dir gut?«

»Sag ihr nicht, wo du bist«, sagte Dirk.

»Susan, was ist passiert?«

»Weißt du denn nicht –?«

»Jemand hat mir gesagt, Gordon sei was zugestoßen, aber...«

»Etwas *zugestoßen* –? Er ist *tot*, Richard, er ist *ermordet* worden –«

»Leg auf«, sagte Dirk.

»Susan, hör zu. Ich –«

»Leg auf«, wiederholte Dirk, dann beugte er sich zu dem Telefon vor und drückte auf die Gabel.

»Die Polizei hört die Leitung möglicherweise ab«, erklärte er. Er nahm den Hörer und warf ihn wieder in den Papierkorb.

»Aber ich muß zur Polizei gehen«, rief Richard.

»Zur Polizei *gehen*?«

»Was soll ich denn sonst tun? Ich muß zur Polizei und sagen, daß ich es nicht war.«

»Ihnen sagen, daß du es nicht warst?« fragte Dirk ungläubig. »Na, das bringt dann wohl alles wieder ins Lot. Schade, daß Dr. Crippen nicht dran gedacht hat. Hätte ihm 'ne Menge Ärger erspart.«

»Ja, aber er war schuldig!«

»Ja, es scheint so. Und im Moment scheint es so, als wärst du's auch.«

»Aber ich habe es nicht getan, um Gottes willen!«

»Du spricht mit jemandem, der für etwas im Gefängnis gesessen hat, was er nicht getan hat, erinnere dich. Ich habe dir gesagt, Zufälle sind was Merkwürdiges und Gefährliches. Glaube mir, es ist sehr viel besser, selber den wasserdichten Beweis zu finden, daß du unschuldig bist, als in einer Zelle zu schmachten und zu hoffen, daß die Polizei – die bereits der Meinung ist, daß du schuldig bist – ihn für dich findet.«

»Ich kann nicht mehr klar denken«, sagte Richard mit der Hand an der Stirn. »Sei einfach mal 'n Moment still und laß mich bis zu Ende denken –«

»Darf ich dir –«

»Laß mich überlegen –!«

Dirk zuckte die Schultern und wandte seine Aufmerksamkeit wieder seiner Zigarette zu, die ihn irgendwie zu stören schien.

»Es hat keinen Sinn«, sagte Richard nach einer Weile und

schüttelte den Kopf. »Ich krieg's einfach nicht rein. Es ist, als versuchte man Trigonometrie zu machen, wenn einem jemand gegen den Kopf tritt. Okay, sag mir, was ich deiner Meinung nach tun soll.«

»Hypnose.«

»Was?«

»Es ist unter diesen Umständen kaum überraschend, daß du keine klaren Gedanken fassen kannst. Aber es ist unbedingt notwendig, daß irgend jemand sie faßt. Es wird für uns beide viel einfacher, wenn du mir erlaubst, dich zu hypnotisieren. Ich habe den starken Verdacht, daß sich sehr viele Informationen in deinem Kopf verklemmt haben, die nicht herauskommen, solange du sie so durcheinanderschüttelst – die vielleicht überhaupt nicht herauskommen, weil du ihre Bedeutung nicht erkennst. Mit deiner Einwilligung können wir das alles abkürzen.«

»Gut, dann ist es entschieden«, sagte Richard und stand auf. »Ich gehe zur Polizei.«

»Sehr gut«, sagte Dirk, lehnte sich zurück und legte die gspreizten Hände auf den Schreibtisch. »Ich wünsche dir alles Gute. Vielleicht bist du, wenn du rausgehst, so freundlich und bittest meine Sekretärin, mir Streichhölzer zu bringen.«

»Du hast keine Sekretärin«, sagte Richard und ging.

Dirk saß da und sann ein paar Sekunden nach, unternahm einen kühnen, aber vergeblichen Versuch, die traurigerweise leere Pizzaschachtel in den Papierkorb zu knautschen, dann machte er sich in dem Schrank auf die Suche nach einem Metronom.

Richard tauchte blinzelnd im Tageslicht auf. Er blieb leicht schwankend auf der obersten Stufe stehen, dann stürmte er in einer sonderbar tänzelnden Gangart, die den wirbelnden Tanz seiner Gedanken widerspiegelte, die Straße hinunter.

Einerseits konnte er einfach nicht glauben, daß die Beweise nicht vollkommen eindeutig zeigten, daß er den Mord gar nicht begangen haben konnte; andererseits mußte er zugeben, daß alles außerordentlich merkwürdig aussah.

Es war ihm unmöglich, klar und vernünftig darüber nachzudenken. Der Gedanke, daß Gordon ermordet worden sei, blähte sich in seinem Kopf immer weiter auf und brachte die anderen Gedanken total in Unordnung.

Im Moment kam es ihm so vor, daß, wer immer es auch getan hatte, ein verdammt schneller Schütze gewesen sein müsse, um auf den Abzug zu drücken, ehe er von Schuldgefühlen überwältigt wurde, aber sogleich bereute er diesen Gedanken wieder. Im Grunde war er ein bißchen entsetzt über die allgemeine Qualität der Gedanken, die ihm in den Sinn kamen. Sie erschienen ihm unangemessen und unwürdig und drehten sich meistens darum, inwieweit das alles seine Projekte in der Firma beeinträchtigen werde.

Er sah sich in seinem Inneren nach irgendeinem großen Kummer oder Schmerz um, den er fühlte, und hatte die Vermutung, daß sie irgendwo sein müßten, sich wahrscheinlich hinter der riesigen Mauer aus Entsetzen versteckten.

Islington Green kam wieder in Sicht, aber er nahm kaum die Strecke wahr, die er zurückgelegt hatte. Der plötzliche Anblick des Streifenwagens, der vor seinem Haus parkte, traf ihn wie ein Hammer, und er drehte sich auf den Hacken um und starrte mit verzweifelter Aufmerksamkeit auf die Speisekarte im Fenster eines griechischen Restaurants.

»Dolmades«, dachte er gehetzt.

»Souvlaki«, dachte er.

»Eine kleine, würzige griechische Wurst«, ging ihm hektisch durch den Kopf. Er versuchte, die Szene vor seinem geistigen Auge zu rekonstruieren, ohne sich umzudrehen. Es hatte ein Polizist dagestanden, der die Straße im Auge behielt, und soweit er sich nach dem kurzen Blick, den er riskiert hatte, erinnerte, sah es so aus, als hätte die Seitentür des Hauses, die zu seiner Wohnung führte, offen gestanden.

Die Polizei war in seiner Wohnung. *In* seiner Wohnung! Fassolia Plaki! Eine sättigende Schüssel grüner Bohnen in Tomaten-Gemüse-Soße!

Er drehte die Augen langsam zur Seite, um über die Schulter nach hinten zu gucken. Der Polizist sah zu ihm rüber. Er wandte den Blick schnell wieder der Speisekarte zu und versuchte, seine Gedanken mit fein gehacktem, mit Tomate, Semmelbröseln, Zwiebeln und Kräutern untermischtem und zu kleinen Bällchen gerolltem und gebratenem Fleisch zu füllen. Der Polizist hatte ihn bestimmt erkannt und raste in diesem Moment über die Straße, um ihn zu packen und in eine Grüne Minna zu zerren, genauso wie sie es vor so vielen Jahren in Cambridge mit Dirk gemacht hatten.

Er spannte die Schultern gegen den Schreck, aber keine Hand kam, um ihn zu ergreifen. Er sah sich nochmal um, aber der Polizist blickte uninteressiert in eine andere Richtung. Stifado.

Es war ihm sehr klar, daß sein Verhalten nicht das von jemandem war, der drauf und dran ist, sich der Polizei zu stellen.

Also, was wollte er dann?

In dem steifen und linkischen Versuch, natürlich zu gehen, riß er sich von dem Fenster los, schlenderte angespannt ein paar Meter die Straße hinunter, dann tauchte er in schnellem Schritt und schwer atmend wieder in der Camden Passage unter. Wo konnte er hin? Zu Susan? Nein – die Polizei wäre bestimmt dort oder beobachtete das Haus. Zu den WFT-Büros in Primrose Hill? Nein – aus demselben Grund. Was um alles auf der Welt, schrie er sich lautlos zu, sollte er plötzlich als Mensch auf der Flucht tun?

Er sagte sich, genauso wie er es Dirk gesagt hatte, daß er vor der Polizei nicht weglaufen sollte. Die Polizei, sagte er sich, wie man es ihm als Kind beigebracht hatte, war dazu da, unschuldigen Menschen zu helfen und Schutz zu gewähren. Dieser Gedanke veranlaßte ihn augenblicklich loszurennen, und er wäre fast mit dem stolzen neuen Besitzer einer grauenhaften edwardianischen Stehlampe zusammengeprallt.

»Entschuldigung«, sagte er, »Entschuldigung.« Ihn verblüffte, daß jemand so ein Ding unbedingt haben wollte, und er verlangsamte seinen Schritt zu einem gemächlichen Gehen, während er mit raschen, gehetzen Blicken um sich warf. Die ihm so vertrauten Schaufenster voll altem poliertem Messing, altem poliertem Holz und Bildern japanischer Fische erschienen ihm plötzlich bedrohlich und unheilschwanger.

Wer konnte denn bloß den Wunsch gehabt haben, Gordon umzubringen? Das war der Gedanke, der plötzlich auf ihn einhämmerte, als er in den Charlton Place einbog. Bislang hatte ihn nichts weiter beschäftigt, als daß er es nicht getan hatte.

Aber wer dann?

Das war die neue Überlegung.

Viele Leute machten sich nicht viel aus ihm, aber es ist ein riesiger Unterschied, ob man jemanden nicht mag – vielleicht ihn sogar ganz und gar nicht mag – oder tatsächlich erschießt, erwürgt, über die Felder schleift und ihm das Haus ansteckt.

Das war ein Unterschied, der die große Mehrheit der Bevölkerung tagtäglich am Leben erhielt.

War es bloß ein Diebstahl gewesen? Dirk hatte nicht erwähnt, ob was vermißt wurde, aber er hatte ihn auch nicht gefragt.

Dirk. Der Anblick seiner absurden, aber merkwürdig dominierenden Gestalt, die wie eine dicke Kröte grübelnd in ihrem schäbigen Büro saß, ging Richard nicht aus dem Sinn. Er bemerkte, daß er denselben Weg, den er gekommen war, wieder zurückging, und bog absichtlich rechts statt links ab.

Dort entlang lag der Wahnsinn.

Er brauchte einfach einen Ort, etwas Zeit, um nachzudenken und seine Gedanken zu sammeln.

In Ordnung – also, wo ging er hin? Er blieb einen Moment stehen, machte kehrt und blieb wieder stehen. Der Gedanke an Dolmades erschien ihm plötzlich sehr verlockend, und ihm kam die Idee, daß die heitere, heldenhafte und haltungsvolle Handlungsweise einfach die wäre, hinzugehen und sich welche zu bestellen. Das würde dem Schicksal zeigen, wer der Boss war. Aber das Schicksal war mit genau derselben Tätigkeit beschäftigt. Es saß nicht ausgerechnet in einem griechischen Restaurant und aß Dolmades, aber das hätte es genausogut auch tun können, denn es war offensichtlich im Dienst. Richards Schritte lenkten ihn unerbittlich zurück durch die gewundenen Straßen und über den Kanal.

Er machte kurz in einem Eckladen halt, dann hastete er weiter, an den Häusern des sozialen Wohnungsbaus vorbei und wieder zurück in die Buddelkiste der Stadtplaner, bis er von neuem vor der Nummer 33 in der Peckender Street stand. Ungefähr zur selben Zeit, als das Schicksal sich möglicherweise den letzten Schluck Retsina eingoß, den Mund abwischte und überlegte, ob es noch etwas Platz für Baklavas hätte, blickte Richard an dem hohen, rötlichen viktorianischen Haus mit seinem rußgeschwärzten Mauerwerk und den schweren, abstoßenden Fenstern hoch. Ein Windstoß fegte durch die Straße, und ein kleiner Junge kam zu ihm herangehüpft.

»Hau ab«, piepste der kleine Junge, dann hielt er inne und sah ihn nochmal an.

»Ääi, Mister«, setzte er hinzu, »kann ich deine Jacke haben?«

»Nein«, sagte Richard.

»Warum nich?« fragte der Junge.

»Äh, weil ich sie mag«, sagte Richard.

»Versteh nich, warum«, murmelte der Junge. »Hau ab.« Er latschte mürrisch davon, die Straße runter, und kickte einen Stein nach einer Katze.

Richard ging von neuem in das Haus, stieg nervös die Treppe hoch und guckte wieder in das Büro.

Dirks Sekretärin saß an ihrem Schreibtisch, den Kopf gesenkt, die Arme verschränkt.

»Ich bin nicht da«, sagte sie.

»Verstehe«, sagte Richard.

»Ich bin bloß zurückgekommen«, sagte sie, ohne von dem Fleck auf ihrem Schreibtsich aufzublicken, den sie wütend anstarrte, »damit er auch wirklich merkt, daß ich weg bin. Sonst vergißt er's vielleicht noch.«

»Ist er da?« fragte Richard.

»Wer weiß? Wen interessiert's? Fragen Sie am besten jemanden, der für ihn arbeitet, ich tu das nämlich nicht.«

»Führen Sie ihn rein!« donnerte eine Stimme.

Sie hob für einen Augenblick ihr finsteres Gesicht, stand auf, ging zu der Innentür, riß sie auf, sagte: »Führen Sie ihn doch selber rein«, knallte die Tür wieder zu und kehrte auf ihren Platz zurück.

»Äh, warum führe ich mich denn nicht einfach selber rein?« sagte Richard.

»Ich höre Sie nicht mal«, sagte Dirks Ex-Sekretärin und starrte entschlossen auf ihren Schreibtisch. »Wie können Sie von mir erwarten, daß ich Sie höre, wenn ich nicht mal hier bin?«

Richard machte eine versöhnliche Geste, die nicht beachtet wurde, ging an ihr vorbei und machte selber die Tür zu Dirks Büro auf. Zu seinem Erstaunen war der Raum halb verdunkelt. Ein Rollo war vor das Fenster gezogen, und Dirk räkelte sich zurückgelehnt in seinem Sessel, während sein Gesicht von dem sonderbaren Aufbau verschiedener Gegenstände, die auf seinem Schreibtisch standen, bizarr angestrahlt wurde. An der vorderen Schreibtischkante war eine alte graue Fahrradlampe befestigt, die nach hinten gerichtet war und ihr mattes Licht auf ein Metronom warf, das leise hin und her tickte und an dessen Metallpendel ein glänzend polierter silberner Teelöffel befestigt war.

Richard warf ein paar Schachteln Streichhölzer auf den Schreibtisch.

»Setz dich, entspanne dich und halte den Blick auf den Löffel gerichtet«, sagte Dirk, »du ist schon ganz schläfrig...«

Ein zweiter Streifenwagen kam quietschend vor Richards Wohnung zum Stehen, und ein Mann mit grimmigem Gesicht stieg aus, stiefelte zu einem der draußen Wache schiebenden Polizisten hinüber und zeigte kurz seinen Ausweis.

»Inspektor Mason, Kriminalpolizei Cambridgeshire«, sagte er. »Das das MacDuff-Haus?«

Der Wachtmeister nickte und ging mit ihm zu dem Seiteneingang, der sich auf das lange, schmale Treppenhaus öffnete, das zu der obersten Wohnung hinaufführte. Mason eilte hinein und eilte auf der Stelle wieder heraus.

»Auf halber Treppe steht ein Sofa«, sagte er zu dem Wachtmeister. »Räumen Sie das weg.«

»Ein paar Kollegen haben das schon versucht, Sir«, erwiderte der Wachtmeister nervös. »Es sitzt scheint's fest. Im Augenblick muß jeder drüber wegsteigen, Sir. Tut mir leid, Sir.«

Mason warf ihm noch einen grimmigen Blick aus seinem breiten Blicke-Repertoire zu, das von wirklich sehr, sehr finster und grimmig am unteren Ende der Skala bis hinauf zu müde-resigniert und nur schwach grimmig reichte, was er sich für die Geburtstage seiner Kinder aufhob.

»Räumen Sie es weg«, wiederholte er grimmig und eilte wieder grimmig durch die Tür, während er in Erwartung des grimmigen Aufstiegs grimmig Hose und Mantel hochzog.

»Noch kein Zeichen von ihm?« fragte der Fahrer des Wagens, der nun selber näherkam. »Sergeant Gilks«, stellte er sich vor. Er sah müde aus.

»Soweit ich weiß, nicht«, sagte der Wachtmeister, »aber mir sagt ja keiner was.«

»Weiß, wie Ihnen zumute ist«, stimmte Gilks zu. »Wenn erst mal die Kriminalpolizei an der Sache sitzt, ist man bloß noch dazu da, sie rumzukutschieren. Und ich bin der einzige, der weiß, wie er aussah. Habe ihn letzte Nacht auf der Straße angehalten. Wir kommen gerade von Ways Haus. Schöne Schweinerei.«

»Fiese Nacht, was?«

»Unterschiedlich. Alles vom Mord bis zum Pferd im Badezimmer. Nee, fragen Sie mich nicht. Habt ihr eigentlich dieselben Wagen wie die da?« setzte er hinzu und zeigte auf seinen. »Der hat mich den ganzen Weg rein zum Wahnsinn getrieben. Kalt, auch wenn man die Heizung auf volle Pulle dreht, und das Radio geht immerfort alleine an und aus.«

19. Kapitel

Derselbe Morgen traf Michael Milton-Innerwoakes in einer ziemlich merkwürdigen Stimmung an.

Man mußte ihn ziemlich gut kennen, um zu wissen, daß es sich um eine besonders merkwürdige Stimmung handelte, weil ihn die meisten Leute sowieso für ein bißchen merkwürdig hielten. Nur wenige Leute kannten ihn so gut. Seine Mutter vielleicht, aber zwischen ihnen herrschte sowas wie kalter Krieg, und wochenlang hatte nun schon keiner mehr ein Wort mit dem anderen gewechselt.

Er hatte auch einen älteren Bruder, Peter, der inzwischen ein ungeheures As in der Marine war. Außer bei der Beerdigung ihres Vaters hatte Michael Peter nicht mehr gesehen, seit er überhäuft mit Ruhm, Beförderungen und Verachtung für seinen jüngeren Bruder von den Falklands heimgekehrt war.

Peter war entzückt gewesen, daß ihre Mutter Magna House übernommen hatte, und hatte Michael diesbezüglich eine Weihnachtskarte aus dem Felde geschickt. Seine größte Befriedigung war nach wie vor, sich in einen morastigen Graben zu schmeißen und mindestens eine Minute lang mit einem Maschinengewehr rumzuballern, und er war der Meinung, daß das britische Zeitungs- und Verlagswesen, selbst in seiner augenblicklichen unruhigen Verfassung, kaum in der Lage sei, ihm diese Freuden zu bieten, zumindest bis nicht noch ein paar Australier mehr die Hände drin hätten.

Michael war sehr spät aufgestanden, und das nach einer Nacht voll kalter Wut und danach qualvollen Träumen, die ihn jetzt im Tageslicht des späten Morgens immer noch erschreckten.

Seine Träume waren angefüllt gewesen mit den vertrauten Gefühlen, benachteiligt, isoliert, schuldig und so weiter zu sein, hatten sich aber unerklärlicherweise auch um große Mengen Matsch gedreht. Durch die Fähigkeit der Nacht, alles in die Länge zu ziehen, hatte sich der Alptraum über Matsch und Einsamkeit scheinbar über angsterregende, unvorstellbare Zeiten erstreckt und war erst mit dem Auftauchen schleimiger Wesen mit Beinen zu Ende gegangen, die auf dem schleimigen Meer gekochen waren. Das war nun endgültig zu viel gewesen, und er war in kaltem Schweiß gebadet aus dem Schlaf hochgeschreckt.

Die ganze Geschichte mit dem Matsch war ihm zwar komisch vorgekommen, aber das Gefühl, benachteiligt, isoliert und vor allem gekränkt und gezwungen zu sein, rückgängig zu machen, was getan worden war, das alles hatte in sein Inneres bereitwillig Eingang gefunden.

Sogar die schleimigen Wesen mit Beinen kamen ihm merkwürdig bekannt vor und tickten gereizt im Hinterstübchen seines Gedächtnisses herum, während er sich ein spätes Frühstück zubereitete, ein Stück Grapefruit und etwas chinesischen Tee, seinem Blick gestattete, eine Zeitlang müßig auf dem Kunstteil des *Daily Telegraph* zu verweilen, und dann ziemlich ungeschickt den Verband an seiner verletzten Hand wechselte.

Als er mit diesen kleinen Tätigkeiten fertig war, wußte er nicht recht, was er als nächstes tun sollte.

Er war imstande, die Ereignisse der vergangenen Nacht mit einer kühlen Gelassenheit zu betrachten, wie er sie nicht erwartet hätte. Es war richtig gewesen, es war angemessen gewesen, es war korrekt getan worden. Aber es brachte keine Lösung. Alles, was wichtig war, mußte noch getan werden.

Was alles? Ihm mißfiel die merkwürdige Art, wie ihm die Gedanken kamen und wieder entwischten.

Normalerweise würde er um diese Zeit zu seinem Club rüberhuschen. Und gewöhnlich tat er das auch in dem wohligen Gefühl, daß es viele andere Dinge gab, die er eigentlich tun müßte. Jetzt gab's nichts zu tun, und das ließ ihm die Zeit, die er dort oder anderswo verbrachte, oft ein bißchen lang erscheinen.

Wenn er hinginge, würde er tun, was er immer tat – sich ein Gin-Tonic und ein bißchen leichte Konversation gönnen, und dann seinen Augen gestatten, vornehm auf den Seiten von *Times Literary Supplement*, *Opera* und *The New Yorker* zu verweilen, oder was ihm sonst so in die Hände kam, aber es gab keinen Zweifel, daß er das neuerdings mit weniger Verve und Freude als früher tat.

Dann wäre da das Mittagessen. Heute hatte er – wieder mal – keine Verabredung fürs Mittagessen und wäre deshalb wahrscheinlich in seinem Club geblieben und hätte eine zart gegrillte Seezunge mit petersiliengarnierten, zu Matsch zerkochten Kartoffeln gegessen, gefolgt von einem Riesenberg

Biskuitauflauf. Ein, zwei Gläser Sancerre. Und Kaffee. Und dann der Nachmittag, mit allem, was er auch bringen mochte.

Aber heute fühlte er sich merkwürdigerweise genötigt, das nicht zu tun. Er spannte die Muskeln in seiner verletzten Hand, goß sich noch eine Tasse Tee ein, besah sich mit sonderbarer Gemütsruhe das große Küchenmesser, das noch immer neben der chinesischen Teekanne lag, und wartete einen Augenblick, um zu überlegen, was er als nächstes tun solle. Was er tatsächlich als nächstes tat – er ging nach oben.

In seiner formalen Perfektion war sein Haus ziemlich kühl und sah genauso aus, wie Leute, die sich nachgemachte Stilmöbel kaufen, nur zu gern ihre Häuser aussehen ließen. Abgesehen natürlich von der Tatsache, daß hier alles echt war – Kristall, Mahagoni und Wilton – und nur so aussah, als wäre es nachgemacht, weil in nichts von allem Leben war.

Er ging hinauf in sein Arbeitszimmer, das der einzige Raum im ganzen Haus war, in dem keine sterile Ordnung herrschte, sondern hier war die Unordnung der Bücher und Papiere aus Nachlässigkeit steril. Eine dünne Staubschicht hatte sich über alles gelegt. Michael war seit Wochen nicht mehr darin gewesen, und die Putzfrau hatte die strikte Anweisung, es völlig sich selber zu überlassen. Seit der letzten Nummer von *Fathom* hatte er hier nicht mehr gearbeitet. Natürlich nicht der wirklich letzten Nummer, sondern seit der letzten richtigen Nummer. Der letzten Nummer, soweit sie *ihn* betraf.

Er stellte seine chinesische Teetasse in den feinen Staub und inspizierte seinen angejahrten Plattenspieler. Darauf fand er eine angejahrte Platte mit irgendwelchen Bläserkonzerten von Vivaldi, setzte ihn in Gang und nahm Platz.

Wieder wartete er, um mal zu sehen, was er als nächstes tun solle, und stellte plötzlich zu seiner Überraschung fest, daß er es bereits tat, und das war folgendes: er *lauschte* der Musik.

Ein verwirrter Blick kroch langsam über sein Gesicht, als ihm klar wurde, daß er das noch nie gemacht hatte. Er hatte sie viele, viele Male *gehört* und gedacht, sie ergebe ein sehr angenehmes Geräusch. Wirklich, er fand, daß sie einen sehr angenehmen Hintergrund abgab, vor dem man über die Konzertsaison reden konnte, aber es war ihm noch nie in den Sinn gekommen, daß es da wirklich etwas gab, dem man *lauschen* konnte.

Er war wie vom Donner gerührt durch das Wechselspiel von Melodie und Kontrapunkt, das sich ihm plötzlich mit einer Klarheit offenbarte, die den verstaubten Rillen der Platte oder der vierzehn Jahre alten Nadel nichts zu verdanken hatte.

Aber mit dieser Offenbarung stellte sich fast sofort auch ein Gefühl der Enttäuschung ein, das ihn noch mehr durcheinander brachte. Die Musik, die sich ihm plötzlich kundtat, war merkwürdig unbefriedigend. Es war, als hätte seine Fähigkeit, Musik zu verstehen, sich plötzlich zu einer Höhe und weit über die Möglichkeiten der Musik hinaus erhoben, ihn zufriedenzustellen, und das alles in einem einzigen dramatischen Augenblick.

Er mühte sich herauszuhören, was fehlte, und hatte das Gefühl, die Musik sei wie ein Vogel, der nicht fliegen kann und nicht einmal weiß, welche Fähigkeit er eingebüßt hat. Sie lief sehr gut, aber sie lief, wo sie sich emporschwingen sollte, sie lief, wo sie herabsausen sollte, sie lief, wo sie aufsteigen und sich in die Kurve legen und hinabtauchen sollte, sie lief, wo sie vor lauter Höhenschwindel ein Schauer durchzittern sollte. Sie schaute nicht mal nach oben.

Er schaute nach oben.

Nach einer Weile wurde ihm klar, daß er nichts weiter tat, als dämlich an die Decke zu starren. Er schüttelte den Kopf und stellte fest, daß die Empfindung verblaßt war und ihn ein bißchen benommen und schwindelig zurückgelassen hatte.

Sie war nicht völlig weg, sondern hatte sich tief in ihn hinein verkrochen, tiefer als er nach ihr greifen konnte.

Die Musik lief weiter. Sie war eine recht angenehme Zusammenstellung wohltuender Geräusche im Hintergrund, aber sie rüttelte ihn nicht mehr auf.

Er benötigte ein paar Hinweise zu alledem, was er gerade erlebt hatte, und da klopfte ein Gedanke kurz in seinem Hinterkopf an, wo er sie vielleicht finden könnte. Er wies den Gedanken entrüstet von sich, aber er klopfte noch mal an, und klopfte und klopfte, bis er ihm nachgab.

Unter seinem Schreibtisch zog er den großen Papierkorb hervor. Seit er seiner Putzfrau sogar vorübergehend das Betreten des Zimmers verboten hatte, war der Papierkorb nicht mehr geleert worden, und er fand darin die zerknüllten Fetzen dessen, wonach er suchte, und den Inhalt eines Aschenbechers, der darübergekippt worden war.

Mit grimmiger Entschlossenheit überwand er seinen Ekel, schob langsam die Stückchen des verhaßten Objekts auf seinem Schreibtisch herum, klebte sie unbeholfen mit Stücken Klebeband zusammen, das sich aufrollte und die falschen Stücke an die falschen Stücke klebte und die richtigen Stücke an seinen Wurstfingern und dann am Schreibtisch festklebte, bis endlich, plump zusammengefügt, eine Nummer von *Fathom* vor ihm lag. Herausgegeben von dieser widerlichen Kreatur A. K. Ross.

Entsetzlich.

Er drehte die klebrigen, massigen Seiten um, als stochere er in Gänseklein.

Nirgendwo auch nur eine Zeile über Joan Sutherland oder Marilyn Horne. Keine einzige Kurzbiografie von irgendeinem der wichtigeren Kunsthändler von der Cork Street, nicht eine.

Seine Serie über die Rossettis: eingestellt.

»Künstlerklatsch«: eingestellt.

Ungläubig schüttelte er den Kopf, und dann fand er den Artikel, den er suchte.

»Musik und fraktale Landschaft« von Richard MacDuff.

Er überschlug die ersten paar einleitenden Absätze und stieg weiter hinten ein:

»Mathematische Analysen und Computersimulationen zeigen uns, daß Formen und Vorgänge, denen wir in der Natur begegnen – die Art und Weise, wie Pflanzen wachsen, Berge erodieren oder Flüsse fließen, die Art und Weise, in der Schneeflocken oder Inseln ihre Form annehmen, wie Licht auf einer Oberfläche spielt, wie die Milch sich im Kaffee mischt und herumwirbelt, während Sie ihn umrühren, die Art und Weise, wie das Lachen sich in einer Menschenmenge ausbreitet – daß alle diese Dinge in ihrer anscheinend magischen Komplexität durch die Interaktion mathematischer Prozesse beschrieben werden können, die in ihrer Einfachheit allenfalls noch magischer sind.

Formen, die wir für zufällig halten, sind in Wirklichkeit das Ergebnis komplizierter, sich verändernder Zahlenstrukturen, die einfachen Regeln gehorchen. Schon das Wort ›natürlich‹, das wir oft in der Bedeutung von ›ungegliedert‹ benutzen, beschreibt in Wahrheit Formen und Vorgänge, die so unvorstellbar kompliziert erscheinen, daß wir die einfachen Naturgesetze, die darin am Werk sind, mit unserem Bewußtsein nicht begreifen.

Sie können alle durch Zahlen wiedergegeben werden.«

Komischerweise fand Michael diese Idee jetzt weniger empörend als bei seiner ersten oberflächlichen Lektüre.

Er las mit immer größerer Aufmerksamkeit weiter:

»Wir wissen jedoch, daß der menschliche Geist imstande ist, diese Dinge in all ihrer Komplexität und Einfachheit zu verstehen. Ein Ball, der durch die Luft fliegt, reagiert auf die Kraft des Werfers und die Richtung, in die er geworfen wurde, auf die Schwerkraft, die Reibung der Luft, gegen deren Überwindung er seine Energie einsetzen muß, auf die Luftturbulenzen um seine Oberfläche und auf die Schnelligkeit und Richtung seines Dralls.

Und doch könnte jemand, dem der Versuch schwerfiele, bewußt auszurechnen, wieviel 3x4x5 ist, keine Schwierigkeit haben, Differentialrechnungen und einen ganzen Wust verwandter Berechnungen in einer so erstaunlichen Geschwindigkeit durchzuführen, daß er tatsächlich *den Ball im Fluge fangen* kann. Leute, die das ›Instinkt‹ nennen, geben dem Phänomen lediglich einen Namen, sie erklären nichts.

Ich meine, am nächsten kommt der Mensch dem Ausdruck unseres Verständnisses dieser natürlichen Komplexitäten in der Musik. Sie ist die abstrakteste der Künste – sie hat keine Bedeutung und keine Absicht, als die, sie selbst zu sein.

Jeder einzelne Aspekt eines Musikstücks kann mit Zahlen dargestellt werden. Von der Anordnung der Sätze in einer ganzen Sinfonie zu den Mustern aus Tonhöhe und Rhythmus, die die Melodien und Harmonien ergeben, den dynamischen Werten, die die Aufführung bestimmen, bis hinunter zu den Klangfarben der Töne, ihren Harmonien, der Art und Weise, wie sie sich im Laufe der Zeit verändern, kurz: alle Elemente eines Geräuschs, die zwischen dem Ton von jemandem, der auf einer Piccoloflöte spielt, und einem anderen, der eine Trommel schlägt, unterscheiden – alle diese Dinge können durch Zahlenmuster und -hierarchien ausgedrückt werden.

Je mehr interne Beziehungen es meiner Erfahrung nach zwischen den Zahlenmustern auf verschiedenen Stufen der Hierachie gibt, so kompliziert und subtil diese Beziehungen auch sein mögen, desto befriedigender und, ja, vollkommener wird die Musik erscheinen.

Je subtiler und komplexer diese Beziehungen sind und je weiter sie außerhalb der Reichweite des Bewußtseins liegen, desto größer ist die Rolle, die der instinktive Teil des menschlichen Geistes dabei spielt – womit ich den Teil des Geistes meine, der Differentialrechnungen so erstaunlich schnell anstellen kann, daß er die Hand an die richtige Stelle bringt, um einen Ball im Flug zu fangen –, desto größer ist das Vergnügen, das dieser Teil des menschlichen Gehirns darin findet.

Die Musik jedes Kompliziertheitsgrades (und selbst ›Alle meine Entchen‹ ist auf seine Weise eine komplizierte Angelegenheit, sobald es jemand wirklich auf einem Instrument mit seiner eigenen Klangfarbe und Phrasierung gespielt hat) übersteigt das Bewußtsein und wirft sich dem Mathematikgenie in die Arme, das insgeheim im Unterbewußtsein jedes Menschen wohnt und auf alle inneren Komplexitäten und Beziehungen und Harmonien eingeht, von denen wir meinen, wir wüßten nichts von ihnen.

Einige Leute wehren sich gegen ein solches Bild von der Musik und sagen, wenn man die Musik auf Mathematik reduziere, wie komme dann das Gefühl hinein? Ich würde sagen, sie ist nie ohne Gefühl gewesen.

Die Dinge, durch die unser Gefühl angerührt werden kann – die Form einer Blume oder einer griechischen Vase, die Art und Weise, wie ein Baby wächst, wie einem der Wind übers Gesicht streicht, wie sich Wolken bewegen, ihre Formen, wie Licht auf dem Wasser tanzt oder Osterglocken in der Brise schaukeln, wie der Mensch, den man liebt, den Kopf dreht und wie sein Haar dieser Bewegung folgt, die Kurve, die das Ausklingen des letzten Akkords eines Musikstücks beschreibt – alle diese Dinge können mit dem komplizierten Fluß von Zahlen dargestellt werden.

Das ist keine Herabsetzung, das ist ihre Schönheit.

Fragen Sie Newton.

Fragen Sie Einstein.

Fragen Sie den Dichter (Keats), der gesagt hat, was die Phantasie als Schönheit begreift, muß die Wahrheit sein.

Er könnte auch gesagt haben, was die Hand als Ball begreift, muß die Wahrheit sein, aber das hat er nicht gesagt, weil er ein Dichter war und lieber mit einer Flasche Laudanum und einem Notizbuch unter Bäumen herumlungerte als Kricket zu spielen, aber es wäre genauso wahr gewesen.«

Diese Worte tippten im Hinterstübchen von Michaels Erinnerung einen Gedanken an, aber er konnte ihn nicht gleich unterbringen.

»Denn das ist der Kern der Beziehung zwischen einerseits unserem ›instinktiven‹ Verständnis von Gestalt, Form, Bewegung, Licht und andererseits unseren Gefühlsreaktionen darauf.

Und das ist der Grund, weshalb ich glaube, daß der Natur, natürlichen Dingen, den Strukturen natürlicher Vorgänge eine Form von Musik innewohnen muß. Eine Musik, die zutiefst befriedigend ist wie alle in der Natur vorkommende Schönheit – und unsere tiefsten Gefühle sind schließlich auch eine Form in der Natur vorkommender Schönheit...«

Michael hörte auf zu lesen und ließ den Blick langsam von der Seite wandern.

Er fragte sich, ob er wisse, was so eine Musik wäre, und versuchte, in den dunklen Tiefen seiner Seele nach ihr zu suchen. Jeder Teil seines Innern, den er aufsuchte, kam ihm so vor, als sei diese Musik dort nur Sekunden zuvor erklungen und als wäre nichts weiter zurückgeblieben als das letzte verhallende Echo von etwas, das er nicht ergreifen und hören konnte. Er legte die Zeitschrift müde beiseite.

Dann fiel ihm wieder ein, was die Erwähnung von Keats in seiner Erinnerung angetippt hatte.

Die schleimigen Wesen mit Beinen aus seinem Traum.

Eine kühle Ruhe senkte sich über ihn, während er das Gefühl hatte, irgend etwas sehr nahe zu kommen.

Coleridge. Das war's.

Ja, schleimiges Zeug mit Beinen kroch
Auf dem schleimigen Meer.

»Die Ballade vom alten Seemann.«

Benommen ging Michael zu dem Bücherschrank hinüber und nahm seine Coleridge-Anthologie heraus. Er trug sie zu seinem Platz und blätterte mit einer gewissen Vorahnung in den Seiten, bis er die Anfangszeilen fand.

Es lebt ein alter Seemann,
Der anhält einen von drein.

Die Worte waren ihm sehr vertraut, und doch erweckten sie, während er weiterlas, merkwürdige Empfindungen und angsterfüllte Erinnerungen in ihm, von denen er wußte, daß es nicht seine waren. Es erhob sich in ihm in gräßlicher Heftigkeit ein Gefühl von Verlust und Trostlosigkeit, das, während er wußte, daß es nicht sein eigenes war, sich jetzt so vollkommen auf seine Kränkungen einstimmte, daß er nicht anders konnte, als sich ihm völlig hinzugeben.

Und tausend, tausend schleimige Wesen
Lebten weiter; und so auch ich.

20. Kapitel

Das Rollo schnappte mit einem scharfen Rasseln nach oben, und Richard blinzelte.

»Einen faszinierenden Abend hast du offenbar verbracht«, sagte Dirk Gently, »obwohl die interessantesten Aspekte daran deiner Neugier vollkommen entgangen zu sein scheinen.«

Er ging wieder auf seinen Platz, lehnte sich zurück und preßte die Fingerspitzen aneinander.

»Bitte«, sagte er, »enttäusche mich jetzt nicht und sage etwa: ›Wo bin ich?‹ Ein Blick reicht.«

Richard schaute sich in langsamer Verwunderung um und hatte das Gefühl, als kehre er unerwartet von einem langen Aufenthalt auf einem anderen Planeten zurück, wo alles Frieden, Licht und Musik war, die ewig und ewig weitergingen. Er fühlte sich so ausgeruht, daß er kaum Lust hatte zu atmen.

Der Holzknopf am Ende der Rolloschnur schlug ein paarmal gegen die Scheibe, aber sonst war jetzt alles ruhig. Das Metronom stand still. Er blickte auf seine Uhr. Es war gerade eins durch.

»Du hast etwas weniger als eine Stunde unter Hypnose gestanden«, sagte Dirk, »während der ich viele interessante Dinge erfahren habe und durch einige in Erstaunen versetzt wurde, über die ich jetzt gern mit dir reden würde. Ein bißchen frische Luft wird wahrscheinlich helfen, dich wieder auf die Beine zu bringen, und ich schlage einen stärkenden Spaziergang am Kanal entlang vor. Niemand wird dort nach dir suchen. Janice!«

Schweigen.

Viele Dinge waren Richard noch nicht klar, und er runzelte leicht die Stirn. Als seine unmittelbare Erinnerung einen Augenblick später wieder einsetzte, kam sie ihm vor wie ein Elefant, der sich plötzlich durch die Tür zwängt, und er setzte sich verdutzt und mit einem Ruck auf.

»Janice!« schrie Dirk nochmal. »Miss Pearce! Ach, zum Teufel mit dem Mädchen.«

Er zog die Telefonhörer aus dem Papierkorb und legte sie auf ihre Gabeln zurück. Eine alte, abgeschabte Lederaktentasche stand neben dem Schreibtisch, und er griff nach ihr, las seinen Hut vom Boden auf und erhob sich, wobei er sich den Hut albern auf den Kopf schraubte.

»Komm«, sagte er und rauschte durch die Tür ins Vorzimmer, wo Miss Janice Pearce saß und auf ihren Bleistift starrte, »gehen wir. Verlassen wir dieses scheußliche Moderloch. Laß uns das Undenkbare denken, laß uns das Unmachbare tun. Schicken wir uns an, uns mit dem Unsagbaren selbst herumzuschlagen, und sehen wir mal, ob wir es nicht schließlich doch sagen. Also, Janice –«

»Klappe!«

Dirk zuckte die Schultern, dann nahm er das Buch von ihrem Schreibtisch, das sie zuvor zerrissen hatte, als sie versuchte, ihre Schublade zuzuwerfen. Er blätterte mit gerunzelter Stirn darin herum und legte es seufzend zurück. Janice machte sich von neuem an das, was sie vor einigen Augenblikken offensichtlich getan hatte, nämlich mit dem Bleistift eine lange Mitteilung zu schreiben.

Richard betrachtete all das schweigend, noch immer fühlte er sich nur halb anwesend. Er schüttelte den Kopf.

Dirk sagte zu ihm: »Es mag dir im Augenblick alles wie ein verheddertes Durcheinander erscheinen. Und doch haben wir ein paar interessante Fäden in der Hand. Denn von allen Dingen, die geschehen sind und von denen du mir erzählt hast, sind nur zwei wirklich physikalisch unmöglich.«

Endlich fand Richard die Sprache wieder. »Unmöglich?« fragte er mit finsterem Blick.

»Ja«, sagte Dirk, »völlig und absolut unmöglich.«

Er lächelte.

»Zum Glück«, fuhr er fort, »bist du mit deinem Problem genau zum Richtigen gekommen, denn in meinem Wörterbuch gibt es kein solches Wort wie ›unmöglich‹. Es scheint«, setzte er hinzu und fuchtelte mit dem geschändeten Buch herum, »daß alles zwischen ›Rollmops‹ und ›Vollkornbrot‹ fehlt. Vielen Dank, Miss Pearce, sie haben mir wieder mal hervorragende Dienste geleistet, wofür ich Ihnen danke, und ich werde im Falle eines erfolgreichen Abschlusses dieser Unternehmung sogar versuchen, Sie zu bezahlen. In der Zwischenzeit haben wir über vieles nachzudenken, und ich lege das Büro in ihre überaus fähigen Hände.«

Das Telefon klingelte, und Janice meldete sich.

»Guten Tag«, sagte sie, »hier ist Wainwright's Obst- und Gemüsehandlung. Mr. Wainwright kann im Moment keine Gespräche entgegennehmen, weil er nicht ganz richtig im Kopf ist und denkt, er ist eine Gurke. Danke für Ihren Anruf.«

Sie knallte den Hörer auf die Gabel. Als sie wieder aufblickte, sah sie, wie sich die Tür hinter ihrem Ex-Chef und seinem verdutzten Klienten leise schloß.

»Unmöglich?« fragte Richard noch einmal erstaunt.

»Alles an der Geschichte«, bestätigte Dirk, »vollkommen und absolut – na, sagen wir unerklärlich. Es ist Unsinn, das Wort ›unmöglich‹ zu benutzen, wenn man etwas beschreiben will, das zweifellos passiert ist. Aber es kann durch nichts, was wir kennen, erklärt werden.«

Die Frische der Luft am Grand Union-Kanal drang in Richards Verstand ein und schärfte ihn von neuem. Er hatte sein normales Denkvermögen wieder, und obwohl Gordons Tod ihn alle paar Sekunden immer wieder erneut zusammenschrecken ließ, war er nun wenigstens in der Lage, darüber klarer nachzudenken. Aber merkwürdigerweise schien Dirk das im Augenblick am wenigsten zu beschäftigen. Er hackte vielmehr auf dem belanglosesten der vielen bizarren Ereignisse der Nacht herum und quetschte ihn darüber aus.

Ein Jogger, der in die eine Richtung lief, und ein Fahrradfahrer, der in die andere Richtung fuhr, schrien sich an, gefälligst Platz zu machen, und vermieden es gerade noch, sich gegenseitig in das trübe, langsam fließende Kanalwasser zu schubsen. Sie wurden wachsam von einer sehr langsam gehenden alten Dame beobachtet, die einen sich noch langsamer bewegenden Hund hinter sich her zog.

Am gegenüberliegenden Ufer standen erschrocken große leere Lagerhäuser herum, deren Fensterscheiben sämtlich eingeschlagen waren und böse funkelten. Ein ausgebrannter Kahn hing schaukelnd im Wasser. In ihm schwammen ein paar leere Geschirrspülmittelflaschen auf der brackigen Lorke. Über die nahe Brücke donnerten Schwertransporter, rüttelten die Fundamente der Häuser durch, rülpsten Dieselwolken in die Luft und versetzten eine Mutter in Angst und Schrecken, die mit ihrem Kinderwagen über die Straße zu kommen versuchte.

Dirk und Richard spazierten von den Randbezirken South Hackneys, eine Meile von Dirks Büro entfernt, zurück auf das Zentrum von Islington zu, wo, wie Dirk wußte, die nächsten Rettungsringe hingen.

»Aber es war doch bloß ein Zaubertrick, du lieber Himmel«, sagte Richard. »Er macht ständig welche. Es ist nur ein Taschenspielertrick. Erscheint unmöglich, aber ich bin sicher, wenn man irgendeinen Zauberer fragte, würde er sagen, es ist ganz einfach, wenn man weiß, wie's gemacht wird. In New York habe ich mal einen Mann auf der Straße gesehen, der –«

»Ich weiß, wie's gemacht wird«, sagte Dirk und zog ihm zwei brennende Zigaretten und eine große lasierte Feige aus der Nase. Er warf die Feige in die Luft, aber irgendwie kam sie nicht wieder runter. »Geschicklichkeit, Irreführung, Suggestion. Alles Dinge, die man lernen kann, wenn man ein bißchen Zeit totzuschlagen hat. Entschuldigen Sie, Verehrteste«, sagte er zu der alten, langsam vor sich hin wackelnden Hundebesitzerin, als sie an ihr vorbeigingen. Er bückte sich zu dem Hund hinunter und zog ihm eine lange Kette leuchtend bunter Tücher aus dem Hinterteil. »Ich glaube, jetzt wird er sich leichter bewegen«, sagte er, tippte höflich gegen seinen Hut und ging weiter.

»Diese Dinge, verstehst du«, sagte er zu dem fassungslosen Richard, »sind einfach. Eine Dame in der Mitte durchzusägen ist einfach. Eine Dame in der Mitte durchzusägen und dann wieder zusammenzusetzen, ist weniger einfach, ist aber mit etwas Übung zu schaffen. Der Trick, den du mir geschildert hast, mit der zweihundert Jahre alten Vase und dem College-Salzstreuer ist –« er machte zur Betonung eine Pause – »völlig und absolut unerklärlich.«

»Naja, wahrscheinlich habe ich irgendeine Kleinigkeit übersehen, aber...«

»Oh, ganz ohne Frage. Aber der Vorteil, jemanden unter Hypnose zu befragen, ist, daß der Frager die Szene viel detaillierter sehen kann, als sie der Versuchsperson zu der Zeit überhaupt bewußt wurde. Die kleine Sarah zum Beispiel. Erinnerst du dich, was sie anhatte?«

»Äh, nein«, sagte Richard unsicher, »irgendein Kleid, nehme ich an –«

»Farbe? Stoff?«

»Hmm, das weiß ich nicht mehr, es war dunkel. Sie saß ein paar Plätze von mir weg. Ich habe sie nur flüchtig gesehen.«

»Sie trug ein dunkelblaues Kleid aus Baumwollsamt, das an der Taille gekräuselt war. Es hatte Raglanärmel, die zu den Manschetten hin enger wurden, einen weißen Bubikragen und sechs kleine Perlmutterknöpfe vorn – von dem dritten von oben hing ein kleiner Faden herab. Sie hatte langes, dunkles Haar, das mit einer roten Schmetterlingklemme hinten zusammengehalten war.«

»Wenn du mir erzählen willst, das wüßtest du alles, weil du dir wie Sherlock Holmes eine abgestoßene Stelle an meinen Schuhen angesehen hast, dann glaube ich dir leider nicht.«

»Nein, nein«, sagte Dirk, »es ist viel einfacher. Du hast es mir unter Hypnose erzählt.«

Richard schüttelte den Kopf.

»Stimmt nicht«, sagte er, »ich weiß nicht mal, was ein Bubikragen ist.«

»Aber ich, und du hast ihn mir ganz genau beschrieben. Wie auch den Zaubertrick. Und dieser Trick war in der Form, wie er sich ereignet hat, nicht möglich. Glaub mir. Ich weiß, wovon ich rede. Es gibt noch ein paar andere Dinge, die ich an dem Professor gerne rauskriegen würde, wie zum Beispiel, wer den Zettel schrieb, den du auf dem Tisch fandest, und wieviele Fragen Georg III. wirklich gestellt hat, aber –«

»Was?«

» – aber ich denke, am besten frage ich den Burschen selber. Es sei denn...« Er runzelte die Stirn in tiefer Konzentration. »Es sei denn«, fuhr er fort, »ich zöge es vor, weil ich in diesen Sachen ziemlich eitel bin, die Antworten schon zu kennen, bevor ich die Fragen stelle. Aber ich kenne sie nicht. Ich kenne sie absolut nicht.« Er blickte geistesabwesend in die Ferne und stellte eine ungefähre Berechnung über die restliche Entfernung bis zum nächsten Rettungsring an.

»Und die zweite unmögliche Sache«, setzte er hinzu, gerade als Richard ein Wort dazwischenschieben wollte, »oder zumindest die zweite vollkommen unerklärliche Sache ist natürlich die Geschichte mit deinem Sofa.«

»Dirk«, rief Richard aufgebracht, »darf ich dich daran erinnern, daß Gordon Way tot ist und daß ich im Verdacht stehe, ihn ermordet zu haben! Keins von diesen Dingen hat auch nur im entferntesten damit zu tun, und ich –«

»Aber ich neige außerordentlich zu der Annahme, daß sie miteinander zusammenhängen.«

»Das ist doch absurd!«

»Ich glaube an die grundsätzliche Verflech –«

»Oh, ja, ja«, sagte Richard, »die grundsätzliche Verflechtung aller Dinge untereinander. Hör zu, Dirk, ich bin keine naive alte Dame, und du wirst mir keine Reisen auf die Bahamas ablisten. Wenn du mir helfen willst, laß uns bei der Sache bleiben.«

Dirk warf beleidigt den Kopf zurück. »Ich glaube, daß alle Dinge grundsätzlich miteinander zusammenhängen, wie das jeder, der die Grundsätze der Quantenmechanik bis zu ihren logischen Extremen verfolgt, einfach zugeben muß, wenn er ehrlich ist. Aber ich glaube auch, daß einige Dinge sehr viel enger zusammenhängen als andere. Und wenn zwei anscheinend unmögliche Vorfälle und eine Reihe höchst sonderbarer Dinge allesamt derselben Person zustoßen, und wenn diese Person plötzlich eines höchst sonderbaren Mordes verdächtigt wird, dann scheint mir, sollten wir nach der Lösung in der Verbindung zwischen diesen Vorfällen suchen. Du bist dieses Bindeglied, und du selbst hast dich höchst sonderbar und exzentrisch verhalten.«

»Habe ich nicht«, sagte Richard. »Ja, ein paar merkwürdige Dinge sind mir zugestoßen, aber ich –«

»Du wurdest vergangene Nacht beobachtet, und zwar von mir, wie du die Außenmauer eines Hauses hochgeklettert und in die Wohnung deiner Freundin Susan Way eingebrochen bist.«

»Das war vielleicht ungewöhnlich«, sagte Richard, »es war vielleicht auch nicht klug. Aber es war absolut logisch und vernünftig. Ich wollte nur etwas, was ich getan hatte, rückgängig machen, ehe es irgendeinen Schaden anrichten konnte.«

Dirk dachte einen Augenblick nach und beschleunigte dann seinen Schritt ein wenig.

»Und was du tatest, war eine völlig vernünftige und normale Reaktion auf das Problem dieser Mitteilung, die du auf Band hinterlassen hattest – ja, du hast mir alles darüber bei unserer kleinen Sitzung erzählt –, aber würde das denn jeder getan haben?«

Richard guckte böse, als wollte er sagen, er verstünde

nicht, worum der ganze Wirbel ginge. »Ich sage nicht, jeder hätte das getan«, sagte er, »ich habe wahrscheinlich eine etwas logischere und nüchternere Art als viele Leute, weshalb ich auch Computerprogramme schreiben kann. Es war eine logische und nüchterne Lösung des Problems.«

»Nicht vielleicht ein bißchen unverhältnismäßig?«

»Es war mir sehr wichtig, Susan nicht noch einmal zu enttäuschen.«

»Du bist also absolut überzeugt von deinen Gründen für das, was du getan hast?«

»Ja«, beharrte Richard wütend.

»Weißt du« fragte Dirk, »was meine alte unverheiratete Tante, die in Winnipeg wohnte, mir immer gesagt hat?«

»Nein«, sagte Richard. Er zog rasch alle seine Kleider aus und sprang in den Kanal. Dirk hechtete nach dem Rettungsring, auf dessen Höhe sie eben angelangt waren, zog ihn aus seiner Halterung und warf ihn Richard zu, der mitten in dem Kanal herumzappelte und völlig verdutzt und verwirrt dreinschaute.

»Halt dich dran fest«, schrie Dirk, »ich zieh dich an Land.«

»Ist schon gut«, sprudelte Richard hervor, »ich kann schwimmen –«

»Nein, kannst du nicht«, rief Dirk, »halt dich fest.«

Richard versuchte, aufs Ufer loszuschwimmen, gab es aber schnell konsterniert wieder auf und griff nach dem Rettungsring. Dirk zog an der Leine, bis Richard am Ufer anlangte, dann bückte er sich, um ihm beim Raussteigen zu helfen. Richard kletterte keuchend und spuckend aus dem Wasser, dann drehte er sich um und setzte sich zitternd an den Rand des Kanals, die Hände im Schoß.

»Herrgott, ist das dreckig da drin!« rief er und spuckte wieder aus. »Absolut widerlich. Jäachh. Wuäh. Mein Gott. Ich kann normalerweise ganz gut schwimmen. Muß sowas wie 'n Krampf gekriegt haben. Glücklicher Zufall, daß wir so nahe an einem Rettungsring waren. Oh, danke.« Dies sagte er als Reaktion darauf, daß Dirk ihm ein großes Handtuch reichte.

Er trocknete sich schnell ab, wobei er sich mit dem Handtuch fast kratzte, um sich von dem dreckigen Kanalwasser zu befreien. Er stand auf und blickte sich um. »Weißt du, wo meine Hose ist?«

»Junger Mann«, sagte die alte Dame mit dem Hund, die gerade bei ihnen angekommen war. Sie stand da, sah sie streng an und wollte eben mit Vorwürfen beginnen, als Dirk sie unterbrach.

»Tausendmal Verzeihung, Verehrteste«, sagte er, »für jede Kränkung, die Ihnen mein Freund unbeabsichtigterweise zugefügt haben mag. Bitte«, setzte er hinzu, und zog Richard einen dürftigen Anemonenstrauß aus dem Hintern, »nehmen Sie das mit meinen besten Empfehlungen.« Die Dame schlug ihm die Blumen mit dem Stock aus der Hand, eilte entsetzt davon und zerrte ihren Hund hinter sich her.

»Das war nicht sehr nett von dir«, sagte Richard, der sich seine Sachen unter dem Handtuch anzog, das er sich inzwischen kunstgerecht umgeschlungen hatte.

»Ich glaube auch nicht, daß sie eine sehr nette Frau ist«, erwiderte Dirk, »sie ist immer hier unten, schleift ihren Hund durch die Gegend und legt sich mit den Leuten an. Hat dir dein Bad Spaß gemacht?«

»Nicht sehr, nein«, sagte Richard, der sein Haar rasch durchrubbelte. »Mir war nicht klar, wie dreckig es da drin ist. Und kalt. Hier«, sagte er und gab Dirk das Handtuch zurück, »danke. Trägst du immer ein Handtuch in deiner Aktentasche spazieren?«

»Gehst du immer am Nachmittag schwimmen?«

»Nein. Normalerweise gehe ich am Morgen ins Schwimmbad an den Highbury Fields, einfach um mich wachzumachen und das Gehirn in Gang zu bringen. Es fiel mir eben ein, daß ich das heute morgen nicht gemacht hatte.«

»Und, äh – deswegen bist du einfach in den Kanal gesprungen?«

»Hmm, ja. Ich dachte gerade, ein bißchen Bewegung könnte mir möglicherweise helfen, mit alldem fertigzuwerden.«

»Also nicht ein bißchen übertrieben, sich einfach auszuziehen und in den Kanal zu hüpfen?«

»Nein«, sagte er, »es war vielleicht nicht klug, wenn man an den Zustand des Wassers denkt, aber es war vollkommen –«

»Du warst vollkommen überzeugt von deinen Gründen, das zu tun, was du getan hast.«

»Ja –«

»Und es hatte also nichts mit meiner Tante zu tun?«

Richards Augen wurden vor Argwohn schmal. »Wovon um alles in der Welt redest du?« fragte er.

»Ich erzähl's dir«, sagte Dirk. Er setzte sich auf eine nahegelegene Bank und klappte seine Aktentasche wieder auf. Er legte das zusammengefaltete Handtuch hinein und nahm ein kleines Sony-Tonbandgerät heraus. Er winkte Richard heran und drückte auf die Starttaste. Dem winzigen Lautsprecher entschwebte in einem wiegenden Singsang Dirks Stimme. Sie sagte: »In einer Minute schnippe ich mit den Fingern, und du wirst aufwachen und alles vergessen, bis auf die Anweisung, die ich dir jetzt gebe.

Wir werden in Kürze einen Spaziergang am Kanal entlang machen, und wenn du mich sagen hörst: ›Meine alte unverheiratete Tante, die in Winnipeg wohnte‹ –«

Dirkt packte Richard rasch am Arm, um ihn zurückzuhalten.

Das Band fuhr fort: » – wirst du alle deine Sachen ausziehen und in den Kanal springen. Du wirst feststellen, daß du nicht schwimmen kannst, wirst aber nicht in Panik geraten oder untergehen, du wirst einfach Wasser treten, bis ich dir den Rettungsring zuwerfe...«

Dirk hielt das Band an und warf einen Blick auf Richards Gesicht, das zum zweitenmal an diesem Tag blaß vor Schreck war.

»Mich würde interessieren, genau zu erfahren, was dich gestern abend dazu getrieben hat, in Miss Ways Wohnung einzusteigen«, sagte Dirk, »und warum.«

Richard antwortete nicht – er starrte immer noch ziemlich verwirrt das Tonbandgerät an. Dann sagte er mit zitternder Stimme: »Auf Susans Anrufbeantworter war eine Nachricht von Gordon. Er rief aus seinem Wagen an. Das Band ist in meiner Wohnung. Dirk, das alles erschreckt mich plötzlich sehr.«

21. Kapitel

Hinter einem wenige Meter entfernt geparkten Lieferwagen hervor beobachtete Dirk den Polizeibeamten, der vor Richards Wohnhaus Wache schob. Der Beamte hatte jeden angehalten und befragt, der den schmalen Seitenweg zu betreten versuchte, an dessen Ende Richards Haustür lag, einschließlich, wie Dirk erfreut bemerkte, andere Polizisten, wenn er sie nicht sofort erkannte. Ein zweiter Polizeiwagen hielt, und Dirk setzte sich in Bewegung.

Ein Polizeibeamter mit einer Säge in der Hand stieg aus dem Wagen und ging auf die Eingangstür zu. Ein, zwei Schritte hinter ihm glich Dirk sein Tempo dem des Beamten an und legte sich eine amtliche Gangart zu.

»Ist in Ordnung, wir gehören zusammen«, sagte Dirk, indem er genau in dem Moment vorbeirauschte, als der eine Polizist den anderen anhielt.

Und drin war er und stieg die Treppe nach oben.

Der Beamte mit der Säge folgte ihm ins Haus.

»Äh, Entschuldigung, Sir«, rief er hinter Dirk her.

Dirk war gerade an der Stelle angekommen, wo das Sofa die Treppe versperrte. Er blieb stehen und drehte sich um.

»Sie bleiben hier«, sagte er, »und bewachen dieses Sofa. Lassen Sie niemanden ran, ich betone: niemanden. Verstanden?« Der Polizist schien einen Augenblick verwirrt.

»Ich hatte Befehl, es zu zersägen«, sagte er.

»Befehl aufgehoben«, bellte Dirk. »Bewachen Sie es wie ein Falke. Ich will ausführlich Bericht.«

Er drehte sich wieder um und stieg über das Ding weg. Wenig später gelangte er in einen weiten, offenen Raum. Das war das untere der beiden Stockwerke, aus denen Richards Wohnung bestand.

»Haben Sie das durchsucht?« schnauzte Dirk einen anderen Wachtmeister an, der an Richards Eßtisch saß und ein paar Notizen durchsah. Der Beamte blickte erstaunt auf und machte Anstalten, sich zu erheben. Dirk zeigte auf den Papierkorb.

»Äh, ja –«

»Nochmal durchsuchen. Ständig durchsuchen. Wer ist hier?«

»Äh, tja –«

»Ich habe nicht den ganzen Tag Zeit.«

»Kriminalinspektor Mason ist gerade weg mit –«

»Gut, den schnappe ich mir noch. Ich bin oben, wenn ich gebraucht werde, aber ich möchte nicht gestört werden, außer wenn's sehr wichtig ist. Verstanden?«

»Äh, wer –«

»Ich sehe Sie gar nicht den Papierkorb durchsuchen.«

»Äh, stimmt, Sir. Ich werde –«

»Ich wünsche ihn gründlich durchsucht. Sie verstehen?«

»Äh –«

»An die Arbeit.« Dirk sauste nach oben in Richards Arbeitszimmer.

Das Band lag genau dort, wo Richard es ihm beschrieben hatte, nämlich auf dem langen Tisch mit den sechs Macintoshes. Dirk wollte es gerade in die Tasche stecken, als seine Neugier von dem Bild von Richards Sofa gefangen genommen wurde, das auf dem großen Macintosh-Monitor sich langsam drehte und rotierte, und er setzte sich an die Tastatur.

Er untersuchte kurz das Programm, das Richard geschrieben hatte, aber ihm wurde schnell klar, daß es in seiner gegenwärtigen Form alles andere als verständlich war und er nur wenig mitbekam. Es gelang ihm schließlich, das Sofa frei zu kriegen und wieder nach unten zu bugsieren, allerdings bemerkte er, daß er dazu ein Stück Wand wegreißen mußte. Mit einem irritierten Grunzen gab er auf.

Ein anderer Computer, auf den er guckte, zeigte eine gleichmäßige Sinuskurve. An den Rändern des Bildschirms sah man kleine Darstellungen anderer Wellenformen, die man wählen und zur Hauptkurve addieren oder dazu benutzen konnte, die Kurve auf andere Weise zu verändern. Er kam rasch dahinter, daß man so aus einfachen Wellenformen sehr komplizierte entwickeln konnte, und er spielte damit eine Weile rum. Er addierte einer einfachen Sinuskurve sie selbst, was dazu führte, daß sich die Höhe der Wellenberge und die Tiefe der Täler verdoppelten. Dann verschob er eine der Wellen im Verhältnis zur anderen um einen halben Schritt, und die Berge und Täler der einen löschten die Berge und Täler der anderen einfach aus und hinterließen eine vollkommen gerade Linie. Dann veränderte er die Frequenz einer der Sinuskurven um ein weniges.

Das Ergebnis war, daß sich an manchen Stellen der beiden miteinander verbundenen Wellenformen die beiden Kurven gegenseitig verstärkten und an anderen gegenseitig auslöschten. Als er eine dritte einfache Kurve mit wieder einer anderen Frequenz hinzufügte, kam eine Kurve heraus, in der fast überhaupt keine Struktur mehr erkennbar war. Die Linie tanzte scheinbar willkürlich rauf und runter, blieb eine Weile ganz flach und schwoll dann plötzlich zu riesighohen Bergen und tiefen Tälern an, als die drei Kurven kurz miteinander in die gleiche Phase gerieten.

Dirk vermutete, daß es unter diesem ganzen Aufgebot an Gerätschaften etwas geben müsse, das die Wellenform, die auf dem Macintosh-Monitor herumtanzte, in einen echten musikalischen Klang verwandelte, und er stöberte zwischen den Menüs herum, die das Programm anbot. In einem Menü fand er die Aufforderung, das Wellenbeispiel in einen Emu zu übertragen.

Das verblüffte ihn. Er sah sich auf der Suche nach einem großen, flügellosen Vogel in dem Raum um, konnte aber keins von diesen Tieren entdecken. Er setzte aber trotzdem den Prozeß in Gang, und verfolgte dann das Kabel, das von der Rückseite des Macintosh hinter den Tisch nach unten, über den Fußboden, hinter einen Schrank führte und unter einem Teppich entlanglief, bis es in den Steckern an der Rückseite eines großen grauen Keyboards namens Emulator II endete.

Das, nahm er an, war die Stelle, wo seine Versuchskurve eben angekommen war. Er drückte probeweise auf eine Taste. Ein gräßlicher Furzton, der im selben Augenblick aus den Lautsprechern schepperte, war so laut, daß er einen Moment lang nicht hören konnte, daß gleichzeitig an der Tür die Worte »Svlad Cjelli!« geschnauzt wurden.

Richard saß in Dirks Büro und warf kleine, aus Papier geknüllte Bällchen gegen den Papierkorb, der bereits voller Telefone war. Er zerknickte Bleistifte. Er spielte größere Auszüge aus einem alten Ginger Baker-Solo auf seinen Knien.

Mit einem Wort, er war gereizt.

Er hatte versucht, auf einem Blatt von Dirks Notizpapier

alles niederzuschreiben, was ihm von den Vorgängen der letzten Nacht einfiel, und, soweit er sie genau festlegen konnte, auch die Zeiten, zu denen sie sich zugetragen hatten. Er war erstaunt, wie schwierig das war und – was Dirk ihm ja demonstriert hatte – wie dürftig offenbar seine bewußte Erinnerung im Vergleich zu seiner unbewußten war.

»Dirk soll der Teufel holen!« dachte er. Er wollte mit Susan sprechen.

Dirk hatte ihm gesagt, das solle er auf keinen Fall tun, weil die Telefone abgehört würden.

»Hol dich der Teufel, Dirk!« sagte er plötzlich und sprang auf. »Haben Sie ein paar Zehn-Cents-Stücke?« fragte er die entschlossen mürrische Janice.

Dirk drehte sich um.

Im Rahmen der Tür stand eine große, dunkle Gestalt.

Die große, dunkle Gestalt schien alles andere als glücklich über das, was sie sah, eher eigentlich ziemlich sauer darüber zu sein. Mehr als sauer. Es schien eine große, dunkle Gestalt zu sein, die mit Leichtigkeit einem halben Dutzend Hühner die Köpfe abreißen und danach immer noch sauer sein konnte. Sie trat vor ins Licht und entpuppte sich als Sergeant Gilks von der Gendarmerie Cambridgeshire.

»Können Sie sich denken«, sagte Sergeant Gilks von der Gendarmerie Cambridgeshire und blinzelte vor unterdrückter Wut, »wenn ich hierher zurückkomme und feststelle, daß ein Polizeibeamter ein Sofa mit einer Säge in der Hand bewacht und ein anderer einen unschuldigen Papierkorb in seine Einzelteile zerlegt, daß ich mir dann gewisse Fragen stellen muß? Und ich habe sie mir mit dem beunruhigenden Gefühl zu stellen, daß mir die Antworten nicht gefallen werden, wenn ich sie finde.

Und dann sehe ich mich die Treppe mit einer schrecklichen Ahnung hochsteigen, Svlad Cjelli, einer wirklich sehr schrecklichen Ahnung. Einer Vorahnung, könnte ich vielleicht hinzufügen, die ich nun schrecklich bewahrheitet sehe. Sie können wohl nicht auch irgendwie Licht in eine Sache mit einem Pferd bringen, das in einem Badezimmer gefunden wurde? Die Geschichte schien mir ein bißchen nach Ihnen zu riechen.«

»Bis jetzt«, sagte Dirk, »kann ich es noch nicht. Aber sie interessiert mich merkwürdig.«

»Das konnte ich mir doch verflucht nochmal denken. Sie sollte Sie auch merkwürdig interessiert haben, wenn Sie das verdammte Vieh um ein Uhr nachts eine verdammte Wendeltreppe runterzuschaffen gehabt hätten. Was zum Teufel tun Sie hier?« fragte Sergeant Gilks müde.

»Ich bin hier«, sagte Dirk, »um dem Recht zum Durchbruch zu verhelfen.«

»Na, dann würde ich mir aber nicht in die Quere kommen«, sagte Gilks, »und ganz bestimmt würde ich der Londoner Polizei nicht in die Quere kommen. Was wissen Sie über MacDuff und Way?«

»Über Way? Nichts, als was allgemein bekannt ist. MacDuff habe ich in Cambridge kennengelernt.«

»Oh, haben Sie das, wie? Beschreiben Sie ihn.«

»Groß. Groß und irrsinnig dünn. Und gutmütig. Ein bißchen wie eine beutegierige Gottesanbeterin, die nicht auf Beute lauert – eine nicht-beutegierige Gottesanbeterin, wenn Sie so wollen. Sowas wie eine erfreulich sanftmütige Gottesanbeterin, die die Beutejagd aufgegeben hat und nun stattdessen Tennis spielt.«

»Hmm«, sagte Gilks barsch, drehte sich weg und blickte sich in dem Raum um. Dirk steckte das Tonband ein.

»Hört sich an, als wär's derselbe«, sagte Gilks.

»Und natürlich«, sagte Dirk, »zu einem Mord absolut nicht imstande.«

»Das entscheiden wir.«

»Und natürlich ein Gericht.«

»Tschah! Gericht!«

»Aber natürlich kommt's gar nicht erst dazu, weil die Fakten für sich sprechen werden, lange bevor es zu einer Gerichtsverhandlung für meinen Klienten kommt.«

»Ihr verfluchter Klient, wie? Na schön, Cjelli, wo ist er?«

»Ich habe nicht die leiseste Idee.«

»Ich wette, Sie haben eine Adresse, wo Sie die Rechnung hinschicken können.«

Dirk zuckte die Achseln.

»Sehen Sie mal, Cjelli, das hier ist eine ganz normale, harmlose Morduntersuchung, und ich möchte nicht, daß Sie die vermasseln. Also betrachten Sie sich ab sofort als verwarnt. Wenn ich merke, daß ein einziges Beweisstück von seinem Platz genommen wurde, haue ich so hart zu, daß Sie nicht mehr wissen, ob wir morgen oder Donnerstag haben. Und nun raus, aber geben Sie mir vorher das Band.« Er streckte die Hand aus.

Dirk blinzelte, ehrlich überrascht. »Was denn für ein Band?«

Gilks seufzte. »Sie sind ein kluger Mensch, Cjelli, das gebe ich zu«, sagte er, »aber Sie machen denselben Fehler, den viele kluge Leute machen, wenn sie meinen, alle andern sind dämlich. Wenn ich mich umdrehe, dann hat das seinen Grund, und der Grund war zu sehen, was Sie weggenommen haben. Ich brauchte nicht zu sehen, daß Sie es wegnahmen, ich brauchte nur zu sehen, was hinterher fehlte. Wir sind drauf trainiert, verstehen Sie? Wir hatten früher jeden Dienstagnachmittag eine halbe Stunde Beobachtungstraining. Einfach als Erholung nach vier geschlagenen Stunden ›Sinnlose Brutalität‹.«

Dirk verbarg die Wut auf sich hinter einem angedeuteten Lächeln. Er kramte in der Tasche seines Ledermantels und händigte das Tonband aus.

»Spielen Sie's ab«, sagte Gilks, »sehen wir mal, was wir Ihrer Meinung nach nicht hören sollten.«

»Ich wollte nicht, daß Sie es nicht hören«, sagte Dirk mit einem Achselzucken, »ich wollte es nur als erster hören.« Er ging hinüber zu dem Regal, in dem Richards Hi-Fi-Anlage stand, und steckte das Band in den Cassettenrecorder.

»Möchten Sie mir ein paar Worte zur Einführung sagen?«

»Es ist ein Band«, sagte Dirk, »aus Susan Ways Anrufbeantworter. Way hatte offensichtlich die Angewohnheit, lange Gespräche...«

»Ja, davon weiß ich. Und seine Sekretärin zieht am Morgen durch die Gegend und sammelt sein Gequatsche ein, das arme Ding.«

»Tja, ich glaube, es könnte ein Anruf aus Gordon Ways Wagen von gestern abend auf dem Band sein.«

»Ich verstehe. Okay. Spielen Sie's ab.«

Mit einer eleganten Verbeugung drückte Dirk auf die Starttaste.

»Oh, Susan, hi, hier ist Gordon«, sagte das Band noch einmal. »Eben auf dem Weg zum Landhaus –«

»Landhaus!« rief Gilks höhnisch.

»Es ist, äh, Donnerstagabend, und es ist, äh... 8 Uhr 47. Bißchen neblig auf den Straßen. Hör zu, ich habe dieses Wochenende Leute aus den Staaten da...«

Gilks zog die Augenbrauen hoch, sah auf seine Uhr und machte sich eine Notiz auf seinem Block.

Dirk und der Polizist spürten einen Schauder, als die Stimme des Toten den Raum füllte.

»– es ist ein Wunder, wenn ich nicht tot im Straßengraben lande, das wäre was, findest du nicht auch, wenn man seine berühmten letzten Worte auf jemandes Anrufbeantworter hinterließe, es gibt keinen Grund –«

Sie hörten in gespanntem Schweigen zu, während das Band den ganzen Anruf durch weiterlief.

»Das ist das Problem mit Querköpfen – sie haben eine phantastische Idee, die tatsächlich funktioniert, und dann erwarten sie, daß du sie jahrelang weiter finanzierst, während sie dasitzen und die Topografie ihres Nabels berechnen. Tut mir leid, ich muß mal halten und den Kofferraum richtig zumachen. Dauert nur 'n Moment.«

Als nächstes hörte man das gedämpfte Bums des Telefonhörers, der auf den Beifahrersitz fiel, und ein paar Sekunden darauf, wie die Tür geöffnet wurde. Währenddessen hörte man die Musik aus der Hi-Fi-Anlage des Wagens im Hintergrund weiterplätschern.

Wieder ein paar Sekunden später hörte man den entfernten, gedämpften, aber unverkennbaren Doppelknall einer Jagdflinte.

»Halten Sie das Band an«, sagte Gilks scharf und blickte auf seine Uhr. »Drei Minuten und fünfundzwanzig Sekunden, seit er sagte, es wäre 8 Uhr 47.« Er schaute wieder zu Dirk auf. »Bleiben Sie hier. Rühren Sie sich nicht. Fassen Sie nichts an. Ich habe mir die Position jedes Luftpartikelchens in diesem Raum notiert, ich werde also auch erfahren, ob Sie geatmet haben.«

Er machte forsch kehrt und verließ das Zimmer. Als er die Treppe runterging, hörte Dirk ihn sagen: »Tuckett, setzen Sie sich mit dem WayForward-Büro in Verbindung, lassen Sie sich die Einzelheiten von Ways Autotelefon durchgeben, welche Nummer, welches Netz...« Die Stimme wurde auf dem Weg nach unten leiser.

Rasch drehte Dirk den Lautstärkeregler an der Hi-Fi-Anlage runter und setzte das Band wieder in Gang.

Die Musik lief eine Weile weiter. Dirk trommelte enttäuscht mit den Fingern. Immer noch lief die Musik weiter.

Er tippte ganz kurz auf die Schnellauftaste. Immer noch Musik. Es kam ihm so vor, als suche er nach etwas, aber wisse nicht, wonach. Dieser Gedanke ließ ihn abrupt innehalten.

Er war ganz entschieden auf der Suche nach etwas.

Er wußte ganz entschieden nicht, wonach.

Die Entdeckung, daß er nicht genau wußte, warum er etwas tat, was er gerade tat, jagte ihm einen kalten Schauder über den Rücken. Er drehte sich langsam um wie eine sich öffnende Kühlschranktür.

Es war niemand da, wenigstens niemand, den er sehen konnte. Aber er kannte dieses Frösteln, das ihm durch die Haut prickelte und das er mehr als alles andere nicht leiden konnte.

Er sagte in einem leisen, wütenden Flüstern: »Wenn irgend jemand mich hören kann, sage ich ihm folgendes. Mein Verstand ist mein Zentrum, und alles was dort geschieht, untersteht meiner Verantwortung. Andere Leute mögen glauben, was ihnen Spaß macht, aber ich werde nichts tun, wovon ich nicht den Grund klar und deutlich kenne. Wenn Sie etwas wollen, lassen Sie es mich wissen, aber wagen Sie nicht, meinen Verstand anzutasten.«

Ein tiefer, alter Zorn bebte in ihm. Das Frösteln fiel langsam und beinahe mitleidig von ihm ab und schien sich in dem Raum zu entfernen. Er versuchte, ihm mit seinen Sinnen zu folgen, wurde aber im selben Augenblick unerwartet von einer Stimme abgelenkt, die ihn am Rande seines Hörvermögens wie ein fernes Heulen im Wind zu erreichen schien.

Es war eine hohle, entsetzte, verdutzte Stimme, nicht mehr als ein körperloses Flüstern, aber sie war da, hörbar, auf dem Band des Anrufbeantworters.

Sie sagte: »Susan! Susan, hilf mir! Hilf mir, um Gottes willen. Susan, ich bin tot –«

Dirk fuhr herum und hielt das Band an.

»Tut mir leid«, sagte er flüsternd, »aber ich habe auf das Wohl meines Klienten Rücksicht zu nehmen.«

Er spulte das Band ein ganz kleines Stück zurück, gerade bis vor die Stelle, wo die Stimme einsetzte, drehte den Aussteuerungsknopf auf Null und drückte auf Aufnahme. Er ließ das Band laufen und löschte damit die Stimme und alles, was danach kommen mochte. Wenn das Band den Zeitpunkt von Gordon Ways Tod bewies, dann wollte Dirk nicht irgendwelche peinlichen Beispiele des redenden Gordon nach diesem Zeitpunkt auf dem Band haben, auch wenn sie bestätigten, daß er wirklich tot war.

In der Luft um ihn herum schien sich ein gewaltiger Gefühlsausbruch zu ereignen. Eine Welle von irgendwas brandete durch den Raum und brachte in ihrem Kielwasser die Möbel zum Zittern. Dirk beobachtete, wo sie hinzulaufen schien: zu einem Regal in der Nähe der Tür, auf dem, wie er plötzlich bemerkte, Richards Anrufbeantworter stand. Der Apparat fing an, unruhig zu wackeln, wo er stand, war aber wieder still, als Dirk nähertrat. Langsam und ruhig streckte er die Hand aus und drückte auf den Knopf, der den Apparat auf Aufnahme schaltete.

Das Durcheinander in der Luft wanderte nun durch den Raum zurück zu Richards langem Tisch, wo zwei altmodische Wählscheiben-Telefone zwischen den Papierstapeln und Mikro-Floppy-Disks hockten. Dirk erriet, was passieren würde, zog es aber vor zuzusehen, statt einzugreifen.

Einer der Telefonhörer purzelte von seiner Gabel. Dirk hörte das Freizeichen. Dann begann sich langsam und mit sichtlicher Mühe die Wählscheibe zu drehen. Sie drehte sich stockend herum, weiter herum, langsamer und langsamer, dann schnappte sie plötzlich zurück.

Es entstand eine kurze Pause. Die Gabel ging nach unten und wieder nach oben, und man hörte erneut das Freizeichen. Wieder begann sich die Wählscheibe zu drehen, schleppte sich aber noch stockender dahin als das letztemal.

Wieder schnappte sie zurück.

Diesmal trat eine längere Pause ein, und dann wurde das Ganze noch einmal wiederholt.

Als die Wählscheibe zum drittenmal zurückschnappte, entstand ein plötzlicher Wutausbruch – das ganze Telefon flog in die Luft und polterte durchs Zimmer. Das Hörerkabel wikkelte sich unterwegs um eine Anglepoise-Lampe und brachte sie in einem Gewirr aus Kabeln, Kaffeetassen und Floppy-Disks krachend zu Fall. Ein Bücherstapel flog vom Tisch und landete am Boden.

Die Gestalt Sergeant Gilks' stand mit steinernem Gesicht in der Tür.

»Ich komme gleich wieder«, sagte er, »und wenn das geschieht, will ich absolut nichts mehr von all dem hier passieren sehen. Ist das klar?« Er drehte sich um und verschwand.

Dirk war mit einem Satz bei dem Cassettenrecorder und drückte auf die Rückspultaste. Dann drehte er sich um und zischte in die leere Luft: »Ich weiß nicht, wer Sie sind, aber ich kann es mir denken. Wenn Sie meine Hilfe wollen, bringen Sie mich nie wieder in solche Verlegenheit!«

Ein paar Augenblicke später kam Gilks zurück. »Ah, da sind Sie ja«, sagte er.

Er überschaute das Chaos mit einem ruhigen Blick. »Ich will mal so tun, als sähe ich nichts davon, so daß ich keine Fragen stellen muß, deren Antworten, das weiß ich, mich bloß ärgern würden.«

Dirk machte ein finsteres Gesicht.

In den ein, zwei Sekunden Stille, die folgten, hörte man ein leise tickendes Surren, das den Sergeant veranlaßte, einen scharfen Blick auf den Cassettenrecorder zu werfen.

»Was macht das Band da?«

»Spult sich zurück.«

»Geben Sie es mir.«

Das Band erreichte den Anfang und stoppte, als Dirk bei dem Recorder ankam. Er nahm es heraus und reichte es Gilks.

»Ärgerlicherweise scheint es ja Ihren Klienten vollkommen reinzuwaschen«, sagte der Sergeant. »Die von Cellnet haben bestätigt, daß der letzte Anruf aus dem Wagen gestern abend um 8 Uhr 46 gemacht wurde, als Ihr Klient vor mehreren hundert Zeugen leise vor sich hindöste. Ich sage Zeugen, obwohl's eigentlich meistens Studenten waren, aber wir werden wahrscheinlich annehmen müssen, daß sie nicht alle lügen können.«

»Gut«, sagte Dirk, »na, ich bin froh, daß alles geklärt ist.«

»Wir haben natürlich nie angenommen, daß er's wirklich getan hat. Paßte einfach nicht. Aber Sie kennen uns – wir kommen gerne zu Ergebnissen. Sagen Sie ihm aber, daß wir ihm trotzdem noch ein paar Fragen stellen möchten.«

»Ich werde es sicher erwähnen, falls ich ihm zufällig begegnen sollte.«

»Erledigen Sie diese Kleinigkeit.«

»Na, nun will ich Sie nicht länger aufhalten, Sergeant«, sagte Dirk und fuchtelte lässig zur Tür hinüber.

»Nein, aber ich werde Sie verflucht nochmal aufhalten, wenn Sie hier in dreißig Sekunden nicht verschwunden sind, Cjelli. Ich weiß nicht, was Sie im Schilde führen, aber falls ich möglicherweise nicht anders kann, als dahinterzukommen, wird mir der Schlaf in meinem Büro süßer vorkommen. Raus.«

»Dann wünsche ich Ihnen einen guten Tag, Sergeant. Ich werde nicht sagen, es war mir ein Vergnügen, denn das war's nicht.«

Dirk stürmte aus dem Zimmer und verließ die Wohnung, wobei er mit Kummer bemerkte, daß dort, wo einmal ein großes Chesterfield-Sofa eindrucksvoll im Treppenhaus geklemmt hatte, jetzt nur noch ein kleines, trauriges Häufchen Sägemehl lag.

Mit einem Ruck blickte Michael Milton-Innerwoakes von seinem Buch auf.

Plötzlich war sein Inneres von Entschlußkraft erfüllt. Gedanken, Bilder, Erinnerungen, Pläne – alles drängte auf ihn ein, und je mehr sie einander zu widersprechen schienen, desto mehr schienen sie übereinzustimmen, zusammenzupassen und sich zu beruhigen.

Die Übereinstimmung war schließlich perfekt, die Zähne des einen griffen langsam in die Zähne des anderen.

Ein Ruck, und sie saßen wie bei einem Reißverschluß ineinander.

Obwohl das Warten Ewigkeiten und Ewigkeiten gedauert zu haben schien, während es mit Fehlschlägen, mit zerrinnenden Wogen der Schwachheit, mit mattem, tastendem Suchen und einsamer Ohnmacht erfüllt war, löschte die einmal eingetretene Übereinstimmung all das aus. Würde all das auslöschen. Würde ungeschehen machen, was verhängnisvollerweise getan worden war.

Wer dachte das? Es war egal, die Übereinstimmung war eingetreten, die Übereinstimmung war perfekt.

Michael blickte aus dem Fenster über die sorgfältig manikürte Straße in Chelsea hinweg, und es interessierte ihn nicht, ob das, was er sah, schleimige Wesen mit Beinen, oder ob sie allesamt Mr. A.K. Ross waren. Wichtig war nur, was sie gestohlen und was sie wiederzugeben gezwungen wären. Ross war nun Vergangenheit. Um was es ihm jetzt ging, das lag viel weiter zurück.

Seine großen, sanften Kuhaugen kehrten zu den letzten Zeilen von »Kubla Khan« zurück, den er gerade gelesen hatte. Die Übereinstimmung war getroffen, der Reißverschluß war zugezogen.

Er klappte das Buch zu und steckte es in seine Tasche.

Der Weg zurück war nun klar. Er wußte, was er zu tun hatte. Er mußte nur noch einen kleinen Einkauf erledigen und es dann tun.

22. Kapitel

»Du? Wegen Mordes gesucht? Richard, wovon redest du?«

Das Telefon in Richards Hand zitterte. Er hielt es, so gut es ging, etwa zwei Zentimeter von seinem Ohr weg, weil es den Anschein hatte, als habe jemand die Hörmuschel vor kurzem in etwas Chow Mein getunkt, aber das war nicht so schlimm. Dies hier war ein öffentliches Telefon, da war es zweifellos ein Versehen, daß es überhaupt funktionierte. Aber Richard hatte allmählich das Gefühl, als wäre die ganze Welt ungefähr zwei Zentimeter von ihm weggerückt, wie jemand in einer Deo-Reklame.

»Gordon«, sagte Richard unschlüssig, »Gordon ist ermordet worden – stimmt's?«

Susan zögerte, ehe sie antwortete. »Ja, Richard«, sagte sie mit gequälter Stimme, »aber niemand denkt, du warst es. Sie wollen dich natürlich befragen, aber –«

»Es ist also im Augenblick keine Polizei bei dir?«

»Nein, Richard«, beteuerte Susan. »Hör mal, warum kommst du nicht her?«

»Und sie suchen auch nicht nach mir?«

»Nein! Woher um alles auf der Welt hast du die Idee, daß du gesucht wirst wegen... daß sie dachten, du wärst es gewesen?«

»Äh – naja, ein Freund von mir hat mir das erzählt.«

»Wer denn?«

»Äh, hmm, sein Name ist Dirk Gently.«

»Den hast du nie erwähnt. Wer ist das denn? Hat er sonst noch was gesagt?«

»Er hat mich hypnotisiert und, äh, mich in den Kanal springen lassen und, äh, naja, das war es eigentlich –«

Am anderen Ende entstand eine schrecklich lange Pause.

»Richard«, sagte Susan schließlich mit der Art Ruhe, die

Leute überkommt, wenn ihnen klar wird, daß, wie schlimm gewisse Dinge auch zu sein scheinen, es absolut keinen Grund gibt, warum sie nicht noch immer schlimmer und schlimmer werden sollten, »komm her. Ich wollte gerade sagen, ich muß dich unbedingt sehen, aber ich glaube, du mußt mich unbedingt sehen.«

»Ich sollte wohl zur Polizei gehen.«

»Geh bitte später zur Polizei, Richard. Ein paar Stunden machen da bestimmt nichts aus. Ich... Ich kann kaum noch richtig denken. Richard, es ist so schrecklich. Es würde einfach helfen, wenn du hier wärst. Wo bist du jetzt?«

»Okay«, sagte Richard, »in etwa zwanzig Minuten bin ich bei dir.«

»Soll ich das Fenster offen lassen, oder würdest du's mit der Tür versuchen?« fragte sie mit einem Schniefer.

23. Kapitel

»Nein, bitte«, sagte Dirk und hielt Miss Pearces Hand davon zurück, einen Brief vom Finanzamt zu öffnen, »es gibt erhabenere Himmel als diese.«

Er hatte sich aus dem Bann gelöst, in dem er angespannt grübelnd in seinem dunklen Büro gesessen hatte, und es war so etwas wie angeregte Aufmerksamkeit an ihm zu verspüren. Es hatte seiner echten Unterschrift auf einem echten Scheckformular bedurft, um Miss Pearce dazu zu bringen, ihm die neueste unverantwortliche Extravaganz zu verzeihen, mit der er ins Büro zurückgekommen war, und er war der Meinung, einfach dazusitzen und wichtigtuerisch Briefe von der Steuer aufzumachen, hieß, seine großherzige Geste völlig falsch aufzufassen.

Sie legte den Umschlag beiseite.

»Kommen Sie!« sagte er. »Ich habe was, das möchte ich Ihnen gerne zeigen. Ich werde Ihre Reaktionen mit dem allergrößten Interesse beobachten.« Er eilte zurück in sein Arbeitszimmer und setzte sich an seinen Schreibtisch.

Sie folgte ihm ergeben und setzte sich ihm gegenüber hin, wobei sie die neue unverantwortliche Extravaganz, die auf dem Schreibtisch stand, geflissentlich übersah.

Das blitzende Messingschild für die Tür hatte sie schon ziemlich in Wallung gebracht, aber dieses dämliche Telefon mit seinen großen roten Tasten war für sie unter aller Würde. Und bestimmt würde sie nichts Übereiltes tun, wie etwa lächeln, bis sie sicher wußte, daß der Scheck nicht platzen würde. Als er ihr letztesmal einen Scheck unterschrieb, hatte er ihn noch am selben Tag storniert, um zu verhindern, wie er erklärte, daß er »in die falschen Hände geriete.« Wobei die falschen Hände wahrscheinlich die von ihrem Bankbeamten waren.

Er schob ein Stück Papier über den Tisch.

Sie nahm es und sah es sich an. Dann drehte sie es herum und sah es sich wieder an. Sie sah es sich von der anderen Seite an und legte es dann wieder hin.

»Na?« fragte Dirk. »Was halten Sie davon? Sagen Sie's!«

Miss Pearce seufzte.

»Es sind 'ne Menge sinnlose blaue Filzstiftkrakel auf einem Blatt Schreibmaschinenpapier«, sagte sie. »Es sieht so aus, als hätten Sie die selber gemacht.«

»Nein!« bellte Dirk. »Das heißt, ja«, gab er zu, »aber nur, weil ich glaube, daß das die Antwort auf das Problem ist!«

»Welches Problem denn?«

»Das Problem«, beharrte Dirk und schlug mit der Hand auf den Tisch, »mit dem Zaubertrick! Ich hab's Ihnen doch erzählt!«

»Ja, Mr. Gently, mehrere Male. Ich glaube aber, es war bloß ein Zaubertrick. Man kann sie ja im Fernsehen sehen.«

»Mit dem Unterschied – daß dieser vollkommen unmöglich war!«

»Kann nicht unmöglich gewesen sein, sonst hätte er ihn nicht gemacht. Leuchtet doch ein.«

»Genau!« sagte Dirk aufgeregt. »Genau! Miss Pearce, Sie sind eine Frau von seltener Auffassungsgabe und Klarsicht.«

»Danke, Sir, kann ich jetzt gehen?«

»Warten Sie! Ich bin noch nicht fertig! Noch lange nicht, absolut nicht! Sie haben mir die Tiefe Ihrer Auffassungsgabe und Klarsicht demonstriert, erlauben Sie, daß ich Ihnen nun die meine demonstriere!«

Miss Pearce ließ sich geduldig auf ihren Stuhl plumpsen.

»Ich glaube«, sagte Dirk, »Sie werden beeindruckt sein. Überlegen Sie mal. Ein hartnäckiges Problem. Beim Versuch, die Lösung zu finden, bin ich in meinem Kopf in kleinen Kreisen immer und immer wieder um dieselben zum Wahnsinn reizenden Dinge herumgegangen. Selbstverständlich war ich außerstande, an irgendwas anderes zu denken, bis ich die Antwort hatte, aber genauso selbstverständlich mußte ich an etwas anderes denken, wenn ich jemals die Antwort *bekommen* wollte. Wie diesen Kreis durchbrechen? Fragen Sie mich, wie.«

»Wie?« fragte Miss Pearce gehorsam, aber ohne jede Begeisterung.

»Indem ich aufschrieb, wie die Antwort lautet!« rief Dirk aus. »Und hier ist sie!« Er schlug triumphierend mit der Hand auf das Blatt Papier und lehnte sich zufrieden lächelnd zurück.

Miss Pearce sah ihn stumm an.

»Mit dem Resultat«, fuhr Dirk fort, »daß ich jetzt meinen Verstand neuen interessanten Problemen zuwenden kann, zum Beispiel...«

Er nahm das mit seinen planlosen Krakeln und Kringeln vollgemalte Blatt Papier und hielt es ihr hin.

»In welcher Sprache«, sagte er mit leiser, geheimnisvoller Stimme, »ist das hier geschrieben?«

Miss Peace starrte es weiter stumm an.

Dirk ließ das Blatt Papier fallen, legte die Füße auf den Tisch und warf den Kopf zurück, die Hände dahinter verschränkt.

»Sehen Sie, was ich gemacht habe?« fragte er die Decke, die leicht zurückzuzucken schien, weil sie so plötzlich in die Unterhaltung hineingezogen wurde. »Ich habe das Problem von einem hartnäckig schwierigen und möglicherweise völlig unlösbarem Rätsel zu einem rein linguistischem Puzzle umgeformt. Wenn auch«, murmelte er nach einem langen schweigenden Nachdenken, »zu einem hartnäckig schwierigen und möglicherweise unlösbarem.«

Er drehte sich herum und sah Miss Pearce gespannt an.

»Na los«, drängte er, »sagen Sie, daß es Schwachsinn ist – aber es könnte doch funktionieren!«

Janice Pearce räusperte sich.

»Es ist Schwachsinn«, sagte sie, »glauben Sie's mir.«

Dirk drehte sich weg und sackte seitwärts vom Stuhl, genauso wie es das Modell zu dem Denker wahrscheinlich getan hatte, wenn Rodin Pause machte.

Plötzlich sah er ungeheuer müde und niedergeschlagen aus. »Ich weiß«, sagte er mit leiser, mutloser Stimme, »irgendwo ist etwas völlig falsch. Und ich weiß, daß ich nach Cambridge muß, um es richtigzustellen. Aber mir wäre weniger bange, wenn ich wüßte, was es ist…«

»Kann ich dann bitte jetzt gehen?« fragte Miss Pearce.

Dirk blickte bedrückt zu ihr auf.

»Ja«, sagte er mit einem Seufzer, »aber – aber sagen Sie mir einfach –« er schnippte mit den Fingerspitzen gegen das Blatt Papier – »was denken Sie denn darüber?«

»Naja, ich denke, es ist Kinderkram«, sagte Janice Pearce freimütig.

»Aber – aber – aber!« sagte Dirk und schlug mit der Faust auf den Tisch. »Begreifen Sie denn nicht, daß wir Kinder sein müssen, um zu verstehen? Nur ein Kind sieht die Dinge mit vollkommener Klarheit, weil es noch nicht alle diese Filter entwickelt hat, die uns hindern, Dinge zu sehen, die wir zu sehen nicht erwarten?«

»Warum gehen Sie dann nicht und fragen eins?«

»Danke, Miss Pearce«, sagte Dirk und griff nach seinem Hut, »schon wieder haben Sie mir einen unschätzbaren Dienst erwiesen, für den ich Ihnen zutiefst dankbar bin.«

Und stürmte hinaus.

24. Kapitel

Das Wetter begann sich einzutrüben, als Richard sich zu Susan auf den Weg machte. Der Himmel, der am Morgen mit solchem Schwung und Elan an den Start gegangen war, verlor langsam die Konzentration und sank wieder auf seinen normalen englischen Zustand zurück – den eines feuchten, ranzigen Tischtuchs. Richard nahm ein Taxi, das ihn in wenigen Minuten hinbrachte.

»Die sollte man alle deportieren«, sagte der Taxifahrer, als sie anhielten.

»Äh, wen denn?« fragte Richard, der bemerkte, daß er den Worten des Fahrers überhaupt nicht zugehört hatte.

»Äh –«, sagte der Fahrer, der plötzlich bemerkte, daß er auch nicht zugehört hatte, »äh, das ganze Gesindel. Weg mit dem ganzen verdammten Pack, das ist meine Meinung. Und ihre verfluchte Brut«, setzte er noch hinzu.

»Nehme an, Sie haben recht«, sagte Richard und eilte in das Haus.

Als er vor der Wohnungstür ankam, hörte er drinnen Susans Cello eine langsame, feierliche Melodie spielen. Er freute sich darüber, daß sie spielte. Sie besaß eine erstaunliche Gefühlsstärke und Selbstbeherrschung, vorausgesetzt, sie konnte auf ihrem Cello spielen. Er hatte etwas Merkwürdiges und Außergewöhnliches an ihrem Verhältnis zum Musikmachen bemerkt. Immer wenn sie meinte, sie sei seelisch aus dem Gleichgewicht oder verstimmt, setzte sie sich hin, spielte mit äußerster Konzentration Cello und war hinterher offenbar erfrischt und ruhig.

Wenn sie dagegen das nächstemal dieselbe Musik spielte, konnte alles aus ihr heraussprudeln, und sie brach danach völlig zusammen.

Er betrat die Wohnung so leise wie möglich, um ihre Konzentration nicht zu stören.

Auf Zehenspitzen schlich er an dem kleinen Zimmer vorbei, in dem sie übte, aber die Tür stand offen, und er blieb stehen, sah sie an und gab ihr mit einem ganz flüchtigen Zeichen zu verstehen, daß sie nicht aufhören solle. Sie sah blaß und abgespannt aus, schenkte ihm aber ein winziges Lächeln und setzte ihr Spiel mit plötzlicher Intensität fort.

Mit einem tadellosen Timing, zu dem sie sehr selten imstande ist, wählte die Sonne sich diesen Moment, um kurz durch die sich zusammenziehenden Regenwolken hervorzubrechen, und während Susan auf ihrem Cello spielte, spielte ein stürmisches Licht auf ihr und auf dem dunklen alten Braun des Holzes ihres Instruments. Richard blieb wie versteinert stehen. Die Unruhe des Tages verharrte einen Augenblick und hielt respektvoll Abstand.

Er kannte die Musik nicht, aber sie hörte sich nach Mozart an, und ihm fiel wieder ein, daß sie gesagt hatte, sie müsse irgendwas von Mozart üben. Er ging leise weiter und setzte sich, um zu warten und zuzuhören.

Wenig später war sie mit dem Stück fertig, und es trat ungefähr eine Minute Stille ein, ehe sie zu ihm kam. Sie blinzelte und lächelte und ließ sich lange zitternd von ihm in die Arme nehmen, dann löste sie sich und legte den Telefonhörer zurück auf die Gabel. Der wurde normalerweise abgenommen, wenn sie übte.

»Entschuldige«, sagte sie, »ich wollte nicht aufhören.« Sie wischte rasch eine Träne fort, als ärgere sie sie ein wenig. »Wie geht's dir, Richard?«

Er zuckte die Achseln und sah sie irritiert an. Das schien die Frage etwa zu beantworten.

»Und ich werde leider weitermachen müssen«, sagte Susan mit einem Seufzen. »Tut mir leid, ich war gerade dabei...« Sie schüttelte den Kopf. »Wer kann es denn getan haben?«

»Ich weiß nicht. Irgendein Irrer. Es ist wahrscheinlich egal, wer's war.«

»Ja«, sagte sie. »Hör zu, äh, hast du schon was gegessen?«

»Nein. Susan, du übst weiter, und ich sehe nach, was im Kühlschrank ist. Wir können dann bei ein bißchen was zu essen über alles reden.«

Susan nickte.

»Na schön«, sagte sie, »außer...«

»Ja?«

»Naja, gerade im Moment habe ich eigentlich nicht viel Lust, über Gordon zu reden. Bis es sich halt gesetzt hat. Ich fühle mich irgendwie auf dem falschen Fuß erwischt. Es wäre einfacher, wenn er mir näher gestanden hätte, aber das hat er nicht, und ich bin irgendwie verlegen, weil ich keine Reaktion parat habe. Darüber reden wäre in Ordnung, nur daß man die Vergangenheitsform benutzen müßte, und das ist es, was...«

Sie klammerte sich einen Augenblick an ihn und beruhigte sich dann mit einem Seufzen.

»Es ist im Moment nicht viel im Kühlschrank«, sagte sie, »etwas Joghurt, glaube ich, und du könntest ein Glas Rollmöpse aufmachen. Ich bin sicher, wenn du es versuchst, gibt's eine Katastrophe, aber eigentlich ist es ganz unkompliziert. Der Haupttrick dabei ist, sie nicht auf den Boden zu schmeißen oder Marmelade drüberzukippen.«

Sie umarmte ihn, schenkte ihm einen Kuß und ein trauriges Lächeln, dann zog sie sich wieder in ihr Musikzimmer zurück.

Das Telefon klingelte, und Richard nahm ab.

»Hallo?« sagte er. Es war niemand dran, nur eine Art schwaches Windesrauschen in der Leitung.

»Hallo?« sagte er nochmal, wartete, zuckte die Achseln und legte wieder auf.

»War jemand dran?« rief Susan.

»Nein, niemand«, sagte Richard.

»Das ist schon ein paarmal passiert«, sagte Susan. »Ich glaube, es ist sowas wie ein minimalistischer Atmer.« Sie begann wieder zu spielen.

Richard ging in die Küche und öffnete den Kühlschrank. Er war kein so gesundheitsbewußter Esser wie Susan, und so haute ihn das kaum um, was er fand, aber es gelang ihm ohne Schwierigkeiten, ein paar Rollmöpse, etwas Joghurt, Reis und einige Orangen auf einem Tablett unterzubringen, und er versuchte, sich aus dem Kopf zu schlagen, daß ein paar fette Hamburgers und Fritten die Sache nett abrunden würden.

Er fand eine Flasche Weißwein und trug alles auf den kleinen Eßtisch hinüber.

Ein, zwei Minuten darauf setzte Susan sich zu ihm. Sie war völlig ruhig und gesammelt, und nach ein paar Bissen fragte sie ihn nach dem Kanal.

Richard schüttelte verwirrt den Kopf und versuchte, alles an der Geschichte und an Dirk klarzustellen.

»*Wie,* sagtest du, war sein Name?« fragte Susan mit einem Stirnrunzeln, als er ziemlich lahm zum Schluß gekommen war.

»Er heißt, äh, Dirk Gently«, sagte Richard, »gewissermaßen.«

»Gewissermaßen?«

»Äh, ja«, sagte Richard mit einem schweren Seufzer. Er überlegte, daß so ungefähr alles, was man über Dirk sagen konnte, von diesen verschwommenen und unsteten Voraussetzungen abhing. Selbst auf seinem Briefkopf standen hinter seinem Namen eine Reihe verschwommener und unstet wirkender Bezeichnungen. Er zog das Blatt Papier hervor, auf dem er ein paar Stunden zuvor vergeblich seine Gedanken zu ordnen versucht hatte.

»Ich...«, begann er, aber es klingelte an der Haustür. Sie sahen einander an.

»Wenn es die Polizei ist«, sagte Richard, »bin ich wohl besser zu sprechen. Bringen wir's hinter uns.«

Susan schob ihren Stuhl zurück, ging zur Eingangstür und griff zum Hörer der Gegensprechanlage.

»Hallo?« sagte sie.

»Wer?« fragte sie nach einer Weile. Sie hörte mit finsterem Blick zu, drehte sich dann herum und blickte Richard finster an. »Sie kommen am besten rauf«, sagte sie in einem alles andere als freundlichen Ton und drückte auf den Knopf. Sie kam zurück und setzte sich.

»Dein Freund«, sagte sie gleichmütig, »Mr. Gently.«

Dem Elektrischen Mönch war ungeheuer wohl zumute, und er fiel in einen schwungvollen Galopp. Das heißt, er spornte sein Pferd schwungvoll zu einem Galopp an, und sein Pferd fiel schwunglos in denselben.

Diese Welt, dachte der Mönch, ist eine gute Welt. Ihm gefiel sie. Er wußte nicht, wem sie gehörte oder wo sie hergekommen war, aber sie war zweifellos ein außerordentlich befriedigendes Plätzchen für jemanden mit seinen einzigartigen und ungewöhnlichen Gaben.

Man wußte ihn zu würdigen. Den ganzen Tag war er an Leute herangeritten, mit ihnen ins Gespräch gekommen, hatte sich ihre Beschwerden angehört und dann leise die drei magischen Worte hervorgestoßen: »Ich glaube dir.«

Die Wirkung war jedesmal elektrisierend gewesen. Es war nicht so, daß die Leute auf dieser Welt es nicht auch gelegentlich zueinander sagten, aber sie kriegten offensichtlich selten dieses tiefe aufrichtige Timbre hin, zu dessen Erzeugung der Mönch so vortrefflich programmiert worden war.

In seiner eigenen Welt wurde er schließlich als ganz was Selbstverständliches angesehen. Die Leute erwarteten einfach von ihm, daß er für sie in einem fort an Dinge glaubte, ohne ihnen auf den Keks zu gehen. Wenn jemand mit irgendeiner großartigen neuen Idee oder Anregung oder sogar mit einer neuen Religion vor der Tür stand, war jedesmal die Antwort: »Ach, erzählen Sie's dem Mönch.« Und der Mönch saß dann da, hörte zu und glaubte geduldig alles, aber niemanden interessierte es weiter.

Nur ein Problem schien sich auf dieser ansonsten exzellenten Welt zu ergeben. Oft wechselte, nachdem er die magischen Worte hervorgestoßen hatte, das Thema schnell aufs Geld, und der Mönch hatte natürlich keins – ein Mangel, der eine Reihe von ansonsten sehr verheißungsvollen Begegnungen schnell innerlich vergiftet hatte.

Vielleicht sollte er sich welches beschaffen – aber wo?

Er verhielt sein Pferd für einen Augenblick, und das Pferd kam dankbar mit einem Ruck zum Stehen und machte sich über das Gras am Straßenrand her. Das Pferd hatte keine Ahnung, wozu das ganze Hin-und-her-Galoppiere gut sein sollte, aber es machte sich nichts draus. Woraus es sich allerdings was machte, war die Tatsache, daß es an einem scheinbar endlosen kalten Straßenrand-Buffet vorbei hin und her galoppieren mußte. Und es nutzte die Gelegenheit so gut es konnte, solange es sie hatte.

Der Mönch spähte angestrengt die Straße rauf und runter. Sie kam ihm irgendwie bekannt vor. Er trabte wieder ein kleines Stückchen und sah sich nochmal um. Das Pferd wandte sich ein paar Meter weiter wieder seiner Mahlzeit zu.

Ja. Der Mönch war letzte Nacht hier gewesen.

Er erinnerte sich deutlich, naja, ziemlich deutlich. Er glaubte, sich deutlich zu erinnern, und das war schließlich die Hauptsache. Das war die Stelle, zu der er in einem verwirrteren Geisteszustand als üblich gewandert war, und gleich um die nächste Ecke, wenn er sich nicht schon wieder furchtbar irrte, lag der kleine Laden an der Straße, wo er in den Kofferraum des Wagens dieses netten Mannes gesprungen war – dieser nette Mann, der später so merkwürdig reagiert hatte, als er auf ihn schoß.

Vielleicht hatten sie dort etwas Geld und würden es ihm geben. Er überlegte. Nun, er würde es herausfinden. Er zerrte das Pferd von seinem Festmahl weg und galoppierte auf den Laden zu.

Als er näher an die Tankstelle herankam, bemerkte er einen Wagen, der dort in einer arroganten Schrägstellung geparkt war. Diese Schrägstellung ließ ganz deutlich erkennen, daß der Wagen nicht wegen irgendsowas Schnödem hier war, wie etwa, daß Benzin in ihn reingeschüttet wurde, und daß er viel zu wichtig war, um ordentlich auf der Seite zu parken. Jeder andere Wagen, der wegen Benzin herkam, würde einfach, so gut er konnte, um ihn herumkurven müssen. Der Wagen war weiß und mit Streifen und Abzeichen und wichtigtuerischen Lampen vollgepflastert.

Als der Mönch auf dem Vorplatz ankam, stieg er ab und band sein Pferd an eine Zapfsäule. Er ging auf den kleinen Ladenkiosk zu und sah, daß drinnen ein Mann mit dem Rükken zu ihm stand, der eine dunkelblaue Uniform und einen spitzen Hut trug.

Dann tanzte der Mann plötzlich auf und ab und drehte

seine Finger in den Ohren, was auf den Mann hinter dem Tresen deutlich tiefen Eindruck machte.

Der Mönch sah in versteinerter Ehrfurcht zu. Der Mann, so glaubte er mit einer spontanen Mühelosigkeit, die selbst einen Scientology-Anhänger erstaunt hätte, mußte irgendein Gott sein, wenn er solche Inbrunst wecken konnte. Er wartete mit angehaltenem Atem darauf, ihn anzubeten. Im nächsten Augenblick drehte sich der Mann um, trat aus dem Laden, sah den Mönch und blieb wie angewurzelt stehen.

Der Mönch erkannte, daß der Gott offenbar darauf wartete, daß er etwas unternähme, um ihn anzubeten, und so tanzte er ehrfürchtig auf und ab und drehte die Finger in seinen Ohren.

Sein Gott starrte ihn einen Moment lang an, dann packte er ihn, drehte ihn herum, schmiß ihn mit gespreizten Armen und Beinen vorwärts über den Wagen und filzte ihn nach Waffen.

Dirk platzte in die Wohnung wie ein kleiner, dicker Wirbelwind.

»Miss Way«, sagte er, ergriff ihre leicht widerspenstige Hand und lüftete seinen absurden Hut, »es ist mir die unaussprechlichste Freude, Ihnen zu begegnen, aber auch eine Angelegenheit tiefsten Bedauerns, daß der Anlaß unserer Begegnung einer solch großen Schmerzes ist, der mir gebietet, Ihnen mein tiefstes Beileid und Mitgefühl auszusprechen. Ich bitte Sie, mir zu glauben, daß ich Sie um nichts auf der Welt in Ihrem persönlichen Kummer stören würde, wenn es nicht um eine Angelegenheit ernstester Tragweite und Größenordnung ginge. Richard – ich habe das Rätsel des Zaubertricks gelöst, und die Lösung ist sehr ungewöhnlich.«

Er fegte durch das Zimmer und ließ sich auf einem Gästestuhl an dem kleinen Eßtisch nieder, auf den er seinen Hut legte.

»Du wirst uns entschuldigen müssen, Dirk –«, sagte Richard kühl.

»Nein, du wirst mich leider entschuldigen müssen«, erwiderte Dirk. »Das Rätsel ist gelöst, und die Lösung ist so erstaunlich, daß ich ein siebenjähriges Kind auf der Straße fragen mußte, um sie zu erhalten. Aber es ist zweifelsfrei die richtige Lösung, absolut zweifelsfrei. ›Wie lautet also die Lösung?‹ fragst du mich, oder würdest du mich vielmehr fragen, wenn du ein Wort dazwischenschieben könntest, was du nicht kannst, und so will ich dir die Mühe ersparen und an deiner Stelle die Frage stellen und sie auch beantworten, indem ich dir sage, daß ich dir die Lösung nicht sagen werde, weil du mir nicht glauben wirst. Ich werde sie dir aber zeigen, und zwar noch heute nachmittag.

Du kannst dich indessen darauf verlassen, daß sie alles erklärt. Sie erklärt den Trick. Sie erklärt den Zettel, den du gefunden hast – und der für mich die Sache restlos geklärt haben sollte, aber ich war zu blöd. Und sie erklärt, wie die fehlende dritte Frage lautete, oder vielmehr – und das ist der wesentliche Punkt –, wie die fehlende *erste* Frage lautete!«

»Welche fehlende Frage denn?« rief Richard, den die plötzliche Pause verwirrte und der mit dem ersten Satz, nach dem er grapschen konnte, dazwischenging.

Dirk sah ihn verständnislos an, als wäre er von allen guten Geistern verlassen. »Die fehlende Frage, die Georg III. gestellt hat, natürlich«, sagte er.

»Wem gestellt hat?«

»Na, dem Professor«, sagte Dirk ungeduldig. »Hörst du eigentlich überhaupt nicht mehr hin, wenn du was sagst? Das Ganze war doch sonnenklar!« rief er und schlug mit der Hand auf den Tisch. »So sonnenklar, daß das einzige, was mich daran hinderte, die Lösung zu erkennen, die unbedeutende Tatsache war, daß sie *vollkommen unmöglich* war. Sherlock Holmes hat gesagt, wenn man das Unmögliche eliminiert hat, dann muß, was übrig bleibt, so unwahrscheinlich es auch ist, die Antwort sein. Ich dagegen möchte das Unmögliche nicht eliminieren. Na denn. Laß uns gehen.«

»Nein.«

»Was?« Dirk blickte zu Susan hoch, von der dieser unerwartete – oder zumindest für ihn unerwartete – Widerspruch gekommen war.

»Mr. Gently«, sagte Susan in einem Ton, mit dem man hätte einen Schlüssel feilen können, »warum haben Sie Richard absichtlich zu der falschen Annahme verleitet, daß er von der Polizei gesucht wird?«

Dirk zog die Augenbrauen kraus.

»Aber er wird von der Polizei gesucht«, sagte er, »und wird es immer noch.«

»Ja, aber nur, um Fragen zu beantworten! Nicht, weil er unter Mordverdacht steht.«

Dirk schlug die Augen nieder.

»Miss Way«, sagte er, »die Polizei ist interessiert zu wissen, wer Ihren Bruder ermordet hat. Ich, mit dem allergrößten Respekt, nicht. Es mag sich freilich herausstellen, daß die Frage mit dem Fall in Zusammenhang steht, aber es kann sich genausogut herausstellen, daß es einfach ein Irrer war. Ich wollte wissen und suche noch immer verzweifelt zu erfahren, *warum Richard gestern abend in Ihre Wohnung geklettert ist.*«

»Das habe ich dir doch erzählt«, protestierte Richard.

»Was du mir erzählt hast, ist unerheblich – es beweist nur die entscheidende Tatsache, daß du selber den Grund nicht kennst! Herr du meine Güte, ich dachte, ich hätte dir das am Kanal deutlich genug demonstriert!«

Richard war kurz vorm Kochen.

»Es war mir vollkommen klar, als ich dich beobachtete«, fuhr Dirk fort, »daß du kaum eine Ahnung von dem hattest, was du gerade tatest, und absolut kein Interesse an der Lebensgefahr, in der du schwebtest. Beim ersten Hinsehen dachte ich, es handele sich bloß um einen hirnlosen Räuber bei seinem ersten und sehr wahrscheinlich letzten Einbruch. Aber dann sah die Gestalt zurück, und ich bemerkte, daß du es warst – und ich kenne dich als intelligenten, vernünftigen und zurückhaltenden Menschen. Richard MacDuff? Der Kopf und Kragen riskiert, indem er nachts leichtsinnigerweise an Dachrinnen hochklettert? Es schien mir, du würdest dich nur derart fahrlässig und extrem verhalten, wenn du über etwas von entsetzlicher Wichtigkeit äußerst beunruhigt wärst. Stimmt das nicht, Miss Way?«

Er schaute Susan durchdringend an, die sich langsam setzte und ihn mit einer Bestürzung im Blick ansah, die besagte, daß er sein Ziel getroffen hatte.

»Und dennoch, als du heute früh zu mir kamst, erschienst du völlig ruhig und gefaßt. Du hast mit mir völlig vernünftig diskutiert, als ich eine Menge Blödsinn über Schrödingers Katze verzapfte. Das war nicht das Verhalten von jemandem, den irgendein verzweifeltes Vorhaben in der Nacht zuvor zum Äußersten getrieben hatte. Ich gestehe, daß ich genau in diesem Augenblick mich dazu herabließ, deine Lage, naja, etwas übertrieben darzustellen, einfach um dich am Gehen zu hindern.«

»Das hast du nicht. Ich bin gegangen.«

»Mit bestimmten Ideen im Kopf. Ich wußte, du würdest wiederkommen. Ich bitte demütigst um Verzeihung, daß ich dich, äh, ein bißchen in die Irre geführt habe, aber ich wußte, was *ich* herausfinden müßte, läge weit außerhalb dessen, womit die Polizei sich befassen würde. Und das war folgendes: Wenn du nicht ganz du selbst warst, als du gestern nacht die Mauer hochstiegst... *wer warst du dann – und warum*?

Richard zitterte. Ein Schweigen dehnte sich in die Länge.

»Was hat das mit Zaubertricks zu tun?« fragte er endlich.

»Um das rauszukriegen, müssen wir nach Cambridge.«

»Aber was macht dich so sicher –?«

»Es stört mich...«, sagte Dirk, und ein düsterer, ernster Blick erschien auf seinem Gesicht.

Für jemanden so Redseligen wirkte er plötzlich merkwürdig wortkarg.

Er fuhr fort: »Es stört mich außerordentlich, wenn ich entdecke, daß ich Dinge weiß, und nicht weiß, warum ich sie weiß. Mag sein, es handelt sich um dasselbe instinktive Verarbeiten von Daten, das einem ermöglicht, einen Ball zu fangen, fast ehe man ihn gesehen hat. Mag sein, es ist dieser tiefere und weniger erklärliche Instinkt, der einem sagt, daß man von jemandem beobachtet wird. Für meinen Verstand stellt es eine sehr schwere Kränkung dar, daß mir tatsächlich dieselben Dinge passieren, um deren Leichtgläubigkeit willen ich andere Leute verachte. Du wirst dich an das... Unglück erinnern, das es um gewisse Prüfungsfragen gab.«

Er wirkte plötzlich müde und abgespannt. Er mußte tief in sich hineintauchen, um weiterzusprechen.

Er sagte: »Die Fähigkeit, zwei und zwei zusammenzuziehen und auf der Stelle vier rauszubekommen, ist eine Sache. Die Fähigkeit, die Quadratwurzel aus fünfhundertneununddreißig Komma sieben mit dem Cosinus aus siebenundzwanzig Komma vier, drei zusammenzuziehen und rauszubekommen... was immer auch die Lösung sein mag, ist ganz was anderes. Und ich... schön, ich will dir ein Beispiel geben.«

Er beugte sich angespannt vor. »Gestern abend sah ich dich in diese Wohnung hier einsteigen. Ich *wußte*, daß irgendwas nicht stimmte. Heute bringe ich dich dazu, mir jede kleinste Einzelheit zu erzählen, die du von den Ereignissen gestern nacht weißt, und schon habe ich, indem ich nur meinen Verstand benutze, als Ergebnis möglicherweise das größte Geheimnis entdeckt, das auf diesem Planeten verborgen liegt. Ich schwöre dir, daß es stimmt und daß ich es beweisen kann. Du mußt mir glauben, wenn ich dir sage, daß ich weiß – ich *weiß* –, daß etwas schrecklich, ausweglos, entsetzlich falsch gelaufen ist und daß wir es finden müssen. Wirst du nun mit mir nach Cambridge fahren?«

Richard nickte stumm.

»Gut«, sagte Dirk. »Was ist das?« fragte er und zeigte auf Richards Teller.

»Ein Rollmops. Möchtest du einen?«

»Danke, nein«, sagte Dirk, der aufstand und seinen Mantel zuknöpfte. »Es findet sich«, setzte er hinzu, während er Richard unterhakte und mit ihm auf die Tür zusteuerte, »kein Wort wie ›Rollmops‹ in meinem Wörterbuch. Guten Tag, Miss Way, wünschen Sie uns viel Glück.«

25. Kapitel

Es gab ein Donnerrollen, und dann setzte dieser unaufhörliche leichte Sprühregen aus Nordost ein, von dem offenbar sehr viele der schicksalsschwersten Augenblicke der Welt begleitet sind.

Dirk schlug den Kragen seines Ledermantels gegen das Wetter hoch, aber nichts konnte seinen geradezu dämonischen Übermut bändigen, als er und Richard auf die hohen gotischen Tore zugingen.

»St. Cedd's College, Cambridge«, rief er, während er es zum erstenmal seit acht Jahren wieder in den Blick faßte. »Gegründet im Jahre soundso, von jemandem, an den ich mich nicht erinnere, zu Ehren von jemandem, dessen Name mir im Augenblick entfallen ist.«

»Der heilige Cedd?« schlug Richard vor.

»Weiß du, was ich denke, wer's sehr wahrscheinlich war? Einer von den faderen Heiligen Northumbrias. Sein Bruder Chad war noch fader. Hat eine Kathedrale in Birmingham, wenn dir das was sagt. Ah, Bill, wie schön, Sie wiederzusehen«, setzte er, an den Pförtner gewandt, hinzu, der in dem Moment gleichfalls das College betrat. Der Pförtner blickte sich um.

»Mr. Cjelli, schön, daß Sie wieder mal hier sind, Sir. Tut mir leid, daß Sie etwas Ärger hatten. Hoffe, den haben Sie jetzt hinter sich.«

»Stimmt, Bill, habe ich. Mir geht's prächtig. Und Mrs. Roberts? Wie geht's ihr? Der Fuß macht ihr immer noch Kummer?«

»Nicht mehr, seit er ihr abgenommen worden ist, danke der Nachfrage, Sir. Unter uns gesagt, Sir, ich wäre glücklich gewesen, wenn man sie amputiert hätte und der Fuß geblieben wäre. Ich hatte schon ein Plätzchen auf dem Kamin reserviert, aber so ist es eben, man muß die Dinge nehmen, wie sie kommen.

Mr. MacDuff, Sir«, fügte er hinzu und nickte Richard kurz zu. »Ach, das Pferd, von dem Sie sprachen, Sir, als Sie gestern abend hier waren, das mußten wir leider entfernen. Es belästigte Professor Chronotis.«

»Ich war nur neugierig, äh, Bill«, sagte Richard. »Ich hoffe, es hat Sie nicht gestört.«

»Mich kann gar nichts stören, Sir, solange es keinen Anzug trägt. Kann's nicht ausstehen, wenn die jungen Fellows Anzüge tragen, Sir.«

»Falls das Pferd Sie nochmal stören sollte, Bill«, unterbrach Dirk und gab ihm einen Klaps auf die Schulter, »schikken Sie's zu mir, und ich rede mit ihm. Weil Sie gerade vom guten Professor Chronotis sprechen. Ob er wohl da ist? Wir hätten ihm was zu bestellen.«

»'weit ich weiß, Sir. Kann's nicht für Sie nachprüfen, weil sein Telefon nicht in Ordnung ist. Schlage vor, Sie gehen selber nachsehen. Hintere Ecke links, Zweiter Hof.«

»Weiß Bescheid, Bill, danke, und meine Empfehlungen an das, was von Mrs. Roberts noch übrig ist.«

Sie eilten weiter in den Ersten Hof, oder vielmehr Dirk eilte, und Richard ging in seinem normalen reiherartigen Stelzschritt, während er sein skeptisch gerunzeltes Gesicht gegen den miesigen Nieselregen hob.

Dirk hielt sich offenbar irrigerweise für einen Reiseführer.

»St. Cedd's«, verkündete er, »das College von Coleridge und Sir Isaac Newton, dem berühmten Erfinder der gerändelten Münze und der Katzenklappe!«

»Der was?« fragte Richard.

»Der Katzenklappe! Einer Vorrichtung von äußerster Raffiniertheit, Luzidität und Erfindungsgabe. Es handelt sich um eine Tür in einer Tür, verstehst du, eine...«

»Ja«, sagte Richard, »aber da war doch auch diese klitzekleine Angelegenheit mit der Schwerkraft.«

»Die Schwerkraft«, sagte Dirk mit einem leicht herablassenden Schulterzucken, »ja, die gab's sicherlich auch noch. Obwohl das natürlich bloß eine Entdeckung war. Sie war schon da und mußte nur entdeckt werden.«

Er nahm einen Penny aus seiner Tasche warf ihn nachlässig zu den Kieselsteinen hinüber, die an dem gepflasterten Weg lagen. »Siehst du?« sagte er. »Sie schalten sie auch am Wochenende nicht ab. Irgend jemand mußte früher oder später dahinterkommen. Aber die Katzenklappe... ah, das ist ganz was anderes. Erfindung, pure schöpferische Leistung.«

»Ich würde meinen, es lag ziemlich nahe. Jeder hätte drauf kommen können.«

»Ah«, sagte Dirk, »es ist wirklich ein seltener Kopf, der das bisher nicht Existierende auf verwirrende Weise augenfällig machen kann. Der Schrei: ›Darauf wäre ich auch gekommen‹ ist sehr verbreitet und irreführend, denn Tatsache ist, die Leute sind nicht drauf gekommen, und eine sehr bedeutsame und aufschlußreiche Tatsache ist es obendrein. Das hier ist, wenn ich mich nicht irre, die Treppe, die wir suchen. Gehen wir hoch?«

Ohne eine Antwort abzuwarten, stürzte er die Treppe nach oben. Richard, der ihm unsicher folgte, sah, wie er bereits an die Innentür klopfte. Die äußere Tür stand offen.

»Herein!« rief eine Stimme von drinnen. Dirk stieß die Tür auf, und sie sahen gerade noch die Rückseite von Regs weißem Schädel in der Küche verschwinden.

»Mache gerade etwas Tee«, rief er. »Möchten Sie welchen? Setzen Sie sich, setzen Sie sich, wer Sie auch sind.«

»Das wäre sehr freundlich«, erwiderte Dirk. »Wir sind zwei.« Dirk setzte sich, und Richard folgte seinem Beispiel.

»Indisch oder China?« rief Reg.

»Indisch, bitte.«

Man hörte Tassen und Untertassen klappern.

Richard blickte sich in dem Zimmer um. Es erschien ihm plötzlich langweilig. Das Feuer brannte still vor sich hin, aber das Licht war das des grauen Nachmittags. Obwohl alles an ihm noch genauso war, das alte Sofa, der mit Büchern vollgepackte Tisch, brachte offenbar nichts es mit der hektischen Eigentümlichkeit der letzten Nacht in Verbindung. Das Zimmer schien mit hochgezogenen Augenbrauen dazusitzen und unschuldig »Ja?« zu sagen.

»Milch?« rief Reg aus der Küche.

»Bitte«, antwortete Dirk. Er schenkte Richard ein Lächeln, das ihm halbwegs verrückt vor unterdrückter Erregung vorkam.

»Ein Stück oder zwei?« rief Reg wieder.

»Eins, bitte«, sagte Dirk, »... und zwei Löffel Zucker, wenn's Ihnen nichts ausmacht.«

In der Küche hörte jede Tätigkeit auf. Ein Augenblick oder zwei vergingen, dann steckte Reg den Kopf aus der Tür.

»Svlad Cjelli!« rief er. »Du lieber Himmel! Na, das war ja schnelle Arbeit, MacDuff junior, sehr gut. Mein Lieber, wie überaus schön, Sie zu sehen, wie nett von Ihnen zu kommen.«

Er wischte sich die Hände an einem Geschirrtuch ab und kam herbeigeeilt, um sie zu begrüßen.

»Mein lieber Svlad.«

»Dirk bitte, wenn's Ihnen nichts ausmacht«, sagte Dirk und ergriff herzlich seine Hand, »das mag ich lieber. Es klingt eher nach einem Schottendolch, finde ich. Dirk Gently ist der Name, unter dem ich jetzt firmiere. Es gab in der Vergangenheit leider gewisse Vorkommnisse, von denen ich mich lösen möchte.«

»Natürlich, ich weiß, wie Ihnen zumute ist. Der größte Teil des vierzehnten Jahrhunderts zum Beispiel war ziemlich grausam«, stimmte Reg ernst zu.

Dirk wollte das Mißverständnis schon korrigieren, dachte aber dann, daß es vielleicht etwas langwierig sein könnte, und ließ es dabei bewenden.

»Und wie ist es Ihnen so ergangen, lieber Professor?« sagte er stattdessen und legte Hut und Schal artig auf der Lehne des Sofas ab.

»Nun ja«, sagte Reg, »die Zeiten sind letzthin recht interessant gewesen, oder vielmehr ziemlich langweilig. Aber langweilig aus interessanten Gründen. Bitte, setzen Sie sich doch wieder, wärmen Sie sich am Kamin, und ich gehe den Tee holen und werde versuchen, alles zu erklären.« Geschäftig vor sich hinsummend eilte er wieder nach draußen, während sie es sich vor dem Feuer bequem machten.

Richard beugte sich zu Dirk hinüber. »Ich wußte gar nicht, daß du ihn so gut kennst«, sagte er mit einer Kopfbewegung in Richtung Küche.

»Tu ich auch nicht«, sagte Dirk ohne zu zögern. »Wir sind uns nur einmal zufällig bei irgendeinem Dinner begegnet, aber wir fanden uns sofort sympathisch und mochten uns.«

»Und warum habt ihr euch dann nie wieder gesehen?«

»Er ist mir natürlich eifrig aus dem Weg gegangen. Enge Beziehungen mit Leuten sind gefährlich, wenn man ein Geheimnis zu verbergen hat. Und wie Geheimnisse nun mal so sind, glaube ich, daß seins ein ziemlicher Hammer ist. Wenn's irgendwo auf der Welt noch ein größeres Geheimnis gibt«, sagte er gelassen, »hätte ich sehr große Lust zu wissen, was es ist.«

Er warf Richard einen vielsagenden Blick zu und streckte die Hände zum Feuer aus. Da Richard zuvor ohne Erfolg versucht hatte, aus ihm herauszuholen, um was genau es bei dem Geheimnis ging, weigerte er sich jetzt, den Köder zu schlukken, sondern lehnte sich in seinem Sessel zurück und blickte sich um.

»Habe ich Sie gefragt«, sagte Reg, der in diesem Augenblick zurückkam, »ob Sie Tee möchten?«

»Äh, ja«, sagte Richard, »wir sprachen ausführlich darüber. Ich glaube, wir kamen am Ende überein, daß wir welchen möchten, nein?«

»Gut«, sagte Reg geistesabwesend, »durch einen glücklichen Zufall scheint gerade welcher in der Küche bereitzustehen. Sie müssen mir verzeihen. Ich habe ein Gedächtnis wie ein... wie ein... wie heißen diese Dinger, in denen man Reis abgießt? Worüber rede ich eigentlich gerade?«

Mit einem erstaunten Blick drehte er sich flink um und verschwand wieder in der Küche.

»Sehr interessant«, sagte Dirk leise, »ich habe mich nämlich gefragt, ob er wohl ein schlechtes Gedächtnis hat.«

Er stand plötzlich auf und strich in dem Zimmer umher. Sein Blick fiel auf den Abakus, der auf dem einzigen freien Platz auf dem großen Mahagonitisch stand.

»Ist das der Tisch«, fragte er Richard mit leiser Stimme, »auf dem du die Notiz über den Salzstreuer gefunden hast?«

»Ja«, sagte Richard, der aufstand und zu ihm trat, »sie steckte in diesem Buch.« Er nahm den Reiseführer durch die griechischen Inseln und blätterte ihn oberflächlich durch.

»Ja, ja, natürlich«, sagte Dirk ungeduldig. »Das wissen

wir ja alles, mich interressiert nur, ob das hier der Tisch war.« Neugierig fuhr er mit den Fingern über dessen Kante.

»Wenn du meinst, es war zwischen Reg und dem Mädchen irgendwas vorher abgesprochen«, erklärte Richard, »dann muß ich sagen, daß das meiner Meinung nach absolut nicht der Fall war.«

»Natürlich nicht«, sagte Dirk gereizt, »ich hätte gedacht, das sei völlig klar.«

Richard zuckte die Achseln im Bemühen, nicht wütend zu werden, und legte das Buch auf seinen Platz zurück.

»Tja, es ist doch aber ein eigenartiger Zufall, daß das Buch ein...«

»Eigenartiger Zufall!« fauchte Dirk. »Ha! Wir werden ja sehen, was für ein Zufall das ist. Wir werden genau sehen, wie eigenartig das war. Ich würde dich gerne bitten, Richard, unseren Freund zu fragen, wie er den Trick zustande gebracht hat.«

»Ich dachte, du hättest gesagt, du wüßtest es schon.«

»Tu ich auch«, sagte Dirk blasiert. »Ich würde es nur gern bestätigt hören.«

»Ah, ich verstehe«, sagte Richard, »ja, das ist aber ziemlich einfach, nicht? Man bringt ihn dazu, die Geschichte zu erklären, und dann sagt man: ›Ja, genau das habe ich auch gedacht!‹ Sehr gut, Dirk. Haben wir uns den ganzen Weg hierher nur deshalb gemacht, um ihn erklären zu lassen, wie er einen Zaubertrick zuwege gebracht hat? Ich glaube, ich muß verrückt sein.«

Dirk war darüber beleidigt.

»Bitte, tu, was ich verlange«, fuhr er ihn wütend an. »Du warst dabei, als er den Trick machte, und du mußt ihn fragen, wie er ihn gemacht hat. Glaub mir, es liegt ein erstaunliches Geheimnis darin verborgen. Ich kenne es, aber ich möchte, daß du es von ihm hörst.«

Er drehte sich rasch um, als Reg mit einem Tablett zurückkam, das er um das Sofa herumtrug und auf den niedrigen Couchtisch stellte, der vor dem Feuer stand.

»Professor Chronotis...«, sagte Dirk.

»Reg«, sagte Reg, »bitte.«

»Sehr gut«, sagte Dirk, »Reg...«

»Sieb!« rief Reg.

»Was?«

»Worin man Reis abgießt. Ein Sieb. Ich versuchte, mich an das Wort zu erinnern, habe allerdings inzwischen vergessen, warum. Na, egal. Dirk, mein Lieber, Sie sehen aus, als platzten Sie gleich wegen irgend etwas. Warum setzen Sie sich nicht und machen sich's bequem?«

»Danke, nein, ich möchte lieber gereizt hin und her laufen können, wenn ich darf. Reg...«

Er drehte sich um, faßte ihn direkt ins Auge und hob einen Finger.

»Ich muß Ihnen mitteilen«, sagte er, »daß ich Ihr Geheimnis kenne.«

»Ach, ja, äh – tatsächlich?« murmelte Reg, blickte verlegen nach unten und machte sich mit den Tassen und der Teekanne zu schaffen. »Ich verstehe.«

Die Tassen klapperten heftig, als er sie abstellte. »Ja, das hatte ich befürchtet.«

»Und es gibt ein paar Fragen, die wir Ihnen gern stellen würden. Ich muß Ihnen sagen, daß ich den Antworten mit allergrößter Spannung entgegensehe.«

»In der Tat, in der Tat«, murmelte Reg. »Na, vielleicht ist es langsam an der Zeit. Ich weiß selbst kaum noch, was ich aus den letzten Vorkommnissen machen soll, und habe selber... Angst. Sehr gut. Fragen Sie, was Sie wollen.« Er blickte unversehens auf, und seine Augen funkelten.

Dirk nickte Richard kurz zu, drehte sich um und begann, mit gesenktem Kopf hin und her zu laufen.

»Äh«, sagte Richard, »tja, ich... würde gerne wissen, wie

Sie gestern abend den Zaubertrick mit dem Salzstreuer gemacht haben.«

Reg schien die Frage zu überraschen und einigermaßen zu verwirren. »Den *Zauber*trick?« fragte er.

»Äh, ja«, sagte Richard, »den Zaubertrick.«

»Oh«, sagte Reg verblüfft, »nun ja, der Zauber daran, ich bin nicht sicher, ob ich... die Gesetze des Magischen Zirkels, verstehen Sie, sehr streng mit der Enthüllung solcher Geheimnisse. Sehr streng. Aber eindrucksvoller Trick, finden Sie nicht auch?« setzte er schlau hinzu.

»Nun, ja«, sagte Richard, »er wirkte gestern völlig natürlich, aber jetzt, wo ich... darüber nachdenke, muß ich zugeben, daß er ziemlich verblüffend war.«

»Ah, naja«, sagte Reg, »das ist Erfahrung. Übung. Daß es natürlich aussieht.«

»Es sah wirklich sehr natürlich aus«, fuhr Richard sich weitertastend fort, »ich bin prompt reingefallen.«

»Hat's Ihnen gefallen?«

»Es war sehr eindrucksvoll.«

Dirk wurde langsam etwas ungeduldig. Er warf Richard einen raschen Blick zu.

»Und ich kann durchaus verstehen«, sagte Richard bestimmt, »warum es Ihnen unmöglich ist, mir den Trick zu verraten. Es hat mich nur interessiert, das ist alles. Entschuldigung, daß ich gefragt habe.«

»Nun ja«, sagte Reg, den plötzlich Zweifel befielen, »ich nehme an..., also, wenn Sie mir absolut versprechen, es niemandem sonst zu sagen«, fuhr er fort, »können Sie sich ja wohl selber ausrechnen, daß ich zwei von den Salzstreuern auf dem Tisch benutzte. Niemand konnte den Unterschied zwischen dem einen und dem anderen feststellen. Die Schnelligkeit der Hand, verstehen Sie, täuscht das Auge, besonders einige der Augen um den gestrigen Tisch. Während ich mit meiner Wollmütze herumfummelte, womit ich, auch wenn ich es selbst sage, sehr geschickt so tat, als sei ich vollkommen unbeholfen und durcheinander, ließ ich den Salzstreuer einfach in meinen Ärmel rutschen. Sehen Sie?«

Seine Unruhe von vorher war durch das Vergnügen, seine Kunstfertigkeit unter Beweis zu stellen, wie weggefegt.

»Es ist wirklich der älteste Trick von der Welt«, fuhr er fort, »benötigt aber nichtsdestoweniger viel Erfahrung und Geschicklichkeit. Ein bißchen später dann stellte ich den Salzstreuer natürlich wieder auf den Tisch zurück, indem ich so tat, als reichte ich ihn an jemanden weiter. Bedarf selbstverständlich jahrelanger Übung, um es natürlich erscheinen zu lassen, aber ich mache es viel lieber so, als das Ding einfach auf den Boden gleiten zu lassen. Dilettantenkram das. Man kann ihn nicht wieder aufheben, und die Putzfrauen finden ihn frühestens nach vierzehn Tagen. Ich hatte mal einen Monat lang eine tote Drossel unter meinem Stuhl liegen. War natürlich kein Trick. Hatte die Katze gefangen.«

Reg strahlte.

Richard hatte das Gefühl, er habe seinen Beitrag geleistet, hatte aber nicht die geringste Idee, wohin sie das nun gebracht haben sollte. Er warf einen Blick zu Dirk hinüber, der ihm nicht die kleinste Hilfestellung gab, und so tastete er sich blind weiter.

»Ja«, sagte er, »ja, ich verstehe, daß man das mit Fingerfertigkeit zustande bringt. Was ich aber nicht verstehe, ist, wie der Salzstreuer in den Topf kam.«

Reg machte von neuem ein verdutztes Gesicht, als redeten sie alle aneinander vorbei. Er sah Dirk an, der aufhörte, hin und her zu laufen, und ihn mit glänzenden, erwartungsvollen Augen anblickte.

»Nun ja, das ist… ganz einfach«, sagte Reg, »benötigte absolut keine Kenntnisse im Zaubern. Ich flitzte raus nach meiner Mütze, erinnern Sie sich?«

»Ja«, sagte Richard unschlüssig.

»Also«, sagte Reg, »während ich draußen war, ging ich den Mann suchen, der den Topf gemacht hatte. Dauerte natürlich eine Weile. Ungefähr drei Wochen Detektivarbeit, um ihn aufzuspüren, und nochmal ein paar Tage, um ihn nüchtern zu kriegen, und dann überredete ich ihn mit einiger Mühe, für mich den Salzstreuer in den Topf einzubrennen. Danach machte ich noch kurz irgendwo Station, um etwas, äh, Puder aufzutreiben, um meine Sonnenbräune zu verdecken, und natürlich hatte ich den Termin für meine Rückkehr recht sorgfältig festzulegen, damit alles ganz natürlich wirkte. Im Vorzimmer lief ich mir selber in die Arme, was ich stets peinlich finde, ich weiß immer nicht, wo ich hingucken soll, aber, äh... tja, nun wissen Sie's.«

Auf seinem Gesicht erschien ein ziemlich düsteres und nervöses Lächeln.

Richard versuchte zu nicken, gab's aber bald wieder auf.

»Wovon um alles auf der Welt reden Sie?« fragte er.

Reg sah ihn überrascht an.

»Ich dachte, Sie hätten gesagt, Sie kennen mein Geheimnis«, sagte er.

»Ich kenne es«, sagte Dirk mit einem triumphierenden Lächeln. »Er bisher noch nicht, aber er lieferte alle Informationen, die ich benötigte, um dahinterzukommen. Lassen Sie«, fügte er hinzu, »mich noch ein paar kleine Lücken ausfüllen. Um die Tatsache vertuschen zu helfen, daß Sie in Wirklichkeit Wochen weg gewesen waren, als Sie nach Meinung aller am Tisch Sitzenden nur für ein paar Sekunden vor die Tür gegangen waren, mußten Sie sich zur eigenen Information die letzten Worte aufschreiben, die Sie gesagt hatten, so daß Sie das Gespräch so natürlich wie möglich wieder aufnehmen konnten. Ein wichtiges Detail, wenn Ihr Gedächtnis nicht mehr so ist, wie es mal war. Ja?«

»Wie es mal war«, sagte Reg und schüttelte langsam seinen weißen Kopf, »ich kann mich kaum noch erinnern, wie es mal war. Aber ja, Sie sind sehr geschickt, so ein Detail herauszupicken.«

»Und dann ist da noch die kleine Geschichte«, fuhr Dirk fort, »mit den Fragen, die Georg III. gestellt hat. Ihnen gestellt hat.«

Das schien Reg völlig zu überrumpeln.

»Er fragte Sie«, fuhr Dirk fort, während er ein kleines Notizbuch zu Rate zog, das er aus der Tasche genommen hatte, »ob es irgendeinen bestimmten Grund dafür gebe, warum eine Sache nach der anderen passiert, und ob es eine Möglichkeit gebe, das aufzuhalten. Hat er Sie nicht auch gefragt, und zwar *als erstes* gefragt, ob es nicht möglich sei, sich in der Zeit zurückzubewegen, oder irgendsowas Ähnliches?«

Reg blickte Dirk lange taxierend an.

»Ich habe mich in Ihnen nicht geirrt«, sagte er, »Sie haben einen sehr bemerkenswerten Kopf, junger Mann.« Er ging langsam hinüber an das Fenster, das auf den Zweiten Hof hinausging. Er betrachtete die merkwürdigen Gestalten, die ihn eilig überquerten, sich in dem Nieselregen dicht aneinanderdrängten oder auf bestimmte Dinge zeigten.

»Ja«, sagte Reg schließlich mit gedämpfter Stimme, »genau das hat er gefragt.«

»Gut«, sagte Dirk und klappte sein Notizbuch mit einem verkniffenen, kleinen Lächeln zu, das ausdrückte, daß er für derartiges Lob lebte, »dann ist damit erklärt, warum die Antworten ›ja, nein und vielleicht‹ lauteten – in dieser Reihenfolge. Nun? Wo ist sie?«

»Wo ist was?«

»Die Zeitmaschine.«

»Sie stehen mitten drin«, sagte Reg.

26. Kapitel

Ein Rudel krakeelender Leute ergoß sich in Bishop's Stortford in den Zug. Einige trugen Gesellschaftsanzüge mit Nelken am Revers, die ein bißchen mitgenommen wirkten, als hätten sie schon eine lange Feierei hinter sich. Die Frauen aus der Gruppe trugen fesche Kleider und Hüte und schnatterten aufgeregt, wie hübsch Julia doch gewesen sei in dem vielen Seidentaft, und daß Ralph selbst in seinem ganzen Putz wie ein spießiger Esel ausgesehen habe, und dann hechelten sie so ziemlich alle Geschichten der letzten zwei Wochen durch.

Einer von den Männern streckte den Kopf aus dem Fenster und schrie einem vorbeigehenden Bahnbeamten zu, er solle doch mal schnell nachsehen, ob das der richtige Zug sei und in Cambridge halte. Der Schaffner bestätigte, daß er es verflucht nochmal selbstverständlich sei. Der junge Mann sagte, daß sie nicht alle plötzlich entdecken wollten, daß sie in die falsche Richtung führen, nicht wahr, und machte ein Geräusch, das sich ein bißchen wie ein bellender Fisch anhörte, als wolle er damit andeuten, was für eine zum Schreien komische Bemerkung er gemacht habe, und dann zog er den Kopf zurück und stieß ihn sich, daß es dröhnte.

Der Alkoholgehalt der Luft in dem Waggon stieg rapide an.

Es schien allgemein die Ansicht zu herrschen, der beste Weg, sich für die Hochzeitsnachfeier am Abend in die richtige Stimmung zu bringen, sei, einen Ausflug zur Bar zu unternehmen, so daß alle Mitglieder der Gruppe, die nicht bereits total besoffen seien, die Sache dort zu Ende führen könnten. Rüde Beifallsschreie begrüßten diesen Vorschlag, der Zug setzte sich mit einem Ruck in Bewegung, und eine Menge von denen, die noch auf den Füßen waren, kippten um.

Drei junge Männer ließen sich auf die drei leeren Sitze um

einen Tisch plumpsen, von denen der vierte bereits von einem ölig-übergewichtigen Mann in einem altmodischen Anzug eingenommen wurde. Er hatte ein kummervolles Gesicht, und seine großen, feuchten Kuhaugen blickten in irgendwelche unbekannten Fernen.

Ganz langsam begann sein Blick sich den ganzen weiten Weg von der Unendlichkeit zurückzutasten und nach und nach auf seine unmittelbarere Umgebung einzustellen, seine neuen, aufdringlichen Reisegefährten. Es fehlte ihm etwas, hatte er das Gefühl, wie er das auch schon vorher empfunden hatte.

Die drei Männer debattierten laut, ob sie alle an die Bar gehen sollten, ob die einen an die Bar gehen und den anderen etwas zu trinken mitbringen sollten, ob die, die an die Bar gehen würden, nicht durch all die Drinks dort so aus dem Häuschen geraten würden, daß sie einfach hocken blieben und vergäßen, den anderen was zu bringen, die hier säßen und nervös auf ihre Rückkehr warteten, und ob sie, selbst wenn sie daran dächten, sofort mit den Drinks zurückzukommen, tatsächlich in der Lage wären, sie zu tragen, und sie auf dem Rückweg nicht einfach durch den ganzen Waggon schmissen und andere Fahrgäste in Mitleidenschaft zögen.

Eine Art Übereinstimmung schien erzielt zu sein, aber fast im selben Moment konnte sich keiner mehr erinnern, wie die lautete. Zwei von ihnen standen auf, dann setzten sie sich wieder, während der dritte aufstand. Dann setzte der sich wieder. Die beiden anderen standen auf und äußerten die Idee, vielleicht wäre es unkomplizierter, wenn sie einfach die ganze Bar kauften.

Der dritte wollte gerade wieder aufstehen und ihnen nachgehen, als langsam, aber mit unaufhaltsamer Zielstrebigkeit, der kuhäugige Mann, der ihm gegenüber saß, sich vorbeugte und ihn fest am Unterarm ergriff.

Der junge Mann in seinem Gesellschaftsanzug blickte so

rasch auf, wie sein leicht moussierendes Hirn es ihm gestattete, und sagte verdutzt: »Was wollen Sie?«

Michael Milton-Innerwoakes sah ihm mit schrecklicher Eindringlichkeit in die Augen und sagte mit leiser Stimme: »Ich war auf einem Schiff...«

»Wie?«

»Einem Schiff...«, sagte Michael.

»Was denn für ein Schiff, wovon reden Sie? Lassen Sie mich los. Lassen Sie mich!«

»Wir kamen«, fuhr Michael mit leiser, fast unhörbarer, aber eindringlicher Stimme fort, »aus ungeheuerlichen Fernen her. Wir kamen, um ein Paradies zu errichten. Ein Paradies. Hier.«

Seine Augen schwammen kurz in dem Waggon umher, dann blickten sie durch die dreckbespritzten Fenster auf die sich verdichtende Schwermut des nieseligen East Anglia-Abends. Er sah mit deutlichem Ekel hin. Sein Griff am Unterarm des anderen wurde fester.

»Hören Sie, ich geh uns 'n Drink holen«, sagte der Hochzeitsgast, allerdings leise, denn natürlich hatte er's nicht vor.

»Wir ließen alle zurück, die sich gegenseitig durch Krieg vernichten würden«, murmelte Michael. »Unsere Welt sollte eine Welt des Friedens, der Musik, der Kunst und Erleuchtung sein. Alles Kleinliche, alles Schnöde, alles Niederträchtige würde keinen Platz in unserer Welt haben...«

Der verstummte Hochzeitsgast blickte Michael verwundert an. Er sah nicht wie ein alter Hippy aus. Natürlich konnte man das nie wissen. Sein eigener älterer Bruder hatte mal ein paar Jahre in einer Druidenkommune gelebt, LSD-gefüllte Krapfen gegessen und gemeint, er sei ein Baum, und inzwischen hatte er es zum Direktor einer Handelsbank gebracht. Der Unterschied war natürlich, daß er kaum noch dachte, er wäre ein Baum, nur gelegentlich noch, und schon vor langer Zeit hatte er gelernt, diesem ganz speziellen roten

Bordeaux aus dem Weg zu gehen, der ihm immer diesen Rückschlag bescherte.

»Es gab welche, die sagten, wir würden scheitern«, fuhr Michael in diesem leisen Ton fort, der deutlich unter dem ausgelassenen Krach blieb, der den Waggon füllte, »die uns weissagten, auch wir trügen in uns die Saat des Krieges, aber es war unser erhabener Entschluß und Vorsatz, daß nur Kunst und Schönheit gedeihen sollten, die erhabenste Kunst, die höchste Schönheit – die Musik. Wir nahmen nur die mit, die glaubten, die wollten, daß es wahr würde.«

»Aber wovon reden Sie eigentlich?« fragte der Hochzeitsgast, allerdings nicht provozierend, denn er war Michaels zauberischem Bann verfallen. »Wann war das? Wo war das?«

Michael atmete heftig. »Ehe Sie geboren wurden –«, sagte er schließlich, »seien Sie still, und ich erzähl's Ihnen.«

27. Kapitel

Es entstand ein langes, überraschtes Schweigen, während dessen die Abenddämmerung draußen merklich dunkler zu werden und den Raum fest in ihren Griff zu nehmen schien. Eine Tücke des Lichts hüllte Reg in Schatten.

Dirk war eines der seltenen Male in einem Leben von ansonsten sprudelnd ausgelassener Redseligkeit sprachlos. Seine Augen leuchteten vor kindlichem Staunen, als sie von neuem über die nichtssagenden, schäbigen Möbel in dem Zimmer, die getäfelten Wände, die fadenscheinigen Teppiche glitten. Seine Hände zitterten.

Richard runzelte einen Moment lang leicht die Stirn, als versuche er die Quadratwurzel von irgendwas in seinem Kopf zu ziehen, dann blickte er sich um und sah Reg direkt in die Augen.

»Wer sind Sie?« fragte er.

»Ich habe absolut keine Ahnung«, sagte Reg heiter, »ein Großteil meines Gedächtnisses ist völlig weg. Ich bin sehr alt, verstehen Sie. Erschreckend alt. Ja, ich denke, wenn ich Ihnen erzählen könnte, wie alt ich bin, könnte man mit Fug und Recht behaupten, daß Sie erschrecken würden. Das Komische ist, ich täte's auch, weil ich mich nicht erinnern kann. Ich habe furchtbar viele Dinge gesehen, wissen Sie. Das meiste wieder vergessen, Gott sei Dank. Das Schlimme ist, wenn man erst mal so langsam in mein Alter kommt, das, wie ich meiner Meinung nach früher schon mal erwähnt habe, ziemlich erschreckend ist – habe ich das schon gesagt?«

»Ja, Sie sprachen davon.«

»Gut. Ich hatte vergessen, ob ich's schon getan hatte oder nicht. Die Sache ist, daß das Gedächtnis wirklich nicht größer wird, und vieles fällt einfach raus. Verstehen Sie, der Hauptunterschied zwischen jemandem in meinem Alter und jemandem in Ihrem ist nicht, wieviel ich weiß, sondern wieviel ich vergessen habe. Und nach einer Weile vergißt man sogar, was man vergessen hat, und dann vergißt man, daß es etwas zu erinnern gab. Danach fängt man an zu vergessen, äh, worüber man gerade geredet hat.«

Hilflos starrte er die Teekanne an.

»Dinge, an die Sie sich erinnern...«, half Dirk freundlich nach.

»Gerüche und Ohrringe.«

»Wie bitte?«

»Das sind Dinge, die aus irgendeinem Grund noch da sind«, sagte Reg und schüttelte erstaunt den Kopf. Er setzte sich plötzlich. »Die Ohrringe, die Queen Victoria zu ihrem Silbernen Thronjubiläum trug. Recht aufsehenerregende Dinger. Auf den zeitgenössischen Bildern natürlich heruntergespielt. Der Gestank auf den Straßen, ehe es Autos gab. Schwer zu sagen, wann er schlimmer war. Das ist natürlich der Grund, weshalb Kleopatra so lebhaft in Erinnerung bleibt. Eine ganz verheerende Mischung aus Ohrringen und Gestank. Ich glaube, das wird wahrscheinlich das letzte sein, was bleibt, wenn alles andere sich schließlich verflüchtigt hat. Ich werde allein in einem abgedunkelten Zimmer sitzen, ohn' Augen, ohne Zahn, Geschmack und alles, bis auf einen kleinen grauen, alten Kopf, und in diesem kleinen grauen, alten Kopf die merkwürdige Vision von scheußlichen blaugoldenen Baumeldingern, die im Licht funkeln, und der Geruch von Schweiß, Katzenfutter und Tod. Ich frage mich, was ich daraus machen soll…«

Dirk atmete kaum, als er langsam in dem Zimmer herumzugehen begann und vorsichtig mit den Fingerspitzen über die Wände, das Sofa, den Tisch strich.

»Wie lange«, fragte er, »ist das alles schon –«

»Hier?« sagte Reg. »Nur etwa zweihundert Jahre. Seit ich mich in den Ruhestand zurückgezogen habe.«

»Zurückgezogen von was?«

»Keine Ahnung. Muß aber was ziemlich Erfreuliches gewesen sein, was denken Sie?«

»Sie meinen, Sie sind hier in denselben Räumen schon seit… zweihundert Jahren?« murmelte Richard. »Meinen Sie nicht, jemand könnte das bemerken oder komisch finden?«

»Ach, das ist eine der Annehmlichkeiten der älteren Colleges in Cambridge«, sagte Reg, »jeder ist so diskret. Wenn wir alle herumgingen und aufzählten, was wir aneinander merkwürdig finden, wären wir hier bis Weihnachten. Svlad, äh – Dirk, mein Lieber, fassen Sie das bitte im Moment nicht an.«

Dirks Hand streckte sich gerade aus, um den Abakus zu berühren, der auf dem Tisch ganz allein auf dem einzigen freien Plätzchen stand.

»Was ist das?« fragte Dirk scharf.

»Es ist genau das, was es zu sein scheint, ein alter hölzerner

Abakus«, sagte Reg. »Ich erklär's Ihnen gleich, aber zunächst muß ich Ihnen zu Ihrem enormen Scharfsinn gratulieren. Darf ich Sie fragen, wie Sie auf die Lösung gekommen sind?«

»Ich muß zugeben«, sagte Dirk mit seltener Bescheidenheit, »daß ich nicht drauf gekommen bin. Am Ende habe ich einen kleinen Jungen gefragt. Ich erzählte ihm die Geschichte mit dem Trick und fragte ihn, wie er seiner Meinung nach ausgeführt worden sei, und er sagte, ich zitiere: ›Is doch verdammt klar, nee? Er muß 'ne Scheiß Zeitmaschine gehabt ham.‹ Ich dankte dem kleinen Kerl und schenkte ihm einen Schilling für seine Bemühungen. Er trat mir ziemlich fest gegen das Schienbein und ging seiner Wege. Aber er war derjenige, der die Sache gelöst hat. Mein einziger Beitrag zu der Angelegenheit war zu erkennen, daß er recht haben *mußte*. Er hat mir sogar die Mühe erspart, mich selber zu treten.«

»Aber Sie hatten den Scharfsinn, ein Kind zu fragen«, sagte Reg. »Na, dann gratuliere ich Ihnen eben dazu.«

Dirk betrachtete noch immer argwöhnisch den Abakus.

»Wie... funktioniert er?« sagte er und versuchte, es wie eine beiläufige Erkundigung klingen zu lassen.

»Nun ja, eigentlich ist es schrecklich einfach«, sagte Reg, »er funktioniert ganz so, wie Sie wollen. Verstehen Sie, der Computer, der ihn steuert, ist technisch ziemlich fortgeschritten. Tatsächlich ist er leistungsstärker als die Gesamtsumme aller Computer auf diesem Planeten, ihn selber – und das ist das Knifflige dran – ihn selber eingeschlossen. Hab die Geschichte selber nie ganz kapiert, um ehrlich zu sein. Aber über fünfundneunzig Prozent dieser Leistungsstärke wird nur dazu benutzt zu verstehen, was man von ihm will. Ich knalle meinen Abakus einfach da drauf, und er versteht, wie ich ihn benutze. Ich glaube, ich muß wohl dazu erzogen worden sein, einen Abakus zu benutzen, als ich ... nun ja, noch ein Kind war.

Richard zum Beispiel würde wahrscheinlich seinen eigenen Personalcomputer bedienen wollen. Wenn Sie ihn dort hinstellen, wo jetzt der Abakus steht, würde der Computer der Zeitmaschine Ihnen einfach die Sache aus der Hand nehmen und massenweise hübsche benutzerfreundliche Zeitreise-Angebote unterbreiten, komplett mit Tubenmenüs und Schaltpultaccessoires, wenn Sie möchten. Es sei denn, Sie zeigen auf dem Bildschirm auf die 1066, und schon tobt die Schlacht von Hastings draußen vor Ihrer Tür, äh, falls das etwas ist, woran Sie interessiert sind.«

Regs Ton ließ vermuten, daß seine Interessen auf ganz anderen Gebieten lagen.

»Es ist, äh, wirklich ganz ulkig auf seine Art«, schloß er. »Bestimmt besser als Fernsehen und viel einfacher zu benutzen als ein Videorecorder. Wenn ich eine Sendung versäume, sause ich einfach in der Zeit zurück und sehe sie mir an. Ich bin miserabel, wenn ich an all diesen Knöpfen rumspiele.«

Auf diese Enthüllung reagierte Dirk mit Entsetzen.

»Sie haben eine Zeitmaschine und benutzen Sie, um... fernzusehen?«

»Naja, ich würde sie überhaupt nicht benutzen, wenn ich den Dreh mit dem Videorecorder rauskriegte. Ist 'ne sehr kitzlige Angelegenheit, so eine Zeitreise, nicht wahr. Voller entsetzlicher Fallen und Gefahren, falls man in der Vergangenheit die falschen Dinge vertauscht, könnte man den Lauf der Geschichte völlig in Verwirrung bringen.

Außerdem kommt dadurch natürlich das Telefon völlig durcheinander. Tut mir leid«, sagte er etwas verlegen zu Richard, »daß Sie gestern abend Ihre Freundin nicht anrufen konnten. Am britischen Telefonsystem scheint irgendwas grundsätzlich unerklärlich zu sein, und meine Zeitmaschine mag es nicht. Bei Wasser, Elektrizität und selbst beim Gas gibt es nie Probleme. Die Verbindungsstellen werden auf irgendeinem Quantenniveau überwacht, das ich nicht ganz begreife, aber es ist nie ein Problem gewesen.

Das Telefon dagegen ist entschieden ein Problem. Jedesmal, wenn ich die Zeitmaschine benutze, was natürlich so gut wie nie passiert, zum Teil eben wegen dieses Problems mit dem Telefon, geht es kaputt und ich muß irgendeinen Flegel von der Telefongesellschaft kommen lassen, der's wieder repariert, und der fängt dann an, mir dumme Fragen zu stellen, deren Antworten er schlichtweg nicht kapieren kann.

Der springende Punkt ist jedenfalls, daß ich mir sehr strikt zur Regel gemacht habe, daß ich an der Vergangenheit absolut nichts verändern darf –« Reg seufzte –, »so groß die Versuchung auch sein mag.«

»Welche Versuchung?« fragte Dirk barsch.

»Ach, es ist bloß eine, äh, Kleinigkeit, an der ich interessiert bin«, sagte Reg vage, »sie ist völlig harmlos, weil ich mich sehr strikt an die Regel halte. Aber sie stimmt mich dennoch traurig.«

»Aber Sie haben Ihre eigene Regel verletzt!« beharrte Dirk. »Gestern abend! Sie haben etwas in der Vergangenheit verändert –«

»Nun ja«, sagte Reg ein bißchen verlegen, »aber das war was anderes. Ganz was anderes. Wenn Sie den Blick auf dem Gesicht des armen kleinen Mädchens gesehen hätten. So jämmerlich. Sie dachte, die Welt wäre etwas Wunderbares, und all diese entsetzlichen alten Professoren schütteten ihren vernichtenden Hohn über sie aus, einfach weil die Welt für sie nicht mehr wunderbar ist.

Ich meine«, setzte er, an Richard gewandt, hinzu, »denken Sie nur an Cawley. Was für ein blutleerer alter Ziegenbock. Irgend jemand sollte ihm ein bißchen Menschlichkeit beibringen, und wenn man sie mit einem Ziegelstein in ihn hineinprügeln müßte. Nein, das war absolut vertretbar. Ansonsten mache ich es mir strikt zur Regel –«

Richard sah ihn an, und eine ganz bestimmte Erkenntnis dämmerte ihm.

»Reg«, sagte er freundlich, »darf ich Ihnen einen kleinen Rat geben?«

»Natürlich, mein Lieber, ich wäre Ihnen außerordentlich verbunden«, sagte Reg.

»Falls unser gemeinsamer Freund hier Ihnen einen Spaziergang am Ufer des Cam entlang vorschlägt, *gehen Sie nicht mit*.«

»Was um alles auf der Welt meinen Sie damit?«

»Er meint«, sagte Dirk ernst, »es könnte zwischen dem, was Sie wirklich taten, und den dafür von Ihnen ausdrücklich angeführten Gründen, irgendwas nicht ganz zusammenpassen.«

»Oh. Na, merkwürdige Art, es ausdrücken –«

»Naja, er ist halt ein sehr merkwürdiger Bursche. Aber verstehen Sie, manchmal kann es Gründe für etwas geben, was Sie tun, über die Sie sich nicht unbedingt klar sein müssen. Wie im Falle der posthypnotischen Suggestion – oder Besessenheit.«

Reg wurde sehr blaß.

»Besessenheit –«, sagte er.

»Professor – Reg –, ich glaube, es gab einen Grund, weshalb Sie mich sehen wollten. Welcher Grund genau war das?«

»Cambridge! Hier ist... Cambridge!« hörte man das rhythmische Quäken der Bahnhofsdurchsage.

Auf den Bahnsteig ergossen sich Massen lärmender Hochzeitsgäste, die sich gegenseitig anschnauzten und anbrüllten.

»Wo ist denn Rodney?« fragte einer, der mühsam aus dem Waggon geklettert war, in dem sich die Bar befand. Er und sein Kumpel blickten schwankend den Bahnsteig rauf und runter. Die massige Gestalt Michael Milton-Innerwoakes' wogte wortlos an ihnen vorbei und zum Ausgang hinaus.

Sie drängten sich am Zug entlang und guckten durch die schmutzigen Fenster in die Waggons. Plötzlich sahen sie ihren fehlenden Gefährten, der noch immer wie in Trance auf seinem Platz in dem mittlerweile fast leeren Abteil saß. Sie klopften gegen das Fenster und johlten zu ihm rein. Eine Zeitlang reagierte er nicht, und als er's tat, fuhr er erschrocken hoch, als wisse er nicht, wo er sei.

»Der ist sternhagelblau!« brüllten seine Gefährten glücklich, drängten sich wieder in den Zug und bugsierten Rodney nach draußen.

Er stand benommen auf dem Bahnsteig und schüttelte den Kopf. Als er aufblickte, sah er hinter den Sperren die massige Gestalt Michael Milton-Innerwoakes', die sich samt einer großen, schweren Tasche in ein Taxi quetschte, und er stand einen Moment lang wie versteinert da.

»Merkwürdig«, sagte er, »dieser Mann. Erzählte mir 'ne lange Geschichte über irgend 'n Schiffbruch.«

»Har-har«, gurgelte einer von seinen beiden Kumpels, »hat er dir auch Geld abgeluchst?«

»Was?« fragte Rodney erstaunt. »Nein. Nein, ich glaube nicht. Aber es war vielleicht auch kein Schiffbruch, eher ein Unfall, eine Explosion –? Er meint offenbar, er hätte sie irgendwie verursacht. Oder vielmehr, es gab einen Unfall, und er verursachte eine Explosion und tötete alle, als er versuchte, die Sache in Ordnung zu bringen. Dann, sagte er, hätten Jahre um Jahre gräßliche Mengen fauligen Schlamms alles angefüllt, und dann wären schleimige Wesen mit Beinen aufgekreuzt. Es war alles ein bißchen seltsam.«

»Sieht Rodney ähnlich! Sieht ihm ähnlich, auf einen Irren reinzufallen!«

»Ich glaub auch, er muß verrückt gewesen sein. Wechselte plötzlich das Thema und fing von irgend 'm Vogel an. Er sagte, die Sache mit dem Vogel wär totaler Unsinn. Er wünschte, er könnte die Sache mit dem Vogel aus 'm Kopf kriegen. Aber dann sagte er, es würde schon in Ordnung kommen. Alles würde in Ordnung gebracht werden. Aus irgendeinem Grund war mir nicht ganz wohl, als er das sagte.«

»Hättest mit uns an die Bar gehen sollen. Wahnsinnig komisch, wir –«

»Mir gefiel auch nicht, wie er Aufwiedersehen sagte. Gefiel mir überhaupt nicht.«

28. Kapitel

»Erinnern Sie sich«, sagte Reg, »als Sie heute nachmittag ankamen, da sagte ich, die *Zeiten* seien letzthin langweilig gewesen, aber aus… interessanten Gründen?«

»Ich erinnere mich lebhaft«, sagte Dirk, »das war vor kaum zehn *Minuten.* Sie standen genau dort, wie ich mich erinnere. Tatsächlich trugen Sie dieselben Sachen, die Sie im Augenblick anhaben, und –«

»Halt die Klappe, Dirk«, sagte Richard, »laß doch den armen Mann ausreden, ja?«

Dirk machte eine kleine, entschuldigende Verbeugung.

»Ganz recht«, sagte Reg. »Nun ja, die Wahrheit ist, daß ich viele Wochen, ja Monate die Zeitmaschine überhaupt nicht benutzt habe, weil ich das überaus sonderbare Gefühl hatte, daß irgend jemand oder irgend etwas versuchte, mich dazu zu bewegen. Es begann als ganz leichtes Drängen, und dann schien es mich in immer stärkeren Wogen zu überkommen. Es war außerordentlich störend. Ich mußte sehr hart dagegen ankämpfen, weil es mich zu etwas verleiten versuchte, was ich eigentlich gern tun wollte. Ich glaube, ich hätte gar nicht bemerkt, daß es etwas außerhalb von mir war, das diesen Druck ausübte, und nicht bloß meine eigenen Wünsche, die sich geltend machten, wenn ich mich nicht so davor gehütet hätte, mir solche Dinge zu gestatten. Als mir klar wurde, daß etwas anderes versuchte, Gewalt über mich zu bekommen, wurde die Sache wirklich schlimm, und die Möbel fingen an herumzufliegen. Hat meinen kleinen georgianischen Schreibtisch ziemlich ramponiert. Sehen Sie sich nur die Schrammen auf der –«

»Ist es das, wovor Sie gestern abend da oben solche Angst hatten?« fragte Richard.

»Oh ja«, sagte Reg mit gedämpfter Stimme, »schreckliche Angst. Aber es war nur dieses hübsche Pferd, es war also in Ordnung. Ich nehme an, es schneite einfach herein, als ich weggegangen war, um mir etwas Puder gegen meine Sonnenbräune zu holen.«

»Ach ja?« sagte Dirk. »Und wo sind Sie dafür hingegangen?« fragte er. »Mir fallen nicht viele Drogerien ein, die ein Pferd aufsuchen würde.«

»Oh, es gibt einen Planeten in der Gegend, die man hier als die Plejaden kennt, wo der Staub genau richtig ist –«

»Sie haben«, fragte Dirk flüsternd, »sich auf einen anderen Planeten begeben? Um sich Gesichtspuder zu holen?«

»Ach, das ist doch keine Entfernung«, sagte Reg aufgeräumt. »Verstehen Sie, die tatsächliche Entfernung zwischen zwei Punkten im gesamten Raum-Zeit-Kontinuum ist nahezu unendlich viel kleiner als die scheinbare Entfernung zwischen zwei angrenzenden Kreisbahnen in einem Elektron. Wirklich, es ist viel weniger weit als zur Drogerie, und man braucht an der Kasse nicht zu warten. Ich habe auch nie das richtige Kleingeld, Sie etwa? Da mache ich immer viel lieber den Quantensprung. Außer daß man hinterher natürlich das ganze Theater mit dem Telefon hat. Aber nichts ist immer ganz einfach, stimmt's?«

Einen Moment sah er besorgt aus.

»Ich denke, Sie haben aber wahrscheinlich recht in dem, was ich denke, daß Sie's denken«, setzte er leise hinzu.

»Und das wäre?«

»Daß ich eine ziemlich komplizierte Sache durchgezogen habe, um sehr wenig dafür zu erhalten. Ein kleines Mädchen aufzumuntern, so bezaubernd, reizend und traurig es auch war, scheint nicht ganz zu genügen als Erklärung für – nun ja, eine recht erhebliche Zeitmanipulation, wenn ich's mir jetzt recht überlege. Kein Zweifel, daß es einfacher gewesen wäre, ihr ein Kompliment zu ihrem Kleid zu machen. Vielleicht hat der... Geist – wir reden doch hier von einem Geist, nein?«

»Ich denke doch, ja«, sagte Dirk langsam.

»Ein Geist?« fragte Richard. »Ich bitte Sie –«

»Warte!« sagte Dirk rasch. »Bitte fahren Sie fort«, sagte er zu Reg.

»Es ist möglich, daß der... Geist mich überrumpelt hat. Ich kämpfte so energisch dagegen an, das eine zu tun, daß er mich mühelos in das anderes hineinlockte –«

»Und nun?«

»Oh, er ist völlig verschwunden. Der Geist verließ mich gestern abend.«

»Und wo, fragen wir uns«, sagte Dirk und wandte den Blick Richard zu, »ist er hingegangen?«

»Nein, bitte«, sagte Richard, »nicht so. Ich bin noch nicht mal sicher, ob ich zugestimmt habe, daß wir über Zeitmaschinen reden, und nun geht's plötzlich um Geister?«

»Was war es denn dann«, zischte Dirk, »was in dich gefahren ist, um dich die Mauer hochklettern zu lassen?«

»Naja, du warst der Ansicht, daß ich unter posthypnotischer Suggestion von jemandem stand –«

»War ich nicht! Ich habe dir nur die Macht der posthypnotischen Suggestion demonstriert. Aber ich glaube, Hypnose und Besessenheit funktionieren auf ganz, ganz ähnliche Weise. Du kannst dazu gebracht werden, alle möglichen absurden Dinge zu machen, und wirst dir hinterher die einleuchtendsten rationalen Erklärungen ausdenken, um dich dafür zu rechtfertigen. Aber – du kannst nicht dazu gebracht werden, etwas zu tun, was dem Grundwesen deines Charakters widerspricht. Du wirst dagegen ankämpfen. Du wirst dich widersetzen!«

Da erinnerte Richard sich, mit welchem Gefühl der Erleichterung er am Abend vorher spontan das Tonband in Susans Anrufbeantworter zurückgelegt hatte. Es war das Ende eines Kampfes gewesen, den er plötzlich gewonnen hatte. Im Gefühl, im Augenblick einen anderen Kampf zu verlieren, seufzte er und teilte das den anderen mit.

»Genau!« rief Dirk aus. »Du konntest es nicht! Jetzt kommen wir einen Schritt weiter! Du siehst, die Hypnose funktioniert am besten, wenn die Versuchsperson grundsätzlich eine gewisse Sympathie für das empfindet, worum sie gebeten wird. Finde die richtige Person für deine Aufgabe, und die Hypnose kann wirklich eine sehr, sehr starke Macht bekommen. Und ich glaube, dasselbe trifft auch auf die Besessenheit zu. So. Wo stehen wir?

Wir haben einen Geist, der etwas erledigt haben möchte und nach der richtigen Person sucht, über die er seinen Einfluß ausüben kann, damit sie es für ihn tut. Professor –«

»Reg –«, sagte Reg.

»Reg – darf ich Sie etwas fragen, was vielleicht schrecklich persönlich ist? Ich würde es durchaus verstehen, wenn Sie nicht antworten möchten, aber ich würde Ihnen einfach so lange auf die Nerven gehen, bis Sie's tun. Ist halt meine Methode, verstehen Sie? Sie sagten, es gebe etwas, das, wie Sie fanden, eine furchtbare Versuchung für sie ist. Was Sie gerne tun würden, sich aber nicht gestatten, und wozu der Geist Sie zu verleiten versucht. Bitte. Es mag für Sie vielleicht schwer sein, aber ich meine, es wäre sehr hilfreich, wenn Sie uns erzählten, was das ist.«

»Das sage ich Ihnen nicht.«

»Sie müssen begreifen, wie wichtig –«

»Ich zeige es Ihnen«, sagte Reg.

Eine große Gestalt mit einer großen, schweren, schwarzen Nylontasche hob sich als Silhouette gegen die Tore von St. Cedd's ab. Die Gestalt war die von Michael Milton-Innerwoakes, die Stimme, die den Pförtner fragte, ob Professor Chronotis im Augenblick in seinem Zimmer sei, war die von Michael Milton-Innerwoakes, die Ohren, die den Pförtner sagen hörten, der Teufel solle ihn holen, wenn er das wüßte, weil das Telefon offenbar schon wieder kaputt sei, waren die von Michael Milton-Innerwoakes, aber der Geist, der ihm aus den Augen blickte, war nicht mehr seiner.

Er hatte sich vollkommen aufgegeben. Alle Zweifel, Widersprüche und Verwirrungen hatten sich gelegt.

Ein neuer Geist hatte voll von ihm Besitz ergriffen.

Der Geist, der nicht der von Michael Milton-Innerwoakes war, warf einen Blick über das vor ihm liegende College, an das er sich in den letzten paar enttäuschenden, aufreizenden Wochen so allmählich gewöhnt hatte.

Wochen! Nur Augenblicke von Mikrosekunden Dauer.

Obwohl der Geist – das Gespenst –, der jetzt in Michael Milton-Innerwoakes' Körper wohnte, lange Epochen, manchmal ganze Jahrhunderte hintereinander gekannt hatte, in denen er fast dem Vergessen anheimgefallen war, kam ihm die Zeit, in der er nun über die Erde wanderte, so kurz vor, daß es ihm erst Minuten her zu sein schien, daß die Kreaturen, die diese Mauern errichtet hatten, aufgekreuzt waren. Den größten Teil seiner persönlichen Ewigkeit – nicht direkt Ewigkeit, aber ein paar Milliarden Jahre konnten mühelos als das erscheinen – hatte er damit zugebracht, durch endlosen Matsch zu stiefeln, durch grenzenlose Meere zu waten, und er hatte von Entsetzen gelähmt zugesehen, als die schleimigen Wesen mit Beinen plötzlich aus diesen fauligen Meeren hervorgekrochen kamen – und hier waren sie, liefen plötzlich überall herum, als gehörte ihnen alles, und jammerten wegen der Telefone.

Tief in einem dunklen, stillen Teil seiner selbst, wußte der Geist, daß er inzwischen wahnsinnig war, zum Wahnsinn getrieben fast unmittelbar nach dem Unfall durch die Kenntnis dessen, was er getan hatte, und durch das Wissen um die Existenz, die ihm bevorstand, durch die Erinnerungen an die Gefährten, die gestorben waren und ihn eine Zeitlang mit ihrem Spuk verfolgt hatten, genauso wie er auf der Erde umgegangen war.

Er wußte, das, wozu er nun getrieben würde, würde das Ich mit Abscheu erfüllt haben, an das er sich kaum noch erinnerte, aber er wußte auch, daß das die einzige Möglichkeit für ihn war, den ununterbrochenen Alptraum zu beenden, in dem jede Sekunde der Milliarden Jahre schlimmer als die vorhergehende gewesen war.

Er griff zu der Tasche und ging los.

29. Kapitel

Tief im Regenwald tat es das, was es im Regenwald normalerweise tut, nämlich regnen: daher der Name.

Es war ein sanfter Dauerregen, nicht der heftig peitschende, der später in der heißen Jahreszeit einsetzen würde. Der Regen bildete einen feinen, tropfenden Nebel, durch den gelegentlich ein Strahl des Sonnenlichts brach, gedämpft wurde und sich weiter auf die nasse Rinde eines Kalvarienbaums zu bewegte, auf der er sich niederließ und funkelte. Manchmal tat er das direkt neben einem Schmetterling oder einer winzigen, reglosen, schimmernden Eidechse, und dann war die Wirkung fast nicht auszuhalten.

Weiter oben im hohen Blätterdach der Bäume ging ein ungeheuer merkwürdiger Gedanke plötzlich einem Vogel durch den Kopf, und er flatterte verstört durch die Zweige und ließ sich schließlich auf einem anderen und alles in allem besseren Baum nieder, auf dem er sitzen und nochmal ruhiger über die Dinge nachdenken wollte, bis derselbe Gedanke wiederkäme und ihn durchführe oder es Zeit würde, was zu essen.

Die Luft war voller Gerüche – dem zarten Duft von Blumen und der heftigen Würze der durchweichten Blätter und Nadeln, mit denen der Waldboden bedeckt war.

Gewirre von Wurzeln knäulten sich durch das Erdreich, Moos wuchs auf ihnen, Insekten krabbelten.

Auf einem Flecken in dem Wald, auf einem leeren Stück nassem Boden, zwischen ein paar sich reckenden Bäumen erschien lautlos und ohne irgendwelchen Wirbel eine schlichte weiße Tür. Ein paar Sekunden später ging sie mit leisem Quietschen ein Stückchen auf. Ein großer, dünner Mann guckte heraus, blickte sich um, blinzelte überrascht und zog die Tür leise wieder ins Schloß.

Wenige Sekunden darauf öffnete die Tür sich wieder, und Reg schaute heraus.

»Es ist alles wirklich«, sagte er, »das versichere ich Ihnen. Kommen Sie raus und sehen Sie selbst.« Er kam in den Wald heraus, drehte sich um und gab den anderen beiden ein Zeichen, ihm zu folgen.

Dirk schritt mutig aus der Tür, schien etwa die Zeit, die es braucht, zweimal zu zwinkern, völlig fassungslos zu sein und verkündete dann, daß er genau sehe, wie es funktioniere, daß es nämlich offensichtlich mit den imaginären Zahlen zusammenhänge, die zwischen minimalen Quantenstrecken lägen und die fraktalen Umrisse des gefalteten Universums definierten, und er sei nur über sich verwundert, daß er nicht selber drauf gekommen sei.

»Wie bei der Katzenklappe«, sagte Richard, der hinter ihm in der Tür stand.

»Äh, ja, ganz recht«, sagte Dirk, nahm seine Brille ab und lehnte sich an einen Baum, um sie zu putzen, »du hast natürlich gemerkt, daß ich geschwindelt habe. Unter diesen Umständen ein völlig natürlicher Reflex, wie du sicher zugeben wirst. Völlig natürlich.« Er blinzelte leicht und setzte sich die Brille wieder auf. Sie beschlug fast im selben Augenblick von neuem.

»Erstaunlich«, gab er zu.

Richard trat etwas zögernder heraus, blieb einen Moment lang stehen und wippte mit einem Fuß noch immer auf dem Boden von Regs Zimmer und mit dem anderen auf der nassen Walderde. Dann kam er heraus und vertraute sich der Sache völlig an.

Seine Lunge füllte sich sofort mit den berauschenden Dämpfen des Waldes und seine Seele mit dem Staunen über das, was er sah. Er drehte sich um und blickte auf die Tür, durch die er gekommen war. Das war nach wie vor ein ganz normaler Türrahmen mit einer ganz normalen kleinen, weißen Tür, die darin aufschwang, aber sie stand einfach so frei im Wald, und durch sie hindurch konnte man deutlich das Zimmer sehen, aus dem er soeben gekommen war.

Verwundert spazierte er zur Rückseite der Tür, wobei er jeden Schritt auf dem matschigen Boden prüfte, nicht so sehr aus Angst auszurutschen, sondern aus Angst, daß der Boden einfach nicht da sein könnte. Von hinten war die Tür einfach ein ganz normaler offener Rahmen, wie man ihn in jedem ganz normalen Regenwald vielleicht vergeblich suchen würde. Er trat von hinten durch die Tür, und als er zurückblickte, konnte er noch einmal, so als hätte er sie eben erst verlassen, die Collegeräume von Professor Urban Chronotis vom St. Cedd's College, Cambridge, sehen, die Tausende von Meilen entfernt sein mußten. Tausende? Wo waren sie eigentlich?

Er spähte durch die Bäume und meinte, in der Ferne, zwischen den Bäumen, einen zarten Schimmer wahrzunehmen.

»Ist das das Meer?« fragte er.

»Sie können es von hier oben ein bißchen deutlicher sehen«, rief Reg, der einen schlüpfrigen Abhang ein kleines Stück hinaufgestiegen war und sich nun keuchend gegen einen Baum lehnte. Er deutete in die Richtung.

Die beiden anderen folgten ihm und zwängten sich geräuschvoll durch die Zweige, womit sie hoch oben bei unsichtbaren Vögeln eine Menge Gekrächz und Gejammer auslösten.

»Der Pazifik?« fragte Dirk.

»Der Indische Ozean«, sagte Reg.

Dirk putzte von neuem seine Brille und guckte nochmal hin. »Ah, ja, natürlich«, sagte er.

»Nicht Madagaskar?« fragte Richard. »Ich bin nämlich mal dagewesen –«

»Tatsächlich?« sagte Reg. »Eine der schönsten und überraschendsten Gegenden der Erde, dazu eine, die voll der erschreckendsten... Versuchungen für mich ist. Nein.«

Seine Stimme zitterte ein wenig, und er räusperte sich.

»Nein«, fuhr er fort, »Madagaskar liegt – warten Sie mal, in welche Richtung sind wir – wo ist die Sonne? Ja. In dieser Richtung. Westlich. Madagaskar liegt grob gerechnet etwa fünfhundert Meilen westlich von hier. Die Insel Réunion liegt ungefähr auf halbem Wege dazwischen.«

»Äh, und wie heißt das hier?« fragte Dirk plötzlich, klopfte mit den Knöcheln gegen den Baum und erschreckte eine Eidechse. »Wo diese Briefmarke herstammt, äh – Mauritius.«

»Briefmarke?« sagte Reg.

»Ja, das müssen Sie doch wissen«, sagte Dirk, »sehr berühmte Briefmarke. Weiß sonst überhaupt nichts über sie, aber sie kommt von hier. Mauritius. Berühmt für seine außerordentlich bemerkenswerte Briefmarke, ganz braun und verschmiert, aber man könnte sich Blenheim Palace dafür kaufen. Oder denke ich an Britisch-Guayana?«

»Nur du«, sagte Richard, »weißt, woran du denkst.«

»Ist das hier Mauritius?«

»Ja«, sagte Reg, »es ist Mauritius.«

»Aber Sie sammeln keine Briefmarken?«

»Nein.«

»Was um alles auf der *Welt* ist das denn?« sagte Richard plötzlich, aber Dirk fuhr fort, Reg seine Gedanken auseinanderzusetzen. »Schade, man könnte sich ein paar hübsche Ersttagsbriefe besorgen, nicht wahr?«

Reg zuckte die Achseln. »Wirklich nicht interessiert«, sagte er.

»Und was ist hier die große Attraktion?« fragte Dirk. »Es ist nicht, muß ich gestehen, was ich erwartet habe. Auf seine Art sehr hübsch, natürlich, all diese Natur, aber ich bin eben ein Stadtkind, tut mir leid.« Er putzte noch einmal seine Brille und schob sie sich wieder auf die Nase.

Erstaunt fuhr er zurück vor dem, was er sah, und hörte Reg ein merkwürdiges kleines Glucksen ausstoßen. Genau vor der Tür, die in Regs Zimmer führte, fand die allersonderbarste Begegnung statt.

Ein großer, mürrischer Vogel blickte Richard an, und Richard blickte einen großen, mürrischen Vogel an. Richard blickte den Vogel an, als wäre er das Ungewöhnlichste, was er in seinem ganzen Leben zu Gesicht bekommen habe, und der Vogel blickte Richard an, als wolle er mal sehen, ob der seinen Schnabel auch nur im entferntesten komisch finde.

Als er sich davon überzeugt hatte, daß Richard nicht vorhatte zu lachen, betrachtete ihn der Vogel mit einer Art grimmig-reizbaren Nachsicht und fragte sich, ob der Kerl weiter einfach bloß so dastehen oder tatsächlich was Nützliches tun und ihn füttern werde. Er latschte auf seinen großen, gelben Watschelfüßen ein paar Schritte zurück und ein paar Schritte zur Seite und dann wieder einen einzigen Schritt nach vorn. Dann blickte er Richard wieder ungeduldig an und ließ ein ungeduldiges Krächzen hören.

Der Vogel beugte sich vor und kratzte mit seinem großen, albernen, roten Schnabel über den Boden, als wolle er Richard auf die Idee bringen, daß das hier vielleicht ein gutes Plätzchen wäre, um nach Sachen zu suchen, die man ihm zu essen geben könnte.

»Er ißt die Nüsse des Kalvarienbaums«, rief Reg Richard zu.

Belästigt warf der große, dicke Vogel einen durchdringenden Blick zu Reg hoch, als wolle er sagen, es sei doch jedem Idioten vollkommen klar, was er esse. Dann sah er wieder Richard an und legte den Kopf zur Seite, als sei ihm plötzlich der Gedanke gekommen, daß er es vielleicht mit einem Idioten zu tun habe und seine Strategie eventuell dementsprechend überdenken müsse.

»Hinter Ihnen liegen ein paar am Boden«, rief Reg leise.

Vor Erstaunen wie benommen drehte Richard sich verlegen um und sah ein paar dicke Nüsse am Boden liegen. Er bückte sich und hob eine auf, während er zu Reg hochschaute, der ihm aufmunternd zunickte.

Vorsichtig hielt Richard das Ding dem Vogel hin, der sich vorbeugte und es ihm rasch aus der Hand pickte. Und weil Richard die Hand noch immer ausgestreckt hatte, schlug sie ihm der Vogel mit seinem Schnabel verärgert zur Seite.

Sobald Richard sich zu einer respektvollen Entfernung zurückgezogen hatte, reckte der Vogel seinen Hals in die Höhe, schloß seine großen, gelben Augen und schien graziös zu gurgeln, als er die Nuß den Hals hinab in seinen Kropf schüttelte.

Danach wirkte er wenigstens teilweise zufriedengestellt. Während er vorher ein mürrischer Dodo gewesen war, war er jetzt zumindest ein satter mürrischer Dodo, was wahrscheinlich ungefähr alles war, was er sich in diesem Leben erhoffen durfte.

Er machte eine langsame, watschelnde Kehrtwendung und

latschte zurück in den Wald, woher er gekommen war, als wolle er mal sehen, ob Richard den kleinen Puschel aus krausen Federn, der oben an seiner Rückseite hervorlugte, auch nur entfernt komisch fände.

»Ich komme nur zum Gucken her«, sagte Reg mit leiser Stimme, und als Dirk ihn ansah, stellte er verwirrt fest, daß in den Augen des alten Mannes Tränen standen, die er schnell wegwischte. »Wirklich, ich darf mich nicht einmischen –«

Richard kam atemlos zu ihnen hochgehastet.

»War das nicht ein *Dodo*?« rief er.

»Ja«, sagte Reg, »einer von den dreien, die es damals noch gab. Wir sind im Jahr 1676. Binnen vier Jahren werden alle tot sein, und niemand wird sie danach je wiedersehen. Kommen Sie«, sagte er, »gehen wir.«

Hinter der fest verschlossenen Außentür im Ecktreppenhaus des Zweiten Hofes von St. Cedd's College, wo nur eine Millisekunde zuvor ein leichtes Flackern das Verschwinden der Innentür begleitet hatte, gab es nun erneut ein leichtes Flakkern, als die Innentür zurückkehrte.

Die massige Gestalt Michael Milton-Innerwoakes', die sich durch den dunklen Abend auf sie zu bewegte, blickte zu den Eckfenstern hinauf. Wenn irgendein leichtes Flackern zu sehen gewesen wäre, wäre es unbemerkt in dem trüben Flakkern des Kaminfeuers untergegangen, das durch die Fenster nach außen drang.

Die Gestalt blickte sodann in die Schwärze des Himmels hinauf und suchte nach dem, von dem sie wußte, daß es da war, obgleich nicht die kleinste Aussicht bestand, es zu Gesicht zu bekommen, selbst in einer klaren Nacht nicht, was die hier nicht war. Die Umlaufbahnen der Erde waren mittlerweile mit allem möglichen Schrott und Gerümpel derart vollgestopft, daß ein Stück mehr – selbst ein so großes wie dieses – ewig unbemerkt bleiben würde. Und das tat es auch wirklich, obgleich sein Einfluß sich von Zeit zu Zeit bemerkbar gemacht hatte. Von Zeit zu Zeit. Wenn die Wellen stark gewesen waren. Fast zweihundert Jahre lang waren sie nicht mehr so stark gewesen, wie sie es jetzt wieder waren.

Und alles war endlich an seinem richtigen Platz. Das ideale Medium war gefunden worden.

Das ideale Medium lenkte seine Schritte weiter durch den Hof.

Zuerst war der Professor selbst als die ideale Wahl erschienen, aber dieser Versuch hatte in Enttäuschung, Zorn und dann – in einer plötzlichen Eingebung geendet! Einen Mönch zur Erde senden! Sie waren dazu vorgesehen, alles zu glauben, vollkommen gefügig zu sein. Er konnte mit der allergrößten Leichtigkeit dazu gebracht werden, die Aufgabe auszuführen.

Aber leider hatte dieser eine sich als völlig hoffnungslos herausgestellt. Ihn dazu zu bringen, etwas zu glauben, war sehr einfach. Ihn dazu zu bringen, an dieselbe Sache länger als fünf Minuten hintereinander zu glauben, hatte sich als noch unmöglichere Aufgabe erwiesen, als den Professor zu etwas zu verleiten, was er im Grunde gerne täte, sich aber nicht gestatten wollte.

Danach noch ein Fehlschlag, und dann – o Wunder! – war endlich das ideale Medium aufgetaucht.

Das ideale Medium hatte bereits bewiesen, daß es keine Bedenken haben würde, das zu tun, was es tun sollte.

Feucht, in Dunst gehüllt, strampelte sich der Mond in einer Ecke des Himmels nach oben. Am Fenster bewegte sich ein Schatten.

30. Kapitel

Durch das Fenster, das auf den Zweiten Hof hinausging, betrachtete Dirk den Mond. »Wir werden«, sagte er, »nicht lange warten müssen.«

»Worauf?« fragte Richard.

Dirk drehte sich um.

»Daß der Geist«, sagte er, »zu uns zurückkehrt. Professor –«, setzte er, an Reg gewandt, hinzu, der besorgt am Feuer saß, »haben Sie irgendwo in Ihren Räumen Brandy, französische Zigaretten oder griechische Gebetsperlen?«

»Nein«, sagte Reg.

»Dann muß ich mich ungetröstet abquälen«, sagte Dirk, drehte sich um und starrte weiter aus dem Fenster.

»Ich muß noch davon überzeugt werden«, sagte Richard, »daß es nicht irgendeine andere Erklärung gibt, als daß... Geister, die –«

»Genauso, wie du verlangt hast, erst eine Zeitmaschine richtig in Funktion zu sehen, ehe du die Sache glauben konntest«, gab Dirk zurück. »Richard, ich finde deine Skepsis lobenswert, aber auch der skeptische Verstand muß bereit sein, das Unannehmbare anzunehmen, wenn es keine andere Möglichkeit gibt. Wenn es wie eine Ente aussieht und wie eine Ente quakt, haben wir zumindest die Möglichkeit in Betracht zu ziehen, daß wir einen kleinen Wasservogel aus der Familie der *Anatidae* vor uns haben.«

»Und was *ist* dann ein Geist?«

»Ich denke, ein Geist...«, sagte Dirk, »ist jemand, der entweder gewaltsam oder unerwartet zu Tode gekommen ist und unerledigte Dinge am Hals hat. Der nicht ruhen kann, bis er sie nicht erledigt oder in Ordnung gebracht hat.«

Er drehte sich wieder um und sah sie an.

»Weshalb«, sagte er, »eine Zeitmaschine so eine große Faszination auf einen Geist ausübt, wenn er von ihrer Existenz weiß. Eine Zeitmaschine bietet die Möglichkeit, in Ordnung zu bringen, was nach Ansicht des Geistes in der Vergangenheit falsch gelaufen ist. Und ihn zu erlösen.

Weshalb er wiederkommen wird. Zuerst versuchte er, von Reg persönlich Besitz zu ergreifen, aber er widerstand. Dann kam der Zwischenfall mit dem Zaubertrick, dem Gesichtspuder und dem Pferd im Badezimmer, was ich –«, er machte eine Pause, »– was selbst ich nicht verstehe, auch wenn ich's ums Verrecken möchte. Und dann erscheinst du, Richard, auf dem Plan. Der Geist läßt von Reg ab und konzentriert sich statt dessen auf dich. Fast sofort ereignet sich ein merkwürdiger, aber bezeichnender Vorfall. Du tust etwas, von dem du hinterher möchtest, du hättest es nicht getan.

Ich meine natürlich den Anruf bei Susan, den du auf ihrem Anrufbeantworter hinterließest.

Der Geist nimmt seine Chance wahr und versucht, dich dazu zu verleiten, den Anruf ungeschehen zu machen. Sozusagen in die Vergangenheit zurückzugehen und die Mitteilung zu löschen – den Fehler, den du gemacht hast, zu korrigieren. Nur um zu sehen, ob du's tun würdest. Nur um zu sehen, ob es in deinem Charakter läge.

Wenn das der Fall gewesen wäre, stündest du jetzt total unter seiner Kontrolle. Aber im allerletzten Augenblick lehnte sich dein Inneres auf, und du tatest es nicht. Und so gibt der Geist auch dich als hoffnungslos auf und verläßt dich. Er muß jemand anderen finden.

Wie lange macht er das jetzt schon? Ich weiß es nicht. Hört sich das jetzt für dich plausibel an? Erkennst du die Wahrheit von dem, was ich sage?«

Richard wurde es eiskalt.

»Ja«, sagte er, »ich glaube, du hast absolut recht.«

»Und in welchem Augenblick«, fragte Dirk, »verließ dich der Geist?«

Richard schluckte.

»Als Michael Milton-Innerwoakes ins Zimmer kam«, sagte er.

»Da würde ich doch gerne wissen«, sagte Dirk leise, »welche Möglichkeiten der Geist in ihm erblickte. Ich frage mich, ob er diesmal fand, was er suchte. Ich glaube, wir werden nicht lange warten müssen.«

Es klopfte an der Tür.

Als sie sich öffnete, stand Michael Milton-Innerwoakes davor.

Er sagte nur: »Bitte, ich brauche Ihre Hilfe.«

Reg und Richard starrten auf Dirk und dann auf Michael.

»Haben Sie was dagegen, wenn ich die Tasche hier irgendwo abstelle?« fragte Michael. »Sie ist ziemlich schwer. Voll mit Tauchgerät.«

»Oh, ich verstehe«, sagte Susan, »ja gut, danke, Nicola, ich probier's mit diesem Fingersatz. Das Es hat er sicher bloß da reingeschrieben, um die Leute zu ärgern. Ja, ich bin schon den ganzen Nachmittag konzentriert dran. Einige von den Sechzehntelläufen im zweiten Satz sind entsetzlich vertrackt. Naja, es hat mich von allem etwas abgelenkt. Nein, nichts Neues. Es ist einfach alles rätselhaft und durch und durch grauenvoll. Ich möchte nicht einmal – hör zu, vielleicht rufe ich dich später noch mal an und erkundige mich, wie's dir geht. Ich weiß, ja, man weiß nie, was schlimmer ist, stimmt's, die Krankheit, die Antibiotika oder der Hausarzt. Paß auf dich auf, oder sorge zumindest dafür, daß Simon es tut. Sag ihm, er soll dir literweise heiße Zitrone machen. Okay. Schön, ich rufe dich später an. Halt dich warm. Bis dann.«

Sie legte auf und ging zu ihrem Cello zurück. Sie hatte kaum begonnen, sich das Problem dieses irritierenden Es nochmal durch den Kopf gehen zu lassen, als das Telefon klingelte. Sie hatte den ganzen Nachmittag über den Hörer einfach zur Seite gelegt, hatte es nun aber vergessen, nachdem sie selbst angerufen hatte.

Seufzend stellte sie das Cello ab, legte den Bogen weg und ging ans Telefon.

»Hallo?« fragte sie.

Wieder war nichts zu hören, nur ein fernes Windgeheul. Verärgert knallte sie den Hörer auf die Gabel.

Sie wartete ein paar Sekunden, bis die Leitung wieder frei war, und wollte eben schon den Hörer wieder von der Gabel nehmen, als ihr der Gedanke kam, daß Richard sie vielleicht brauchen könnte.

Sie zögerte.

Sie sagte sich, daß sie den Anrufbeantworter nicht benutzt hatte, weil sie ihn normalerweise nur zu Gordons Bequemlichkeit anstellte, und das war etwas, woran sie im Augenblick nicht erinnert werden wollte.

Trotzdem schaltete sie den Anrufbeantworter ein, drehte die Lautstärke ganz runter und kehrte wieder zu dem Es zurück, das Mozart nur reingeschrieben hatte, um Cellisten zu ärgern.

In der Dunkelheit der Büros von Dirk Gently's Holistischer Detektei schob Gordon Way den Telefonhörer unbeholfen auf die Gabel zurück und saß zusammengesackt in tiefster Schwermut da. Er hielt sich auch nicht zurück, sich völlig durch den Sitz sacken zu lassen, bis er nur ein Stückchen über dem Fußboden schwebte.

Miss Pearce war aus dem Büro geflohen, als das Telefon das erstemal begonnen hatte, sich selber zu benutzen, und ihre Geduld mit all diesem Zeug war schließlich vollkommen erschöpft, so daß Gordon nun das Büro für sich allein hatte. Allerdings waren seine Versuche, mit jemandem Kontakt aufzunehmen, total gescheitert.

Oder vielmehr seine Versuche, mit Susan Kontakt aufzunehmen, was das einzige war, was ihn interessierte. Susan war es, mit der er gesprochen hatte, als er gestorben war, und irgendwie wußte er, daß er nochmal mit ihr sprechen müsse. Aber sie hatte fast den ganzen Nachmittag den Hörer beiseite gelegt, und selbst, als sie ans Telefon gegangen war, hatte sie ihn nicht hören können.

Er gab es auf. Er raffte sich vom Boden hoch, stand auf und schlüpfte hinaus auf die dunkel werdenden Straßen. Eine Weile schwebte er ziellos umher, machte einen Spaziergang am Kanal entlang, eine Ablenkung, die schnell ihren Reiz verlor, und dann schlenderte er wieder zur Straße hinauf.

Die Häuser, denen Licht und Leben entströmte, brachten ihn besonders aus der Fassung, denn der Willkomm, den sie auszusprechen schienen, wurde nicht ihm erwiesen. Er überlegte, ob wohl irgend jemand was dagegen hätte, wenn er sich einfach in ihr Haus schliche und den Abend über fernsähe. Er würde niemandem zur Last fallen.

Oder ein Kino.

Das wäre besser, er könnte ins Kino gehen.

Er bog mit festerem, wenn auch nach wie vor wesenlosem Schritt in die Noel Road ein und begann sie entlangzugehen.

Noel Road, dachte er. Das kam ihm vage bekannt vor. Er hatte das Gefühl, daß er vor kurzem mit jemandem in der Noel Road etwas zu tun gehabt hatte. Wer war das?

Seine Überlegungen wurden von einem gräßlichen Entsetzensschrei unterbrochen, der durch die Straße gellte. Er blieb wie angewurzelt stehen. Wenige Sekunden darauf flog wenige Meter von ihm entfernt eine Tür auf und eine Frau rannte mit gehetztem Blick schreiend heraus.

31. Kapitel

Richard hatte Michael Milton-Innerwoakes nie gemocht, und mit einem Geist in ihm mochte er ihn noch weniger. Er konnte nicht sagen, warum. Persönlich hatte er nichts gegen Geister, er war nicht der Meinung, ein Mensch sei negativ zu beurteilen, bloß weil er tot ist, aber – es gefiel ihm nicht.

Trotzdem war es schwierig, nicht doch ein bißchen Mitleid für ihn zu empfinden.

Michael saß verzweifelt auf einem Hocker, seine Ellbogen ruhten auf dem großen Tisch, und sein Kopf lag auf seinen Händen. Er sah krank und abgezehrt aus. Er sah hundemüde aus. Er sah mitleiderregend aus. Seine Geschichte war eine qualvolle Angelegenheit gewesen und endete mit seinen Versuchen, erst Reg und dann Richard in seine Gewalt zu bekommen.

»Sie hatten«, schloß er, »recht. Vollkommen.«

Dies sagte er zu Dirk, und Dirk machte eine Grimasse, als versuche er, nicht allzu viele Male an einem Tag sein triumphierendes Strahlelächeln aufzusetzen.

Die Stimme gehörte Michael, und sie gehörte ihm auch wieder nicht. Was immer auch das Timbre einer Stimme in einer Milliarde Jahren oder so an Grauen und Einsamkeit in sich aufnehmen kann, diese Stimme hatte es in sich aufgenommen, und sie erfüllte die, die sie hörten, mit einem schwindelerregenden Schauder, ähnlich dem, der Herz und Magen erfaßt, wenn man nachts auf einer hohen Klippe steht.

Er wandte seine Augen Reg und Richard zu, und auch die Wirkung dieser Augen war, daß sie Mitleid und Schrecken erregten. Richard mußte den Blick abwenden.

»Ich fühle mich verpflichtet, Sie beide um Entschuldigung zu bitten«, sagte der Geist in Michaels Körper, »und ich biete

Sie Ihnen aus tiefstem Herzen an. Ich hoffe nur, wenn sie erst einmal die Verzweiflung meiner Lage verstehen, und die Hoffnung, die diese Maschine mir gibt, daß Sie dann auch verstehen, warum ich so gehandelt habe, und mir ganz von selbst vergeben. Und mir helfen. Darum bitte ich Sie.«

»Gebt dem Mann einen Whisky«, sagte Dirk schroff.

»Habe keinen Whisky«, sagte Reg. »Äh, Port? Es ist auch die eine oder andere Flasche Margaux da, die ich aufmachen könnte. Sehr feiner Wein. Sollte freilich eine Stunde temperiert werden, aber das könnte ich natürlich tun, das ist ganz einfach, ich –«

»Wollen Sie mir helfen?« unterbrach der Geist.

Reg eilte nach dem Port und ein paar Gläsern.

»Warum haben Sie sich des Körpers dieses Mannes bemächtigt?« fragte Dirk.

»Ich brauche eine Stimme zum Reden und einen Körper zum Handeln. Ihm wird kein Schaden zugefügt, kein Schaden –«

»Ich möchte Ihnen die Frage nochmal stellen. Warum haben Sie sich des Körpers *dieses* Mannes bemächtigt?« bohrte Dirk nach.

Der Geist ließ Michaels Körper die Achseln zucken.

»Er war bereit. Die beiden Herren hier widersetzten sich ganz begreiflicherweise, sich... nun ja, hypnotisieren zu lassen – Ihr Vergleich ist recht gut. Der hier? Tja, ich glaube, sein Selbstgefühl ist auf einem Tiefpunkt angelangt, und er hat sich stillschweigend gefügt. Ich bin ihm sehr dankbar und werde ihm keinen Schaden zufügen.«

»Sein Selbstgefühl«, wiederholte Dirk nachdenklich, »ist auf einem Tiefpunkt angelangt.«

»Das stimmt wahrscheinlich«, sagte Richard leise zu Dirk. »Er erschien mir gestern abend sehr deprimiert. Das einzige, was ihm wichtig war, war ihm genommen worden, weil er, naja, weil er wirklich nicht gut drin war. Obwohl er voller

Dünkel ist, war er wohl dem Gedanken recht zugetan, tatsächlich zu etwas gebraucht zu werden.«

»Hmmm«, sagte Dirk, und sagte es noch einmal. Er sagte es ein drittes Mal mit Gefühl. Dann fuhr er herum und brüllte die Gestalt auf dem Hocker an.

»Michael Milton-Innerwoakes!«

Michaels Kopf zuckte zurück und zwinkerte mit den Augen.

»Ja?« sagte er mit seiner normalen, kummervollen Stimme. Seine Augen folgten Dirk, als der sich bewegte.

»Kannst du mich hören«, fragte Dirk, »und für dich antworten?«

»Oh, ja«, sagte Michael, »natürlich kann ich das.«

»Dieses... Wesen, dieser Geist. Du weißt, daß er in dir sitzt? Du akzeptierst seine Anwesenheit? Du machst bereitwillig mit, was er von dir verlangt?«

»Das ist richtig. Seine Geschichte hat mich tief bewegt, und ich bin gerne bereit, ihm zu helfen. Ich glaube zudem, es ist richtig für mich, es zu tun.«

»Na schön«, sagte Dirk und schnippte mit den Fingern, »Du kannst gehen.«

Michaels Kopf sank plötzlich nach vorn, aber nach kurzer Zeit hob er sich langsam wieder, als werde er von innen wie ein Reifen aufgepumpt.

Der Geist hatte ihn wieder im Griff.

Dirk nahm sich einen Stuhl, drehte ihn herum und setzte sich rittlings darauf, so daß er dem Geist in Michael gegenübersaß, wobei er ihm fest in die Augen blickte.

»Nochmal«, sagte er, »erzählen Sie sie mir noch mal. Eine kurze Zusammenfassung.«

Michaels Körper spannte sich leicht. Er streckte die Hand nach Dirks Arm aus.

»Nicht – berühren!« zischte Dirk. »Erzählen Sie mir nur die Fakten. Sobald Sie versuchen, bei mir Mitleid zu erzeugen, kriegen Sie eins aufs Auge. Das heißt, zumindest auf das geborgte. Also, lassen Sie den ganzen Krempel weg, der sich anhörte wie... äh –«

»Coleridge«, sagte Richard mit einemmal, »es hörte sich genau wie Coleridge an. Genau wie ›Die Ballade vom alten Seemann‹. Also, gewisse Teile waren daraus.«

Dirk legte die Stirn in Falten. »Coleridge?« fragte er.

»Ich versuchte, ihm meine Geschichte zu erzählen«, gab der Geist zu. »Ich –«

»Verzeihung«, sagte Dirk, »Sie müssen mich entschuldigen – ich habe noch nie einen vier Milliarden Jahre alten Geist ins Kreuzverhör genommen. Reden wir hier von Samuel Taylor? Wollen Sie sagen, Sie haben Ihre Geschichte Samuel Taylor Coleridge erzählt?«

»Ich war... mitunter in der Lage, von seinem Geist Besitz zu ergreifen. Wenn er in einem aufnahmebereiten Zustand war.«

»Sie meinen, wenn er Laudanum genommen hatte?« fragte Richard.

»Das ist richtig. Er war dann entspannter.«

»Ich muß sagen«, prustete Reg, »ich habe ihn manchmal getroffen, wenn er ganz erstaunlich entspannt war. Hören Sie, ich mache etwas Kaffee.« Er verschwand in der Küche, aus der man ihn leise lachen hörte.

»Eine völlig andere Welt«, murmelte Richard vor sich hin und setzte sich kopfschüttelnd.

»Doch wenn er im Vollbesitz seiner geistigen Kräfte war, war ich es sozusagen nicht«, sagte der Geist, »und so schlug auch das fehl. Und was er niederschrieb, war völlig verstümmeltes Zeug.«

»Greife ein«, sagte Richard leise zu sich und hob die Augenbrauen.

»Professor«, rief Dirk, »das hört sich vielleicht lächerlich an. Aber hat – Coleridge jemals versucht... äh..., Ihre Zeitmaschine zu benutzen? Fühlen Sie sich frei, die Frage in jeder Form zu beantworten, die Ihnen angenehm ist.«

»Tja, wissen Sie«, sagte Reg, der hinter der Tür vorguckte, »er kam einmal hierher und schnüffelte herum, aber ich glaube, er befand sich in einem viel zu entspannten Zustand, um irgendwas zu machen.«

»Ich verstehe«, sagte Dirk. »Aber warum«, setzte er hinzu, während er sich zu der sonderbaren, auf ihrem Hocker zusammengesunkenen Gestalt Michael Milton-Innerwoakes' umdrehte, »warum haben Sie so lange gebraucht, um jemanden zu finden?«

»Lange, lange Perioden bin ich immer wieder sehr schwach, fast nicht mehr vorhanden und völlig außerstande, auf irgend etwas Einfluß auszuüben. Und außerdem gab's früher hier natürlich keine Zeitmaschine und absolut... keine Hoffnung für mich –«

»Vielleicht existieren Geister wie Wellengesetzmäßigkeiten«, schlug Richard vor, »wie Interferenzmuster zwischen dem Wirklichen und dem Möglichen. Es gäbe unregelmäßige Berge und Täler wie bei einer musikalischen Wellenform.«

Der Geist riß Michaels Augen zu Richard herum.

»Sie...«, sagte er, »Sie haben diesen Aufsatz geschrieben...«

»Äh, ja –«

»Er hat mich außerordentlich bewegt«, sagte der Geist plötzlich mit einer reuevollen Sehnsucht in der Stimme, von der er ebenso überrumpelt zu sein schien wie seine Zuhörer.

»Oh, aha«, sagte Richard, »tja, vielen Dank. Letztesmal, als du davon sprachst, gefiel er dir nicht so sehr. Naja, ich weiß, das warst nicht du... äh, das waren sozusagen nicht Sie –« Er lehnte sich zurück und zog die Stirn kraus.

»Um also«, sagte Dirk, »zum Anfang zurückzukehren –«

Der Geist holte für Michael tief Luft und begann von vorn. »Wir waren auf einem Schiff –«, sagte er.

»Einem Raumschiff.«

»Ja. Weither von Salaxala, einem Stern in der... naja, sehr weit von hier. Einem kriegerischen und schwer heimgesuchten Ort. Wir – eine Gruppe von ungefähr neun Dutzend – machten uns auf, wie das Leute öfter taten, um uns eine neue Welt zu suchen. Alle Planeten in diesem System waren für unsere Zwecke vollkommen ungeeignet, aber wir machten auf diesem Stern halt, um einige unentbehrliche Mineralienbestände zu ergänzen.

Unglücklicherweise wurde unser Landungsschiff auf dem Weg in die Atmosphäre beschädigt. Ziemlich schlimm beschädigt, aber dennoch durchaus zu reparieren.

Ich war der Bordingenieur, und es oblag mir, die Reparatur des Schiffes und seine Bereitstellung zur Rückkehr zu unserem Mutterschiff zu überwachen. Um nun verstehen zu können, was dann passierte, müssen Sie etwas vom Wesen einer hochautomatisierten Gesellschaft wissen. Es gibt keine Aufgabe, die nicht mithilfe modernster Computerisierung leichter auszuführen ist. Und es gab einige sehr spezielle Probleme im Zusammenhang mit dieser Reise und unserem Ziel –«

»Welchem?« fragte Dirk barsch.

Der Geist in Michael blinzelte, als sei die Antwort sonnenklar.

»Naja, eine neue und bessere Welt zu finden, in der wir selbstverständlich alle für immer in Freiheit, Frieden und Eintracht leben könnten«, sagte er.

Dirk hob die Augenbrauen.

»Ach so«, sagte er. »Sie hatten sich das alles ganz genau ausgedacht, nehme ich an.«

»Wir hatten es für uns genau ausgedacht. Wir hatten ein paar sehr hochentwickelte Geräte mit, die uns helfen sollten, weiter an den Zweck der Reise zu glauben, auch wenn die Sache schwierig würde. Im allgemeinen funktionierten sie sehr gut, aber ich glaube, wir verließen uns nach und nach zu sehr auf sie.«

»Was um alles auf der Welt waren denn das für Dinger?« fragte Dirk.

»Es ist für Sie möglicherweise schwer zu verstehen, wie beruhigend sie waren. Und das war der Grund, weshalb mir mein fataler Fehler unterlief. Als ich wissen wollte, ob es ungefährlich sei zu starten oder nicht, wollte ich nicht erfahren, daß es vielleicht *nicht* ungefährlich sein könnte. Ich wollte nur beteuert bekommen, *daß* es ungefährlich sei. Anstatt also selber die Sache nachzuprüfen, verstehen Sie, schickte ich einen von den Elektrischen Mönchen hin.«

32. Kapitel

Das Messingschild an der roten Tür in der Peckender Street funkelte, als es das gelbe Licht einer Straßenlaterne reflektierte. Es leuchtete einen Moment lang hell auf, als es das grelle Blaulicht eines vorbeirasenden Polizeiwagens widerspiegelte.

Es trübte sich leicht, als ein bleiches, bleiches Gespenst geräuschlos durch es hindurchglitt. Es blinkte ein wenig, als es sich trübte, weil das Gespenst so furchtbar aufgeregt zitterte.

In dem dunklen Hausflur legte der Geist Gordon Ways eine Pause ein. Er brauchte etwas als Halt, um sich zu stützen, aber natürlich gab's da nichts. Er versuchte, sich an sich selber festzuhalten, aber da gab's auch nichts, um sich festzuhalten. Er würgte vor Entsetzen darüber, was er gesehen hatte, aber es war natürlich nichts in seinem Magen. Halb stolperte, halb schwamm er die Treppe hinauf, wie ein Ertrinkender, der nach einem Halt auf dem Wasser zu greifen versucht. Er taumelte durch die Wand, durch den Schreibtisch und durch die Tür und versuchte, sich zu fassen und vor dem Schreibtisch in Dirks Büro Platz zu nehmen.

Wenn ein paar Minuten später irgend jemand zufällig in das Büro gekommen wäre – ein nächtlicher Reinigungsdienst vielleicht, wenn Dirk Gently jemals einen angeheuert hätte, was er nicht getan hatte, weil die Leute bezahlt werden wollten und er sie nicht bezahlen wollte, oder vielleicht ein Einbrecher, wenn irgendwas in dem Büro gewesen wäre, das einen Einbruch gelohnt hätte, was aber nicht der Fall war – hätten sie folgendes gesehen und wären davon in Staunen versetzt worden.

Der Hörer des großen roten Telefons auf dem Schreibtisch wackelte plötzlich und fiel von der Gabel auf die Schreibtischplatte. Ein Freizeichen begann zu schnarren. Dann drückten sich eine nach der anderen die großen, leichtgängigen Tasten von selbst runter, und nach der sehr langen Pause, die einem das britische Telefonsystem einräumt, damit man nochmal seine Gedanken sammeln und völlig vergessen kann, wen man eigentlich gerade anruft, hörte man am anderen Ende der Leitung den Ton eines klingelnden Telefons.

Nach ein paar Klingeltönen gab es ein Klicken, ein Surren und ein Geräusch, als hole eine Maschine Luft. Und dann sagte eine Stimme: »Hallo, hier spricht Susan Way. Ich kann im Moment nicht ans Telefon kommen, weil ich versuche, ein Es richtig hinzukriegen, aber wenn Sie Ihren Namen hinterlassen möchten...«

»Auf die Entscheidung also eines – ich kann mich kaum überwinden, die Worte auszusprechen – Elektrischen Mönchs«, sagte Dirk mit einer Stimme, die vor Hohn troff, »versuchen Sie also, das Schiff zu starten, aber zu ihrem übergroßen Erstaunen explodiert es. Und dann –?«

»Seitdem«, sagte der Geist niedergeschlagen, »bin ich allein auf diesem Planeten. Allein mit dem Wissen, was ich meinen Kameraden in dem Schiff angetan habe. Ganz, ganz allein...«

»Ja, das sollen Sie überspringen, habe ich gesagt«, schnauzte Dirk wütend. »Was passierte mit dem Mutterschiff? Es flog wahrscheinlich weiter und setzte seine Suche nach –«

»Nein.«

»Was passierte damit?«

»Nichts. Es ist immer noch da.«

»Immer noch *da*?«

Dirk sprang auf und sauste davon, um im Zimmer hin und her zu laufen, die Stirn zornig in Falten gelegt.

»Ja.« Michaels Kopf sank ein wenig nach vorn, aber er blickte Reg und Richard mitleidheischend an. »Alle von uns waren an Bord des Landungsschiffes. Zuerst hatte ich das Gefühl, ich werde von den Geistern der anderen verfolgt, aber das passierte nur in meiner Phantasie. Millionen, dann Milliarden von Jahren schlich ich mutterseelenallein durch den Morast. Für Sie ist es unmöglich, sich auch nur im mindesten die Qualen einer solchen Ewigkeit vorzustellen. Erst kürzlich«, fügte er hinzu, »entstand dann Leben auf dem Planeten. Leben. Pflanzen, Dinge im Meer, dann schließlich ihr. Vernunftbegabtes Leben. Ich wende mich an Sie, mich von den Qualen zu erlösen, die ich erduldet habe.«

Dem Geist sank Michaels Kopf einige Sekunden niedergeschlagen auf die Brust. Dann hob er sich wieder langsam und wackelig und starrte sie mit noch dunklerem Feuer im Auge an.

»Bringen Sie mich zurück«, sagte er, »ich bitte Sie, bringen Sie mich zu dem Landungsschiff zurück. Lassen Sie mich rückgängig machen, was geschehen ist. Ein Wort von mir, und es kann ungeschehen gemacht, die Reparaturen können ordentlich ausgeführt werden, und das Landungsschiff kann zum Mutterschiff zurückkehren, wir können weiterfliegen, meine Qualen werden enden, und ich werde keine Last mehr für Sie sein. Ich bitte Sie darum.«

Es entstand ein kurzes Schweigen, während dessen seine Bitte in der Luft hing.

»Das kann doch gar nicht funktionieren, oder?« sagte Richard. »Wenn wir das machen, dann kann das hier doch alles nicht passieren. Setzen wir damit nicht alle möglichen Paradoxe in die Welt?«

Reg riß sich aus seinen Gedanken los. »Nicht schlimmer als viele, die es schon gibt«, sagte er. »Wenn das Universum jedesmal enden würde, wenn es irgendwelche Unklarheiten darüber gäbe, was sich darin zugetragen hat, wäre es nie über die erste Pikosekunde hinausgelangt. Und viele tun das natürlich auch nicht. Es ist wie beim menschlichen Körper, verstehen Sie? Ein paar Schnitte und Quetschungen hier und da tun ihm nicht weh. Nicht mal größere Operationen, wenn sie richtig gemacht werden. Paradoxe sind bloß das Narbengewebe. Zeit und Raum heilen um sie herum zusammen, und die Leute erinnern sich einfach nur noch an die Version der Ereignisse, die so plausibel ist, wie sie es von ihr verlangen.

Das soll nicht heißen, daß, wenn man mit einem Paradox zu tun bekommt, einem nicht einige Dinge sehr merkwürdig vorkommen können. Aber wenn Sie bisher gelebt haben, ohne daß Ihnen das schon mal passiert ist, dann weiß ich nicht, in welchem Universum Sie leben – das hier ist es bestimmt nicht.»

»Aber wenn das so ist«, sagte Richard, »warum waren Sie dann so erpicht darauf, ja nichts zu unternehmen, um den Dodo zu retten?«

Reg seufzte. »Sie verstehen nicht. Der Dodo wäre nicht ausgestorben, wenn ich mich nicht so entsetzlich angestrengt hätte, den Coelacanthus zu retten.«

»Den Coelacanthus? Den prähistorischen Fisch? Aber wie kann denn das eine mit dem anderen etwas zu tun haben?«

»Ach. Sie können aber auch Fragen stellen. Die komplizierten Wechselbeziehungen zwischen Ursache und Wirkung widersetzen sich jeder Analyse. Das Kontinuum ist nicht nur wie ein menschlicher Körper, es ist auch einer schlecht geklebten Tapete sehr ähnlich. Drücken Sie hier eine Blase runter, bläht sich irgendwoanders eine auf. Es gibt keine Dodos mehr, weil ich mich eingemischt habe. Schließlich erlegte ich mir selbst das Verbot auf, weil ich's einfach nicht mehr ertragen konnte. Das einzige, was wirklich Schaden leidet, wenn man versucht, die Zeit zu verändern, ist man selbst.« Er lächelte düster und schaute weg.

Schließlich setzte er nach langem Nachdenken hinzu: »Nein, wir können es tun. Ich bin nur so zynisch, weil es so oft schiefgegangen ist. Die Geschichte des armen Kerls hier ist sehr traurig, und es kann nicht schaden, seinem Elend ein Ende zu setzen. Die Sache hat sich vor so langer, langer Zeit auf einem toten Planeten zugetragen. Wenn wir es tun, wird sich jeder einzeln an das erinnern, was auch immer uns persönlich zugestoßen ist. Zu schade, wenn der Rest der Welt nicht ganz derselben Meinung ist. Es wird kaum das erstemal sein.«

Michaels Kopf senkte sich.

»Du bist sehr schweigsam, Dirk«, sagte Richard.

Dirk blickte ihn zornig an. »Ich möchte dieses Raumschiff sehen«, verlangte er.

Im Dunkeln rutschte der rote Telefonhörer davon und glitt stockend über den Schreibtisch zurück. Wenn irgend jemand dagewesen wäre und es gesehen hätte, hätte er vielleicht sogar eine Gestalt wahrnehmen können, die den Hörer bewegte.

Sie leuchtete nur ganz schwach, schwächer als die Leuchtzeiger einer Uhr. Es schien eher, als sei die Dunkelheit um sie herum einfach noch dunkler und die geisterhafte Gestalt stecke darin wie verdicktes Narbengewebe unter der Oberfläche der Nacht.

Gordon kämpfte ein letztesmal mit dem widerspenstigen Telefonhörer. Schließlich kriegte er ihn zu fassen und schob ihn auf den Apparat.

Von dort rutschte er auf die Gabel und unterbrach den Anruf. Als der Geist Gordon Ways sein letztes Telefongespräch endlich geschafft hatte, begab er sich zu seiner letzten Ruhe und verschwand.

33. Kapitel

Im Schatten der Erde schwebte langsam – nur ein weiteres Stück Schrott unter den anderen, die auf ewig hoch über ihr kreisten – eine dunkle Masse, die größer und regelmäßiger geformt war als der Rest. Und viel, viel älter.

Vier Milliarden Jahre lang hatte es unaufhörlich von dem Planeten unter sich Daten aufgenommen, genau geprüft, analysiert und verarbeitet. Hin und wieder schickte es Teile davon zurück, wenn es meinte, sie könnten helfen, wenn es meinte, sie würden empfangen werden. Aber ansonsten beobachtete es, horchte es, zeichnete es auf. Weder das Schwappen einer Welle noch das Schlagen eines Herzens entging seiner Aufmerksamkeit.

Im übrigen hatte sich seit vier Millarden Jahren in seinem Innern nichts bewegt, außer der Luft, die noch immer zirkulierte, und den Staubteilchen in der Luft, die tanzten und tanzten und tanzten und tanzten... und tanzten.

Es war nur eine ganz leichte Unruhe, die es jetzt befiel. Leise, ohne jeden Wirbel, wie ein Tautropfen, der aus der Luft auf ein Blatt fällt, erschien in einer Wand, die vier Milliarden Jahre lang leer und grau gewesen war, eine Tür. Eine schlichte, normale, weiße, paneelierte Tür mit einem kleinen eingedellten Messingknopf.

Auch dieses lautlose Ereignis wurde aufgezeichnet und in den ständigen Datenverarbeitungsstrom aufgenommen, mit dem das Raumschiff ununterbrochen beschäftigt war. Nicht nur die Ankunft der Tür, sondern auch die Ankunft der Leute hinter der Tür, wie sie aussahen, wie sie sich bewegten, was sie über ihre Anwesenheit dort empfanden. Alles verarbeitet, alles aufgezeichnet, alles transformiert.

Nachdem ein, zwei Augenblicke verstrichen waren, ging die Tür auf.

In der Öffnung war ein Zimmer zu sehen, das keinem in dem Raumschiff glich. Ein Zimmer mit Holzfußboden, abgenutzten Polstermöbeln, ein Zimmer, in dem ein Kaminfeuer tanzte. Und während das Feuer tanzte, tanzten seine Daten in die Computer des Schiffes, und die Staubteilchen in der Luft tanzten mit ihm.

Eine Gestalt stand in der Tür – eine massige, düstere Gestalt, in deren Augen jetzt ein merkwürdiges Licht flackerte. Sie trat über die Schwelle in das Schiff, und ihr Gesicht war plötzlich von einer Ruhe überzogen, nach der sie sich gesehnt, die sie aber niemals wieder zu empfinden gemeint hatte.

Hinter ihr trat ein kleinerer, älterer Mann vor, dessen Haar weiß und widerspenstig war. Er blieb stehen und blinzelte erstaunt, als er aus dem Bezirk seines Zimmers in den des Raumschiffs hinüberwechselte. Ihm folgte, ungeduldig und nervös, ein Dritter in einem weiten Ledermantel, der um ihn herumschlackerte. Auch er blieb stehen, durch irgendwas verwirrt, was er nicht begriff. Mit dem Ausdruck tiefster Verwunderung ging er weiter und sah sich zwischen den grauen, staubigen Wänden des alten Raumschiffs um.

Zum Schluß kam ein vierter Mann herein, der lang und dünn war. Er bückte sich, als er durch die Tür trat, und dann blieb er plötzlich stehen, als wenn er gegen eine Wand gelaufen wäre.

Er war gegen eine Wand gelaufen – gewissermaßen.

Er stand wie versteinert da. Wenn ihm jemand in dem Moment ins Gesicht gesehen hätte, wäre ihm völlig klar gewesen, daß diesem Menschen in diesem Augenblick das allererstaunlichste Erlebnis seines ganzen Lebens widerfuhr.

Als er sich allmählich wieder zu rühren begann, geschah es in einer sonderbaren Art, als würde er sehr langsam schwimmen. Jede kleinste Bewegung seines Kopfes schien neue Ströme der Ehrfurcht und Verwunderung in sein Gesicht zu zaubern. Tränen stiegen ihm in die Augen, und vor keuchendem Erstaunen verschlug es ihm den Atem.

Dirk drehte ich um und sah ihn an, um ihn zur Eile zu treiben. »Was ist?« rief er über den Lärm hinweg.

»Die... Musik...«, flüsterte Richard.

Die Luft war mit Musik erfüllt. So angefüllt erschien sie, daß für nichts mehr Platz war. Und jedes kleinste Luftteilchen schien seine eigene Musik zu haben, so daß, als Richard den Kopf bewegte, er eine neue und andere Musik hörte, obwohl diese neue und andere Musik vollkommen mit der Musik zusammenpaßte, die neben ihr in der Luft schwamm.

Die Abstimmungen der einen mit der anderen waren vollendet – erstaunliche Sprünge zu entfernten Tonarten wurden mühelos im bloßen Drehen des Kopfes erreicht. Neue Themen, neue Melodieverläufe, alle vollkommen und wundervoll bemessen, mischten sich unablässig in das bestehende Gewebe. Riesige, langsame Wellen der Bewegung, schnellere Tänze, die durch sie hindurchrieselten, winzige, funkelnde Hüpfer, die auf den Tänzen herumtanzten, lange, ineinander verschlungene Harmonien, deren Enden ihren Anfängen so ähnlich waren, daß sie, umeinander wirbelnd, sich überlagerten, sich von innen nach außen, von oben nach unten kehrten und dann auf dem Rücken wieder einer anderen Tanzweise in einen entfernten Teil des Raumschiffs davoneilten.

Richard taumelte gegen die Wand.

Dirk sprang herzu, um ihn aufzufangen.

»Na na«, sagte er barsch, »was ist denn? Kannst du die Musik nicht ertragen? Ist 'n bißchen laut, nicht? Herrgott nochmal, reiß dich doch zusammen. Es gibt hier etwas, was ich noch nicht verstehe. Es stimmt was nicht. Komm mit –«

Er zog ihn hinter sich her, und dann mußte er ihn stützen, als Richards Sinne immer stärker der überwältigenden Last der Musik nachgaben. Die Visionen, die durch die Millionen Fasern elektrisierender Musik in sein Inneres hineingewoben wurden, während sie durch ihn hindurchzogen, spiegelten ein immer gewaltigeres Chaos wider, aber je riesiger das Chaos wuchs, desto genauer paßte es mit dem übrigen Chaos und dem nächstgrößeren Chaos zusammen, bis alles zu einem riesigen explodierende Knäuel aus Harmonien wurde, das sich rascher in seinem Hirn ausdehnte, als es irgendein Hirn zu fassen vermochte.

Und dann war alles viel einfacher.

Eine einzelne Melodie tanzte ihm durch den Kopf, und seine ganze Aufmerksamkeit konzentrierte sich auf sie. Es war eine Melodie, die durch die magische Flut nach oben brodelte, sie formte, sie gestaltete, aus ihr riesengroß hervorwuchs, aus ihr klitzeklein hervorwuchs und ihr innerstes Wesen war. Sie hüpfte und trällerte dahin, eine kleine muntere Melodie zunächst, wurde dann langsamer, dann tanzte sie wieder, aber mit mehr Mühe, sie schien in Strudeln aus Zweifeln und Verwirrungen steckenzubleiben und offenbarte dann plötzlich, daß die Strudel nur die ersten Kräuselungen einer gewaltigen neuen Welle aus Energie waren, die freudig aus der Tiefe hochbrandete.

Richard fiel ganz, ganz langsam in Ohnmacht.

Er lag sehr still da.

Er hatte das Gefühl, er sei ein alter, in Paraffin getauchter Schwamm, den man zum Trocken in die Sonne gelegt hat.

Er fühlte sich wie der Körper eines alten Pferdes, das in der Sonne schmort. Er träumte von Öl, fein und wohlriechend, von dunklen, wogenden Meeren. Er lag an einem weißen Strand, berauscht von Fisch, betäubt vom Sand, gebleicht, schläfrig, gebeutelt vom Licht, versinkend, die Dichte von Dampfwolken in fernen Sternennebeln schätzend, wirbelte er in schalem Ergötzen umher. Er war eine Pumpe, die im Frühling frisches Wasser spuckte, in einen Haufen stark riechendes, frischgemähtes Gras spieh. Geräusche, fast ungehört, brannten weg wie ferner Schlaf.

Er rannte und fiel hin. Die Lichter eines Hafens schwirrten in die Nacht. Das Meer klatschte wie ein düsteres Gespenst unendlich schwach auf den Sand, schimmernd, unbewußt. Draußen, wo es tiefer und kälter war, versank er mühelos, während die schwere See wie Öl um seine Ohren schwoll, und er wurde nur durch ein fernes Brr-brr gestört, als klingele ein Telefon.

Er wußte, er hatte der Musik des Lebens selber gelauscht. Der Musik des Lichts, das auf dem Wasser tanzt, das vom Wind und den Gezeiten gekräuselt wird, des Lebens, das durchs Wasser zieht, des Lebens, das sich an Land bewegt, gewärmt vom Licht.

Er lag noch immer sehr still da. Er wurde noch immer von einem fernen Brr-brr gestört, als klingele ein Telefon.

Allmählich wurde ihm bewußt, daß das ferne Brr-brr wie von einem klingelnden Telefon ein klingelndes Telefon war.

Er setzte sich mit einem Ruck auf.

Er lag auf einem kleinen, zerwühlten Bett in einem kleinen, unordentlichen, getäfelten Zimmer, von dem er wußte, daß er es kannte, aber er konnte es nicht unterbringen. Es war mit Büchern und Schuhen vollgestopft. Er blinzelte es an und hatte keine Ahnung.

Das Telefon neben dem Bett klingelte. Er griff zum Hörer.

»Hallo?« sagte er.

»Richard!« Es war Susans Stimme, aufs äußerste beunruhigt. Er schüttelte den Kopf und erinnerte sich an nichts Brauchbares.

»Hallo?« sagte er nochmal.

»Richard, bist du's? *Wo bist du*?«

»Äh, warte mal, ich geh mal nachsehen.«

Er legte das Telefon auf die zerwühlten Laken, wo es weiterkrächzte, stieg torkelnd aus dem Bett, taumelte zur Tür und öffnete sie.

Dort war ein Badezimmer. Er nahm es argwöhnisch in Augenschein. Wieder erkannte er es, hatte aber das Gefühl, irgendwas fehlte. Ah ja. Eigentlich sollte ein Pferd drin stehen. Zumindest hatte letztesmal ein Pferd drin gestanden, als er das Bad gesehen hatte. Er ging quer durchs Badezimmer und zu der anderen Tür hinaus. Zitterig fand er den Weg die Treppe hinunter und in Regs großes Zimmer.

Als er dort ankam, war er überrascht von dem, was er sah.

34. Kapitel

Die Stürme des Vortags und des Tages davor und die Fluten der vergangenen Woche hatten inzwischen nachgelassen. Der Himmel platzte noch immer schier vor Regen, aber in die dichter werdende abendliche Finsternis fiel nichts weiter als eine Art trübseliges Nieseln.

Ein leichter Wind fegte durch die dunkelnde Ebene, stolperte über die niedrigen Hügel und kariolte durch ein flaches Tal, in dem ein Bauwerk stand, eine Art Turm, ganz allein inmitten eines alptraumartigen Morasts und sehr schief.

Es war ein schwärzlicher Turmstumpf. Er stand da wie ein Magmablock, der aus einer der abscheulicheren Tiefen der Hölle nach oben gestiegen war, und neigte sich in einem sonderbaren Winkel zur Seite, als laste etwas noch viel Schrecklicheres auf ihm als nur sein eigenes beträchtliches Gewicht. Er sah aus wie etwas Totes, etwas seit Ewigkeiten Totes.

Die einzige Bewegung kam von einem Schlammfluß, der sich träge am Grund des Tales an dem Turm vorbeiwälzte. Ungefähr eine Meile weiter stürzte der Fluß in eine Schlucht und verschwand unter der Erde.

Aber während der Abend herabsank, wurde deutlich, daß der Turm doch nicht ganz ohne Leben war. Ein schwaches, rotes Licht glimmte nämlich tief in seinem Innern.

Diese Szene war es, die Richard zu seinem Erstaunen durch eine kleine weiße Tür erblickte, die, ein paar hundert Meter von dem Turm entfernt, seitlich in die Talwand eingelassen war.

»Nicht hinausgehen!« sagte Dirk und hob einen Arm. »Die Atmosphäre ist giftig. Ich bin nicht sicher, was sie enthält, aber deine Teppiche würden davon bestimmt schön sauber.«

Dirk stand in der Tür und betrachtete das Tal mit tiefem Mißtrauen.

»Wo sind wir?« fragte Richard.

»Bahamas«, sagte Dirk. »Ist ein bißchen kompliziert.«

»Danke«, sagte Richard und ging wacklig durchs Zimmer zurück.

»Entschuldigung«, sagte er zu Reg, der geschäftig um Michael Milton-Innerwoakes herumwirbelte und kontrollierte, ob der Tauchanzug, den Michael trug, auch überall gut saß, daß die Maske dicht war und der Regulator für die Luftzufuhr richtig arbeitete.

»Pardon, darf ich mal eben durch?« sagte Richard. »Danke.«

Er stieg wieder die Treppe nach oben, ging in Regs Schlafzimmer, setzte sich zitterig auf die Bettkante und griff zu dem Telefonhörer.

»Bahamas –«, sagte er. »Ist ein bißchen kompliziert.«

Eine Treppe tiefer schmierte Reg die letzte Vaseline auf alle Verbindungsstellen des Anzugs und die wenigen Partien nackter Haut rund um die Maske, dann verkündete er, daß alles bereit sei.

Dirk wandte sich von der Tür weg und trat mit dem Ausdruck tiefsten Widerwillens beiseite.

»Na dann«, sagte er, »ab mit Ihnen. Sie wären wir Gott sei dank los. Ich wasche meine Hände in Unschuld. Wir werden hier wohl auf Michael warten müssen, um das Leergut, was es auch wert sein mag, mit zurückzunehmen.« Er schritt mit einer wütenden Geste um das Sofa herum. Ihm gefiel das nicht. Ihm gefiel überhaupt nichts an der ganzen Geschichte. Vor allem gefiel ihm nicht, daß Reg über das Raum-Zeit-Kontinuum mehr wußte als er. Es machte ihn wütend, daß er nicht wußte, warum es ihm nicht gefiel.

»Mein Lieber«, sagte Reg in versöhnlichem Ton, »bedenken Sie, wie wenig Mühe es uns kostet, der armen Seele zu helfen. Ich bedauere es, wenn Ihnen das nach all Ihren außergewöhnlichen Denkleistungen wie ein Abstieg erscheint. Ich weiß, sie finden, eine bloße Mitleidstat reicht Ihnen nicht, aber Sie sollten nachsichtiger sein.«

»Nachsichtig, ha!« sagte Dirk. »Ich zahle meine Steuern, was wollen Sie denn noch?«

Er warf sich auf das Sofa, fuhr sich mit den Händen durchs Haar und schmollte.

Die vom Geist besessene Gestalt Michaels schüttelte Reg die Hand und sagte ein paar Worte des Dankes. Dann ging sie steif zur Tür, drehte sich um und verbeugte sich vor beiden.

Dirk warf den Kopf herum und starrte sie an, seine Augen blitzten hinter den Brillengläsern, und sein Haar umwehte ihn wild. Der Geist sah Dirk an und zitterte einen Moment lang innerlich vor Anspannung. Eine abergläubische Anwandlung brachte den Geist plötzlich dazu zu winken. Er winkte mit Michaels Hand dreimal im Kreis, und dann sagte er ein einziges Wort.

»Wiedersehn!« sagte er.

Darauf drehte er sich um, packte den Türrahmen an den Seiten und stampfte entschlossen in den Matsch und den stinkenden, giftigen Wind hinaus.

Er hielt einen Augenblick inne, um zu sehen, ob der Untergrund auch fest sei und er das Gleichgewicht halten könne, und dann, ohne einen weiteren Blick zurück, entfernte er sich von ihnen, entfernte er sich aus der Reichweite der schleimigen Wesen mit Beinen, und ging auf sein Raumschiff zu.

»Was sollte *das* denn nun wieder bedeuten?« sagte Dirk und ahmte gereizt das merkwürdige dreimalige Winken nach.

Richard kam mit Getöse die Treppe runter, riß die Tür auf und stürmte wild um sich blickend ins Zimmer.

»Ross ist ermordet worden!« schrie er.

»Wer zum Teufel ist Ross?« schrie Dirk zurück.

»Wie-heißt-er-denn-noch Ross, Herrgott nochmal«, rief Richard, »der neue Herausgeber von *Fathom*.«

»Was ist denn *Fathom*?« schrie Dirk wieder.

»Michaels verdammte Zeitschrift, Dirk! Erinnerst du dich? Gordon schmiß Michael aus der Redaktion und übertrug die Leitung diesem Ross. Michael haßte ihn deswegen. Naja, und gestern abend hat er ihn ermordet!«

Er hielt keuchend inne. »Zumindest«, sagte er, »wurde er ermordet. Und Michael ist der einzige, der dafür ein Motiv hat.«

Er lief zu der Tür, blickte der Gestalt hinterher, die in die Düsternis davonstiefelte, und drehte sich rasch wieder um.

»Kommt er denn zurück?« fragte Richard.

Dirk sprang auf und stand einen Augenblick blinzelnd da.

»Das ist es...«, sagte er, »*das* ist der Grund, warum Michael das ideale Medium war. *Das* ist es, wonach ich hätte suchen müssen. Die Sache, zu der ihn der Geist verleitete, um Gewalt über ihn zu bekommen, die Sache, zu der er vor allem *bereit* sein mußte, die Sache, die den eigenen Zielen des Geistes entsprach. Oh, du lieber Gott. Er glaubt, wir hätten sie von der Erde verdrängt, und *das* will er ungeschehen machen.

Er glaubt, dies hier ist ihre Welt, nicht unsere. *Das* hier war der Stern, auf dem sie sich niederlassen und ihr verdammtes Paradies errichten wollten. Es paßt alles Punkt für Punkt zusammen.

Sehen Sie», sagte er und drehte sich zu Reg um, «was wir angerichtet haben? Mich würde nicht erstaunen, wenn der Unfall, den Ihre arme gequälte Seele dort draußen ungeschehen zu machen versucht, genau das Ereignis ist, das das Leben auf diesem Planeten entstehen ließ!»

Er wandte plötzlich den Blick von Reg, der bleich war und zitterte, wieder zu Richard zurück.

»Wann hast du das gehört?« sagte er verdutzt.

»Äh, gerade eben«, sagte Richard, »am... am Telefon. Oben.«

»Was?«

»Es war Susan, ich weiß nicht, wie – sie sagte, sie hätte eine Nachricht auf ihrem Anrufbeantworter, in der ihr das mitgeteilt wurde. Sie sagte, die Nachricht... war von – sie sagte, sie war von Gordon, aber ich glaube, sie war völlig hysterisch. Dirk, was zum Teufel geht hier vor? Wo sind wir?«

»Wir sind vier Milliarden Jahre in der Vergangenheit«, sagte Reg mit zittriger Stimme, »bitte fragen Sie mich nicht, warum das Telefon funktioniert, wenn wir ganz woanders im Universum sind, als wo es tatsächlich angeschlossen ist, das ist eine Angelegenheit, die Sie mit der britischen Telefongesellschaft erörtern müssen, aber –«

»Der Teufel hole die verfluchte britische Telefongesellschaft«, brüllte Dirk, dem die Worte aus Gewohnheit glatt von der Lippe kamen. Er lief zur Tür und spähte wieder auf die nebelhafte, düstere Gestalt, die, vollkommen unerreichbar für sie, durch dem Morast auf das salaxalanische Raumschiff zustapfte.

»Was würden Sie meinen«, sagte er ganz ruhig, »wie lange dieser fette, verblasene Dreckskerl braucht, um zu seinem Raumschiff zu gelangen? Denn das ist die Zeit, die wir noch haben. Kommen Sie. Setzen wir uns. Denken wir nach. Wir haben zwei Minuten, um zu entscheiden, was wir tun. Danach, so habe ich den starken Verdacht, werden wir drei und alles, was wir jemals gekannt haben, Coelacanthus und Dodo inklusive, lieber Professor, niemals existiert haben.«

Er nahm deprimiert auf dem Sofa Platz, dann stand er wieder auf und zog die Jacke, die Michael abgelegt hatte, unter sich hervor. Als er das tat, fiel ein Buch aus der Jackentasche.

35. Kapitel

»Ich halte das für ein schreckliches Sakrileg«, sagte Richard zu Reg, während sie versteckt hinter einer Hecke saßen.

Die Nacht war mit Sommergerüchen aus dem Garten des Landhauses und dem gelegentlichen Luftzug vom Meer erfüllt, der mit den leichten Winden heranwehte, die an der Küste am Bristol-Kanal ihren Schabernack trieben.

Der helle Mond tummelte sich über der See in der Ferne, und in seinem Licht konnte man auch ein Stück über Exmoor hinaussehen, das sich südlich von ihnen erstreckte.

Reg seufzte.

»Ja, mag sein«, sagte er, »aber ich fürchte, er hat recht, verstehen Sie, es muß getan werden. Es war der einzig sichere Weg. Alle Anweisungen waren deutlich in dem Gedicht enthalten, wenn man mal wußte, wonach man suchte. Es muß getilgt werden. Der Geist wird immer in der Nähe sein. Eigentlich zwei inzwischen. Das heißt, vorausgesetzt, die Sache klappt. Armer Teufel. Dennoch meine ich, er ist selbst dran schuld.«

Richard riß gereizt ein paar Grashalme aus und rollte sie zwischen seinen Fingern.

Er hielt sie ins Mondlicht, drehte sie in verschiedene Winkel und beobachtete, wie das Licht auf ihnen spielte.

»Diese Musik«, sagte er. »Ich bin nicht fromm, aber wenn ich's wäre, würde ich sagen, sie war wie eine flüchtige Ahnung vom Geist Gottes. Vielleicht war sie's wirklich, und ich sollte fromm sein. Ich muß mir immer wieder sagen, daß sie die Musik nicht erschaffen haben, sie schufen nur das Instrument, das die Partitur lesen konnte. Und die Partitur war das Leben selbst. Und all das ist da oben.«

Er blickte in den Himmel. Unwillkürlich begann er zu zitieren:

»Könnt ich in mir erneuern
Das Harfenspiel, den Sang,
Solch tiefes Glück würd mich befeuern
Daß ich singend laut und lang
In Lüften schüfe den Palast,
Den Prachtbau! Das Gewölb aus Eis!«

»Hmmm«, murmelte Reg vor sich hin, »ich wüßte ja gern, ob er früh genug hingekommen ist.«

»Was haben Sie gesagt?«

»Oh, nichts. Bloß ein Gedanke.«

»Du lieber Gott, er kann reden, was?« rief Richard plötzlich aus. »Jetzt ist er schon über eine Stunde drin. Ich frage mich, was da los ist.« Er stand auf und guckte über die Hecke auf das kleine Bauernhäuschen, das sich hinter ihnen im Mondlicht duckte. Ungefähr eine Stunde zuvor war Dirk mutig zur Haustür hinaufgegangen und hatte angeklopft.

Als die Tür ein bißchen zögernd aufgegangen und ein leicht

verstörtes Gesicht zum Vorschein gekommen war, hatte Dirk seinen lächerlichen Hut gelüftet und mit lauter Stimme gefragt: »Mr. Samuel Coleridge?

Ich kam gerade auf dem Weg von Porlock hier vorbei, versteht Ihr, und dachte, ob ich Euch wohl bitten dürfte, mir ein Interview zu gewähren. Es ist nur für ein kleines Gemeindeblättchen bestimmt, das ich herausgebe. Wird nicht viel von Eurer Zeit in Anspruch nehmen, das verspreche ich, ich weiß, Ihr habt gewiß zu tun, ein berühmter Dichter wie Ihr, aber ich bewundere Euer Werk dermaßen, und...«

Der Rest war nicht mehr zu hören gewesen, weil Dirk sich inzwischen Eintritt verschafft und die Tür hinter sich geschlossen hatte.

»Würden Sie mich einen Moment entschuldigen?« fragte Reg.

»Wie? Aber natürlich«, sagte Richard, »ich geh mal eben nachsehen, was da los ist.«

Während Reg hinter einen Baum ging, stieß Richard die kleine Gartenpforte auf und wollte gerade den Weg hinaufschleichen, als er von drinnen Stimmen sich der Haustür nähern hörte.

Er flitzte eilig zurück, während die Haustür aufging.

»Also, wirklich vielen Dank, Mr. Coleridge«, sagte Dirk, als er, mit seinem Hut hantierend und sich verbeugend, herauskam, »Ihr wart sehr freundlich und sehr großzügig mit Eurer Zeit, und ich weiß das sehr zu schätzen, wie gewiß auch meine Leser. Ich bin sicher, es wird ein sehr hübscher kleiner Artikel daraus werden, von dem ich Euch, darauf könnt Ihr Euch verlassen, zum mußevollen Studium eine Kopie übersenden werde. Mit Freuden sehe ich natürlich Eurer Kritik entgegen, falls Ihr welche habt, irgendwelche Fragen des Stils, nicht wahr, Hinweise, Tips, dergleichen Dinge. Also, nochmals vielen Dank für Eure Zeit, ich hoffe doch, ich habe Euch von nichts Wichtigem abgehalten –«

Die Tür knallte hinter ihm laut zu.

Dirk drehte sich mit einem triumphierenden Strahlelächeln aus einer langen Reihe triumphierender Strahlelächeln um und eilte den Gartenweg hinab zu Richard.

»Na, das hat der Sache ein Ende gesetzt«, sagte er und schlug sich in die Hände. »Ich glaube, er wollte gerade mit der Niederschrift beginnen, aber er wird sich an kein Wort mehr erinnern können, das ist mal sicher. Wo ist der verehrte Professor? Ah, da sind Sie ja. Großer Gott, ich hatte keine Ahnung, daß ich so lange drin war. Ein sehr faszinierender und unterhaltsamer Bursche, unser Mr. Coleridge, zumindest wäre er das bestimmt gewesen, wenn ich ihm die Gelegenheit dazu gegeben hätte, aber ich war einfach zu beschäftigt, selber faszinierend zu sein.

Oh, aber ich habe gemacht, was du gesagt hast, Richard, ich fragte ihn zum Schluß nach dem Albatros, und er sagte, was denn für ein Albatros? Und ich sagte, oh, das war nicht so wichtig, der Albatros hatte nichts zu bedeuten. Er sagte, welcher Albatros hatte nichts zu bedeuten, und ich sagte, kümmert Euch nicht um den Albatros, er hatte keine Bedeutung, und er sagte, er hätte bestimmt eine Bedeutung – da komme jemand mitten in der Nacht zu ihm und phantasiere von Albatrossen, da wolle er wissen, warum. Ich sagte, laßt doch den verfluchten Albatros schießen, und er sagte, darauf habe er nicht übel Lust, und er sei nicht sicher, ob das nicht eine Idee für ein Gedicht sei, an dem er gerade schriebe. Viel besser, als von einem Asteroiden getroffen zu werden, was, wie er meinte, die Glaubwürdigkeit ein wenig überstrapaziere. Und so ist die Sache gelaufen.

Na. Nachdem ich die gesamte Menschheit vor dem Untergang bewahrt habe, könnte ich eine Pizza gebrauchen. Was sagt ihr zu dem Vorschlag?«

Richard äußerte keine Meinung. Er starrte statt dessen reichlich verwirrt auf Reg.

»Stört Sie irgendwas?« fragte Reg überrascht.

»So kann man sich täuschen«, sagte Richard, »ich hätte schwören können, Sie hatten keinen Bart, bevor Sie hinter den Baum gingen.«

»Oh –« Reg befingerte den üppigen, fast zehn Zentimeter langen Wuchs – »ja«, sagte er, »schlichte Nachlässigkeit, schlichte Nachlässigkeit.«

»Was wollten Sie denn tun?«

»Ach, bloß ein paar Berichtigungen. Eine kleine Operation, verstehen Sie? Nichts Drastisches.«

Als er sie ein paar Minuten später durch die zusätzliche Tür schob, die an einem nahegelegenen Kuhstall auf mysteriöse Weise aufgetaucht war, blickte er hinauf zum Himmel hinter ihnen und sah gerade noch, wie ein kleines Licht aufflammte und verschwand.

»Tut mir leid, Richard«, murmelte er, und folgte ihnen hinein.

36. Kapitel

»Danke, nein«, sagte Richard bestimmt, »so sehr mir auch die Möglichkeit gefällt, dir eine Pizza zu spendieren und sie dich essen zu sehen, Dirk, möchte ich doch gleich nach Hause. Ich muß Susan sehen. Ist das möglich, Reg? Einfach gleich zu meiner Wohnung? Ich komme dann nächste Woche nach Cambridge und hole meinen Wagen.«

»Wir sind schon da«, sagte Reg, »gehen Sie einfach durch die Tür, und Sie sind zu Hause. Es ist früher Freitagabend.«

»Danke. Äh, hör zu, Dirk, wir sehen uns irgendwann, okay? Schulde ich dir etwas? Ich weiß nicht.«

Dirk winkte lässig ab. »Du hörst zu gegebener Zeit von meiner Miss Pearce«, sagte er.

»Fein, okay, prima, ich besuche dich, wenn ich ein bißchen Ruhe gehabt habe. Es kam alles etwas, naja, unerwartet.«

Er ging zur Tür und öffnete sie. Dann kam ihm ein Gedanke, und er drehte sich nochmal um.

»Reg, könnten wir einen winzigen Umweg machen?« fragte er. »Ich glaube, es wäre eine gute Idee, wenn ich heute abend mit Susan essen ginge, aber in dem Restaurant, an das ich denke, muß man den Tisch vorbestellen. Könnten Sie da für mich drei Wochen rausschinden?«

»Nichts leichter als das. Sie wissen ja, wo das Telefon steht.«

Richard rannte die Treppe hinauf in Regs Schlafzimmer und rief im L'Esprit d'Escalier an.

Der Geschäftsführer war von Richards Vorbestellung entzückt und begeistert, und sagte, er sehe seinem Besuch in drei Wochen mit Freude entgegen.

Richard schüttelte verwundert den Kopf, während er wieder nach unten ging.

»Ich brauche mal ein Wochende handfester Realität«, sagte er. »Wer ist denn da gerade aus der Tür gegangen?«

»Das«, sagte Dirk, »war der Mann, der gerade dein Sofa liefert. Er fragte uns, ob es uns was ausmache, ihnen die Tür aufzuhalten, damit sie es um die Ecke lotsen könnten, und ich sagte, das täten wir mit großem Vergnügen.«

Es war nur wenige Minuten später, als Richard die Treppe zu Susans Wohnung hocheilte. Als er vor ihrer Wohnungstür ankam, hörte er mit einer Befriedigung, wie er sie stets verspürte, von drinnen leise die tiefen Töne ihres Cellos. Er schlüpfte lautlos hinein, aber als er zur Tür ihres Musikzimmers kam, blieb er plötzlich verwundert stehen. Die Melodie, die sie spielte, hatte er schon mal gehört. Eine kleine, tänzelnde Melodie, die langsamer wurde und dann weitertanzte, aber mit größerer Mühe...

Er machte ein so verwundertes Gesicht, daß sie sofort zu spielen aufhörte, als sie ihn sah.

»Stimmt was nicht?« fragte sie beunruhigt.

»Wo hast du diese Musik her?« fragte Richard flüsternd.

Sie zuckte die Schultern. »Na, aus dem Musikalienladen«, sagte sie verdutzt. Sie wollte keinen Witz machen, sie begriff nur die Frage nicht.

»Was *ist* das?«

»Es ist aus einer Kantate, die ich in ein paar Wochen spiele«, sagte sie, »Bach, Nummer sechs.«

»Wer hat sie komponiert?«

»Na, Bach, nehme ich an. Wenn man's recht überlegt.«

»Wer?«

»Schau mir auf die Lippen. Bach. B-A-C-H. Johannes Sebastian. Erinnerst du dich?«

»Nein, nie gehört. Wer ist das? Hat er noch mehr geschrieben?«

Susan legte den Bogen weg, stellte das Cello ab, stand auf und ging zu ihm.

»Geht es dir gut?« fragte sie.

»Äh, das ist ziemlich schwierig zu sagen. Was ist...«

Plötzlich sah er in einer Ecke des Zimmers einen Stapel Notenhefte mit demselben Namen darauf. BACH. Er machte sich darüber her und begann, ihn durchzuwühlen. Heft für Heft – J.S.BACH. Cellosonaten, Brandenburgische Konzerte, Eine Messe in h-moll.

Er blickte auf und sah ihr sprachloses Unverständnis.

»Davon habe ich noch nie was gesehen«, sagte er.

»Richard, mein Schatz«, sagte sie und legte ihm die Hand an die Wange, »was um alles auf der Welt ist mit dir? Es sind doch bloß Bach-Noten.«

»Aber verstehst du denn nicht?« sagte er und wedelte mit einer Handvoll von dem Zeug herum. »Ich habe davon noch nie, niemals etwas *gesehen*!«

»Naja«, sagte sie mit gespieltem Ernst, »wenn du vielleicht nicht deine ganze Zeit damit verbrächtest, Computermusik zu spielen...«

Er sah sie mit äußerster Bestürzung an, lehnte sich langsam gegen die Wand zurück und begann, hysterisch zu lachen.

Montag nachmittag rief Richard Reg an.

»Reg!« sagte er. »Ihr Telefon funktioniert ja. Meinen Glückwunsch.«

»Oh ja, mein Lieber«, sagte Reg, »wie schön, von Ihnen zu hören. Ja. Ein sehr tüchtiger junger Mann ist vorhin gekommen und hat das Telefon repariert. Ich glaube nicht, daß es nochmal kaputtgeht. Gute Neuigkeit, finden Sie nicht?«

»Sehr gut. Sie sind also heil zu Hause angekommen.«

»Oh ja, danke. Ach, wir hatten viel Aufregung, als wir hier ankamen, nachdem wir Sie abgesetzt hatten. Erinnern Sie sich an das Pferd? Ja, es ist hier wieder aufgekreuzt, und zwar mit seinem Besitzer. Hatten einen unglücklichen Auftritt mit der Polizei und wollten nach Hause gebracht werden. War besser so. Gefährlicher Bursche, um ihn einfach so frei rumlaufen zu lassen, denke ich. Also. Wie geht's Ihnen denn?«

»Reg... Die Musik –«

»Ah, ja, ich dachte, das würde Sie freuen. Hat ganz schön Mühe gemacht, das kann ich Ihnen sagen. Ich habe natürlich nur den allerwinzigsten Teil gerettet, aber auch da habe ich schon gemogelt. Es ist fast mehr, als ein einzelner Mensch in seinem ganzen Leben wirklich schaffen kann, aber ich denke, es wird keiner so genau hinsehen.«

»Reg, können wir noch mehr davon bekommen?«

»Hmmm, nein. Das Raumschiff ist weg, und außerdem –«

»Wir könnten in der Zeit zurückreisen –«

»Nein, also, ich hab's Ihnen gesagt. Mein Telefon ist repariert, so daß es nie wieder kaputtgeht.«

»Und?«

»Naja, die Zeitmaschine funktioniert nicht mehr. Ausgebrannt. Tot wie ein Dodo. Ich denke, das wär's, tut mir leid. Aber wahrscheinlich ganz gut, meinen Sie nicht?«

Am Montag nachmittag rief Mrs. Sauskind in Dirk Gently's Holistischer Detektei an, um sich wegen ihrer Rechnung zu beschweren.

»Ich begreife nicht, was das alles soll«, sagte sie, »es ist völliger Blödsinn. Was soll das bedeuten?«

»Meine liebe Mrs. Sauskind«, sagte Dirk, »ich kann Ihnen kaum sagen, wie sehr ich mich darauf gefreut habe, genau dasselbe Gespräch mit Ihnen noch einmal zu führen. Wo wollen wir heute beginnen? Welchen speziellen Punkt würden Sie gern erörtern?«

»Überhaupt keinen, vielen Dank, Mr. Gently. Ich weiß nicht, wer Sie sind und wieso Sie glauben, mein Kater ist entlaufen. Der liebe Roderich ist vor zwei Jahren in meinen Armen entschlummert, und ich habe nie einen anderen gewollt.«

»Aha, nun ja, Mrs. Sauskind«, sagte Dirk, »was Sie wahrscheinlich nicht so recht beurteilen können, ist, daß als ein unmittelbares Ergebnis meiner Bemühungen der – Wenn ich Ihnen die Verflechtung aller Dinge untereinander erklären dürfte –« Er verstummte. Es war zwecklos. Langsam legte er den Hörer auf die Gabel zurück.

»Miss Pearce!« schrie er. »Würden Sie bitte freundlicherweise unserer lieben Mrs. Sauskind eine korrigierte Rechnung schicken. Die neue Rechnung lautet: ›Für Rettung der Menschheit vor völligem Untergang – kein Honorar.‹«

Er setzte sich den Hut auf und ging für den Tag weg.

Fortsetzung folgt...

Der Übersetzung des Gedichtes »Kubla Khan«
von Samuel Taylor Coleridge wurde die Fassung von
Hans Hennecke aus »Englische Gedichte von Shakespeare bis
W. B. Yeats«, Kiepenheuer Verlag, Berlin, 1938, zugrunde gelegt.

Gestaltung: Bardo Fiederling und Katrin Merg
Satz: Max Vornehm, München
Druck: Gutmann + Co. GmbH, Heilbronn
Bindung: G. Lachenmaier, Reutlingen
Printed in Germany